Zum Buch:

Jane ist neugierig auf den Bruder ihrer neuen Arbeitgeberin. Edoardo ist ein vielbeschäftigter Jetsetter, der mit Finanzdeals und Immobiliengeschäften zu Geld gekommen ist und auch durch die Glamour-Hochzeit mit einer Schönheit aus dem Florentiner Hochadel von sich hat reden machen. Die Ehe steht mittlerweile vor dem Aus – und Edoardo ist als Frauenheld verschrien. Doch das Bild, das sich Jane von ihm gemacht hat, passt nicht so recht zu der herzlichen Liebe, die seine Schwester, sein Neffe und nicht zuletzt seine Hausangestellten für ihn hegen. Kein Wunder, dass Janes Neugier wächst.
Das erste Zusammentreffen verläuft jedoch enttäuschend. Angespannt tigert Edoardo die meiste Zeit mit dem Handy am Ohr durch den Park oder zieht sich in sein Arbeitszimmer zurück. Er begegnet Jane mit freundlicher Gleichgültigkeit. Und gleichzeitig fasziniert er sie. Jane kann nicht anders, als sich hoffnungslos zu verlieben. Doch dann überschlagen sich die Ereignisse, und der gemeinsame Sommer in der Villa findet ein jähes Ende. Was wird aus ihr und Edoardo?

Zur Autorin:

Beatrice Mariani wurde in Rom geboren, wo sie mit ihrem Mann und ihren beiden Kindern lebt. Nach einem Studium der Politikwissenschaften lebte sie ein Jahr in New York und arbeitet heute an der Universität von Rom. »Der Oleandergarten« ist ihr Debütroman.

Beatrice Mariani

Der Oleandergarten

Roman

Aus dem Italienischen von
Verena von Koskull

MIRA® TASCHENBUCH

1. Auflage: Juli 2019
Copyright © 2019 für die deutsche Ausgabe by MIRA Taschenbuch
in der HarperCollins Germany GmbH, Hamburg
Deutsche Erstausgabe

Titel der italienischen Originalausgabe:
»Una Ragazza Inglese«
Copyright © 2018 by Mondadori Libri, S.p.A., Mailand
Erschienen bei: Sperling & Kupfer da Mondadori Libri S.p.A., Mailand

Umschlaggestaltung: zero-media.net, München
Umschlagabbildung: iryna1, Nella, Protasov AN, Viacheslav Lopatin,
Mykola Mazuryk / Shutterstock
Satz: GGP Media GmbH, Pößneck
Printed in Germany
Dieses Buch wurde auf FSC®-zertifiziertem Papier gedruckt.
ISBN 978-3-7457-0020-6

www.mira-taschenbuch.de

Werden Sie Fan von MIRA Taschenbuch auf Facebook!

Für Giovanni

Sommer 2013

1

Reglos saß Jane im Dunkeln auf dem Bett. Von draußen war kein Laut zu hören. Mattes Licht sickerte durch die Fensterläden und ließ die Umrisse der Möbel nur erahnen.

Bestimmt schliefen alle.

Sie stand auf. Ihr schwindelte leicht, denn sie hatte kein Auge zugetan. Sie stolperte über ein Metalldöschen. Es musste heruntergefallen sein, als sie alles hektisch in den Koffer gestopft hatte. Es kollerte über den Fußboden, doch sie machte keine Anstalten, es aufzuheben. Hauptsache, Nicholas wachte nicht auf. Nur seinetwegen konnte sie sich nicht zum Gehen entschließen. Der Gedanke, sich nicht von ihm zu verabschieden, war kaum zu ertragen.

Die Uhr zeigte vier Uhr fünfundvierzig.

Verzweifelt knetete sie ihre Hände, um gegen die abermals aufsteigenden Tränen anzukämpfen. Ganz vorsichtig knipste sie das Licht auf dem Nachttisch an, aus Furcht, selbst das Klicken des Schalters könnte gehört werden. Sie zog das Portemonnaie hervor und zählte noch einmal ihr Geld.

Sie werden ihn frühmorgens rauslassen, um den Fotografen zu entgehen, hatte Marina gesagt. Jane schloss die Augen und sah ihn wieder neben sich auf dem Bett liegen. Das blaue Sweatshirt, der letzte Blick.

Sie nahm einen Zettel vom Schreibtisch, kramte in den Schubladen vergeblich nach einem Stift, griff sich den halb ausgetrockneten grünen Filzschreiber und presste ihn bei jedem Buchstaben fest aufs Papier.

HALLO NICK, ICH MUSSTE FORT, WEIL ICH NOCH EINE PRÜFUNG MACHEN MUSS, UM BEI DER UNI ANGENOMMEN ZU WERDEN. WENN DU AUFWACHST, SIND MAMA UND LEA DA.

Und Marina? Die ganze Nacht hatte sie sich vergeblich darüber den Kopf zerbrochen. Sie schrieb weiter.

ICH HAB DICH LIEB, WIR SEHEN UNS BALD, JANE

Sie zeichnete ihre beiden stilisierten Gesichter daneben und brach erneut in Tränen aus.

Behutsam drückte sie die Tasten, um den Alarm abzuschalten. Sie zog die Haustür nicht ganz hinter sich zu – noch nicht. Die Schlüssel hatte sie auf dem Küchentisch gelassen, es würde also kein Zurück mehr geben. Fröstelnd blickte sie in den dunklen Sternenhimmel. Der Wind fuhr mit sachtem Rascheln durch die Blätter des Parks, der Mond versteckte sich hinter einer Wolke. Sie schickte eine Nachricht an das Taxiunternehmen, die mit einem prompten *Piep* beantwortet wurde. »Taxi gefunden!!! Perugia 11 kommt in neun Minuten.« Sie hockte sich auf die Eingangsstufe und spähte in Richtung Straße. In der Ferne war das sporadische Motorenjaulen vorbeirasender Autos zu hören. Plötzlich ertönte ein trockenes Klicken, gleich neben der Laube. Sie sprang auf und griff nach dem Koffer. Angespannt lauschte sie auf die Zikaden und das sachte Glucksen des kleinen Gummibootes, das im Pool dümpelte. Sie klammerte sich an den Tragegriff und wollte ins Haus zurückkehren, als der Koffer rumpelnd zur Seite kippte. Als sie sich danach bückte, ertönte das Klicken abermals, eine Art Schnalzlaut.

»Wer ist da?«, fragte sie heiser.

Es schnalzte zum dritten Mal, und träge begannen die im Garten verteilten Sprinkler Wasser zu speien. Mit einem erleichterten Stöhnen sah Jane ein nasses Vögelchen über die Steinplatten hüpfen. Oben in der Kurve tauchte ein Wagen auf und kam die Straße hinunter auf das Tor zu. Erschreckt wich sie in die Dunkelheit zurück. Wer konnte das sein? Die neun Minuten waren noch nicht um. Es waren sowieso zu wenig: Um das Sträßchen und die Hausnummer zu finden, brauchte man ein Navi, und das hatten die wenigsten Taxis in Rom. Jane zwang sich, ruhig zu bleiben, und beobachtete, wie die Scheinwerfer auf das Tor zukrochen, daran vorbeiglitten und sich entfernten. Sie atmete auf, und ihr Puls wollte sich gerade wieder beruhigen, als ein weiteres Scheinwerferpaar an der Straßenmündung auftauchte und ebenfalls auf die Villa zusteuerte. Diesmal verlangsamte es sich. Mit stockendem Herzen klammerte sich Jane an den Koffergriff. Perugia 11, bitte komm doch endlich und bring mich von hier fort! Das Auto hielt vor der Villa, und Jane erspähte das leuchtende Taxischild. Kurzerhand zog sie die Haustür ins Schloss und hastete auf das große Eisentor zu. Obwohl der Wagen mit laufendem Motor direkt davor wartete, konnte der Fahrer sie nicht sehen. Der elektrische Toröffner hätte zu viel Lärm gemacht, also musste sie einen Umweg nehmen. Wenn sie das Taxi nicht rechtzeitig erreichte, wäre sie aufgeschmissen. Sie ruderte winkend mit dem Arm, um sich bemerkbar zu machen, und schlüpfte, so schnell sie konnte, durch das kleine Seitentor. Der Wagen wollte sich gerade wieder in Bewegung setzen, als Jane wie ein Gespenst neben dem Autofenster auftauchte. Der Taxifahrer fuhr auf seinem Sitz zusammen und musterte sie argwöhnisch.

»Haben Sie mich gerufen?«

Jane nickte atemlos und spähte die Straße hinunter. *Lieber Gott, bitte lass ihn nicht ausgerechnet jetzt kommen.*

Während sie wieder zu Atem kam, ließ der Taxifahrer sie nicht aus den Augen.

»Wo soll's denn hingehen?«, blaffte er, ohne die Türen zu entriegeln. Er war um die sechzig und fast glatzköpfig.

Jane entfuhr ein unwilliger Seufzer, doch wenn sie ihn zur Eile drängte, würde er noch misstrauischer werden.

»Zum Bahnhof.«

»Welcher Bahnhof?«, versetzte er barsch.

»Termini.«

»Um diese Zeit müssen Sie einen Zug erwischen?«

»Ja, ich muss sehr früh in Mailand sein«, entgegnete sie bemüht sachlich und hoffte vergeblich, er würde ihre geschwollenen Lider und die Augenringe nicht bemerken.

»Alles in Ordnung mit Ihnen, Signorina?«

Jane spürte Tränen in sich aufsteigen. Das Geräusch der Autos in der Ferne war eine Qual. Er konnte jeden Moment hier sein.

»Ich habe es eilig«, sagte sie entschieden. »Und ich verstehe nicht, wo das Problem liegt.«

»Wie alt sind Sie?«

Womöglich hielt er sie für einen Teenager, der von zu Hause abhaute. In diesem Reichenviertel riefen sich die jungen Mädchen womöglich ein Taxi, um durchzubrennen. Scherereien waren das Letzte, was Jane jetzt gebrauchen konnte.

»Zwanzig«, entgegnete sie knapp, obwohl das noch nicht ganz der Wahrheit entsprach und sie wusste, dass sie jünger aussah. »Muss ich Ihnen meinen Ausweis zeigen, oder soll ich mir gleich ein anderes Taxi rufen?«, schob sie brüsk hinterher.

Mit grimmiger Miene entriegelte der Fahrer die Türen. Dann stieg er aus, öffnete in aller Seelenruhe die Heckklappe und stellte ihren Koffer hinein. Hastig kletterte Jane in den Wagen. Am liebsten hätte sie dem Mann gesagt, er solle aufs Gas treten und bloß keinen Lärm machen, doch stattdessen kauerte sie sich tief in den Sitz, um hinter dem Autofenster möglichst unsichtbar zu sein.

Sie brachte es nicht über sich, zum Haus zu sehen. Ihre Kehle war wie zugeschnürt. *Wenn ich nicht hinsehe, tut es weniger weh.*

Endlich war der Taxifahrer wieder eingestiegen und startete den Motor.

»Termini also?«, grunzte er müde.

Jane hörte sich Ja sagen.

»Komme ich da vorn irgendwo raus?« Er deutete die dunkle Straße hinunter.

Sie musste sich zusammenreißen, um seine Frage halbwegs mitzubekommen.

»Ja, ja, fahren Sie, ich sage Ihnen, wo es langgeht.«

Der Mann fuhr los, und sie blickte starr zur Seite, gefangen in einem Schmerz, der sie gewiss nie mehr loslassen würde. Vorsichtig holperte der Wagen über den löcherigen Asphalt. Aus der Ferne näherte sich Motorengeräusch. Während sie zwischen dem dunklen Geäst der Bäume dahinfuhren, starrte Jane geradeaus auf die Straße.

Ich liebe dich, niemals werde ich jemanden so lieben wie dich.

»Ist es hier richtig?«, fragte der Taxifahrer zweifelnd und bog in eine Seitenstraße ab. Das Schild mit der Aufschrift ROM ZENTRUM war kaum zu erkennen.

»Ja, habe ich doch gesagt.« Jane schreckte auf. Im Rückspiegel warf ihr der Taxifahrer einen besorgten Blick zu.

Die Stadt war wie ausgestorben, in kaum mehr als zwanzig Minuten waren sie am Bahnhof Termini.

Mit gesenktem Kopf und unter dem skeptischen Blick des Fahrers zahlte Jane die Fahrt.

»Passen Sie auf sich auf, hier ist übles Gesocks unterwegs«, sagte er.

Hastig betrat sie den Bahnhof und tastete in ihrer Tasche nach der ausgedruckten Fahrkarte. Sie hatte noch eine Stunde Zeit. Abgesehen von ein paar vereinzelten Bars und einem Zeitungskiosk war alles verrammelt.

Sie konnte der Versuchung nicht widerstehen und trat an den Kiosk. Gerade lud der Besitzer druckfrische, mit Plastikbändern verschnürte Zeitschriftenstapel ab.

Auf einem Cover war Roberta abgebildet, schöner denn je.

Alle Hintergründe zum Skandal, der die High Society erschüttert, stand dort in großen Lettern. Und darunter: *Jetzt redet die Ehefrau: Ich habe alles getan, um ihn nicht zu verlieren.*

»Kann ich helfen?«, fragte der Zeitungshändler.

»Ich wollte nur was wegwerfen«, antwortete Jane mit gezwungenem Lächeln und deutete auf den Mülleimer neben dem Kiosk. Sie hielt ein zusammengeknülltes Blatt Papier in der Hand. Das Porträt.

Lass mich nicht allein. Hör nicht auf, mich zu beschützen, Jane.

August 2004

2

»JANE! Wo steckst du? Jaaaaane!«

Jane spähte unter der Sonnenblende ihrer Strandliege hervor und beobachtete, wie sich ihre Tante Rossella auf viel zu hohen Sandalen schwankend durch den glühenden Sand kämpfte. An der Hand schleifte sie Giorgia hinter sich her, die in ihren pinkfarbenen kleinen Sandalen protestierend hinterdrein stolperte. Jane zog die Sonnenblende herunter, winkelte die Knie an, breitete den Pareo über ihre Beine und machte sich unsichtbar.

Schnaufend blieb die Tante unter dem Sonnenschirm des Bademeisters stehen und blickte sich suchend um, während Giorgia an ihrer Hand zerrte und ihre Aufmerksamkeit auf den kleinen Granita-Verkaufsstand zu lenken versuchte. Als Mario, der alte Bademeister, auftauchte, zupfte sich die Tante den Badeanzug zurecht und fuhr sich mit den Fingern ordnend durchs Haar. Das tat sie ständig, ganz gleich, wem sie gegenüberstand. Die beiden fingen an, hektisch aufeinander einzureden. Die Tante deutete auf das ungewöhnlich unruhige Meer und die am Ufer aufgereihten Rettungsboote, doch Mario schüttelte den Kopf. An diesem Tag wehte die rote Flagge, er hatte niemanden hinausschwimmen lassen. Unterdessen machte sich Giorgia die Ablenkung ihrer Mutter zunutze und verdrückte sich in Richtung Eisstand. Geld brauchte sie keines, denn sie konnten dort anschreiben lassen. Jane sah zu, wie sie sich verstohlen davonschlich und nach wenigen Schritten von der ukrainischen Babysitterin Bettina abgefangen wurde,

16

die sie beim Arm packte und zu ihrer Mutter zurückzerrte. Die inzwischen sichtlich besorgte Tante Rossella schien erleichtert, Bettina zu sehen, die mit ihren ein Meter achtzig und der kräftigen Statur etwas überaus Beruhigendes hatte.

Giorgia quengelte unverdrossen weiter, und selbst über die Entfernung konnte Jane ihr nervtötendes Gejammer hören. Mit hektischen Gesten erklärte Tante Rossella, was los war, und deutete auf den Pool, den Spielplatz, die Bar. Bettina schüttelte ratlos den Kopf, und ohne auf Giorgia zu achten, die noch immer an ihrem Arm hing und Richtung Kiosk zerrte, marschierte sie entschlossen auf die Umkleidekabinen an der hinteren Strandmauer zu. Die besorgte Tante blieb bei Mario stehen. Zwei Damen, die sich neben ihnen in der Sonne aalten, schalteten sich in das Gespräch ein. Es waren zwei typische Strandnixen undefinierbaren, aber zweifellos weit fortgeschrittenen Alters mit sonnengegerbter Haut, die aussah wie Leder. Eine der beiden stand auf und ließ eine Kaskade blonder Locken über ihre knochigen Schultern fallen. Hinten Lyzeum, vorne Museum – einer der wenigen lustigen Sprüche, die Jane von ihrem Cousin Giacomo kannte. Tante Rossella und die Sonnenanbeterin stapften davon, und Jane überschlug, dass ihr jetzt noch rund zwanzig Minuten seliger Ungestörtheit blieben, ehe man sie entdecken würde. Selbst schuld, wenn sie so blöd waren, sie überall zu suchen außer unter dem Familiensonnenschirm – denn schließlich saß sie hier, unter dem Schirm Nummer 42, der seit mindestens fünfzehn Jahren im Besitz der Familie Emili-Petrini war, und hatte die Liege nur ein winziges Stück zu Schirm Nummer 43 geschoben, um in aller Ruhe ihr Buch zu lesen –, wenn sie lieber Alarm schlagen, das Ufer absuchen, sämtliche Umkleidekabinen aufreißen, die Tischchen der Bar abklappern und sogar die Carabinieri rufen wollten, tja, dann war das nicht ihr Problem.

Sie hatte das Buch kaum wieder aufgeschlagen, als ihr die textile Sonnenblende mit voller Wucht auf die Nase sauste.

»Ey, blöde Ziege, was soll der Scheiß? Ständig macht sich meine Mama wegen dir in die Hose!«

Mit Schmerzensträne in den Augen fuhr Jane hoch und hatte Giacomos wütendes Gesicht vor sich. Sie war zehn, er zwölf, allerdings mit einem Größenvorteil von mindestens zwanzig Zentimetern.

»Du hast mir wehgetan«, fauchte sie und massierte sich die Nase. Verstohlen wischte sie sich eine Träne weg. Die Genugtuung, sie weinen zu sehen, würde sie ihm bestimmt nicht geben. Sie bückte sich nach dem heruntergefallenen Buch.

Giacomo wirkte alles andere als schuldbewusst. Er war hochzufrieden, ihr eine verpasst zu haben.

»Seit einer Stunde suchen sie dich überall, und du hockst hier rum und liest Schwachsinn! Wegen dir muss ich noch meine Tennisstunde sausen lassen.«

Wie jammerschade! Im vergeblichen Bemühen, seine Speckrollen zu reduzieren, wurde Giacomo zu Sport genötigt, den er mit der Begeisterung eines zu Tode Verurteilten absolvierte.

»Woher willst du denn wissen, dass ich Schwachsinn lese«, erwiderte sie angriffslustig, »du kannst ja noch nicht mal lesen!« Sie wedelte mit dem Buch vor seiner Nase herum, und er zuckte verärgert zur Seite. Es war ein Groschenroman vom Zeitungskiosk, doch Giacomo hätte ihn tatsächlich nicht von Proust unterscheiden können.

»Meine Mama hat recht, du bist eine geisteskranke Asoziale, die keine Freunde hat und auf einem anderen Stern lebt.«

»Und deine Mama hat schließlich immer recht: auch wenn sie sagt, dass du Sport machen musst, weil du fett bist, und mehr für die Schule tun musst, weil du doof bist.«

Giacomo funkelte sie drohend an.

»Wenn du nicht die Klappe hältst, verpasse ich dir noch eine, obwohl du ein Mädchen bist.«

»Mach doch, dann komme ich nachts zu dir und schneide dir die Eier ab, dann glaubt erst recht keiner mehr, dass du ein Junge bist.«

Giacomo wich zurück. Es brauchte nicht viel, um diesem dämlichen Riesenbaby Angst einzujagen.

»Was fällt dir eigentlich ein, meine Mama jeden Tag so zu behandeln? Du kannst heilfroh sein, dass du überhaupt hier sein darfst.«

»Nun mal nicht so patzig, Giacomino«, ätzte Jane. »Dein Mamilein ist doch überglücklich, mich in den Ferien bei sich zu haben.«

»Meine Mama kann dich nicht ausstehen, keiner kann dich ausstehen, Jane, und wir können es alle gar nicht abwarten, dass diese Wochen endlich vorbei sind und du wieder zu deinen Eltern abhaust«, feixte er böse, »wenn sie dich überhaupt wiederhaben wollen.«

Jane gab sich ungerührt.

»Na, sicher, und wer macht dir dann die Hausaufgaben?«

Sie wurden jäh von Bettina unterbrochen.

»Wo du bist gewesen, dass alle dich suchen so lange? Signora Rossella ganz in Sorge wegen dir!«, schimpfte sie und packte Jane beim Arm.

Jane wand sich aus ihrem Griff und legte den Kopf in den Nacken, um der Riesin ins Gesicht zu sehen. Neben ihr und Giacomo sah sie tatsächlich aus wie ein Vögelchen, und obwohl es Mitte August war, strahlte sie zwischen den beiden braungebrannten Leibern weiß wie ein Laken.

»Ich habe unter dem Sonnenschirm gelegen und gelesen«, entgegnete sie seelenruhig und deutete auf die Liege. »Ich habe gar nicht gemerkt, wie spät es ist.« Bettina musterte sie grimmig.

»Wir dich rufen schon lange. Ich immer gesagt, du bist stumm. Seit wann du bist auch taub?«

Das war eine Anspielung darauf, dass Jane nicht sonderlich gesprächig war. Zumindest nicht bei ihnen. Sie verzog das Gesicht zu einem strahlenden Lächeln.

»Tut mir wirklich leid, ich habe euch nicht gehört.«

»Du nicht lügen. Lügenkinder kommen in die Hölle, weißt du?«

»Danke, dass du mich daran erinnerst, Bettina, aber zum Glück betrifft mich das nicht.«

Mit mürrischen Mienen stapften die drei zur Umkleidekabine, wo Tante Rossella verzweifelt die plärrende Giorgia zu trösten versuchte.

»Wegen dir sind wir zu spät!«, brüllte die Kleine, als sie Jane erblickte.

Ehe Jane antworten konnte, kniff Rossella ihre Tochter warnend in den Arm und schnaufte auf Jane zu. Es hatte fast etwas Rührendes, wie Rossella ihre Kinder davon abzuhalten versuchte, die Cousine schlecht zu machen. Doch auch sie hatte Mühe, sich im Zaum zu halten.

»Muss es denn jeden Nachmittag dasselbe sein, Jane? Ist es denn so schwer sich zu merken, dass wir um fünf Uhr den Strand verlassen? Wo hast du die Uhr gelassen, die ich dir geschenkt habe? Weißt du eigentlich, dass ich eine halbe Stunde lang überall nach dir herumgefragt habe?«

Jane verspürte einen Stich Reue und überlegte, ob sie sich entschuldigen sollte, doch ehe sich der Gedanke verfestigen konnte, redete ihre Tante schon weiter: »Wieso hast du den grünen Bikini nicht an, den wir zusammen gekauft haben? Wieso warst du nicht mit Giacomo im Pool? Wieso hast du mittags dein Brötchen nicht gegessen?«

Jane seufzte. Zu viele Fragen. Und was hätte sie antworten

sollen? Dass ihr der gerüschte Zweiteiler nicht gefiel, sie sich im Laden aber nicht getraut hatte, Nein zu sagen, während Rossella, Giorgia und die Verkäuferin sie mit geheuchelten Komplimenten überschüttet hatten? Dass sie ganz genau wusste, dass sie mit ihren zehn Jahren kaum älter als neun aussah und mit den anderen Mädchen nicht das Geringste gemein hatte? Dass sie sie sowieso allesamt blöd fand, weil sie ständig über die Jungs am Strand redeten und Ranglisten aufstellten und Jane nicht mit dem Hintern anguckten? Dass sie in den gesamten zwei Wochen nie ein Wort mit ihr gewechselt hatten, bis auf die Frage, wo zum Teufel sie ihre Eltern gelassen habe? Die Jungs waren auch nicht besser. Giacomos Freunde vertrieben sich die Zeit am liebsten damit, über Sex zu reden und jedes weibliche Wesen als Hure und Nutte zu beschimpfen. Mit ihnen hätte sie allenfalls Fußball spielen können, aber das war undenkbar, weil sie ein Mädchen war.

»Ich wollte eben lesen«, murmelte sie widerwillig.

»Lesen ist etwas ganz Wunderbares, Jane«, flötete Rossella überschwänglich, »und du tust gewiss gut daran. Aber was ich dir sagen will, Liebes, ist, dass du diese tolle Gelegenheit hast, am Meer zu sein, und die Sonne würde dir guttun, und ein schönes Bad im Meer oder im Pool ebenfalls, und Spaß macht es außerdem, weißt du …« Ihr Enthusiasmus fiel in sich zusammen, und sie wusste nicht mehr, was sie sagen sollte. Auch die Tante konnte es kaum abwarten, sie endlich wieder in ihren Alltag zu entlassen.

Hastig schlüpfte Jane in das übliche verwaschen graue T-Shirt und die blauen Shorts, obwohl Tante Rossella ihr die Schränke mit geblümten Tops vollgestopft hatte, zwang sich dazu, sich nützlich zu machen, und fragte, welche von den mit zahllosen Wechselbadeanzügen, Bergen von Verpflegung, Eimern, Schaufeln und Förmchen in allen erdenklichen Ausführungen bepackten Taschen, mit denen sich die Familie allmorgendlich völlig sinnlos belud, sie tragen solle. Giorgia spielte nie mit dem Strandspielzeug und vertrieb sich die Zeit lieber mit Quengeln: Sie wollte gleich nach dem Essen ins Wasser, aber das ging nicht, weil das zu gefährlich war und man mindestens zwei Stunden warten musste, sie wollte Krabben auf den Klippen fangen, aber das ging auch nicht, weil man in der prallen Mittagssonne einen Sonnenstich bekam, und wieso darf Jane dann auf die Klippen, nein, Jane darf auch nicht auf die Klippen, o Gott, sie ist auf den Klippen, Jane, komm sofort da runter!

Giacomo lud ihr die schwerste Kühltasche auf, und Tante Rossella nahm Giorgia auf den Arm, die zu müde zum Laufen war. Jane ging mit Bettina am Schluss, die sich mit drei prallvollen Taschen beladen hatte.

»Soll ich dir helfen?«, fragte sie schüchtern. Sie würde schon noch etwas tragen können. Bettina musterte Janes Füße. Ein Nagel war zersplittert und halb abgerissen.

»Was du am Fuß gemacht?«, fragte sie barsch.

Es war beim Kicken passiert. Die Jungs hatten sie für zehn Minuten als Ersatzspieler mitmachen lassen, und sie hatte sogar ein Tor geschlossen, doch kaum war der Spieler vom Klo zurück, war sie wieder rausgeflogen.

»Nichts.«

»Fußball ist Männerspiel«, konstatierte Bettina.

»So ein Quatsch, Bettina, wie kommst du denn darauf? Fußball ist auch ein Frauensport, es gibt Profiteams, und inzwischen machen sie sogar bei den Olympischen Spielen mit.«

»Für mich ist für Männer, Frauenmannschaft hin oder her Männer mögen keine Frauen, die Fußball spielen. Du kleines Fräulein, musst dich benehmen wie kleines Fräulein.«

Jane schaute sie ungläubig an und hätte fast losgeprustet. Am liebsten hätte sie ihr gesagt, dass Männer bestimmt auch nichts für Frauen übrighatten, die aussahen wie viertürige Kleiderschränke. Doch wenn es stimmte, dass daheim in der Ukraine drei ebenso hünenhafte Söhne auf sie warteten, musste es wohl einen Mann geben, der selbst an Bettina Gefallen gefunden hatte. Jane musterte die schwitzende, schnaufende Frau und biss sich auf die Zunge.

»Du auch zu viel lesen oder immer zeichnen, du noch davon wirst blind oder dir platzt Gehirn«, beharrte Bettina.

»Und du besser ordentlich viel lesen, dann du wenigstens lernen Italienisch!«, schoss Jane zurück, sprang auf eines der Fahrräder und sauste davon, ohne auf ihre Tante zu achten, die ihr nachzeterte, sie solle an den Kreuzungen aufpassen, oder auf den fluchenden Giacomo zu warten, dem sie die Krücke mit der losen Kette dagelassen hatte.

3

Nachdem sie zu Hause geduscht hatte, überlegte Jane, welche Ausrede sie sich diesmal einfallen lassen konnte, um sich aus der Affäre zu ziehen. Als sie Onkel Francos Auto in der Auffahrt parken hörte, wusste sie, dass ihr nicht viel Zeit blieb. Überschwänglich begrüßte der Onkel Giorgia und hörte sich Giacomos Klagen über die vielen Hausaufgaben an. Für ihren Onkel war es leicht, nett und versöhnlich zu sein, schließlich musste er seine Kinder nur wenige Abende die Woche ertragen.

Jane befühlte gerade ihre Stirn und überlegte, ob sie sich heiß anfühlte, als Giacomo ins Zimmer platzte und sie erschreckt zusammenfahren ließ.

»Bist du noch immer nicht fertig?«, blaffte er. »Du weißt doch, die wohnen weit weg!«

Nämlich gleich hinter der Zufahrt zur Aurelia, in kaum zehn Minuten Entfernung. Aus dem Garten ertönte Giorgias übliches Genöle, ihr würde im Auto schlecht, woraufhin Tante Rossella bestimmt gleich antworten würde: Schluss jetzt, man muss nur alle Fenster runterkurbeln, gerade sitzen und einen Punkt am Horizont fixieren (wenn es denn stimmte), und dann: Wie heißt das noch auf Englisch, Jane?, woraufhin Jane zum x-ten Mal mit absichtlich überspitztem Akzent *motion sickness* nuscheln und Bettina wieder einmal behaupten würde, in der Ukraine gebe es so etwas nicht, so etwas hätten nur verwöhnte Kinder.

»Ich fühle mich nicht so gut.« Sie sah Giacomo mit Leidensmiene an, doch ihr Befinden interessierte ihn nicht die Bohne.

»Machst du mir die Matheaufgaben?«, fragte er drohend und befangen zugleich. Jane hatte zwar keine Ahnung, welche Lehrpläne an Giacomos sündhaft teuren Schule galten, doch diese Gleichungen beherrschte sie seit mindestens einem Jahr im Schlaf.

»Okay, leg sie mir raus«, antwortete sie und hielt fünf Finger hoch. Das war der vereinbarte Preis.

Als sie am Spiegel vorbeikam, konnte sie nicht umhin, einen Blick hineinzuwerfen. Vor einer Weile hatte sie angefangen, sich mit den anderen Mädchen am Strand zu vergleichen. Ihr inzwischen nicht mehr raspelkurzes, schnittlauchgerades schwarzes Haar umrahmte als glatter Pagenkopf ihr Gesicht. Die großen, leuchtend grünen Augen hatte sie von ihrer Mutter geerbt. Sie strahlten so intensiv aus dem hellen Teint hervor, dass die Leute manchmal ganz verunsichert waren. Die Nase war ihr wunder Punkt. Ihre Mutter sagte gern Kartöffelchen dazu und kniff zärtlich hinein, und manchmal schob Jane sie probehalber mit dem Finger hoch, was die Sache allerdings noch schlimmer machte und sie wie ein Ferkel aussehen ließ. Nur mit dem Mund war sie zufrieden, der aussah wie gemalt; was Körper und Zähne betraf, machte sie sich lieber keine Illusionen. Eine Zahnspange kaschierte ihr Gebiss, und vielleicht würde ja doch noch etwas halbwegs Ansehnliches daraus werden, sobald die Tortur überstanden wäre. Bei ihrem Körper indes schien Hopfen und Malz verloren zu sein. Sie war nicht nur schmächtiger als ihre Altersgenossinnen, sondern auch knochiger und sehniger, ohne den kleinsten Ansatz von Busen. Wozu überhaupt der Bikini?

Als Jane in die Küche kam, wartete Rossella bereits auf sie und kramte nervös in den Schränken herum. Was für eine Farce; Onkel und Tante hätten nichts lieber getan, als ihre Nichte mit dem Kindermädchen zu Hause zu lassen, doch sie fürchteten, ihre Freunde könnten sie für herzlos halten. Die gemeinsamen Ferien waren für alle Beteiligten eine Qual: für Jane, die sich wie ein Fisch auf dem Trockenen fühlte, ebenso wie für die italienische Verwandtschaft, die nicht wusste, was sie mit der missmutigen Nichte anfangen sollte, die nur mit einem Buch in der Ecke hockte oder zeichnete oder – schlimmer noch – einen Ball durch die Gegend kickte. Doch Janes Eltern legten Wert darauf, dass sie ein paar Wochen am Meer verbrachte, und obwohl Tante Rossella ihren einzigen Bruder für vollkommen irre hielt, weil er beschlossen hatte, sein Leben an unbekannten Orten zu vergeuden, um Steine auszubuddeln, konnte sie ihm diesen Wunsch nicht abschlagen. Jane wusste, dass ihre Verwandten sie aus Mitleid bei sich aufnahmen, um sie für kurze Zeit aus dem vermeintlichen Kerker ihres englischen Internats zu befreien, auf das sie Giacomo und Giorgia im Traum nicht geschickt hätten. Sie waren fest davon überzeugt, ihr damit etwas Gutes zu tun. Und ebenso felsenfest glaubten sie, sie vor unsagbaren Gefahren zu schützen, weil sie ihre Eltern nicht an irgendwelche exotischen Orte am Ende der Welt begleiten musste. Seit ihrem fünften Lebensjahr flog Jane allein, von einer Stewardess umsorgt und von den Piloten ins Cockpit eingeladen. Freudestrahlend hatte sie von ihrem letzten Flug mit zwei Zwischenstopps nach Maputo erzählt, und Tante Rossella hatte Giorgia entsetzt an sich gepresst, als fürchtete sie, jemand könnte sie ihr entreißen und gewaltsam in ein Flugzeug setzen.

Jane gab sich einen Ruck. »Darf ich zu Hause bleiben, Tante Rossella?«

Hätte sie gesagt, sie fühle sich nicht wohl, hätte sich die Tante Sorgen gemacht. Jane wusste, wie peinlich es ihr war, sie genauso kreidebleich zurückzugeben, wie sie sie bekommen hatte. Ihre Mutter ist Engländerin, hatte Jane sie einer backsteinfarbenen Sonnenanbeterin am Strand zuraunen hören, als handelte es sich um eine schlimme Krankheit.

»Na schön, Jane, wie du willst«, lenkte Rossella sofort ein, weil sie die Streitereien satthatte und froh war, dieses einsame Geschöpf, das beim Abendessen bestimmt Brokkoli statt Nutella-Rolle gewollt hätte, nicht mitschleppen zu müssen.

»Bettina?«, rief Rossella zaghaft. »Hast du was dagegen, wenn Jane heute Abend zu Hause bleibt?«

Theoretisch stand es Bettina zu, sich wenigstens abends auszuruhen und Zeit für sich zu haben.

Aus der Küche war ein undefinierbares Grunzen zu hören, das Jane und Rossella als ein Nein interpretierten.

»Ich kann mir warme Milch und Kekse machen«, bot Jane in Richtung Küche an. Die trübselige Vorstellung ließ Tante Rossella erschaudern, doch sie kam nicht dazu, etwas dagegen einzuwenden.

»Wehe, du fasst Herdplatten an, verstanden?«, antwortete Bettina und tauchte im Türrahmen auf, den sie mit ihren stattlichen Maßen ausfüllte.

»Du kommst mit mir kaufen Pizza.«

Jane nickte folgsam, und Rossella nutzte die Gelegenheit, um sich aus dem Staub zu machen.

»Wir gehen los in zehn Minuten«, setzte Bettina im Befehlston nach, von dem man nicht wusste, ob er dem ukrainischen Akzent oder ihrem Charakter geschuldet war. »Also, geh in Zimmer und mach dich fertig. Und zieh dich normal an!«

Hektisch schlüpfte Jane in ein Paar weiße Shorts und eine gepunktete Bluse. Sie versuchte sich die Haare zu kämmen, die ihr immer wieder in die Augen fielen, behalf sich schließlich mit einer Spange und zog die silberfarbenen Sandalen an, die so gut wie neu waren, weil sie ständig in Flipflops herumlief.

Als sie exakt zehn Minuten später wieder in die Küche kam, stellte sie fest, dass Bettina sich ebenfalls in Schale geworfen hatte: Sie trug glänzende schwarze Hosen und ein rotes T-Shirt, hatte sich die Haare gemacht und sogar Lippenstift aufgelegt. Jane grinste in sich hinein, denn selbst in diesem Aufzug sah sie nicht gerade atemberaubend aus.

Bettina musterte sie prüfend.

»Siehst du, dass du kannst sein hübsch, wenn du willst«, lächelte sie und zupfte ihr eigenes T-Shirt zurecht, um den Bauch zu kaschieren. Jane hatte das Gefühl, das Kompliment erwidern zu müssen.

»Du siehst auch toll aus.« Bettina lächelte geschmeichelt.

Hand in Hand zogen sie los. Zur Pizzeria war es nicht weit, doch sie lag an einer gefährlichen Kreuzung, und man musste einen Umweg laufen, um nicht unter die Räder zu kommen. Jane war schweigsam, aber guter Dinge. Wieder einmal war sie davongekommen.

Weil sämtliche Tische im Freien besetzt waren, mussten sie mit den hohen Hockern am Tresen vorliebnehmen. Bettina half ihr hinauf. Jane bestellte ein kleines Stück Margherita und ließ sich widerwillig zu einem Bissen von Bettinas Salami-Pizza überreden. Bettina orderte noch ein zweites Stück mit Chili, das Jane verweigerte, und genehmigte sich ein Bier, derweil Jane nur Wasser trinken durfte, weil man von Cola nicht schlafen konnte. Jane grunzte unwillig, konnte aber nichts dagegen einwenden.

»Fehlt dir deine Mama?«, fragte Bettina unvermittelt.

Wie immer, wenn die Sprache darauf kam, wurde Jane flau im Bauch. Natürlich fehlte sie ihr, sie fehlte ihr wie verrückt, doch inzwischen war sie daran gewöhnt. Sie rebellierte nicht mehr bei jeder Trennung und hatte gelernt, mit dem Mitleid der anderen umzugehen.

»Meine Mutter und mein Vater müssen an gefährlichen Orten arbeiten. Deshalb lassen sie mich hier, weil ich hier besser aufgehoben bin.«

Bettina lächelte nachsichtig, bestimmt dachte sie an ihre eigene Situation. Immerhin hatte sie auch drei Kinder in der Heimat zurückgelassen, um arbeiten und Geld verdienen zu können.

»Fehlen dir deine Kinder?«, fragte Jane vorsichtig zurück und hoffte, keinen wunden Punkt zu treffen.

Bettina seufzte und schwieg einen Moment.

»Du hast Glück, weil du wenigstens kannst machen Ferien«, sagte sie gedankenverloren. »Mit Meer, Strand, anderen Kindern, Onkel und Tante. Meine Kinder immer in Stadt, weil ich nicht habe Geld, um Ferien zu bezahlen.«

Janes Herz zog sich zusammen, und sie kam sich schrecklich undankbar vor.

»Ich für sie arbeiten muss. Ich will, dass alle drei werden Ärzte.«

Bei der Vorstellung, wie sie den dreien ordentlich Dampf machte, musste Jane lächeln.

»Was du machst, wenn du bist groß?«, fragte Bettina. »Tante Rossella sagt, du nur gute Noten, nicht so wie Giacomo.«

»Stimmt!«, bestätigte Jane stolz. »Aber ich bin mir noch nicht sicher, ob ich Archäologin werden will wie Mama und Papa oder …« – sie war unsicher, ob sie damit herausrücken sollte – »… lieber zeichnen und malen will.«

»Wenn du mich fragst, mit Zeichnen du arm und auch Archäologin nicht gut, weil irgendwann keine Dinge mehr da, die du kannst ausgraben. Arzt viel besser. Oder du heiratest Arzt.«

Für Bettina machte das offenbar keinen Unterschied.

Jane musste lachen, und Bettina wechselte das Thema.

»Ich will Söhne auf englische Internat schicken wie du, aber ich habe Angst, sie werden schlecht behandelt.«

Jane blickte sie groß an: Wann würden sie endlich kapieren, dass man dort weder mit dem Lineal geschlagen wurde, noch sich mit eiskaltem Wasser waschen musste?

»Ich bin dort sehr glücklich«, sagte sie nachdrücklich.

Ehrlich gesagt, fand sie ihr Leben um ein Vielfaches besser als das von Giacomo und Giorgia. Das Einzige, um das sie die beiden beneidete, war, dass sie an einem so schönen Ort wie Rom lebten. »Und außerdem bin ich ja gar nicht *immer* dort …«, schob sie nach.

Wenn ihre Eltern in London waren, fuhr Jane abends nach Hause. Doch leider war das nur selten der Fall.

»Dann hoffentlich ich habe genug Geld, um auch Internat zu zahlen. Zum Glück römische Frauen sehr faul, so ich habe viel Arbeit«, schloss Bettina unbeschwert.

Als sie heimkehrten, stellte Jane beklommen fest, dass die anderen noch nicht zurück waren.

Sie musste also allein einschlafen. Die Zimmerwände waren mit weißen und dunkelroten Blumen bedruckt, und nachts in der Dunkelheit sahen die Blütenblätter wie Blutstropfen aus.

»Wieso sehen wir nicht fern?«, schlug sie Bettina erwartungsvoll vor. Sie wollte ihre Angst nicht zugeben, denn wenn Giacomo dahinterkäme, würde er sie damit aufziehen.

»Aber du todmüde«, stellte Bettina fest. Jane hatte den ganzen Abend gegähnt. Zwei Wochen hatten nicht genügt, um sich an den römischen Lebensrhythmus zu gewöhnen. Im Internat begann die Nachtruhe sehr viel früher.

»Du Angst vorm Alleineschlafen?«, fragte die Ukrainerin, ehe Jane sich herausreden konnte.

Sie nickte und hoffte, Bettina würde ihr Geheimnis für sich behalten.

»Wir machen so. Ich komme und setze mich in Sessel und nähe Säume, aber du nicht lesen vier Stunden, du legen Kopf auf Kissen, Augen zu und sofort schlafen.«

Jane nickte erleichtert.

Beruhigt von der großen Gestalt neben dem Bett, die von der kleinen Handarbeitslampe nur einseitig beleuchtet wurde, schlüpfte Jane unter die Decke und löschte das Licht. Sie dachte an die Abende, an denen sie neben ihrer Mutter einschlief und sich von ihren geheimnisvollen Reisen an märchenhafte Orte erzählen ließ. Eines Tages begleitest du uns, sagte ihre Mutter dann und streichelte ihr über den Kopf, derweil ihr Vater sich in seinem winzigen, mit Büchern und Karten vollgestopften Arbeitszimmer verschanzte und jedes Mal über das ganze Gesicht strahlte, sobald Jane hereinkam, um ihm Hallo zu sagen. Dann suchte er am Computer ein besonders seltsames Tier und sagte: Mal sehen, ob du das zeichnen kannst. Oder er ließ sie bis spätabends aufbleiben, um die Fußballspiele im italienischen Fernsehen zu schauen, und statt am Tisch zu essen, machte Mama belegte Brötchen, die sie auf dem Sofa aßen. Jane stiegen Tränen in die Augen. Wie lange würde sie noch warten müssen? Seit drei Tagen hatte sie nichts von ihnen gehört. Sie waren gerade im Irak, und die Kommunikation war schwierig. Bei jedem Telefonklingeln schreckte Jane so heftig hoch, dass es weder Tante Rossella noch Giacomo und nicht einmal Giorgia entging. Nur Onkel Franco bekam nichts davon mit. Er erkundigte sich höchstens: Na, was machen deine Eltern gerade Schönes?, und erntete von Tante Rossella einen Tritt unter dem Tisch.

Doch irgendwann würden sie wiederkommen, das wusste Jane. Ihr Vater war Römer, ein Römer aus San Lorenzo, pflegte er zu sagen, auch wenn Tante Rossella lieber behauptete, sie seien unweit der Aurelianischen Mauer aufgewachsen.

»Wusstest du, dass mein Vater Römer ist?« Jane hob den Kopf vom Kissen.

»Hmm hmm«, nickte Bettina abwesend und versuchte den Faden in die Nadel zu fädeln.

»Meine Mutter hat Geschichte in London studiert, aber dann hat sie Papa getroffen, er war schon fertiger Archäologe und der einzige, der gut Englisch konnte, deshalb haben sie ihn an ihre Uni geschickt, um ein Seminar abzuhalten; stell dir vor, sie haben ihn Indiana Jones genannt, weil er ein bisschen so aussieht, hast du die Filme gesehen? Es gibt drei, glaube ich, habt ihr die in der Ukraine auch gesehen? Sogar meine Mutter hat ein bisschen Ähnlichkeit mit der Freundin im Film, aber sie hat glatte Haare, so wie ich. Sie stand mit ihrem Studium noch ganz am Anfang, und dann hat sie alles über den Haufen geworfen und ist auch Forscherin geworden ...« Jane hielt inne und musste lachen. »Eigentlich wollte sie mich Indiana nennen, Indiana Emili, hat sie gesagt; meine Eltern haben gar nicht mit mir gerechnet, ich war eine Überraschung.« Bettina grunzte spöttisch, was Jane nicht mitbekam. »Aber Papa hat zu ihr gesagt: Du spinnst. Er wollte mich Giovanna nennen, nach seiner Mutter, aber da hat Mama protestiert. Wir müssen uns in der Mitte einigen, hat sie gesagt, der Nachname ist italienisch, aber der Vorname muss englisch sein, und deshalb haben sie sich für Jane entschieden, weil Jane Giovanna bedeutet ...«

»Was ist heute Abend los?«, fiel Bettina ihr ins Wort. »Zuerst du bist den ganzen Tag stumm, und jetzt du plapperst wie Radio!«

Kleinlaut ließ Jane den Kopf aufs Kissen sinken. Sie konnte doch nichts dafür, dass sie abends im Bett Heimweh bekam.

»Vielleicht ziehen sie in drei Jahren nach Italien, und dann …«, hob sie noch einmal zaghaft an. Ob sie nach Rom, Sizilien oder Apulien gehen würden, würde vom Forschungsprojekt abhängen und stand noch in den Sternen, doch allein die Vorstellung machte Jane glücklich.

»Ich gesagt: Schlafen«, schnitt Bettina ihr das Wort ab, und Jane fügte sich.

Sommer 2013

4

Völlig aus der Puste und am Ende ihrer Kräfte erklomm Jane den Hügel. Sie stand vor einem großen Anwesen. Hoffentlich war sie hier richtig. Sie hatte die S-Bahn genommen, war dann zu Fuß weitergegangen und hatte die wenigen Passanten, denen sie unterwegs begegnet war, nach dem Weg gefragt. Weil das Geld knapp war und sie schon das Hostel zahlen musste, kam ein Taxi nicht infrage.

Seit rund zehn Minuten hatte sie keine Menschenseele mehr gesehen. Plötzlich fühlte sie sich völlig verloren. Rom schien auf einmal weit weg zu sein, und sie war versucht, kehrtzumachen: zurück zu den letzten Geschäften, an denen sie vorbeigekommen war, zum Bahnhof, nach England, ins College. Sie musste sich selbst daran erinnern, weshalb sie hier war. Dies war ihre Chance, sich ein selbstbestimmtes Leben aufzubauen, doch dazu musste sie Geld verdienen. Nach dem Unglück hatte sie sich zwei Jahre länger als geplant im College verschanzt. Jetzt wurde das ehrwürdige Gebäude saniert, und um nicht allein in das kleine Londoner Elternhaus zurückkehren zu müssen, war ihr nichts Besseres eingefallen, als sich einen Job als Au-pair-Mädchen zu suchen. Doch um ehrlich zu sein, war das nicht ihre Idee gewesen, sondern Bettinas, die sie an Tante Rossella weitergegeben hatte.

Endlich erreichte Jane das große Tor. Ehe sie auf die Klingel drückte, versuchte sie einen Blick auf das zu erhaschen, was sich dahinter verbarg. Die dreistöckige Villa schien wunderschön zu sein. Weiter hinten war ein von einer Plastikplane zugedecktes Viereck zu sehen, wahrscheinlich ein Pool. Dahinter erhob sich eine große, hölzerne Laube mit einem Tisch und Bänken darunter. Kleine Eisenlaternen ragten aus dem Rasen. Die üppigen, mit leuchtenden Blüten übersäten Oleandersträucher waren akkurat getrimmt. So viel Perfektion verlangte nach emsigen Gärtnern. Doch jetzt wirkte alles wie ausgestorben. Das einzige Anzeichen menschlichen Lebens war ein am Boden liegendes Fahrrad.

Sie klingelte und wartete, fest davon überzeugt, dass sich nichts rühren würde. Nach einer Weile probierte sie es ein zweites Mal. Nichts.

Sie kontrollierte die Nachrichten auf ihrem Handy. *Wir sehen uns um 18 Uhr. Marina Rocca.*

Mit der Adresse und zwei Telefonnummern, einem Handy- und einem Festnetzanschluss. Es war 18:20 Uhr. Jane versuchte es mit beiden Nummern, ohne Erfolg. Frustriert schob sie das Handy in die Tasche zurück und überlegte, was zu tun war. Sie warf einen letzten Blick auf das Haus und den Garten, dann machte sie sich auf den Weg zurück die Straße entlang und schluckte ihre Enttäuschung hinunter. Sie hatte sich gewaltsam dazu gezwungen, endlich aktiv zu werden, sich einzureden, zwei Jahre Trauer seien mehr als genug und mit zwanzig müsse man ein anderes Leben führen als das ihre, und nun stand sie gleich beim ersten Anlauf vor verschlossenen Türen. Ein alles andere als ermutigender Auftakt.

Sie wollte gerade wieder in die kleine Schotterstraße einbiegen, als ein durchdringendes Hupen sie erschreckt herumfahren ließ. Ein feuerroter Cinquecento peste die Straße hinauf auf das Tor zu und kam vor der Villa abrupt zum Stehen. Eine junge blonde Frau stieg aus.

»Signora Emili? Jane? Sind Sie das?«

Jane machte kehrt, ging zögernd auf die Frau zu und

erspähte im Auto einen kleinen Jungen, der auf dem Rücksitz kauerte. Das mussten sie sein.

Die junge Frau sah fantastisch aus und machte Jane befangen. Sie hatte lange, goldene Locken, hinreißend blaue Augen und ein strahlendes Lächeln. Als wäre sie einer Hochglanzzeitschrift entsprungen: enge Jeans, hohe Stiefel, weiße Seidenbluse, Fransenlederjacke und als i-Tüpfelchen goldene Halsketten und Armreifen. Der Kontrast zu Janes Outfit – Shorts, Trägertop, Sneaker und Baumwolljäckchen – hätte nicht größer sein können.

»O Gott, Jane«, rief die junge Frau. »Ich weiß wirklich nicht, wie ich mich entschuldigen soll, wir waren einkaufen und haben völlig die Zeit vergessen«, sagte sie mit reuevoller Miene. »Blöderweise habe ich die SMS mit Ihrer Telefonnummer verschlampt, sonst hätte ich Ihnen Bescheid gegeben, außerdem bin ich davon ausgegangen, dass Lea im Haus ist.« Sie warf einen Blick auf die unbelebte Villa. »Denn bestimmt haben Sie geklingelt.«

Jane, die es nicht gewohnt war, gesiezt zu werden, bemühte sich um einen ebenso höflichen Ton. »Ja, ich habe geklingelt. Ich habe auch versucht, Sie anzurufen, aber …«

»Ach, das Telefon steht im Arbeitszimmer meines Bruders, der zurzeit nicht da ist. Und der Handyempfang ist hier lausig.« Wieder schüttelte sie den Kopf. »Es tut mir wirklich schrecklich leid, dass ich Sie habe warten lassen.«

Unterdessen hatte sie eine Fernbedienung hervorgekramt, und das Tor öffnete sich gemächlich. Mit gesenktem Kopf schlüpfte der kleine Junge aus dem Auto, flitzte in den Garten, schnappte sich das am Boden liegende Fahrrad und verschwand hinter dem Haus.

»Nick!«, versuchte die Mutter ihn halbherzig zurückzurufen. »Das ist mein Sohn Nicholas. Sie müssen ihn entschuldigen, er ist sauer, weil er mich zum Einkaufen begleiten musste. Wenn es nach ihm ginge, würde sein Leben nur aus Videospielen bestehen, doch hin und wieder muss er ein kleines Opfer bringen«, sagte sie mit vielsagendem Blick, den Jane nicht recht zu erwidern wusste, weil sie sich weder mit Kindern noch mit Videospielen auskannte.

»Gehen Sie ruhig schon mal vor, ich parke den Wagen und bin gleich bei Ihnen«, schob Marina hinterher und zeigte zum Haus. Jane gehorchte. Während sie wartend am Eingang stand und sich neugierig umblickte, wurde die Tür von einer Frau mittleren Alters geöffnet, die sie so gleichgültig musterte wie einen Stein in der Wüste.

»Ich bin Jane Emili«, stellte Jane sich vor, um das Eis zu brechen. »Ich warte auf Marina Rocca, sie parkt noch den Wagen …«

»Ah«, sagte die Frau und verschwand, ehe Jane ausreden konnte. Nicholas sauste auf dem Fahrrad vorbei, ohne anzuhalten. Endlich tauchte Marina auf. Sie trug zwei elegante Papiertragetaschen und eine durchsichtige Plastiktüte mit drei Äpfeln darin. Das waren die Einkäufe?

Marina legte Jane einen Arm um die Schultern und führte sie in ein großes, einladendes Wohnzimmer.

»Hat Lea dir aufgemacht?«, fragte sie. »Ich darf dich doch duzen, oder Jane?«

»Natürlich, Signora Rocca.«

»Nenn mich Marina«, sagte sie herzlich. »Darf ich dir was anbieten? Einen Tee vielleicht?«

Jane nickte und folgte ihr in die große Landhausküche. Marina blickte sich unsicher um, als wüsste sie nicht recht, was sie tun sollte. Sie öffnete ein paar Küchenschränke und holte einen kleinen Topf hervor. Dann stellte sie sich an den Herd, drückte auf einen Knopf – vermutlich der Zündschalter – und bemühte sich vergeblich, die Flamme in Gang zu kriegen.

»Wir sind erst vor Kurzem hierhergezogen, ich weiß noch gar nicht, wie alles funktioniert«, entschuldigte sie sich mit einem Dauerlächeln.

»Ich habe Hunger«, platzte der Junge in die Küche, ohne Jane eines Blickes zu würdigen.

Marina bedachte ihn mit einem hilflosen Lächeln.

»Nick, mein Schatz, es ist noch früh, wieso lässt du mich nicht mit dieser jungen Dame hier reden und gehst noch ein bisschen spielen? Und dann könnten wir Reisbällchen essen gehen!«

»Ich will aber zu Hause essen. Ich will nicht schon wieder los.«

»Fein, wie du willst, dann könnte ich was kau…«

»Ich will Nudeln mit Pesto«, insistierte er. »Du hast es mir versprochen. Und ich habe jetzt Hunger.«

Mehrmals hatte er verstohlen zu Jane hinübergeblinzelt.

»Hallo«, sagte sie und versuchte möglichst warmherzig zu klingen. »Ich bin Jane.«

Der Junge antwortete nicht und wandte sich wieder an seine Mutter.

»Kann ich wenigstens einen Schluck Wasser haben?«

»Nick, Liebling, könntest du ein bisschen höflicher sein? Sag Jane guten Tag. Und sag bitte.«

Der Junge schnappte sich das Glas, das sie ihm hinhielt, und verschwand.

»Du darfst ihm das nicht übelnehmen, er braucht immer einen Moment, ehe er auftaut.«

»Wo habt ihr vorher gewohnt?«

»Am Corso Francia, weißt du, wo das ist?«

Jane nickte.

»Wir mussten aus der Wohnung raus, weil sie meinem Bruder gehört und er sie verkaufen will.« Ihre Stimme klang ein wenig bitter. »Ich würde in der Gegend gern etwas zur Miete finden, aber bis dahin sind wir hier eingezogen und werden wohl den ganzen Sommer bleiben. Für Nicholas ist das perfekt, mit dem Garten und dem Pool. Ich bin hier großgeworden, aber inzwischen wohnen fast alle meine Freunde woanders, und auch beruflich muss ich ständig in die Stadt, deshalb ist es nicht besonders praktisch.«

»Was arbeitest du?«, fragte Jane und stellte sich etwas Glamouröses vor.

»Ich bin Regieassistentin bei einer Theaterproduktion, die Anfang Oktober Premiere hat«, entgegnete Marina stolz. »Es ist eine Shakespeare-Adaption, *Viel Lärm um nichts.*«

Das klang tatsächlich ziemlich glamourös, auch wenn Marina nichts Künstlerisches an sich hatte. Sie sah eher wie ein Model aus.

»Aber reden wir von dir, Jane«, wechselte Marina das Thema. »Du bist Italienerin, hast aber immer in England gelebt.«

Der Tee schien vollkommen vergessen zu sein, doch Jane sagte nichts.

»Mein Vater ist … war Italiener«, überwand sie sich zu sagen. »Meine Mutter war Engländerin.«

Marina schien bereits im Bilde zu sein, denn sie stellte keine weiteren Fragen. Offenbar hatte Bettina ihr davon erzählt, denn von der Gasexplosion in Kairo, die zunächst für ein Attentat gehalten worden war und die Jane mutterseelenallein in der Welt zurückgelassen hatte, war bis auf ein paar kleine Artikel, in denen die akademischen Titel und die Forschungsarbeiten von Professor Francesco Emili und seiner Assistentin und Ehefrau Rose Elizabeth Ward Erwähnung fanden, in den Medien kaum die Rede gewesen. Zwei Leben, verkürzt auf wenige Zeilen, die allerdings nicht unerwähnt ließen, dass ihre Eltern den Großteil ihrer Ersparnisse in eben jenes letzte Projekt in Ägypten investiert hatten, nachdem ihnen die Universität die Mittel gekürzt hatte.

Jane erzählte, dass sie die Schule mit Bestnoten abgeschlossen und daraufhin entschieden hatte, zwei Jahre dranzuhängen, um als Tutorin für die jüngeren Schüler zu arbeiten. Dass sie einen Hungerlohn in Kauf genommen hatte, um sich der Welt da draußen nicht stellen zu müssen, ließ sie unerwähnt.

»Und deine übrige Familie lebt in Mailand«, bemerkte Marina.

»Ja, mein Onkel ist vor ein paar Jahren dort hingezogen.«

»Siehst du sie oft?«

»Eher nicht. Das letzte Mal war ich im vergangenen Februar dort.«

Damals hatte sie sich nur dorthin gequält, um an der Aufnahmeprüfung für die Bocconi teilzunehmen und Tante Rossellas bettelndem Telefonterror ein Ende zu setzen. Nachdem Giacomo sein Studium abgebrochen hatte, um eine Band zu gründen, und Giorgia bereits einmal von der Schule geflogen war und ihr Abi auf der Kippe stand, ruhten nun alle Hoffnungen auf der Nichte. Und da Jane angenommen worden war und Onkel und Tante sogleich enthusiastisch ihre Unterstützung in Aussicht gestellt hatten, hatte dringend eine Alternative hergemusst.

»Worum müsste ich mich kümmern?«, fragte sie Marina und schob die lästigen Gedanken beiseite.

Nicholas sei gerade achteinhalb und habe die dritte Klasse hinter sich, erzählte Marina. Weil er demnächst eine amerikanische Schule besuchen sollte und sie den Sommer in Rom verbringen würden, habe sie ein englisches Au-pair für eine gute Idee gehalten.

»Wer wohnt sonst noch hier?«, fragte Jane. Das riesige Haus machte sie neugierig.

»Mein Bruder. Ursprünglich sollte er mit seiner Frau hier einziehen, aber sie haben sich getrennt … oder fast.« Jane ließ die kryptische Umschreibung unkommentiert. »Bis zu unserem Einzug hat er hier allein gelebt, mit Lea, der Haushälterin, die du vorhin gesehen hast, und ihrem Mann Guido, der sich um den Garten kümmert. Lea war früher Edoardos Kindermädchen, sie vergöttert ihn«, fügte sie hinzu und Jane schloss, dass Edoardo der Name des Bruders sein musste.

»Sie alle lieben das Landleben«, fuhr Marina fort, als handelte es sich um ein schräges Hobby, und Jane musste heimlich zugeben, dass es ihr genauso ging.

Ihre Mutter, Nicholas' Großmutter, lebte bei einer Schwester in Trient, fuhr Marina fort. Nach einer schweren Krankheit sei sie auf das heilsame Klima dort angewiesen. Der Vater lebte nicht mehr. Jane wusste von Bettina, dass er ein bedeutender Gelehrter gewesen war. Nicholas hatte anscheinend nur noch seine Mutter, denn Marina erwähnte den Mann, den sie »den Vater meines Sohnes« nannte und der seit geraumer Zeit in Frankreich lebte und sich offenbar zu wenig um seinen Sohn kümmerte, nur kurz und widerwillig. Es war offensichtlich, dass sie kein Paar mehr waren.

Schließlich kam Marina auf Nicholas' diverse Aktivitäten zu sprechen. Für den Sommer war er für einen Schwimm- und in einem Tenniskurs angemeldet. Außerdem sollte er so oft wie möglich an den Strand gefahren werden – von hier aus brauchte man höchstens eine halbe Stunde. Und weil er in der Schule nur mittelprächtig war, sollte er möglichst viel lernen und Stoff wiederholen. Ob Jane ihm mit Italienisch helfen und selbstverständlich auch Englisch mit ihm üben könne?

Jane wurde allmählich mulmig. Wenn sie den Job annehmen würde, hätte sie ganz schön viel zu tun. Marina würde von den Theaterproben vollkommen in Beschlag genommen sein. Sie war nicht nur Regieassistentin, sondern musste sich offenbar auch um alles andere kümmern: Presse, Kostüme, Requisiten.

»Du hast doch schon den Führerschein, oder?«

Jane nickte.

»Prima! Damit bist du aber früh dran, du bist doch höchstens achtzehn!«

»Ich bin fast zwanzig.« Jane war derlei Kommentare gewohnt.

»Wenn du willst, zeige ich dir dein Zimmer, es liegt gleich neben unseren.« Marina stand auf.

Jane machte ein verdattertes Gesicht. War das hier nicht ein Vorstellungsgespräch? Sie hatte gar nicht mitbekommen, dass sie zugesagt hatte.

»Danke …«

Sie erhob sich ebenfalls. Doch warum eigentlich nicht? Das Gehalt war verlockend, und soweit sie wusste, lag es weit über dem Durchschnitt. Allerdings waren auch die Anforderungen höher als erwartet.

»Lea und Guido haben ihr Schlafzimmer im oberen Stock auf der anderen Seite«, fuhr Marina fort.

»Und wo ist dein Bruder?«, fragte Jane zurückhaltend. Sie wollte nicht indiskret sein.

Marina verdrehte die Augen.

»Da bin ich überfragt. Ich weiß nie, wo der sich gerade rumtreibt, und wenn er hier ist, führt er ein ziemliches Einsiedlerleben. Er arbeitet in der Finanzbranche, aber frag mich nicht, was er da macht, ich könnte es dir nicht erklären. Um das gleich klarzustellen«, schob Marina kategorisch nach, »er steht dauernd unter Strom und will nicht gestört werden, aber wenn man sich von ihm fernhält, gibt's keine Probleme.«

Alles in allem keine besonders verlockende Aussicht: Sie würde also allein in der Pampa hocken, mit einem schlecht gelaunten Kind, zwei alten Leuten und einem gelegentlich aufkreuzenden Kotzbrocken? Das Geld in allen Ehren, aber bevor man Nägel mit Köpfen machte, wäre es vielleicht besser …

»Also, sind wir uns einig, Jane?«

Marina sah sie erwartungsvoll an.

Jane war ratlos. Der Junge war ihr noch nicht einmal richtig vorgestellt worden.

Fieberhaft suchte sie nach einer Ausrede, um Zeit zu schinden.

»Wann könntest du denn anfangen?«, bohrte Marina. »Wenn es nach mir ginge, könntest du gleich hierbleiben.«

Nach einem nicht einmal halbstündigen Gespräch?

»Also, eigentlich hatte ich gedacht … ab Montag«, stammelte Jane, um wenigstens ein paar Tage Bedenkzeit herauszuschlagen.

»Oh«, rief Marina enttäuscht. »Eigentlich will sich morgen früh noch jemand vorstellen, aber wenn du sofort loslegen könntest, würde ich das Treffen absagen. Ich dachte, du wolltest unbedingt einen Sommerjob, um die Zeit bis zur Uni zu überbrücken. Wo willst du noch mal studieren?«

Marina hatte recht. Onkel und Tante hatten sich zwar auf die Bocconi eingeschossen, aber Jane träumte noch immer von der Kunstakademie. Tante Rossella war schier in die Luft gegangen: Nachdem sie jahrelang vergeblich gegen die Verrücktheiten ihres Bruders und ihrer Schwägerin zu Felde gezogen war, fing die Tochter jetzt genauso an. Du willst *Malerin* werden, Jane? Es war nicht leicht gewesen, ihr zu erklären, dass sie nicht die Absicht hatte, Picasso zu werden, und dass es noch eine Menge anderer künstlerischer Berufe gab. Doch jetzt musste sie erst mal auf eigenen Beinen stehen.

Gab es wirklich noch andere Anwärterinnen, oder war das ein Trick, um sie zum Jasagen zu bewegen?

»Hier ist der Vertragsentwurf«, sagte Marina in sachlichem Ton und hielt Jane plötzlich zwei getackerte Ausdrucke hin.

Mit Formalitäten hatte Jane erst recht nicht gerechnet, von einem schriftlichen Vertrag ganz zu schweigen.

Marina musterte sie ungeduldig.

»Wie wär's, wenn du morgen früh anfängst?«, schlug sie vor.

»In Ordnung«, stimmte Jane zu. Schließlich bedeutete ihre Unterschrift keine lebenslängliche Leibeigenschaft; wenn es ihr hier nicht gefiele, würde sie einfach gehen.

»Perfekt!«, rief Marina und umarmte sie.

Hölzern ließ Jane die Umarmung über sich ergehen und atmete tief durch. War sie gerade dabei, einen Fehler zu machen?

5

Jemand klopfte mit drängender Beharrlichkeit an die Tür.

»Jane?« Sie erkannte Nicholas' helle Stimme und wunderte sich, dass er so früh nach ihr rief.

»Da ist jemand für dich«, setzte er nach.

Sie öffnete; bestimmt würde ihm gar nicht auffallen, dass sie noch ungekämmt und im Schlafanzug war.

»Für mich?«

Doch der Junge war schon wieder nach unten geflitzt.

Vergeblich versuchte sie durch das Fenster den Besucher zu erspähen und machte sich hastig fertig. Bei ihrer überschaubaren Garderobe war die Auswahl nicht schwer, aber sie wollte wenigstens vorzeigbar aussehen.

Während sie hektisch durch das Zimmer wuselte, dachte sie zum x-ten Mal in den vergangenen zwei Wochen, dass sie in ihrem ganzen Leben noch nie etwas so Schönes für sich gehabt hatte. Wände und Vorhänge in Hellblau, ein herrlich weiches französisches Bett mit vier Kissen und passender Bettwäsche, ein großer, weißer Vintage-Schrank. Und dann das kleine, strahlend blaue Sofa, der Schreibtisch aus poliertem Holz, das Bücherregal voller antiker, perfekt gereihter Bände, die wunderschön aussahen, auch wenn sie niemand mehr las. Der Flachbildfernseher mit DVD-Laufwerk, alles für sie, und sogar ein eigenes Bad mit Wanne, Dusche, elegant geformten Sanitäranlagen und einem riesigen, von kleinen Lämpchen gerahmten Spiegel. Sie konnte sich wahrlich nicht beschweren. Marina hatte gesagt, es sei eines der hellsten Zimmer im ganzen Haus. Tatsächlich musste man tagsüber die Vorhänge zuziehen, um nicht geblendet zu werden. Wenn man hinausblickte, sah man nur Grün, so weit das Auge reichte. Sie hatte die ganze Villa von oben bis unten erkundet und fand einfach alles daran wunderbar. Am Ende des Gartens gab es sogar ein kleines Wäldchen.

Die erste Zeit war gut gelaufen, und Janes anfängliche Zweifel hatten sich aufgelöst. Trotz der durchgestylten Erscheinung hatte sich Marina als liebenswert herausgestellt, und obwohl sie den Kopf ständig woanders hatte, war sie sehr nett und herzlich. Lea blieb allerdings weiterhin mürrisch, nur bei Nick wurde sie weich. Monatelang hatte sie dieses Haus mit ihrem Mann und ihrem angebeteten Arbeitgeber ganz für sich gehabt, und es fiel ihr schwer, sich an neue Mitbewohner zu gewöhnen. Doch weil Jane bereitwillig beim Abräumen und Saubermachen half und bei jeder Gelegenheit mit anpackte, gelang es ihr allmählich, Lea zu erweichen. Nick war noch immer misstrauisch und obendrein launisch und faul, vor allem, wenn seine Mutter in der Nähe war. Mit ihm allein lief es besser. Ihn zum Lernen zu bewegen, war eine tägliche Herausforderung, ein Eiertanz mit Zuckerbrot und Peitsche. Mit verschränkten Armen hockte er da, starrte auf seine Füße und weigerte sich, die Bücher überhaupt anzufassen. Doch ohne Lernen kein Schwimmbad und keine Verabredung mit Freunden, hatte Jane mit Leas schweigender Zustimmung festgelegt. Und das funktionierte, wenn auch nur mühsam.

Als sie ins Wohnzimmer hinunterkam, fläzte Nick bereits wie erwartet vor dem Fernseher. Von Lea und Marina war nichts zu sehen.

»He, du«, stupste Jane ihn an. »Du weißt, dass heute Mathe dran ist, oder?«

»Nicht jetzt!!!«, maulte er und zückte die Fernbedienungen, als wollte er sich damit verteidigen. »Mama hat gesagt, ich darf erst noch …«

»Okay«, gab Jane nach. »Aber gleich danach.«

Sie ging in den Garten und sah, dass Lea am Tor stand und mit jemandem redete. Sogleich hatte sie die vertraute Gestalt erkannt.

»Bettina!«, rief Jane freudig und lief auf sie zu.

Die Frau empfing sie mit offenen Armen, drückte sie an sich und hob sie begeistert hoch.

»Endlich!«, rief Jane beglückt und versuchte sich aus der Umarmung zu befreien. »Tante Rossella hat mir schon gesagt, dass du mich besuchen kommen würdest!«

»Gestern zurückgekommen aus Ukraine«, sagte Bettina und schob sie ein Stück von sich weg, um sie besser begutachten zu können.

»Du bist geworden wirklich hübsch!«, befand sie bewundernd. »Du siehst aus wie feines Fräulein!«

Jane war froh, dass sie das Silberkettchen angelegt und Lidschatten benutzt hatte.

»Und du bist so … anders«, entgegnete sie fast ungläubig.

Bettina schien keinen Deut älter geworden zu sein, sie hatte sogar abgenommen und sich das blond gesträhnte Haar zu einem eleganten Zopf gebunden. Sie war adrett angezogen und trug eine Lederhandtasche.

Bettina quittierte das Kompliment mit einem koketten Lächeln.

»Du arbeitest hier in der Nähe, stimmt's?«, fragte Jane.

»Ich jetzt nur noch arbeite stundenweise. Weil wohne in Labaro mit Kindern und meinem Verlobten.« Ihre Augen funkelten vor Stolz.

»Oh.« Jane wusste nicht, was sie sagen sollte. Sie erinnerte sich an einen versoffenen Ehemann und hatte mit Neuigkeiten in Liebesdingen nicht gerechnet.

Bettina musterte sie zärtlich, und Jane wurde flau.

»Es tut mir so leid wegen deiner Familie, Jane«, sagte sie sanft.

Jane nickte und murmelte ein leises Danke. In jenen Tagen, an denen sie mit niemandem hatte reden wollen und Tante Rossella gezwungen gewesen war, allein nach London zu fahren, um sich mit dem vertrackten Papierkram herumzuschlagen, während Jane schluchzend auf ihrem Bett lag, hatte Bettina nicht aufgehört, sie anzurufen und ihr liebevolle Nachrichten zu schicken. Auch den Au-pair-Job hatte sie ihr zu verdanken. Kaum hatte Bettina gehört, dass in der Gegend ein englisches Mädchen gesucht wurde, hatte sie Rossella in Mailand Bescheid gegeben. Wenn Jane daran dachte, was für ein unmögliches Kind sie gewesen war, war sie ihr umso dankbarer. Auch Giacomo und Giorgia lagen Bettina noch immer am Herzen, und sie telefonierte regelmäßig mit Rossella, um sich nach ihnen zu erkundigen.

Nick tauchte auf und kam schüchtern näher. Offenbar hatte die Neugier über den Fernseher gesiegt.

»Das ist Nick«, sagte Jane und zog ihn zu sich heran.

Bettina strubbelte ihm freundlich durchs Haar.

»Du bist liebes Kind oder Teufelsbraten wie Jane, als sie klein war?«

Lea lachte, und Jane wurde rot. Doch offensichtlich hatten Bettinas Worte bei Nicholas Eindruck gemacht.

»Wieso?«, fragte er sofort.

Bettina verdrehte die Augen.

»Sie auf niemanden gehört, immer weggelaufen und Fußball gespielt wie ein Junge.«

In Nicks Augen blitzte neues Interesse auf.

50

»Warum kommst du nicht rein, können wir dir etwas anbieten?«, schlug Jane vor, um das Thema zu wechseln. Bettina verzog bedauernd das Gesicht.

»Ich nur vorbeigekommen, um Hallo zu sagen, ich habe Verabredung mit Freundin, die oben bei Läden arbeitet«, sagte sie und nickte mit dem Kinn in Richtung Einkaufszentrum. »Aber du hast meine Nummer, stimmt's?«

»Klar«, antwortete Jane und holte ihr Handy aus der Hosentasche, um nachzusehen.

Bettina warf einen befremdeten Blick auf das ramponierte Telefon und zog ihr teures Smartphone mit strassbesetzter Schutzhülle hervor.

»Hast du wenigstens WhatsApp?«, fragte sie skeptisch.

Jane nickte. Weil ihr Handy sonst völlig nutzlos gewesen wäre, hatte sie sich gefügt und die App heruntergeladen.

Nicholas musste lachen, er zog sie ständig damit auf.

»Ja, aber sie hat kein einziges Spiel!«, verkündete er entrüstet.

»Da kommt Marina«, sagte Lea. Hektisch, aber makellos zurechtgemacht, kam Nicks Mutter aus dem Haus und hastete auf hohen Absätzen zu ihrem Wagen.

Nick rannte zu ihr, und Bettina nutzte den Moment, um sich zu verabschieden. Dann fiel ihr etwas ein, und sie zog einen Umschlag aus der Tasche.

»Deine Tante mir das hier für dich gegeben«, sagte sie und hielt Jane den Umschlag hin.

Zögerlich riss Jane ihn auf, weil sie fürchtete, sein Inhalt könnte schmerzhaft sein.

Es war ein wenige Jahre altes Foto, aufgenommen im botanischen Garten von Madeira. Die letzte richtige Reise mit den Eltern. Strahlend stand die fünfzehnjährige Jane in der Mitte und hatte die Arme um sie gelegt. Neben Rose stand ihr Bruder Jack, der seit fast zwanzig Jahren in einem kleinen Haus hoch über dem Meer auf der Insel lebte. Jane war ihm bei der Beerdigung in Rom wiederbegegnet. Obwohl die Erinnerungen an jene Tage traurig waren, waren ihr die angespannten, halblaut geführten Diskussionen zwischen ihm und Tante Rossella im Kopf geblieben. Jack hatte wegen der Wahl der Kirche protestiert: Weder war meine Schwester katholisch, noch war mein Schwager gläubig, hatte er gesagt. Und als Jane verkündet hatte, sie würde auf dem Internat bleiben und auf keinen Fall zu Onkel und Tante nach Mailand ziehen, hatte er sich auf ihre Seite gestellt. Schließlich hatte Rossella die Waffen gestreckt, allerdings nicht ohne Jack unter die Nase zu reiben, er habe kein Recht, sich in das Leben eines kleinen Mädchens einzumischen, um das er sich nie gekümmert hätte. Er sei ein weltfremder Idealist, genau wie seine Schwester, hatte sie zu Onkel Franco gesagt und sich sogleich auf die Zunge gebissen, weil Jane sie gehört hatte.

Jane betrachtete das Foto und konnte den Blick nicht vom Gesicht ihrer Mutter abwenden. All das schien hundert Jahre her zu sein, als wäre es nie wirklich passiert.

»Du rufst an, wenn du mich brauchst«, riss Bettina sie aus ihrem wehmütigen Tagtraum und drückte sie fest.

Jane umarmte sie gerührt und drückte ihr einen Kuss auf die Wange. Dann verabschiedete sie sich und ging zu Marinas Wagen. Marina saß bereits hinter dem Steuer.

»Ich hab's schrecklich eilig, bin mal wieder spät dran«, rief sie ihr aus dem Autofenster zu. Sie war ständig in Eile.

»Ich weiß noch nicht, wann ich zurück sein werde. Nick hat gesagt, ihr würdet heute ein ... Fußballduell machen?«, fragte sie ungläubig.

Jane warf dem scheinheilig grinsenden Nick einen Blick zu.

»Was zum ... Ach, richtig. Die Abmachung lautete, erst Mathe üben und dann ...«

»Nein, nein, nein!«, protestierte Nick.

»Wunderbar!«, freute sich Marina. »Und denkt dran, dass später Emanuele und Sabina zum Spielen kommen.« Sie zwinkerte ihrem Sohn zu.

Dann startete sie den Motor und brauste davon.

Nick warf Jane einen verstohlenen Blick zu.

»Sabina, Sabina … Lass mich nachdenken«, sagte Jane und folgte ihm ins Haus. Ihr kam ein blondes Mädchen in den Sinn, das mit Nick den Schwimmkurs besuchte.

»Wer ist das noch mal?«

»Eine aus meiner Schule, sie ist in einer anderen Klasse«, antwortete er. »Wir gehen miteinander«, platzte es aus ihm heraus.

»Aha! Du magst sie also?«

Nicholas musste einen Moment nachdenken, als hinge beides nicht zwangsläufig zusammen.

»Mama sagt, sie sei sehr süß«, sagte er dann, als wäre das eine stichhaltige Begründung.

Jane schlug das Mathebuch auf und schob es ihm hin.

»Klingt gut«, meinte Jane. »Und wer hatte die Idee?«

»Sie. In ihrer Klasse hatten schon alle einen Freund, und deshalb …«

Wie romantisch, dachte Jane und lächelte ihn an.

»Und für dich geht das in Ordnung?«

Sein gleichmütiges Schulterzucken wirkte glaubhaft.

Plötzlich legte Nick die Stirn auf die Tischplatte.

»Mir geht's schlecht.« Jane kannte die Nummer bereits und wusste, dass man nicht darauf eingehen durfte.

»Komm schon, Nick, wir hatten doch abgemacht, dass … Nachher kicken wir eine Runde, versprochen.«

»Ich kann noch nicht mal Fußball spielen«, erwiderte er matt.

Jane hob seinen Kopf und merkte, dass er glühte.

6

Nicholas war seit vier Tagen krank und trieb Jane in den Wahnsinn. Er hatte Halsschmerzen und hohes Fieber gehabt, man hatte ihm unter Gestrampel und Gebrüll ein Wattestäbchen in den Mund gesteckt und Streptokokken festgestellt. Zehn Tage Antibiotika. Und obwohl es ihm nach vierundzwanzig Stunden offenbar schon wieder viel besser ging, pendelte er zwischen Sofa und Playstation hin und her und dröhnte sich mit schwachsinnigen Fernsehfilmen und hirnlosen YouTube-Videos zu. Von Lernen wollte er nichts hören, und seine Freunde hielten sich aus Angst vor Ansteckung fern. Marina war ständig unterwegs. Das Fieber hatte jegliche Routine außer Kraft gesetzt. Lea hatte sich auf die Seite des Jungen gestellt: Er sei krank und dürfe sich nicht anstrengen. Sie kochte ihm Kartoffelbrei und verwöhnte ihn mit Eiscreme.

Um vor Langeweile nicht einzugehen, beschloss Jane, einen Ausflug zum Einkaufszentrum zu machen, wo es einen Supermarkt gab, der auch sonntags geöffnet hatte, einen Spielzeugladen, in dem Nick jeden Artikel kannte, und ein Tabakgeschäft mit Briefkasten. Sie hatte versprochen, ihrer alten Internatslehrerin eine Karte für ihre Postkartensammlung zu schicken. Marina hatte ihr ein paar Ansichtskarten mitgebracht, aber die Briefmarken vergessen. Du bist die Einzige auf der Welt, die noch Postkarten schreibt, bestimmt werden bald keine mehr gedruckt!, hatte sie gesagt.

Zum Einkaufszentrum war es eine halbe Stunde zu Fuß, mit dem Auto dorthin zu gelangen, war umständlich, weil man über die Autobahn fahren und auf halber Strecke wenden musste, und der Weg mit dem Rad ging steil bergan. Also fasste Jane sich ein Herz und fragte Guido, ob sie sein altes Moped ausleihen dürfe, das in der Garage stand. Guido half ihr beim Anlassen und zeigte ihr, wie man den Ständer herunterklappte. Das Moped war schwerer als gedacht.

Auf dem Weg zum Einkaufszentrum machte sie am Spielplatz halt, setzte sich in den Schatten und schaute einer Gruppe Jugendlicher zu, die auf einer festgefahrenen Sandpiste waghalsige Kunststücke mit dem Skateboard vollführten. Das hatte sie früher auch einmal gekonnt. Als sie wieder aufs Moped stieg, hatte sie Mühe, den Motor in Gang zu kriegen, und trat mehrmals mit Schwung auf den Kickstarter. Einer der Jungen kam ihr zur Hilfe, erklärte ihr, wie sie den Starterhebel ziehen und loslassen musste, und riet ihr, nicht zu viel Gas zu geben, um den Motor nicht absaufen zu lassen. Jane tat so, als hätte sie alles verstanden, fuhr los und betete, nicht auf halber Strecke liegenzubleiben.

An der Zufahrtsstraße zum Einkaufszentrum bremste sie ab. Weil sie an den Linksverkehr gewöhnt war, musste sie ständig umdenken, doch hier war das sowieso überflüssig: Als mustergültige Römer fuhren die Kunden auf beiden Spuren munter ein und aus, stiegen in die Eisen und riskierten Frontalzusammenstöße. Vorsichtig fädelte Jane sich in die schmale Straße ein und blickte sich suchend nach einem Motorradparkplatz um. Es gab keinen, und wenn doch, war er von Autos in Beschlag genommen. Sie erblickte eine freie Lücke und wollte gerade einparken, als ein großer, dunkler Minivan ihr mit quietschenden Reifen zuvorkam.

»Ich war zuerst da«, protestierte sie halbherzig, als der Fahrer eilig aus dem Wagen stieg.

»Mopeds dort hinten«, erwiderte er im Weggehen, ohne sie eines Blickes zu würdigen, und deutete auf eine Freifläche am anderen Ende des Parkplatzes, auf der zwei offenbar herrenlose Roller, ein paar Fahrräder und ein riesiger Tanklaster standen.

Ich kann genauso gut hier parken, dachte Jane, der Angeber kann mich mal. Trotzdem wartete sie, bis er außer Sichtweite war. Für ein Moped war noch genügend Platz. Sie stieg ab und versuchte, den Ständer herunterzuklappen, der auf dem unebenen Asphalt keinen Halt fand. Wenn sie das Moped weiter nach hinten schob, ragte es auf die Fahrbahn, und weiter vorn war der Bordstein im Weg. Nervös stieg sie wieder auf, um einen anderen Parkplatz zu suchen, doch der Motor wollte nicht anspringen. Schieben war unmöglich. Ein paar Sekunden lang stand sie unschlüssig da, hielt das Moped mit zitternden Armen im Gleichgewicht und war verzweifelt. Dann nahm sie all ihre Kraft zusammen und trat abermals grimmig entschlossen auf den Kickstarter. Der Roller kippte zur Seite und krachte gegen das schwarze Auto. Jane schreckte zusammen und blickte sich verstohlen um. Niemand hatte etwas mitbekommen.

Warum war sie auch so dämlich gewesen, sich mit einem Vehikel auf den Weg zu machen, das dreimal so viel wog wie sie? Mit klopfendem Herzen begutachtete sie das Auto und entdeckte einen Kratzer an der Tür. Im ersten Moment war sie versucht, auf englische Art einen Entschuldigungszettel mit Telefonnummer zu hinterlassen, aber dann gewann ihre italienische Seite die Oberhand, und sie befand, der Kratzer sei kaum zu sehen. Doch jetzt musste sie schleunigst verschwinden. Umständlich setzte sie sich den Helm auf, stieg in den Sattel und versuchte sich mit den Füßen rückwärts aus der Lücke zu navigieren. Nach ein paar Zentimetern stieß sie abermals gegen den Wagen, brachte das Moped mühsam wieder in die Balance und versuchte es mit Schwung. Sie hatte es fast hinausgeschafft, als jemand rief: »Du bist ja noch immer hier! Was soll das eigentlich werden?«

Es war der Autobesitzer. Jane zuckte zusammen, verlor das Gleichgewicht und kippte mit einem kleinen Aufschrei zur Seite. Das Moped drohte gegen die bereits verkratzte Tür zu stoßen und klemmte Jane ein, die mit einem Fuß am Boden und dem anderen halb in der Luft hilflos im Sattel hing.

Der viel zu große Integralhelm war ihr halb über die Augen gerutscht, doch um ihn zurechtzuschieben, hätte sie das Moped loslassen müssen, und es wäre zu Boden gegangen.

»Entschuldigung«, rief sie in das Schaumstoffpolster. »Ich komme hier einfach nicht …«

Der Mann packte sie, um sie hochzuziehen, und der Helm rutschte ihr vollends über die Augen. Blind tastete sie nach einem Halt, bekam ein Stück seines Anzuges zu fassen und ließ das Moped los.

»Nein! Nicht loslassen!«, rief er, damit das Moped nicht gegen sein Auto krachte, doch es war zu spät. Jane klammerte sich an seinen Arm, es folgten ein Scheppern und ein unterdrückter Fluch. Sie versuchte sich den Helm vom Kopf zu zerren. Wo war bloß die gottverdammte Lasche? Vergeblich tastete sie danach und zog am Helm.

Sie konnte nicht sehen, was der Mann machte, und wusste nicht, welche Vorstellung schlimmer war: dass er den Schaden in Augenschein nahm oder dass er ihr dabei zusah, wie sie sich halb den Kopf abriss.

»Könnten Sie mir bitte helfen?«, bat sie zerknirscht.

Sie spürte, wie er an der Lasche nestelte und ihr den Helm vom Kopf zog. Mit vor Hitze und Scham hochrotem Kopf und zerzausten Haaren, die ihr in der schweißnassen Stirn klebten, blickte sie ihn an.

57

»Danke«, flüsterte sie, doch er antwortete nicht. Unwirsch drückte er ihr den Helm in die Hand und bückte sich nach dem Moped.

»Das mache ich schon!«, sagte sie hastig.

»Du rührst dich nicht vom Fleck!«

Reglos stand sie da und sah zu, wie er schnaubend das Moped hochhievte.

»Geh zur Seite«, befahl er.

Er rollte das Gefährt rückwärts aus der Lücke und bockte es in sicherem Abstand auf den Ständer.

Jane musterte ihn. Mit seinem dunklen Anzug, der Krawatte und den glänzenden Schuhen passte er so gar nicht in die sommerlich entspannte Umgebung. Ein Manager, umgeben von Hausfrauen, die hinter ihren Einkaufswagen her schlappten, und dicken, Eis essenden Teenagern in Trainingsanzügen. Mit kribbelndem Magen stellte sie fest, dass er blendend aussah. Hochgewachsen, mit schwarzem Haar und dunklen Augen, als wäre er geradewegs einem ihrer geliebten Romane entstiegen. Auch die sonore Stimme passte perfekt. Die Hausfrauen warfen ihm vielsagende Blicke zu. Ausgerechnet vor diesem Mann musste sie wie die letzte Idiotin dastehen.

Er warf einen nervösen Blick auf seine Uhr, nahm abermals den Schaden in Augenschein, bückte sich und fuhr mit den Fingern über die kleine Beule, die das Moped hinterlassen hatte. Jane vermied es, ihn auf den Kratzer weiter vorne aufmerksam zu machen.

Sie massierte sich das schmerzende Bein.

»Hast du dir wehgetan?«, fragte er.

Jane schüttelte den Kopf. »Es tut mir wahnsinnig leid«, haspelte sie. »Ich weiß nicht, wie ich mich entschuldigen soll.«

»Ich hatte dir ja gesagt, du sollst dort hinten parken«, fuhr er ihr über den Mund.

Sie unterdrückte ihre aufblitzende Wut. Empörung stand gerade nicht an.

»Genau das wollte ich ja! Ich übernehme die Reparaturkosten selbstverständlich.«

Zum ersten Mal nahm er sie ins Visier, musterte sie von Kopf bis Fuß und stieß einen amüsierten Laut aus, der sie erst recht wütend machte. Sie wusste genau, was er dachte: So weit kommt es noch, dass ich diese kleine Göre zur Kasse bitte.

»Wie gesagt, es tut mir leid, und ich entschuldige mich«, wiederholte sie mit fester Stimme. »Das Moped gehört mir nicht, und es ist sehr viel schwerer als ich …«

War es lächerlich, dem Fahrzeug die Schuld zu geben? Ehe sie weiter darüber nachdenken konnte, umrundete er das Moped und betrachtete es aufmerksam.

»Es gehört dir also nicht? Und wo hast du es her?«

Jane kochte vor Wut. Was ging ihn das an? Glaubte er etwa, sie hätte es geklaut?

»Jemand hat es mir geliehen.«

»Wer?«

»Jemand von dort, wo ich arbeite. Was tut das zur Sache?«

Er schien darüber nachzudenken.

»Dann wirst du ihm wohl sagen müssen, dass du einen Rückspiegel kaputtgemacht hast«, bemerkte er.

Jane wurde blass. Das war ihr gar nicht aufgefallen.

»Den bezahle ich.«

»Schaffst du den Rückweg allein?«, fragte er mit einem spöttischen Nicken zur Schnellstraße, auf der die Autos mit überhöhter Geschwindigkeit entlangrasten. »Das ist gefährlich.«

»Keine Sorge.« Jane ging zum Moped und betete, dass sie es diesmal zum Laufen bekam. Sie humpelte leicht.

»Sicher, dass es dir gutgeht?«

»Mir geht's blendend.«

Er blickte sie neugierig an.

»Wo arbeitest du?« Vielleicht hatte er es sich anders überlegt und wollte, dass sie für den Schaden aufkam.

Jane stieg in den Sattel und klappte mit größter Behutsamkeit den Ständer ein. Dann trat sie aufs Gas, und zu ihrer Erleichterung fing der Motor an zu knattern.

»Ich arbeite als Kindermädchen in einer der Villen dort drüben«, sagte sie und machte eine vage Handbewegung. Das Wort Kindermädchen betonte sie besonders. Immerhin klang es nach einem verantwortungsvollen Job.

»Ich wollte ins Einkaufszentrum, um die hier zu verschicken«, fügte sie hinzu und zog wie zum Beweis die Postkarten aus der Tasche.

Noch immer musterte er sie interessiert.

»In welcher Villa?«

Jane suchte nach einer passenden Beschreibung.

»Die neben den Sonnenblumenfeldern bei dem Wäldchen.«

»Die Rocca-Villa?«

Jane nickte. Er kam also aus der Gegend.

»Na, prima«, murmelte er, zumindest klang es so.

»Wie bitte?«

Er schüttelte den Kopf. »Nichts.«

»Wenn Sie mich suchen, finden Sie mich dort.«

Er öffnete die Autotür.

»Ich kann Ihnen auch meine Nummer dalassen«, beharrte sie, um zu zeigen, dass sie erwachsen war und wusste, was sich gehört.

Er winkte ab.

»Nicht nötig«, sagte er und zog grußlos die Tür zu.

Jane sah zu, wie er den Rückwärtsgang einlegte und davonfuhr, und wagte sich nicht zu rühren, bis er verschwunden war.

Eingebildeter Blödmann! dachte sie grimmig.

7

Als Jane wieder nach Hause kam, bemerkte sie sofort, dass etwas nicht stimmte. Das Tor stand sperrangelweit offen. Auch die Fenster der ungenutzten Räume auf der ihrem Zimmer entgegengesetzten Seite der Villa waren geöffnet. Selbst Nicholas war aus seiner Lethargie erwacht und flitzte aufgeregt durch den Garten. Vielleicht war Marina vorzeitig nach Hause gekommen und hatte ihm endlich einen Spielkameraden mitgebracht. Sie rief nach ihm, doch er hörte sie nicht. Sie schob das Moped in die Garage. Guido kniete vor einem Auto und versuchte mit behutsamen Schlägen eine Delle in der Wagentür auszubeulen. Nicht irgendeine Delle. Jane stand da, als hätte man ihr einen Faustschlag in die Magengrube verpasst.

Guido blickte auf.

»Ich habe schon gehört, dass du einen schönen Schlamassel angerichtet hast«, sagte er.

Jane starrte das Auto an: Es war der dunkle Van vom Parkplatz.

»Woher weißt du das?«, stammelte sie und fürchtete sich vor der Antwort.

»Von Dottor Rocca. Er sagte, ihr hättet euch beim Einkaufszentrum getroffen.«

In Guidos Stimme lag freundlicher Spott.

Schwitzend, in einem weiß-blauen Fußballtrikot, barfuß und mit rotem, freudestrahlendem Gesicht kam Nicholas angerannt.

»Jane, Onkel Edo ist wieder da!«, rief er fröhlich. »Weißt du, dass er *wahnsinnig* gut Fußball spielt? Nicht so wie du.« Weil er regelmäßig gegen Jane verlor, war es ihm eine Genugtuung, sie auf den zweiten Platz zu verweisen.

»Hast du gesehen, was er mir mitgebracht hat?« Hüpfend drehte er sich im Kreis, damit sie den Namen Nicholas und die Nummer elf auf seinem Rücken lesen konnte.

»Das ist das Original-Trikot von Lazio«, erklärte er. »Und die Nummer elf ist Klose, Onkel Edo meint, ich spiele so wie er.«

Jane blickte sich verunsichert um. Alles wirkte plötzlich anders und fremd.

Mit Wechselbettwäsche unterm Arm kam Lea keuchend angelaufen. Sie wirkte zehn Jahre jünger und strahlte mit Nick um die Wette.

»Alles in Ordnung, Jane?«, fragte sie besorgt. »Wir haben gehört, es hat einen kleinen Unfall gegeben. Tut dein Bein noch weh?«

Jane schwindelte.

»Nein, alles ist gut. Es tut mir leid wegen des Spiegels.«

»Ach, kein Problem«, antwortete Lea ungewohnt versöhnlich. »Guido liebt es herumzuschrauben, er bringt das wieder in Ordnung. Hör mal, Jane«, fügte sie mit leiser Stimme hinzu und blinzelte verstohlen zu Nicholas hinüber. »Edoardo ... Dottor Rocca muss sehr viel arbeiten und wäre dankbar, wenn der Junge nicht ...«

Jane nickte. Sie würde dafür sorgen, dass er ihm nicht in die Quere kam.

»Heute Nachmittag empfängt er zwei Kunden«, fuhr Lea beflissen fort. »Und ich muss das Wohnzimmer aufräumen, das Arbeitszimmer putzen, sein Schlafzimmer zurechtmachen ...«

»Ich kümmere mich um Nick«, versicherte Jane.

Ihr Magen kribbelte, und ihr Herz schlug schneller.

»Nick, du erkältest dich noch, wenn wir deine Haare nicht trocknen, komm, ab ins Haus.«

»Ich will aber nicht!«

Jane griff seinen Arm und zog ihn unsanft hinter sich her. Verdattert fügte Nicholas sich.

Im Bad blies sie ihm mit dem Fön das Trikot und den Pagenkopf trocken.

»Wo ist denn dein Onkel?«, fragte sie leise, als wäre die Frage verboten.

»Pff«, entgegnete er und betrachtete sich im Spiegel.

»War er sauer?«

»Wieso?« Nicholas machte ein erstauntes Gesicht.

»Ist er groß und hat dunkle Haare, die ihm in die Stirn fallen?«

Eigentlich brauchte sie keine Bestätigung. Die Hoffnung, er könnte es nicht sein, war verschwindend gering.

Nicholas schaute sie ratlos an.

»Er ist groß«, bestätigte er nach ein paar nachdenklichen Sekunden, »mit normalen Haaren«, schloss er, stolz auf seine präzise Beschreibung.

Beim Mittagessen waren sie zu zweit. Um dem Jungen Gesellschaft zu leisten und jede Begegnung mit seinem Onkel zu vermeiden, machte Jane ihm Hamburger mit Pommes und ließ sich beim Kartoffelschneiden von ihm helfen. Verstohlen bewegte sie sich durch die Küche, als könnte Edoardo Rocca jeden Moment zur Tür hereinkommen. Doch die Einzige, die sich blicken ließ, war Lea.

»Er hat nicht einmal Zeit, zu essen«, sagte sie kopfschüttelnd. Sie füllte ein Tablett mit Schinken, Büffelmozzarella,

Oliven und Salat und kassierte unter Nicholas' Protesten den halben Teller Pommes Frites ein, den sie jedoch kurz darauf unversehrt zurückbrachte.

Nach dem Essen wollte Nick fernsehen. Jane war einverstanden, vielleicht würde er dabei einschlafen. Sie schloss die Schiebetür, um keinen Lärm zu machen und sich sicherer zu fühlen, und setzte sich mit ihrem Kindle zu ihm auf das Sofa. Zusammen kuschelten sie sich unter die Baumwolldecke und waren kurze Zeit später eingeschlafen.

Sie wusste nicht, wie viel Zeit vergangen war, als das sachte Geräusch der Tür sie weckte.

Als sie die Augen aufschlug, stand Edoardo Rocca vor ihr. Sie brauchte ein paar Sekunden, um in die Wirklichkeit zurückzukehren, doch dann sprang sie so hastig auf, dass der Kindle zu Boden fiel.

Edoardo legte den Finger an die Lippen und deutete mit einer Kopfbewegung auf den schlafenden Jungen.

»Tut mir leid, dass ich dich geweckt habe«, sagte er leise. »Ich suche Lea, sie hatte versprochen, mir ein Hemd zu bügeln.«

»Keine Ahnung, wo sie ist«, wisperte Jane und sah sich um.

»Wo wir schon dabei sind«, fuhr er nach einer nachdenklichen Sekunde fort, »sollten wir vielleicht miteinander reden, was meinst du?«

Er schien noch weniger Lust darauf zu haben als sie, doch Jane nickte stumm.

Hastig zupfte sie sich das knitterige T-Shirt zurecht und folgte ihm.

Sie durchquerten den Flur, der in den anderen Teil der Villa führte, der bis dahin streng verbotene Zone gewesen war, denn dort lag das Büro von Edoardo.

Lea und Marina ermahnten Nicholas ständig, keinen Fuß hineinzusetzen und bloß nichts anzufassen.

Rocca ließ ihr galant den Vortritt und wies auf den Sessel, doch Jane blieb beklommen stehen und sah zu, wie er ein paar Unterlagen auf seinem Schreibtisch ordnete.

Als er bemerkte, dass sie wie eine Salzsäule dastand, kam er auf sie zu und hielt ihr die Hand hin.

»Ich bin Edoardo Rocca.«

Ach nee! hätte sie am liebsten geantwortet, doch ironische Kommentare waren wohl nicht angebracht.

»Ich bin Jane«, antwortete sie. »Emili«, schob sie hastig nach.

»Wollen wir uns setzen, Jane?« Er nahm hinter dem Schreibtisch Platz und deutete abermals auf den kleinen Sessel.

Steif und nervös nahm sie Platz. Sie hatte plötzlich das Gefühl, als wäre sie geschrumpft und als nähme seine Gegenwart den gesamten Raum ein. Er war noch immer makellos in Jackett und Krawatte.

Sie blickte starr auf den Stifthalter und hoffte, dass Edoardo den Anfang machen würde.

»Bestimmt hast du dich gefragt, warum ich mich bei unserer Begegnung auf dem Parkplatz nicht vorgestellt habe«, hob er an.

Sie zwang sich, ihn anzusehen, und nickte.

»Zuerst musste ich mir über drei Dinge klarwerden: Wer bist du, was machst du, und wie viel zahle ich dir.«

Jane wurde flau.

»Ich habe alles mit Marina besprochen«, erklärte sie verwirrt.

»Ich weiß.« Er klang eine Spur freundlicher. »Aber du arbeitest für den, der dich bezahlt, und das bin ich.«

Jane wollte etwas Kluges erwidern, doch ihr fiel nichts ein.

»Und ich sehe, dass du mich ein hübsches Sümmchen kostest«, fügte Edoardo Rocca hinzu und studierte ein Blatt Papier. Jane erkannte es wieder. Es war der Vertrag mit dem angehefteten kurzen Lebenslauf, den sie Marina per Mail geschickt hatte.

»Ich verstehe nicht ganz.«

»Da gibt es nicht viel zu verstehen, Jane«, erwiderte er und klang, als rede er mit einem begriffsstutzigen Kind. »Wenn ich den Unterhalt für meine Schwester und meinen Neffen zahle und sie einen Babysitter oder ein Au-pair-Mädchen oder was auch immer einstellt, kann man davon ausgehen, dass ich dafür aufkomme.«

Jane war sprachlos.

»Sie wussten also nicht, dass ich …«

»Du kannst mich duzen.«

Völlig ausgeschlossen, dachte Jane sofort. Nicht nur wegen des Altersunterschieds: Sie trennten Welten.

»Sie sagte, sie bräuchte Hilfe mit Nicholas, weil sie jetzt arbeite«, fuhr er fort und lehnte sich zurück. »Und ich hatte ihr versprochen, dass wir darüber sprechen würden.«

Jane hörte angespannt zu und versuchte die Puzzleteilchen zusammenzusetzen. Offenbar wollte er damit sagen, dass er keine Ahnung von ihr gehabt hatte.

Sie fühlte sich, als wäre sie auf einen üblen Scherz hereingefallen.

»Bei mir einzuziehen, war für Marina, als müsste sie ins Exil gehen«, sagte er sarkastisch. »Und ich weiß, dass sie dauernd weg ist, aber ich dachte, Lea wäre ihr Hilfe genug.«

Jane zwang sich, ruhig zu bleiben.

»Eigentlich hatten wir gehofft, unsere Mutter würde herkommen, doch es geht ihr nicht gut, deshalb wird daraus nichts«, sagte er wie zu sich selbst.

»Das tut mir leid.«

»Danke«, erwiderte er flüchtig.

Offenbar mochte er es nicht, unterbrochen zu werden.

»Wie dem auch sei«, hob Edoardo wieder an, »Marina hatte mir von ihrer Idee erzählt, der Junge solle ein wenig Englisch lernen.«

Er taxierte sie routiniert.

»Und offenbar ist es nicht bei der Idee geblieben.«

Jane wurde immer mulmiger. Gut möglich, dass er sie Knall auf Fall entlassen würde.

»Ich …«

Rocca fuhr fort, ohne sie zu beachten. Wieder griff er nach dem Blatt.

»Wir haben hier also Jane Emili, die unter diesem Dach wohnt und der wir ungefähr das Doppelte dessen zahlen, was ein Kindermädchen üblicherweise bekommt. Zumindest würde ich das grob so einschätzen. Was mich vermuten lässt, dass Marina wohl eine ganze Weile vollauf beschäftigt sein wird und dafür sorgen wollte, dass du einen guten Grund zum Bleiben hast.«

Am liebsten wäre Jane im Erdboden versunken.

»Kannst du wenigstens Englisch?«, fragte er skeptisch und nahm den Lebenslauf ein wenig genauer in Augenschein.

Ein Funken Stolz blitzte in ihr auf, und endlich fand sie den Mut zu reagieren.

»Selbstverständlich«, erwiderte sie. »Und ich bedauere dieses Missverständnis, aber dafür kann ich nichts.«

Er sah sie durchdringend an.

»Aber wenn meine Gegenwart nicht gewünscht ist«, fuhr sie fort, »kann ich …«

»Willst du etwa kündigen?«, fiel er ihr ins Wort.

Jane spürte, wie ihre Entschlossenheit mit einem Schlag verpuffte.

»Ich dachte, das würden Sie tun«, sagte sie kleinlaut.

Er deutete ein Lächeln an. »Ich denke gar nicht daran.«

In Jane machte sich Erleichterung breit.

»Gut, aber wenn Sie mein Gehalt für überzogen halten, können wir natürlich ...«

Jetzt brach er in herzliches Lachen aus, und Jane kam sich dumm vor, ohne zu wissen wieso.

»Ich nehme an, das hier ist deine erste Anstellung, richtig?«

»An meinem College habe ich zwei Jahre lang als Tutor für Erstsemester gearbeitet«, sagte sie und deutete auf ihren Lebenslauf.

Er ging gar nicht erst darauf ein.

»Darf ich dir einen Rat geben?«

Jane nickte. Sie spielte bei dieser Unterhaltung sowieso keine Rolle.

»Niemals und auf keinen Fall darfst du diejenige sein, die eine Gehaltsminderung vorschlägt. Vor allem, nachdem du einen Vertrag unterschrieben hast, der dir ein saftiges Gehalt zusichert. Das ist ein unkluger Schachzug.«

Sie wurde rot.

»Nichts für ungut«, schob er bemüht jovial hinterher.

»Das hier«, er wedelte mit dem Vertrag, den Marina sie hatte unterschreiben lassen, »ist absoluter Blödsinn und hat keinerlei juristischen Wert, doch da du nun einmal hier bist, ist es in *deinem* Interesse, es zu verteidigen, und in *meinem*, gegebenenfalls dagegen vorzugehen.«

Jane fühlte sich belehrt wie ein kleines Kind.

»Aber was wollen Sie dann von mir, wenn ich fragen darf?«

Seufzend warf er einen Blick auf seine Uhr. Das tat er wohl dauernd. Jetzt fühlte Jane sich noch schlechter: Sie verplemperte seine Zeit. Doch dann fiel ihr ein, dass er um das Gespräch gebeten hatte.

»Hör mal, Jane«, sagte er bemüht geduldig. »Ich kenne dich nicht, aber ich weiß, dass du es seit bereits drei Wochen hier aushältst. Lea hat mir nur Gutes von dir erzählt.« Plötzlich empfand Jane so etwas wie Zuneigung für die alte Haushälterin. »Und ich bin sicher, Marina wird das Gleiche tun. Dennoch glaube ich«, fuhr er mit unverändertem Gesichtsausdruck fort, »dass wir dir zu viel zahlen und dass du keinerlei Erfahrungen mit Kindern hast.«

Jane wurde unruhig, doch Edoardo hob Einhalt gebietend die Hand.

»Doch da Marina nun einmal so *eingespannt* ist«, sagte er mit sarkastischem Unterton, der durchblicken ließ, was er von der Tätigkeit seiner Schwester hielt, »ist es wohl besser, dass du bleibst.«

Jane hörte wortlos zu.

»Hätten sie mich nach meiner Meinung gefragt, hätte ich mich niemals für jemanden so Junges entschieden«, setzte er nach, ohne sich um Janes Verlegenheit zu scheren. »Doch zurzeit bist du wohl die richtige Person am richtigen Ort.«

Er machte eine Pause, doch sie traute sich nicht, etwas zu erwidern.

»Also …«, hob sie etwas später fragend an.

»Also bleibt für dich alles beim Alten. Du hast einen Job und ein Spitzengehalt. Doch jetzt weißt du, wie die Dinge liegen. Selbst die unangenehmste Wahrheit ist um Längen besser als eine Lüge.«

Er verschränkte die Arme. Er war fertig: Was ihn betraf, war das Problem Jane gelöst. Sein Telefon klingelte, und er stellte es aus Höflichkeit stumm, doch man musste kein Experte für nonverbale Kommunikation sein, um zu begreifen, dass das Gespräch beendet war.

Jane blieb sitzen. Sie war unglücklich.

»Noch Fragen?«, sagte er in verbindlichem und zugleich unmissverständlichem Ton.

Ihr war zum Heulen zumute. Sie versuchte sich zusammen-zureißen.

»Gibt es noch etwas, das du wissen willst?«, fragte er noch und fuhr mit dem Finger über das Handydisplay.

Jane stand auf und sprach, ehe sie nachdenken konnte.

»Werden Sie den ganzen Sommer hier sein?«

Zum zweiten Mal lachte er herzlich auf.

»Ich bestehe darauf, dass du mich duzt. Wäre es dir lieber, wenn ich wieder verschwinden würde?«

»Absolut nicht, ich wollte es nur wissen.«

»Das hier ist mein Haus.« Jane nickte nachdrücklich. »Und außerdem mag ich es aus denselben Gründen, aus denen Marina es nicht ausstehen kann. Es ist ruhig, und ich habe hier meinen Frieden.«

Jane nickte wieder.

»Aber zurzeit habe ich mächtig viel um die Ohren.« Ein schwer zu deutender Ausdruck trat in sein Gesicht. Das Telefon klingelte abermals, und er griff ungehalten danach.

»Ich rufe dich zurück«, blaffte er, legte auf und wandte sich mit bemüht gleichmütiger Miene wieder an Jane.

»Wie gesagt, ich bin sehr beschäftigt und werde mich die meiste Zeit in diesem Zimmer vergraben. Du kannst beruhigt sein: Du wirst nicht allzu viel von mir mitbekommen«, witzelte er und stand auf, um sie zu entlassen. »Wenn du nichts dagegen hast, ich habe eine Menge zu tun. Wenn du etwas brauchst, kannst du mich anrufen, hier ist meine Nummer.«

Er nahm eine Visitenkarte vom Schreibtisch und hielt sie ihr hin.

»Okay, dann gehe ich mal«, sagte sie und wandte sich zur Tür.

Sie wollte sie gerade hinter sich zuziehen, als er sie zurück-rief.

»Jane?«

Fragend drehte sie sich um.

»Mir wäre es lieber, wenn du das Moped nicht benutzt. Das sah mir nicht besonders sicher aus.«

Ein schöner Euphemismus. Er hielt sie für komplett unfähig.

Sie nickte stumm. »Jedenfalls niemals mit Nicholas, verstanden?«

Das war ein Befehl.

»Das hätte ich sowieso nie getan.«

»Wie beruhigend«, hörte sie ihn noch beim Hinausgehen sagen.

8

In den folgenden Tagen war von Edoardo Rocca kaum etwas zu sehen. Jane wusste nicht, ob sie darüber froh sein sollte. Sie fürchtete so sehr, er könnte sie noch einmal ansprechen, dass es ihr lieber gewesen wäre, er würde es einfach tun, damit sie nicht ständig davor Angst haben müsste. Sie nahm sich vor, sich möglichst nützlich und effizient zu zeigen. Doch er hatte sich in seinem Arbeitszimmer verschanzt. Hin und wieder sah man ihn in einer hinteren Ecke des Gartens hitzig ins Telefon sprechen.

Er war ständig in Anzug und Krawatte gekleidet und wirkte getrieben. Sein Wunsch, nicht gestört zu werden, war unübersehbar. Mit gesenktem Kopf hastete er an einem vorbei und grüßte kaum, und sobald er den Garten Richtung Haus durchquerte, schien er die Luft anzuhalten, als müsste er in einer vollen Badewanne untertauchen. Er versuchte jedem Hindernis aus dem Weg zu gehen. Das eine war Lea, die ihm mit altgewohnter, unerschrockener Selbstverständlichkeit Fragen zu Mahlzeiten, Terminen und Kleidungsstücken stellte. Edoardo antwortete allenfalls mit einem Minimum an Höflichkeit, was sie ihm jedoch nicht krummnahm. Das andere war Nick, der in der Hoffnung, von ihm beachtet zu werden, jeden seiner Schritte verfolgte und von Marina, Lea oder Jane sogleich wieder zurückgepfiffen wurde. Dein Onkel hat zu tun, dein Onkel kann gerade nicht, vielleicht morgen. Edoardo zauste ihm allenfalls durchs Haar oder hielt ihm die Hand zum High five hin. Nachdem Marina ihrem Sohn dreimal versprochen hatte,

Edoardo würde am nächsten Tag Zeit haben und mit ihm ans Meer fahren, und dreimal nichts daraus geworden war, beruhigte sich Jane allmählich.

»Spielen wir was?«, bettelte Nicholas mit gefalteten Händen und machte ein liebes Gesicht. »Bittebittebittebitte, Jane, spielen wir eine Partie?«

Jane sah auf die Uhr. Es war zwei, die schlimmste Tageszeit: Es war zu heiß, um draußen zu sein, und Nick war zu satt zum Lernen. Marina hatte sich nicht blicken lassen, Edoardo hatte das Haus frühmorgens verlassen.

Sie nickte resigniert und folgte ihm zum Sofa.

Er drückte ihr die Steuerung in die Hand und schaltete den Bildschirm ein. Jane prustete los.

»Schon wieder Real Madrid gegen Pescara?«

Sie war Pescara.

»Wenn du Roma willst, musst du mir Janiño verkaufen.«

»Janiño ist nicht zu verkaufen«, protestierte Jane.

»Bittebittebittebitte, ich verkaufe dir Nickiño«, drängelte er.

»Nickiño kannst du behalten. Ich will keinen Fünfzigjährigen in meiner Mannschaft.«

»Beim Alter habe ich mich geirrt, da kann ich nichts dafür!«

»*Du* hast behauptet, du könntest subtrahieren«, stichelte Jane.

Nicholas umklammerte die Steuerung und wappnete sich für die nächste Abreibung. Jetzt war auch Jane wieder wach. Weil sie sich mit der Steuerung nicht ausgekannt und Nicholas ihr die miesesten Spieler zugeteilt hatte, hatte sie am Anfang sämtliche Spiele krachend verloren. Doch allmählich hatte sie Blut geleckt und Janiño aufgestellt, der sich in kürzester Zeit zu einem wahren Fußballass gesteigert hatte und Pescara zu unverhofften Höhenflügen verhalf.

»Kommentierst du nicht das Spiel?«, drängelte der Junge. Das fand er am lustigsten. »Aber du darfst Nickiño nicht den tatterigen …«

Lachend begann Jane, mit tiefer Stimme den Kommentator zu mimen. Wer sie gehört hätte, hätte sie für verrückt erklärt, aber zum Glück waren sie allein.

»Und nun präsentieren wir euch aus dem Cornacchia-Stadion in Pescara das Champions-League-Finale 2013.«

»Nein, das Finale war in Wembley.«

»Pescara ist ins Finale gekommen. Eine noch nie dagewesene Sensation.«

»Das kann gar nicht sein.«

»Wir spielen doch nur, Nick.«

»Sag Wembley, weil das toller ist!«

»Herrje. Na gut: Und nun präsentieren wir euch aus dem Londoner Wembley-Stadion das lang erwartete Finale zwischen Pescara, das es entgegen allen Voraussagen bis hierher geschafft hat, und dem zehnmaligen Champion Real Madrid. Wir sind in der fünfunddreißigsten Minute der ersten Halbzeit und Real führt mit 1 zu 0. Pescara wirkt wie vor den Kopf geschlagen, die gesamte Mannschaft ist in der Defensive, doch da setzt das junge Supertalent Janiño zu einem seiner sagenhaften Sololäufe an, spielt zwei Gegner aus, Marcelo und Nickiño, der ein bisschen aus der Puste wirkt, was an seinem Alt…«

»Ach, komm schon!«, protestierte Nick, der blitzschnell auf die Knöpfe drückte und ihr den Ball abjagen konnte.

»Achtung! Nickiño hat den Ball übernommen und läuft auf das gegnerische Mittelfeld, von rechts nähert sich Ronaldo, greift an, Nickiño bekommt einen Tritt und fällt in Ohnmacht.«

»So ein Quatsch!« Nicholas versuchte seinen gestürzten Spieler wieder aufzurichten.

»Doch inzwischen ist Pellizzoli aus dem Tor gekommen und setzt zum …«

Der wie durch ein Wunder wiederbelebte und von Nicholas' Wut befeuerte Nickiño warf sich auf den Torwart und stieß ihn zu Boden.

»Er hat ihn niedergeschlagen!«, schrie Jane aus voller Kehle. »Spielverweis!!«

»Er hat ihm gar nichts getan!!«

»Störe ich?«, fragte jemand von hinten.

Edoardo Rocca stand neben dem Sofa. Erschreckt sprang Jane auf.

»Hast du das auch gesehen, Onkel? Ich war in Führung und hätte beinahe ein Tor gemacht, aber Jane hat mich ausgetrickst.«

Prüfend betrachtete Edoardo das Standbild auf der Mattscheibe.

»Für mich sieht das wie ein Foul am Torwart aus.«

Frustriert warf Nick die Steuerung aufs Sofa.

»So lernt ihr also Englisch, Nick?«, fragte Edoardo. Jane wusste nicht, ob er es scherzhaft oder vorwurfsvoll meinte.

»Das haben wir schon heute Morgen gemacht«, beeilte sich Jane zu sagen. Hoffentlich fragt er nicht, was Nick heute gelernt hat, dachte sie. Nach langen Verhandlungen hatte der Junge sich darauf eingelassen, im Tausch für ein paar Schimpfwörter einen Dreizeiler zu übersetzen, was ihm nicht gut gelungen war. Er hatte wissen wollen, wie man „Leck mich, du Arsch!" und „Du mieses Stück Scheiße!" sagte. Bei Schimpfwörtern war sogar seine Aussprache akzeptabel.

»Suchen Sie … suchen Sie Marina?«, frage Jane, um das Thema zu wechseln, sie verweigerte sich beharrlich dem Du.

»Eigentlich habe ich euch alle gesucht. Ich hatte versprochen, heute Nachmittag an den Strand zu fahren.«

»Jaaaaaa!«, schrie Nicholas beglückt und drehte sich zu Jane um. »Wir fahren an den Strand. Sollen wir Mama anrufen?«

Angelockt vom Geschrei kam Marina herein.

»Mama, Onkel Edo fährt mit uns ans Meer!«

»Tatsächlich?«, fragte sie. »Es geschehen noch Zeichen und Wunder!«

Er grummelte etwas in sich hinein und sah nicht so aus, als wäre er in Ausflugsstimmung. Marina musste ihn auf Knien angefleht haben.

»Wer kommt mit?«, fragte er und schaute in die Runde, als könnte er nicht fassen, dass er mehrere Stunden in ihrer Gesellschaft verbringen sollte.

»Alle!«, rief Nicholas aufgeregt.

»Jane kann natürlich selbst entscheiden«, betonte Edoardo, während Marina nach oben ging, um sich umzuziehen. »Wenn du dich lieber ausruhen willst …«

Glaubte er wirklich, sie würde sich aufs Ohr legen, nachdem er sie beim Videospielen erwischt hatte und ihr das doppelte Gehalt eines normalen Kindermädchens zahlte?

»Bitte, Jane, komm doch mit, dann können wir meinem Onkel unsere Sprünge von der Luftmatratze zeigen.« Nick zupfte sie am T-Shirt.

»Klar komme ich mit!«, gab sie vorschnell zurück. Doch als ihr dämmerte, was Nick gesagt hatte, rutschte ihr das Herz in die Hose. Gab es ein schlimmeres Horrorszenario, als dass sie in ihrem blassgelben T-Shirt, das sie als trostlose Alternative zum nicht minder trostlosen Sonnenbrand auch im Wasser tragen musste, vor Edoardo Rocca von einer Luftmatratze ins Wasser hopste?!

Im Auto saßen Jane und Nick hinten, und der Junge hörte nicht auf, halsbrecherische Strandaktivitäten aufzuzählen, die es unbedingt auszuprobieren galt.

»Du bist doch auch nach Fregene gefahren, stimmt's, Jane? Mit deinem Onkel und deiner Tante?«

Vergeblich versuchte Marina, den Redefluss ihres Sohnes zu stoppen, und Jane wäre nichts lieber gewesen, als still in ihrer Ecke zu hocken und aus dem Fenster auf die vorbeiziehenden Leitplanken zu starren.

»Ja«, antwortete sie einsilbig.

»Vielleicht triffst du deine alten Freunde wieder«, schmunzelte Marina. »Oder eine verflossene Sommerliebe.«

»Hatte ich nie«, gab Jane eine Spur zu hastig zurück. Am liebsten hätte sie sich auf die Zunge gebissen. Sie hatte nicht die geringste Lust, über sich zu reden. Marina lachte auf.

»Alle hatten welche«, beharrte sie. »Du kannst doch nicht immer so ernst sein, Jane, bestimmt hast auch du Geheimnisse.«

Edoardo schaltete das Radio an, und Jane atmete auf.

Die Ankunft am Strand war für Jane wie ein Sprung in die Vergangenheit. Das Strandbad war zwar ein anderes, doch ansonsten schien sich nichts verändert zu haben. Die von Kartenspielenden bevölkerte Bar, die bunten Sonnenschirme, die Familien, die hier seit Generationen ihre Sommer verbrachten, die am Wasser planschenden Kinder. Sofort überkam sie derselbe Fluchtinstinkt, den sie schon als Kind verspürt hatte. Mit ihrem Teint würde sie auffallen wie ein bunter Hund. In Rom war kein Mensch so blass.

Alle paar Schritte blieb Marina stehen, um freudig jeden zu begrüßen, der ihr über den Weg lief, und Edoardo holte den Schlüssel für die Umkleidekabine und steuerte mit zielstrebigen Schritten darauf zu. Jane lief mit Nick an der Hand hinterher. Eine Frau, die in einer kleinen Gruppe auf einer Sonnenliege lag, setzte sich auf und spähte ihnen erwartungsvoll entgegen. Kaum hatte sie Edoardo erkannt, sprang sie auf und warf sich ihm fast an den Hals. Perplex wich er ein paar Schritte zurück. Dann grinste er breit.

»Mensch, ich glaub's nicht …«, rief die Frau gespielt fassungslos. »Du hast es wirklich geschafft?«

»Wie du siehst«, sagte er und schüttelte einem Mann die Hand, der respektvoll auf ihn zutrat. Dann warf er einen Gruß in die Runde. Er schien nur die Frau näher zu kennen. Aus seinem Rucksack, in dem Jane seine Badesachen vermutet hatte, zog er einen Brief hervor und hielt ihn der Frau hin.

Deshalb ist er hier, dachte Jane, und nicht, weil er seiner Schwester und seinem Neffen eine Freude machen will. Die Frau war sehr viel kleiner als er, hatte kurzes, blondes Haar, eine makellose Figur und trug einen roten Badeanzug. Sie mussten ungefähr gleich alt sein, eher um die vierzig als um die dreißig.

»Das sollte dann übermorgen sein«, raunte die Frau leise, nachdem sie den Brief studiert hatte.

»So bald schon?«

Sie nickte und streichelte ihm liebevoll über den Arm. Jane merkte, dass sie die Frau wie hypnotisiert anstarrte, und zwang sich, woanders hinzusehen.

»Na komm, lass uns jetzt nicht darüber nachdenken, geh dich umziehen«, sagte die Frau aufmunternd. Doch die Lektüre des Briefes hatte sie verändert.

Nick zerrte an Janes Arm und starrte sehnsüchtig zu den anderen Kindern am Ufer hinüber, die in ihre Schwimmwesten schlüpften und sich am Wasserspielplatz anstellten.

»Gehen wir?«

»Wir müssen uns erst umziehen«, erwiderte Jane und war unsicher, ob sie das Gespräch der beiden unterbrechen sollte, um nach dem Schlüssel zu fragen.

»Bist du Nick?«, fragte die Blonde, als sie den aufgeregten Jungen bemerkte.

»Ach, natürlich«, sagte Edoardo entschuldigend, der sich plötzlich wieder an sie zu erinnern schien.

»Du bist aber groß geworden!« Die Frau beugte sich zu ihm hinunter und küsste ihn überschwänglich auf die Wangen. Jane verspürte einen leisen Widerwillen. »Dabei habe ich dich doch gerade erst zu … Weihnachten gesehen?«, fragte sie an Edoardo gewandt, der ahnungslos mit den Schultern zuckte.

»Weißt du noch, wer ich bin?«

Nick nuschelte ein widerwilliges Ja, und Jane gab ihm einen kleinen Schubs, damit er guten Tag sagte.

»Und sie ist …?«, fuhr die Frau fort und blickte Jane fragend an, die vergeblich gehofft hatte, unsichtbar geworden zu sein.

»Das ist Jane, Nicks Kindermädchen«, erklärte Edoardo.

»Ciao, Jane, ich bin Bianca«, stellte sich die Frau mit einem strahlenden Lächeln vor, nahm die Sonnenbrille ab und drückte ihr die Hand. Sie sah umwerfend aus. Blaue Augen, ein hinreißendes Lächeln und eine von Sommersprossen überzuckerte Nase.

Schüchtern stellte Jane sich ihr und dem Rest der Gruppe vor, ohne sich irgendeinen der Namen zu merken, schnappte sich den Schlüssel, den Edoardo ihr hinhielt, und verschwand Richtung Umkleidekabine. Als sie nach einem erbitterten Kampf mit Nick, der sich weder eincremen lassen noch einen Sonnenhut aufsetzen wollte, wieder herauskam, hatten Marina und Edoardo es sich bereits bequem gemacht. Umgeben von einer Traube junger Verehrer, lag Marina ein Stück weiter vorn auf einer Liege.

Jane musste unwillkürlich an Scarlett O'Hara bei dem Fest auf der Plantage Zwölf Eichen denken, die während der Verlobung von Ashley mit Melanie von ihren Verehrern belagert wird. Nachdem sie den Roman viermal gelesen und den Film fünfmal gesehen hatte, war *Vom Winde verweht* trotz der frustrierenden Tatsache, dass die Geschichte jedes Mal gleich und immer gleich schlecht ausging, zu einem festen Bezugspunkt in ihrem Leben geworden. Edoardo legte indes dieselbe Gleichgültigkeit wie Rhett Butler an den Tag. Er saß auf einer Liege bei der Gruppe, hielt sich jedoch ein wenig abseits und redete ausschließlich mit der Blonden. Er hatte das Hemd angelassen und nur die Hose gegen eine Badehose getauscht. Mit der Hand schirmte er sein Gesicht gegen die Sonne ab, bis Bianca ihm scherzhaft einen Strohhut auf den Kopf drückte, den er zu ihrer Belustigung sofort wieder absetzte.

Nick hopste noch immer ungeduldig um Jane herum. Baust du mir einen Sandvulkan und lässt ihn ausbrechen? Darf ich mir ein Eis kaufen? Hast du gesehen, dass auf dem Schild neben dem Trampolin zehn Jahre und ein Meter vierzig steht, wie groß bin ich? Paolo ist da! Schau! Gehen wir zu ihm? Jane folgte seinem Fingerzeig und erkannte seinen kleinen Freund. Einen Nachmittag lang war er zu Besuch am Pool gewesen, und Jane hatte gebetet, ihm nie mehr im Leben begegnen zu müssen.

»Beruhige dich, Nick«, sagte sie. »Eins nach dem anderen.«

Ohne Edoardo aus den Augen zu lassen, setzte sich in Richtung Wasser in Bewegung. Er redete noch immer mit Bianca. Sie war mit ihrer Liege noch näher an ihn herangerückt und beugte sich zu ihm hinüber. Inzwischen hatte er die Beine ausgestreckt und die Arme hinter dem Kopf verschränkt und schien sich ein wenig zu entspannen.

Sie kamen an Marina vorbei, die sie abwesend grüßte.

Gefolgt von seiner Babysitterin Ivana, die Jane mit verzweifelter Miene zuwinkte, rannte Paolo Nick entgegen. Ivana war bei Paolos Besuch dabei gewesen. Mit einem zerstreuten Lächeln winkte Jane zurück.

»Ich darf erst in einer halben Stunde auf die Luftmatratze«, rief Paolo Nick entgegen. »Aber so lange können wir Volleyball spielen. Hast du Lust?«

Jane sah, wie Edoardo und Bianca zusammen aufstanden und etwas zu den anderen sagten. Dann zog er sich das Hemd aus und legte es auf die Liege. Jane konnte einfach nicht wegsehen. Er war leicht gebräunt und sah umwerfend aus. Die beiden schlenderten Richtung Wasser.

Nick sagte etwas und riss an ihrem Arm.

»Was ist denn?«, fuhr Jane ihn an. Der Junge blinzelte verdattert zu ihr auf.

Jetzt gingen sie baden. Die Frau warf sich in die Fluten, Edoardo blieb ein Stück zurück. Bianca spritzte ihn nass, doch er wich blitzschnell aus und hechtete ins Wasser.

»Was hast du gesagt?«, fragte Jane und versuchte sich auf Nicholas zu konzentrieren.

»Onkel Edo hat gesagt, auf die Luftmatratze gehen wir zusammen«, wiederholte Nick störrisch.

Dicht nebeneinander tauchten sie wieder an die Oberfläche. Noch ehe Edoardo sich die Haare aus dem Gesicht streichen konnte, versuchte Bianca wieder, ihn unter Wasser zu drücken, doch er wich geschickt aus. Jetzt kamen auch andere aus der Gruppe ins Wasser und zogen ein Ruderboot hinter sich her. Behände hievte sich Edoardo auf das Boot. Bianca versuchte es ihm gleichzutun, doch eine Freundin schubste sie lachend ins Wasser zurück. Dann hielt Edoardo ihr die Hand hin und zog sie hinauf. Jetzt standen beide schwankend auf dem Kahn, und haltsuchend legte sie ihm den Arm um die Taille.

Jane verspürte einen Stich in der Magengrube.

»Das hast *du* gesagt«, korrigierte sie den Jungen barsch.

Sofort hatte Jane ein schlechtes Gewissen.

»Wie es aussieht, ist dein Onkel gerade beschäftigt«, schob sie beschwichtigend nach.

»Komm, lass uns gehen.« Paolo deutete zum Volleyballplatz, auf dem sich gerade eine Gruppe gleichaltriger Kinder versammelte.

»Okay«, erwiderte Nick, und Jane drückte ihm seinen Sonnenhut auf den Kopf. Sie musste sich zwingen, nicht mehr zum Wasser zu sehen.

Als sie es schließlich doch tat, war das Boot nur noch ein winziger Punkt am Horizont.

9

»Rot?«

»*Red.*«

»Gelb?«

»Ymw…«

»*I can't hear you, Nick.*«

Er hatte den Kopf auf den Arm gelegt und den Mund in der Serviette vergraben. Weil sie das Lernen den ganzen Tag vor sich hergeschoben hatten, mussten sie es jetzt nach dem Abendessen tun.

»Hm?«

»*I said I can't hear you.*«

Er blinzelte sie ratlos an und dachte nach.

»*Are … you … dead or something?*«, sagte er schließlich triumphierend.

Obwohl Jane seine Anstrengung zu schätzen wusste, musste sie lachen.

»*I'm certainly not dead, Nick. Maybe deaf?*«

Grimmig senkte er den Kopf.

»Man versteht dich nicht«, grummelte er. »Du sprichst so komisch.«

Offenbar unterschied sich Janes englische Aussprache himmelweit von der seiner römischen Lehrerin.

»Wo ist Mama?«, quengelte er. Jane würde ihn nicht lange auf dem Stuhl halten können. Sie hatte keine Ahnung, wo Marina steckte, die seit dem Vorabend verschwunden war. Auch Edoardo hatte sich in den letzten drei Tagen nicht blicken lassen.

»*I don't* ... Ich weiß es wirklich nicht, Nick, das habe ich vorhin schon gesagt. Wenn du willst, können wir versuchen sie anzurufen.«

Sie hatte ihr bereits eine Nachricht geschickt, aber keine Antwort bekommen. Offenbar machte Nick etwas zu schaffen, und Jane wurde weich.

»Was ist los, Nick?«

»Dann kommt sie nicht zurück?«, hakte er gespielt gleichgültig nach und kaute auf seiner Unterlippe. Marina blieb oft über Nacht bei Freunden. Ich übernachte „in der Stadt“, sagte sie dann, das war bequemer.

Das Problem war weniger, dass Nick seine Mutter vermisste, sondern dass er nicht alleine schlafen wollte. Und daran war Jane schuld. Sie war ihm auf den Leim gegangen, ohne mit Marina Rücksprache zu halten. Nick hatte geschworen, er hätte *Die Mumie 1* schon gesehen und es hätte ihm überhaupt nichts ausgemacht: Ich bin achteinhalb, ich weiß, dass das alles nicht echt ist und es keine Mumien gibt, hatte er behauptet.

»Eigentlich gibt's die schon«, hatte Jane eingewandt.

»Na gut, aber nur in Ägypten.«

Also hatten sie sich *Die Mumie 2* angesehen. Jane hatte sich von der Story mitreißen lassen – immerhin war sie die Tochter von Archäologen – und zu spät gemerkt, dass der Film nicht für Kinder geeignet war.

»Fürchtest du dich vorm Dunkeln?«, fragte sie und musste unwillkürlich an ihre eigene Kindheit denken. Das Geräusch eines Autos riss sie aus ihren Gedanken.

»Mama!«, rief Nick freudig, und Jane hoffte, dass er recht hatte. Sie liefen zum Fenster, doch der Wagen, der mit laufendem Motor vor dem Tor stand, gehörte weder Marina noch Edoardo. Vielleicht war es ein Pärchen, das ungestört sein wollte.

Die beiden spähten angestrengt hinaus.

»Sollen wir rausgehen?«, flüsterte Nick aufgeregt.

Jane war nicht sonderlich erpicht darauf. Zwar wurde abends die Alarmanlage aktiviert, und die Fenster waren vergittert, doch die Gegend war einsam. Manchmal fühlte sie sich schutzlos in dem großen Haus, vor allem an Abenden wie diesem, wenn sie mit dem kleinen Jungen und den zwei alten Hausangestellten, die im obersten Stockwerk schliefen, allein war.

Plötzlich stieg jemand aus dem Auto, schlug mit Wucht die Wagentür zu und kam auf das Tor zu.

»Das ist Onkel Edo«, wisperte Nicholas. Auch Jane hatte ihn sofort erkannt. Ratlos schauten sie zu, wie er kehrtmachte und zum Wagen zurückging, als hätte ihn jemand zurückgerufen. Ein Mann stieg aus, der durch das Geäst der Bäume und bei der spärlichen Beleuchtung nicht zu erkennen war. Auch Edoardo war nicht gut zu sehen, doch es war klar, dass die beiden hitzig miteinander diskutierten.

Nick reckte neugierig den Hals und fuhr sogleich erschreckt zusammen. Edoardo hatte das kleine Tor neben dem Haupttor geöffnet und es mit einem laut vernehmbaren Fluch hinter sich zugeknallt.

Nick sah Jane fragend an.

»Pssst!«, zischte sie und schob ihn in Richtung Treppe.

Während sie zu den Schlafzimmern hinaufhuschten, erklang das unverkennbare Geräusch der Haustür und das Piepen der aus- und wieder eingeschalteten Alarmanlage. Dann ertönte ein einzelnes Telefonklingeln, doch es war nicht klar, ob er den Anruf entgegengenommen hatte oder in sein Arbeitszimmer verschwunden war. Vom Schlafzimmerfenster aus sah Nick, dass das Auto noch immer vor dem Tor stand.

»Es ist noch immer dort«, flüsterte er bang, als könnte jemand ihn hören. Jane schloss die Fensterläden und man hörte das Auto davonfahren.

Sie tat ihr Bestes, um den Jungen abzulenken. Sie half ihm beim Ausziehen und beim Aussuchen des Schlafanzuges, dann ließ sie ihn die Zähne putzen und konnte ihn mit dem Versprechen, bei ihm zu bleiben, dazu überreden, ins Bett zu gehen.

Sie drückte ihm ein Geronimo-Stilton-Buch in die Hand, legte sich neben ihn und ließ die Nachttischlampe an. Nach ein paar Minuten lehnte Nicks runde Wange an ihrem Arm, und der Junge war mit dem Buch in den Händen tief und fest eingeschlafen. Behutsam stand sie auf, nahm ihm das Buch ab, deckte ihn sorgfältig zu und hob den zweiköpfigen Drachen vom Boden auf, der immer unter seinem Kopfkissen lag.

Dann knipste sie die kleine Lampe aus und ließ die Zimmertür offen.

Sie war kein bisschen müde, sondern hellwach und neugierig. Sie beschloss, wieder nach unten zu gehen. Ausreden gab es dafür tausende, angefangen bei der einfachsten: Sie hatte Durst.

Alles lag im Dunkeln. Durch den unteren Türspalt des Arbeitszimmers am Ende des Flurs sickerte Licht.

Verstohlen blickte sie sich um und schlich zögernd darauf zu. Jetzt wurden die Ausreden allmählich dünn. Sie hörte Edoardos Stimme, doch was er sagte, war nicht zu verstehen. Dann wurde es still. Hatte er sie bemerkt? Jane erstarrte, ihre Muskeln waren zum Zerreißen gespannt. Dann sprach er weiter, und sie huschte in Windeseile ins Wohnzimmer zurück.

Als sie die Augen aufschlug, war es fast zwei Uhr nachts. Ein seltsam beißender Geruch lag in der Luft. Nick? Hastig rannte sie in sein Zimmer, doch dort war der Geruch kaum wahrnehmbar. Sie öffnete das Fenster einen Spaltbreit, lehnte die Tür an und schlich wieder hinunter, um dem Gestank auf den Grund zu gehen.

Aus der Küche schlug ihr heißer, stickiger Dunst entgegen. Unter einem qualmenden Topf mit halb verschmorten Plastikgriffen brannte eine Herdflamme. Auf dem Topfboden lag ein verkohlter Klumpen, der schon halb mit dem Metall verschmolzen war. Instinktiv griff sie nach dem Herdschalter, um die Flamme abzudrehen. Er war glühend heiß. Sie stieß einen unterdrückten Schrei aus, hielt den Finger unter den Wasserhahn und kippte ein Glas Wasser über die Flamme, die zischend verlosch und einer dunklen Rauchwolke wich.

Hustend schnappte sie sich ein Geschirrtuch, drehte den Gasschalter ab und nahm die Topflappen, um den Topf anzufassen. Das stinkende Ding musste raus: Ohne an den Alarm zu denken, öffnete sie das Fenster und hörte das *Piep* des Countdowns. Wie war noch mal der Code? Zweimal vertippte sie sich. Beim dritten Mal würde das System blockieren. Sie rannte durch das Wohnzimmer, in der Hoffnung, Edoardo noch in seinem Arbeitszimmer anzutreffen.

Sie stieß gegen einen Beistelltisch, der polternd umfiel, und der Alarm jaulte los.

»Was zum Henker ist hier los?«

Jemand schaltete das Licht an. Edoardo lag auf dem Sofa, offenbar war er dort eingeschlafen.

Er starrte sie an und rappelte sich ungelenk hoch. War er betrunken?

»Es stand was auf dem Herd, ich …«, rief sie, um den Alarm zu übertönen.

»O Gott.« Edoardo war schlagartig hellwach.

»Ich wollte lüften und habe das Küchenfenster aufgemacht«, brüllte Jane, doch er war schon zur Eingangstür gerannt, um den Code einzutippen. Der Alarm verstummte jäh, und einen Moment lang herrschte unwirkliche Stille.

Beide blickten in Richtung Treppe, als müssten im nächsten Augenblick die anderen auftauchen. Doch alles blieb ruhig. Nick hatte einen tiefen Schlaf, und Lea schlief am anderen Ende des Hauses.

»Marina ist nicht da«, dachte Jane laut.

Edoardo fuhr sich mit den Händen durchs Haar und versuchte die Fassung wiederzufinden.

»Es war meine Schuld, ich bin eingeschlafen«, sagte er. »Wie hast du es überhaupt bemerkt?«

»Ich hatte meine Tür aufgelassen, und zum Glück hat mich der Geruch geweckt.«

»Kein Wunder.« Mit angewidertem Gesicht fing er an, die Fenster aufzureißen, und sie half ihm dabei.

»Vielleicht sollten wir Lea wecken«, schlug sie vor.

Er blickte auf die Uhr.

»Um zwei Uhr morgens? Ich glaube, das schaffen wir allein, Jane.« Er ging in die Küche, um dort zu lüften, und man hörte das Scheppern des Topfes.

Sie folgte ihm.

Er hatte die Fenster aufgerissen und schleuderte den verbrannten Topf in den dunklen Garten.

Dann drehte er sich zu ihr um. Wie sie im hellen Licht mitten in der Küche stand, ging ihr auf, dass sie im Gegensatz zu ihm, der in Hemd und Hosen war, in knappen Shorts und weit ausgeschnittenem Trägertop ohne BH dastand. Sie verschränkte die Arme, um sich weniger nackt zu fühlen, doch er sah bereits woanders hin, und sie kehrten ins Wohnzimmer zurück.

»Zieh dir was über, es ist zugig hier«, sagte er, nahm seine Jacke, die über der Sofalehne gelegen hatte und hielt sie ihr hin.

89

Sie war so groß, dass Jane halb darin versank. Sie zitterte, was allerdings nicht nur an der Kälte lag.

»Setz dich.« Es klang wie ein Befehl.

Sie nahm Platz und sah zu, wie er auf die Bar zusteuerte.

»Möchtest du einen Drink?«

Jane schüttelte den Kopf. Sie vertrug keinen Alkohol und war schon durcheinander genug.

»Ich mache mir gleich einen Kamillentee.«

»So ein vernünftiges Mädchen«, bemerkte Edoardo ironisch und schenkte sich einen Whisky ein.

Dann ließ er sich entspannt am anderen Ende des Sofas nieder.

»Ich würde sagen, jetzt sind wir quitt«, sagte er grinsend.

Jane machte ein ratloses Gesicht.

»Quitt?«

»Du hast mir das Auto verbeult, aber mir das Leben gerettet. Das heißt, eigentlich stehe ich bei dir noch in der Schuld.«

Ein merkwürdiges Leuchten lag in seinem Blick, als hätte er zu viel getrunken.

Jane antwortete nicht und starrte auf ihre Zehenspitzen.

»Kann ich noch etwas für dich tun?«, frage er.

Jane wusste nicht, was sie antworten sollte.

»Wie gefällt es dir hier?« Er stand auf, um sich nachzuschenken.

»Super«, haspelte Jane.

Mit der halb gekippten Flasche in der Hand blickte er auf und musterte sie forschend.

»Hast du wirklich niemanden hier, Jane?«

Die Frage klang brutal. Gekränkt starrte sie ihn an.

Edoardo versuchte das Gesagte abzumildern.

»Ich meine, ich weiß, dass deine Eltern nicht mehr leben und deine Verwandten in Mailand wohnen. Du gehst so gut wie nie aus, und ich habe mich gefragt, wo eigentlich deine Freunde sind.«

Sie wurde rot. Kam sie wirklich so verschroben rüber?

»Meine Freunde waren mit mir auf dem Internat, ich bin mit ihnen aufgewachsen. Manche von ihnen arbeiten, andere studieren, andere ... keine Ahnung. Sie sind in ganz Europa verstreut.«

»Und was willst du machen, wenn du hier fertig bist?«

Sie überlegte, was sie darauf antworten sollte. Hatte Marina ihm etwas erzählt?

»Ich würde gern auf die Kunstakademie gehen«, erwiderte sie zaghaft.

Er schien ernsthaft über ihre Antwort nachzudenken.

»Schön«, sagte er schließlich. »Und wo würdest du dich gern einschreiben?« Er klang pragmatisch, als ginge es um eine Karriereentscheidung.

»Im Februar habe ich die Aufnahmeprüfung an der Bocconi bestanden. Meine Verwandten würden gern, dass ich dort studiere.«

Er lächelte sie an.

»So hübsch, so ernst und so ... klug«, nickte er. Vielleicht machte er sich über sie lustig. Immerhin hatte er „hübsch" gesagt.

Er setzte sich wieder, lehnte sich zurück und starrte geradeaus ins Leere. Jane saß mit rotem Kopf daneben und trommelte nervös mit den Fingern.

»Ich gehe wieder schlafen«, sagte sie schließlich in die Stille hinein. Sie würde diese Situation keinen Moment länger aushalten.

»Wie du willst.«

Abrupt stand sie auf und legte die Jacke neben ihm über die Rückenlehne.

»Gute Nacht.«

»Weißt du, Jane«, hob er ungerührt an. »Schon als ich dich das erste Mal gesehen habe und du sagtest, du würdest hier arbeiten«, er lachte leise in sich hinein, »habe ich trotz deines chaotischen Einstands ein gutes Gefühl gehabt.«

Die Erinnerung an ihr peinliches Zusammentreffen und seine rüde Reaktion lockte sie aus der Reserve.

»Hat aber nicht so gewirkt«, versetzte sie eher schüchtern als spöttisch.

»Aber es ist so. Ich war mir sicher, du würdest etwas Gutes daraus machen.«

Janes Herz schlug schneller.

»Und ich hatte recht, denn heute Abend hast du mich ...«, er schüttelte grinsend den Kopf, »vor meiner eigenen Blödheit bewahrt.«

Sein Ton wurde allmählich zu vertraulich; sie wusste nicht, was sie tun oder sagen sollte.

»Gute Nacht«, wiederholte sie entschlossen.

»Du willst einfach so gehen?« Er stand auf und machte einen Schritt auf sie zu. Kein Zweifel, er hatte eindeutig einen sitzen.

»Ich weiß nicht, was ...«, stammelte Jane.

»Lass mich dir wenigstens danken.«

Jane stand da wie erstarrt, ihr Puls raste.

Er nahm ihre Hand in beide Hände und drückte sie fest.

»Danke, Jane«, sagte er schlicht und blickte sie an. »Wenn du nicht gewesen wärst, hätte es übel ausgehen können.«

Sein intensiver Blick war ihr unerträglich. Sie sah zu Boden.

»Gute Nacht«, murmelte sie noch einmal.

Kaum hatte er ihre Hand losgelassen, lief sie, ohne sich noch einmal umzusehen, die Treppe hinauf.

10

Es war ihr schon öfter passiert, aber niemals so. Zum ersten Mal mit Matteo am Strand, als sie zwölf gewesen war. Er war der Hübscheste von allen, alle Mädchen himmelten ihn an und lungerten ständig bei seinem Moped herum, nur um ihn davonbrausen zu sehen. Er hatte sie auf dem Bolzplatz bei einem Spiel Eltern gegen Kinder bemerkt. Super, der Kleine da, wer ist das?, hatte er gefragt. Er hatte sie für einen Jungen gehalten. Danach war Matteo Nummer zwei an der Reihe gewesen, der eigentlich Matthew hieß. Indische Mutter, chinesischer Vater, orientalisches Flair. Er war ins Internat gekommen, als sie dreizehn war, und zwei Winter geblieben. Sie hatte sich in ihn verliebt, als er sie auf einer Kostümparty angesprochen hatte. Rose hatte ihr ein Alice-im-Wunderland-Kleid geschickt, das zwischen den Punk-Sängerinnen, sexy Spanierinnen und spärlich bekleideten Indianerinnen völlig fehl am Platz wirkte.

»Alice im Wunderland! Mein Lieblingsbuch, als ich klein war. Super Idee!«, hatte Matthew begeistert gerufen. Erst Monate später war Jane der Verdacht gekommen, er könnte sich über sie lustig gemacht haben.

Lange waren die beiden Matteos Gegenstand ihrer Träume gewesen, die Helden ihrer Fantasieabenteuer, und hatten den Protagonisten der Romane, die sie abends nach der Bettzeit heimlich unter der Decke las, ihre Gesichter geliehen.

Ansonsten hatte es nur lauwarme Verehrer, ein paar Küsse hier und da, ein bisschen Gefummel und leichtes Herzklopfen gegeben, lauter Dinge, von denen man sich am nächsten Morgen fragte, ob sie wirklich passiert waren.

Für dich kommt auch noch der Richtige, Jane. Du wirst ihn nicht übersehen und spüren, dass er es ist, pflegte Rose zu sagen.

Doch mit so etwas hätte sie niemals gerechnet.

Die Wucht, mit der Edoardo in ihre Gedanken einbrach, machte ihr Angst.

Egal, welche Kleinigkeit ihr durch den Kopf ging – wie er bei ihrer ersten Begegnung wortlos davonmarschiert war, wie er mit dem Whisky in der Hand und ausgestreckten Beinen auf dem Sofa saß –, versetzte ihr ein sehnliches Ziehen in der Magengegend. Die Erinnerung an ihre Hand in den seinen machte ihr Gänsehaut.

Sie konnte keinen klaren Gedanken fassen. Dabei hatte sie versucht, rational zu bleiben, doch es half nichts. Er war göttlich; schön, dunkel und durch und durch italienisch. Er ließ alle Engländer, wenn nicht gar alle Europäer blass aussehen. Das alles klang von A bis Z nach Kitschroman. Der Millionär und die graue Maus. Der Hausherr und das Kindermädchen. Rote Flaggen, wohin man blickte, Erfolgschancen unter null, die Gefahr, verletzt zu werden und sich lächerlich zu machen, gigantisch.

Sie betrachtete das Portrait, das vor ihr auf dem Tisch lag. Irgendetwas stimmte noch nicht. Das Grübchen neben dem Mund sah aus wie eine Falte, diesen Zug um die Lippen vermochte sie einfach nicht zu treffen. Sie hörte ein Geräusch vor der Tür und fürchtete, Nick könnte, ohne anzuklopfen, hereinplatzen und sie schmachtend vor der Bleistiftzeichnung seines geliebten Onkels antreffen. Hastig ließ sie die Skizze zwischen den gefalteten T-Shirts in der Schublade verschwinden.

Sie legte die Hand auf die Klinke und atmete tief durch. Komm mal wieder runter, Jane. Vergiss die Schwärmereien. Die Wirklichkeit ist manchmal grausam, doch die Augen vor ihr zu verschließen, kann böse enden. Es ist nichts passiert, und es wird nichts passieren. Er sieht dich nicht mal.

Nach der unruhigen Nacht hatte Jane Lea grummelnd in der Küche angetroffen. Hätte Edoardo mir gesagt, dass er Hunger hat, wäre ich aufgestanden, sagte sie immer wieder, da guck sich einer diese Schweinerei an, Männer sind wirklich zu nichts zu gebrauchen. Jane hatte nichts gefragt und nichts gesagt, denn Edoardo war bereits wieder verschwunden, und niemand verlor ein Wort darüber, als hätte er sich tatsächlich in Luft aufgelöst. Marina hörte nichts von ihm, obwohl Jane bei jedem Klingeln des Telefons die Ohren spitzte, und die Fenster in seinem Teil des Hauses blieben verrammelt. Jane fürchtete, er könnte für immer gegangen sein, ohne dass sie je den Grund erführe. Doch Fragen zu stellen, war undenkbar. Wie denn auch, und wem? Bestimmt würde sie ihre Gefühle nicht verbergen können.

Als sie eines Morgens aufwachte und den dunklen Wagen vor dem Haus parken sah, durchströmte sie ein kribbelndes Glück, und sie musste sich zusammenreißen, um es sich nicht anmerken zu lassen, wenn sie beim Frühstück saß, mit Nick lernte, in den Pool sprang. Als sie an dem Auto vorbeiging, fiel ihr auf, dass es wieder glänzte wie neu, die Kratzer und Beulen waren verschwunden.

Zum Abendessen hatte Lea ein köstliches Hühnchen Cacciatore gekocht, doch Jane war so aufgeregt, dass sie keinen Bissen hinunterbekam. Nick weigerte sich wie immer, wenn es etwas ansatzweise Ausgefallenes zu essen gab, und behauptete, er habe keinen Hunger, und Marina wiederholte ihr ewiges Mantra vom Völlegefühl und rührte ihren Teller kaum an.

»Schade, dass so viel übriggeblieben ist, es hat köstlich geschmeckt«, sagte Jane entschuldigend, während sie Lea half, die Reste in Frischhaltedosen zu verpacken.

Nick stopfte sich mit Weintrauben voll, Marina tippte in rasender Geschwindigkeit Nachrichten auf ihrem Handy. Niemand schien sich sonderlich für Jane zu interessieren.

Sie gab sich einen Ruck. »Was meinst du, Lea, sollen wir was für Edoardo bereitstellen?«

Lea schüttelte resigniert den Kopf.

»Ich glaube nicht, dass er zu Hause isst«, sagte sie und blickte zu Marina hinüber, die endlich von ihrem Telefon aufsah und die beiden verwirrt anblinzelte. Ihre Augen waren feucht, die Miene angespannt.

»Für Edo? Wie süß von dir«, erwiderte sie und lächelte bemüht. »Aber er kommt nicht zum Essen, er hat mir vorhin geschrieben. Er bleibt bei Roberta.«

Sie erwähnte den Namen ganz selbstverständlich, und Janes Herz zog sich zusammen.

Nick hatte sich vor den Fernseher verzogen, Lea räumte die Spülmaschine ein.

»Wer?« Jane konnte sich einfach nicht zurückhalten.

»Roberta, seine Frau«, erklärte Marina. »Eigentlich sollte ich seine Ex-Frau sagen, aber solange sie noch nicht geschieden sind …« Sie verzog spöttisch den Mund. »Man weiß nie.«

Jane zwang sich zu einem großen Schluck Wasser und musste heftig husten.

»Alles in Ordnung?«, fragte Marina. Sogar Nick lugte besorgt durch die Küchentür.

»Alles prima«, krächzte Jane heiser.

»Ich dachte, sie hätten sich getrennt«, sagte sie dann und zwang sich, möglichst beiläufig zu klingen. »Und er wäre mit …«, sie tat so, als dächte sie angestrengt nach, »Bianca zusammen?«

»Bianca ist seine Anwältin«, sagte Marina überrascht. »Sie sind uralte Freunde und hängen ständig zusammen. Vielleicht funkt es ja doch irgendwann!«

Jane sah die beiden wieder vor sich. Wie sie sich im Wasser umarmten. Wie sie ihm beschwichtigend über den Arm streichelte.

»Bianca ist sogar noch schlimmer als er«, schmunzelte Marina. »Sie ist mit ihrem Job verheiratet. In all den Jahren habe ich sie noch nie mit einem Kerl gesehen!«

Weil sie heillos in ihn verliebt ist, dachte Jane. Das sieht ein Blinder mit Krückstock. Was für eine Qual, ihm so nahe zu sein und nichts tun zu können.

Es piepte, und Marina starrte wieder auf ihr Telefon. Nach kurzem Zögern legte sie das Handy genervt auf den Tisch.

»Wenn man vom Teufel spricht«, bemerkte sie bitter. »Er hat so viel zu tun, dass er nicht einmal Zeit findet, unsere Mutter anzurufen. Also liegt sie mir in den Ohren.«

In Jane rumorte es. Wie konnte sie beim Thema bleiben, ohne zu sehr darauf herumzureiten?

»Sind sie … waren sie lange verheiratet?«, fragte sie vorsichtig und versuchte Marinas ungewohnte Offenheit auszunutzen.

Marina überlegte kurz.

»Über zehn Jahre. Sie waren sehr jung.«

Jane rutschte das Herz in die Hose.

»Roberta ist die Schwester von Riccardo Mason, seinem Geschäftspartner.«

»Haben die beiden zusammengearbeitet?«

»Edo und Riccardo haben sich während ihres Masters in Amerika kennengelernt.«

»Mason. Klingt nicht italienisch.«

»Riccardos und Robertas Mutter kommt aus Florenz, sie ist irgendeine Prinzessin. Ihr Vater ist auch Italiener, aber mit jamaikanischen Wurzeln. Sie besitzen dort noch jede Menge Land, und wir haben Edo immer gesagt, er solle doch Marihuana anbauen.«

»Dein Bruder hat in Amerika studiert?« Das hatte Jane nicht gewusst.

»Ja, er hat dort seinen Master in Statistik gemacht und sein erstes Unternehmen gegründet.« Marina klang gelangweilt, und Jane war nicht sonderlich erpicht auf Details zu seinem Job, von dem sie sowieso nichts verstand. Sie wollte mehr über seine Frau wissen.

»Und Roberta?« Es fühlte sich komisch an, ihren Namen auszusprechen.

Marina seufzte schwärmerisch.

»Roberta war die große Liebe seines Lebens. Die beiden waren so schön und so glücklich.«

Jane versuchte sich nichts anmerken zu lassen.

»Anfangs hätte Edoardo alles für sie getan. Um sie zu sehen, kam er einmal die Woche aus New York angeflogen. Eine große Liebe wächst nun einmal an ihren Hindernissen«, seufzte Marina verträumt.

»Hindernisse?«

»Wie gesagt, ihre Mutter ist eine Prinzessin, diese Leute haben immer unter ihresgleichen geheiratet, von meinem Bruder wollten sie nichts wissen. Trotz seines vielen Geldes war er ihnen nicht gut genug.«

»Aber Roberta schon?«

»Als er sie kennengelernt hat, stand Roberta kurz vor der

Heirat mit einem ebenfalls blaublütigen, zwanzig Jahre älteren Österreicher.« Marina lachte. »In den Augen dieser Leute war Edo ein kleiner Junge.«

Janes Magen zog sich vor Eifersucht zusammen.

»Mein Vater konnte diese Snobs nicht ausstehen«, fuhr Marina fort. »Das waren Monarchisten! Etwas Schlimmeres konnte es für ihn nicht geben. Er meinte, sie sei eine hirnlose Schnepfe. Edo hat sich so heftig mit unseren Eltern verkracht, dass sie nicht zur Hochzeit kamen.«

»Und dann?« Offenbar war in diesem Idyll irgendetwas schiefgelaufen.

Marina zuckte die Schultern.

»Als er sein Spielzeug endlich hatte, wurde es ihm langweilig«, sagte sie bitter.

Also hatte er sie verlassen? Die Frage war womöglich zu indiskret.

»Hast du kapiert, wie er tickt?«, fragte Marina und blickte sie so unverwandt an, dass Jane die Luft anhielt. »Arbeit, Geld, Arbeit, in den Jahren war er ständig auf Achse, schlief nur wenige Stunden pro Nacht, jettete von einem Kontinent zum anderen. Roberta blieb oft allein in Rom, wo sie sich nicht zu Hause fühlte.« Marina schien zu zögern, ob sie weiterreden sollte, allmählich wurde die Sache persönlich. »Und außerdem ist mein Bruder ein Irrer. An einem Tag bedrängte er sie mit seiner Eifersucht und wollte alles wissen, und am nächsten Tag …« Sie hielt nachdenklich inne. Bitte, rede weiter, flehte Jane in Gedanken. »… machte er, was er wollte«, schloss Marina brüsk.

Jane wusste nicht, was sie dazu sagen oder wie sie Marina dazu bringen sollte, mehr zu erzählen.

»Dann kamen natürlich noch die geschäftlichen Probleme hinzu«, ergänzte Marina versonnen.

»Seine Probleme?«, fragte Jane. War er deshalb immer so angespannt?

»Seine und Riccardos, und es wurde umso schlimmer, als Roberta beschloss, ins Unternehmen einzusteigen. Edo wollte das nicht.« Marina schwieg. Obwohl sie offensichtlich Lust zu reden hatte, wollte sie nicht zu viel preisgeben. »Er war vollkommen dagegen. Und daran hat sich nichts geändert.«

»Warum?«

»Er gehört zu den Menschen, die alles unter Kontrolle haben und allein entscheiden wollen.« Sie brach ab und blickte sich um, obwohl Nicholas, der sie als Einziger hätte hören können, sie nicht zu bemerken schien.

»Private Probleme, beruflicher Ärger, und dann …«

»Hat es angefangen zu kriseln«, schloss Jane und seufzte innerlich erleichtert auf.

Marina nickte traurig.

»Aber glaub mir«, fügte sie wehmütig hinzu, »ich habe noch nie einen so verliebten Mann erlebt wie Edo in der ersten Zeit.«

Wieder verspürte Jane einen Stich Eifersucht, noch heftiger als der erste. Sie sah woanders hin, um sich nichts anmerken zu lassen.

»Deshalb habe ich die Hoffnung nicht aufgegeben«, sagte Marina. »Auch wenn man mit ihm nicht darüber reden kann. Er geht nicht darauf ein und lässt sich nicht in die Karten gucken«, schloss sie betrübt.

Am nächsten Tag tauchte Edoardo wieder auf und setzte sich zum ersten Mal zum Abendessen zu ihnen. Lea war schier außer sich vor Freude und drängte ihn bei jedem Gang, noch etwas zu essen. Er dankte ihr, beteuerte, alles sei köstlich, rührte jedoch kaum etwas an. Stattessen redete er fast ausschließlich mit Marina und erkundigte sich nach der Mutter. Was der Arzt gesagt habe, ob es besser sei, sie in den Bergen zu lassen oder zurück nach Rom zu holen. Jane starrte stumm auf ihren Teller und hörte zu.

»Du solltest sie anrufen und mit ihr reden«, drängte Marina.

»Das bringt doch nichts«, versetzte er entnervt.

Marina warf Jane einen vielsagenden Blick zu.

Von Nick ließ er sich vom Tennisturnier am Vortag erzählen und hörte abwesend zu. Zu Jane war er freundlich, doch es war offensichtlich, dass er in Gedanken ganz woanders war. Schließlich verließ er mit einer Entschuldigung den Tisch, obwohl sie noch beim Hauptgang saßen. Die Vertraulichkeit jener Nacht, der lange Händedruck, all das schien vergessen.

Jane hatte die halbe Nacht vor dem Computer verbracht, gegoogelt und sich gefragt, wieso sie nicht schon früher darauf gekommen war. Über Edoardo Rocca und Riccardo Mason fand sich jede Menge, angefangen beim zweisprachigen Lebenslauf, dem sie entnahm, dass er in ein paar Tagen siebenunddreißig werden würde. Ein Artikel über junge erfolgreiche Italiener nannte ihn ein Wunderkind der Finanzwelt. Er hatte sein Mathematikstudium an der Sapienza in Rom absolviert und war ein Jahr unter der Regelstudienzeit geblieben. Danach war er nach Connecticut gegangen, um in Yale noch einen Abschluss in Statistik draufzusatteln. Zuerst hatte er es auf eine akademische Laufbahn abgesehen, doch dann hatte er den fünf Jahre älteren Mason kennengelernt und mit ihm die ersten Schritte Richtung Wall Street gemacht, wo er ein Jahr lang für ein bekanntes Unternehmen namens H&T Fund tätig gewesen war. Die beiden hatten den Absturz der Corps-Aktien vorhergesehen, von denen Jane noch nie gehört hatte, und waren über Nacht zu Millionären geworden. Es gab jede Menge amerikanische Websites mit Zahlen und Grafiken, die sie nicht verstand. Dazu zahlreiche Fotos, auf denen er zum Teil fast noch wie ein Junge aussah, ein wenig schmaler, aber genauso großartig. In Anzug und Krawatte, in Badehose, auf dem Segelboot, im Schnee, mit verschiedenen Frauen, mit dem Vater, einem distinguierten Herrn, der ein wenig kleiner war als der Sohn. Und natürlich mit Roberta, nach der Jane vor allem gesucht hatte.

Als ihr Bild vor Jane aufploppte, begann sich das Zimmer plötzlich zu drehen. Sie war hinreißend. Mit seidiger Mähne, goldbrauner Haut, großen, kastanienbraunen, von endlos langen Wimpern beschatteten Augen. It-Girl, internationaler Jetset. Ein mit illustren Titeln gespickter Stammbaum. Ein weiterer Artikel berichtete exklusiv von der Hochzeit, von der es bis auf ein paar unscharfe Luftaufnahmen keine Fotos gab. Empfang im Schloss der Familie, von einem Geheimgang war die Rede, durch den die Gäste eingelassen worden waren und den viele Jahrhunderte zuvor ein Vorfahre Robertas angelegt hatte, um heimlich seine Geliebten zu treffen, mit denen er der Legende nach ein Dutzend Kinder in die Welt gesetzt und halb Florenz seine typische Adlernase vererbt hatte. Dazu die Geschichte der aus Jamaika stammenden Familie Mason, erfolgreiche Landwirte und Kaufleute, die vor fast einhundert Jahren nach Europa gegangen waren, zuerst nach Frankreich und dann nach Italien. Zwei Mason-Brüder hatten zwei adelige Florentiner Cousinen geheiratet und eine wahre Dynastie gegründet. Den karibischen Wurzeln war die exotische Ausstrahlung der Mason-Frauen zu verdanken, von denen die 1978 geborene Roberta die jüngste war. Als sie als Achtzehnjährige am Pariser Debütantinnenball teilgenommen hatte, hatte die Presse aus der halben Welt sie einmütig zur Schönheitskönigin gekürt.

Die meisten Links, die Jane öffnete und schloss, waren ein paar Jahre alt. Zu den aktuellsten gehörte der wenige Monate alte Artikel einer Lokalzeitung, in dem es um Riccardo und Roberta ging. Edoardo wurde nicht erwähnt. Die Rede war von einer pleitegegangenen Bank, in der Bruder und Schwester namhafte Posten bekleideten. Roberta wurde als Managerin einer Eventfirma bezeichnet. Jane suchte nach der Firma, doch die Unternehmensseite war seit geraumer Zeit stillgelegt.

Diese Augen und dieses Lächeln brannten sich ihr ein.

Du hast nichts mit ihm zu tun, Jane, und erst recht nicht mit seiner schillernden Welt. Du bist ein stinknormales Mädchen, das sich um seinen Neffen kümmert und schon bald wieder aus seinem Leben verschwinden wird. Schreib dir das hinter die Ohren.

11

»Nenn mir einen Grund, weshalb ich den nicht ersäufen soll …«

Ivana sprang von ihrer Sonnenliege auf und schnauzte aus voller Kehle Richtung Pool: »Kannst du's mal lassen, Paolé? Ich komm nie wieder mit dir her, und ruf sofort deine Mutter an, verstanden?«

Jane blickte sich verstohlen um, ob jemand sie gehört hatte. Doch außer Guido am anderen Ende des Gartens war niemand zu sehen. Lea war einkaufen gegangen. Paolo und Nicholas schubsten sich abwechselnd in den Pool und übertrieben es dabei gewaltig. Auch Nicks kleine Freundin Sabina war da, doch weil die Jungs sie komplett ignorierten, hockte sie unter dem Sonnenschirm und kämmte ihre Barbie. Man hätte meinen können, Ivana sei als Au-pair eingestellt worden, doch anders als Jane war Ivana weder über eine Agentur vermittelt worden, noch hatte sie sich beworben: Sie war seine Cousine und brauchte Geld.

»Der bräuchte mal ordentlich was hinter die Löffel!«, knurrte sie und machte es sich wieder auf ihrer Liege bequem. Schon zweimal hatte Jane vorgeschlagen, mit ihren Liegestühlen zum Pool zu rücken; sie hatte ein schlechtes Gewissen, in der Sonne zu liegen, während die beiden Jungs sich im Wasser fast die Köpfe einschlugen.

»Ich setze keine Kinder in die Welt, da kannst du deinen Arsch drauf verwetten. Meine Tante, die Arme, muss sich mit diesem Irren rumschlagen« – sie meinte Paolo – »und der andere plärrt die ganze Zeit und schläft nie.« Paolo hatte ein wenige Monate altes Brüderchen. »Ernsthaft, ich hätte die beiden schon längst ermordet.«

Jane fiel kein passender Kommentar ein, doch vielleicht war auch keiner gefragt. Sie beobachtete die beiden Jungs, die Sabina einfach links liegen ließen.

»Die Ärmste«, bemerkte sie.

»Wer? Die Klette? Die hängt an Nicholas, als wären sie verheiratet. Die versaut uns noch unseren Ruf. Kein Wunder, dass Männer sich nicht binden wollen, wenn die Weiber schon mit acht so drauf sind. Die soll sich mal locker machen!«

Jane musste sich eingestehen, dass Ivana irgendwie recht hatte.

»Was meinst du, sollen wir Crêpes machen?«, schlug sie vor.

Ivana warf ihr einen missbilligenden Blick zu. Obwohl sie schon tiefbraun war, gehörte sie zu der Sorte Menschen, die vom Sonnenbaden nie genug bekamen.

»Wieso willst du bei der Mörderhitze kochen?«

Eine Autohupe ertönte. Jane hatte Ivana gebeten, nicht direkt vor dem Tor zu parken, damit Marina und Edoardo hineinkämen.

Sie lief zum Gitter und sah Edoardo, der bei laufendem Motor telefonierte. Obwohl er müde und unrasiert war, sah er besser aus denn je. Er machte ein fragendes Zeichen in Richtung Tor, sie deutete auf die Gäste, und er verdrehte die Augen. Dann ließ er den Wagen draußen stehen und stieg aus. Trotz der drückenden Hitze war er noch immer in Anzug und Krawatte.

»Marina ist mit einer Freundin unterwegs, die ihren Sohn zum Spielen hiergelassen hat. Ich kann seine Babysitterin darum bitten, das Auto wegzufahren.«

»Schon gut«, sagte er kurz angebunden und drückte sich an ihr vorbei, um möglichst unbemerkt ins Haus zu kommen.

In dem Moment gellte Ivanas Stimme durch die friedliche Stille: »Ich hab dir gesagt, du sollst es lassen! Guck dir an, was du angerichtet hast!«

Die beiden drehten sich um und sahen, dass das Tablett samt Krug und Gläsern, das Lea für sie auf einem Tischchen bereitgestellt hatte, im Wasser gelandet war.

»Du springst sofort rein und holst alles wieder raus«, brüllte Ivana, zerrte Paolo zum Pool und versetzte ihm einen schallenden Klaps auf den Po. Paolo konterte mit einem Tritt gegen Ivanas Schienbein, und Nicholas und Sabina wichen erschreckt zurück. Jane wollte ihnen zur Hilfe kommen, doch Edoardo hielt sie am Arm zurück.

»Wer, bitte, ist das?«, fragte er ungläubig.

»Das ist Ivana, sie ist Paolos Cousine und seine Babysitterin«, erklärte sie halb entschuldigend. Ivanas Piercings funkelten gut sichtbar in der Sonne, und das Schmetterlings-Tattoo wurde von ihrem winzigen Bikini nur dürftig bedeckt.

»Ah, verstehe«, murmelte er wie zu sich selbst. »Ich kenne ihre Mutter, sie arbeitet für unseren Notar. Die Ähnlichkeit ist unverkennbar.«

Jane konnte sich nicht erinnern, dass Marina einen Notar erwähnt hatte, und dass jemand Ähnlichkeit mit Ivana hatte, war nur schwer vorstellbar.

»Kann man sie und den Jungen irgendwie dazu bringen, zu verschwinden?«, fragte Edoardo.

Jane überlegte.

»Wir wollten gerade einen kleinen Imbiss machen.«

»Ich meine, *weg* von hier, und zwar möglichst weit.«

Sie blickte ihn hilflos an.

»Ein schönes Eis vielleicht?«, schlug er vor.

»Wieso nicht«, erwiderte sie und hoffte, die anderen dazu überreden zu können.

»Du kannst doch fahren, oder?«

»Ja.«

»Dann nimm meinen Wagen.« Er hielt ihr die Schlüssel hin. »Ich brauche ein paar Stunden Ruhe.«

Theoretisch hätte er sich wie gewöhnlich in seinem Arbeitszimmer einschließen können, aber es war ein herrlicher Tag, und Jane hatte ihn häufiger dabei beobachtet, wie er im Wäldchen spazieren ging, beim Oleander verweilte und sich unter einen Baum setzte, um zu telefonieren oder seine Unterlagen durchzugehen.

»In Ordnung.«

»Aber pass auf, ich habe ihn gerade erst reparieren lassen.«

Jane fiel keine passende Antwort ein. Die Bemerkung versetzte ihr einen Stich.

Er wollte gerade gehen, als ihm noch etwas einfiel.

»Hast du Geld?«

Jane wurde rot. Sie hatte nicht viel, aber für ein Eis würde es reichen. Wenn Nick allerdings nach Sammelfigürchen oder ähnlichem bettelte, würde es knapp werden.

»Klar …«, antwortete sie ein wenig zögernd.

Er kramte seine Brieftasche hervor und sah hinein.

»Hier«, sagte er und drückte ihr einen Zweihundert-Euro-Schein in die Hand. Es war das zweite Mal in ihrem Leben, dass Jane einen zu Gesicht bekam.

»Das sind zweihundert Euro«, sagte sie.

»Ich weiß. Aber sonst habe ich nur eine Zwei-Euro-Münze.«

»Aber …«

»Den Rest gibst du mir wieder«, sagte er hastig. »Ich vertraue dir, Jane. Du beklaust mich schon nicht«, schob er eine Spur freundlicher hinterher.

Dann ging er zum Haus. Sie blickte ihm nach. *Ich vertraue dir, Jane.* Er hatte sogar fast gelächelt. Lass es, Jane!

»Scheiße, Marinas Bruder sieht echt geil aus«, meinte Ivana, als sie in der Pasticceria saßen. »Das wusste ich gar nicht mehr. Ist eine Ewigkeit her, dass ich ihn gesehen habe.«

»Er meinte, er würde deine Mutter kennen«, sagte Jane wie nebenbei und hoffte, etwas in Erfahrung zu bringen.

Ivana runzelte die Stirn und überlegte ein paar Sekunden.

»Kann sein«, sagte sie nur. »Bestimmt ist er ein Mandant.«

Etwas mit den Kindern zu unternehmen, hatte sich nur so lange als gute Idee erwiesen, bis die Jungs entdeckten, dass gleich neben der überdachten Veranda der Pasticceria eine Spielhalle lag. Paolo und Nick hatten sogar auf ihr Eis verzichtet. »Von wegen, dann hat man seine Ruhe«, hatte Ivana geknurrt, nachdem die Jungs in der Spielhalle verschwunden waren. Alle drei Minuten kamen sie wieder heraus, um Münzen zu erbetteln oder sich gegenseitig mieszumachen. Wegen jeder Kleinigkeit kriegten sie sich in die Haare. Sabina hatte eine Freundin getroffen. Ivana und Jane hatten sich ein mittelgroßes Eis bestellt und eine Riesenportion bekommen, die ihnen über die Hände tropfte. Es war unmöglich, sich nicht zu bekleckern.

»Hat er dich angegraben?«, fragte Ivana.

Jane zuckte zusammen. »Wer?«

»Marinas Bruder, hat er dich angebaggert?«

Jane betete, Ivana würde ihre glühenden Wangen nicht bemerken.

»*Mich*?«, rief sie entrüstet, »Quatsch!«

Ivana musterte sie ungerührt.

»Und wieso nicht?«

Jane wusste nicht, was sie sagen sollte.

»Würdest du ihn denn von der Bettkante stoßen?«, stichelte Ivana.

»Also, echt jetzt …«

»Früher oder später versuchen sie's alle, glaub mir. Erst recht im Sommer, wenn's heiß ist. Die können sich nicht mal beherrschen, wenn ihr Weibchen zu Hause hockt, und der hier ist Single«, fügte sie in wissenschaftlichem Ton hinzu.

»Schwachsinn, der ist doch …« Was sollte sie sagen?

»Schwul?«, ergänzte Ivana nüchtern und sichtlich enttäuscht.

Jane hätte sich beinahe an ihrem Eis verschluckt.

»Nein!«, rief sie so nachdrücklich, dass Ivana zusammenzuckte. »Er ist eben nicht so einer.«

»*So* einer, Jane?« Ivana schwankte zwischen Spott und Unglaube. »Wo hast du denn die letzten zehn Jahre gelebt? Glaubst du, der läuft zufällig mit gebügeltem Hemd, schniekem Anzug und Dreitagebart durch die Gegend? Meinst du wirklich, er hat vergessen sich zu rasieren und weiß nicht, wie er auf Frauen wirkt?«

Jane antwortete nicht, und Ivana gab es auf.

»Nervt es dich nicht, immer in dieser Villa zu hocken?«, fragte sie stattdessen.

Offenbar war es ihr unbegreiflich, wie man ohne eine Affäre mit dem Hausherrn die Zeit totschlagen sollte.

»Nein, gar nicht«, sagte sie nur. Dass sie Spaß mit Nicholas hatte, gern auf dem Land lebte und Lea ihr eine Menge Rezepte beibrachte, schienen ihr keine schlagenden Argumente zu sein. »Mit geht's gut.«

Ivana machte ein mitleidiges Gesicht.

»Aber vielleicht hast du trotzdem Lust, heute Abend mit uns ein bisschen um die Häuser zu ziehen?«, schlug sie vor. Das Angebot kam bereits zum zweiten Mal, und obwohl Jane sich kaum einen Menschen vorstellen konnte, der weniger mit ihr gemeinsam hatte – wie waren erst Ivanas Freunde? –, hatte sie sich darüber gefreut. War es nicht besser, einen römischen Abend zu genießen, statt sich schlaflos im Bett zu wälzen und an Edoardo zu denken?

»Das würde ich gern, danke«, antwortete sie höflich, und Ivana strahlte. Offensichtlich hatte sie mit einer Absage gerechnet.

»Großartig, Ich freue mich! Wir können mit der S-Bahn bis Piazzale Flaminio fahren und dann zu Fuß gehen.«

»Und wie komme ich zurück?« Paolos Familie wohnte unweit der kleinen Bahnstation, und die Straße dorthin, in der auch ein großes, durchgehend geöffnetes Restaurant lag, war gut beleuchtet. Die Rocca-Villa lag sehr viel abgelegener.

»Keine Sorge, da findet sich eine Lösung, wir fragen einen Freund von mir, der fährt heute Abend auch mit der Bahn.«

Zu Hause klopfte Jane vorsichtig bei Marina an, die ihr öffnete, ohne ihr Telefonat zu unterbrechen.

»Ja?«, fragte sie mit dem Telefon am Ohr und dem üblichen strahlenden Lächeln.

»Entschuldige, dass ich störe. Ich wollte dir sagen, dass ich in einer Stunde ausgehen möchte und erst spät wieder zurück sein werde. Ich hoffe, das ist kein Problem.«

Marina war so baff, dass sie fast ihr Telefonat vergaß.

»Du gehst aus?«

Jane hatte mit ihrer Reaktion gerechnet und versuchte locker zu bleiben.

»Ich fahre mit Freunden in die Stadt.«

»Das ist ja großartig!« Marinas Augen blitzten neugierig.

Jane ging in ihr Zimmer, um sich umzuziehen. Sie legte ein wenig Make-up und dezenten Lidschatten auf. Sie versuchte, ihrem schnittlauchgeraden Haar mit Fön und Bürste irgendeine Form zu geben, und zupfte ihren Pony zurecht. Dann schlüpfte sie in ein schwarzes Trägertop, die üblichen Jeans und hohe Espadrilles. Unschlüssig musterte sie sich im Spiegel und seufzte resigniert: Viel mehr war nicht zu machen.

Als sie in die Küche kam, stand Lea am Herd, und Marina saß mit Nick am Esstisch und spielte Uno. Alle drei starrten sie sprachlos an.

»Wow«, meinte Nick und ließ sie erröten.

»Du siehst super aus«, bestätigte Marina bewundernd. Ein lächerliches Kompliment aus dem Mund dieser wunderschönen Frau, doch Jane freute sich trotzdem. Sogar Lea nickte anerkennend und erinnerte sie daran, bei ihrer Rückkehr an die Alarmanlage zu denken.

»Ich bin dann weg«, sagte Jane und warf einen Blick auf die Uhr. Bis zur Verabredung war es nur noch eine Viertelstunde, sie musste sich beeilen. Noch war es hell, und bestimmt waren viele Leute unterwegs, die auf dem Weg nach Hause oder zum Einkaufen waren.

Als sie die Haustür zuzog, fiel ihr ein, dass sie etwas zum Überziehen mitnehmen sollte. Sie kramte nach den Schlüsseln und wollte gerade wieder aufschließen, als Edoardo die Tür aufriss und fast in sie hineingerannt wäre.

Offenbar hatte er eine Veränderung an ihr wahrgenommen, denn er nahm sie neugierig ins Visier.

»Wo kommst du denn her?«

»Eigentlich gehe ich gerade, aber ich habe mein Sweatshirt vergessen.«

Sie schlüpfte an ihm vorbei, rannte in ihr Zimmer, kam zurück, zog die Tür hinter sich zu und hastete durch den Garten zum Tor, wo Edoardo gerade den Wagen wendete. Er hupte und ließ das Fenster herunter.

»Kann ich dich irgendwohin mitnehmen?«

Eigentlich hatte sie sich geschworen, möglichst viel Abstand zu halten.

»Ich muss nur zum Bahnhof, ich gehe zu Fuß.«

»Ich bringe dich hin, ich bin unterwegs zu einem Abendessen und komme daran vorbei.«

Es gab also keine triftigen Ausreden, um das Angebot auszuschlagen.

»Wie kommst du zurück?«, fragte er unterwegs.

»Wir fahren zu dritt mit der Bahn, ich bin also nicht allein.« Ob das stimmte, wusste sie nicht, doch das wollte sie sich nicht anmerken lassen.

»Aber bis nach Hause musst du allein laufen.«

»Nur ein kleines Stück«, erwiderte Jane gespielt gleichmütig.

»Wir machen es so«, schlug Edoardo vor. »Du kannst mich anrufen oder mir eine SMS schicken. Wenn ich Zeit habe, nehme ich dich mit, ich bin sowieso in der Gegend.«

Machte er sich etwa Sorgen um sie?

»Danke«, erwiderte sie schüchtern.

Ivana wartete bereits am Bahnhof. Sie trug nicht viel mehr als am Morgen und hatte sich dafür umso mehr geschminkt. Neben ihr stand eine Art Hüne mit rasiertem Schädel und schwarzer Nietenlederjacke, Hochsommer hin oder her. Jane hoffte, Edoardo würde verschwinden, ehe er die beiden bemerkte.

»Also dann, danke«, sagte sie und drehte sich zu ihm um. Sein Blick war auf Ivana geheftet.

»Weißt du, was du tust, Jane?«, fragte er und nickte zu dem schrägen Pärchen hinüber.

»Klar doch!«, erwiderte sie, als würde sie die beiden eine Ewigkeit kennen und ihnen blind vertrauen.

»Ruf mich an, wenn irgendwas ist.«

»Das wird nicht nötig sein, wirklich.«

»Und wenn doch, 112 sind die Carabinieri, 113 der Notruf und 118 der Krankenwagen.«

Jane musste lachen.

»Vom Äußeren abgesehen, ist sie schwer in Ordnung«, versuchte sie Ivana zu verteidigen.

»Da muss man schon beide Augen zumachen.«

Jane hätte noch gern etwas zu Kleidern und Leuten oder Büchern und Umschlägen gesagt, doch ihr fiel das italienische Sprichwort nicht ein. Also hielt sie lieber den Mund, als sich zu blamieren.

»Danke noch mal«, sagte sie nur.

Dann stieg sie aus, wartete, bis er abfuhr, und ging auf Ivana zu, die ihr freudig auf den Zehen wippend entgegenblickte. Begeistert schloss sie Jane in die Arme und stellte ihr den Hünen vor. Er hieß Filippo und war kein Hooligan, sondern Psychologiestudent im zweiten Studienjahr. In seiner Begleitung würde sie bestimmt keine Angst haben müssen, nachts Bahn zu fahren.

12

112 Carabinieri, 113 Notruf, 118 Krankenwagen. Beim Gedanken daran musste Jane innerlich schmunzeln, als sie unter dem Standbild von Giordano Bruno auf dem Campo de' Fiori saß. Die einzige Gefahr, die an diesem von einer lauen Meeresbrise durchwehten Abend bestand, war, dass sie Filippo erwürgte, wenn er nicht aufhörte, sie mit Fragen zu Ivana zu löchern. In der Bahn hatten sie zu dritt geplaudert, doch kaum waren sie am Ziel, hatte Ivana sich zu ihren Freunden gesellt und sie mit Filippo stehenlassen, und Jane war der Verdacht gekommen, dass Ivana sie nur zu diesem Zweck mitgenommen hatte. Sie brauchte Filippo lediglich als Bodyguard für den Weg, und in der Zwischenzeit konnte sich die zurückhaltende, freundliche Jane um ihn kümmern.

Während Ivana und die anderen literweise Bier tranken und ihren Spaß hatten, blieben Jane und Filippo auf den Stufen des Standbildes sitzen. Jane war zu schüchtern, um sich zu den anderen zu gesellen, und Filippo war offensichtlich nicht erwünscht. Und obwohl sie sich kaum kannten, hatte Filippo unglücklicherweise beschlossen, ihr sein Herz auszuschütten. Er liebte Ivana, seit er ihr das erste Mal begegnet war, und litt stumme Qualen ob des unerwiderten Gefühls. Am liebsten hätte sie ihrem Herzen ebenfalls Luft gemacht, von unerwiderter Liebe konnte sie ein Liedchen singen, doch Filippo jammerte ohne Punkt und Komma, und es war unmöglich, über irgendetwas anderes zu reden.

Immerhin erfuhr sie dadurch ein paar Dinge über Ivana. Wie Filippo studierte sie Psychologie an der Sapienza.

»Ivana? Psychologie?«, rutschte es Jane heraus. Sie musste an den Streit mit Paolo am Swimmingpool denken. Er war acht, sie einundzwanzig.

»Auf wen, glaubst du, fährt sie ab?«, fragte er frustriert.

Jane breitete ratlos die Arme aus. Die Gruppe bestand aus rund einem Dutzend Jungen und Mädchen. Jane war der gesamten Runde vorgestellt worden. Der Sympathischste war eindeutig ein gewisser Andrea, ein junger Kerl mit hübschem Gesicht und blonden Haaren, um den sich sämtliche Mädchen außer Ivana scharten. Jane fand ihn nichtssagend, doch im Vergleich zu Edoardo zog jeder den Kürzeren.

»Hat sie dir gegenüber jemanden erwähnt?« Jane hatte ihm zwar gesagt, dass sie Ivana bisher nur dreimal gesehen hatte, doch Filippo dachte nicht daran, das Thema zu wechseln.

»Auch mich nicht? Glaubst du, sie könnte mich cool finden? War es ein Fehler von mir, ihr meine Gefühle zu gestehen?« Das hatte er bereits gut ein Dutzend Mal getan und dafür gut ein Dutzend Abfuhren kassiert. »Aber findest du nicht auch, bei solchen Dingen sollte man lieber ehrlich sein?«

Jane platzte fast der Kopf. Als er ihr seine Hoffnung gestand, ein anderer könnte Ivana einen Korb geben und sie in seine tröstenden Arme treiben, darauf würde er warten, und wenn es Jahre dauerte, hatte Jane die Nase voll.

»Das klingt ja schrecklich. Du solltest mal an deinem Selbstwertgefühl arbeiten.« Er machte ein verdattertes Gesicht, und sie stand auf. »Ich gehe mir die Verkaufsstände ansehen.«

Zum Glück war er zu frustriert, um sie zu begleiten.

Kurz darauf gesellte sich Ivana zu ihr und nahm sie zur Seite.

»Hör mal, Jane …«, hob sie kleinlaut an. »Daniele hat mich gefragt, ob ich nachher ein bisschen … mit ihm allein sein will.«

Daniele, das hübsche Kerlchen mit dem dunklen, raspelkurzen Haar.

»Hättest du was dagegen?«

Jane fühlte sich im Stich gelassen, immerhin waren sie gemeinsam gekommen, und sie kannte niemanden, doch sie sagte nichts und ließ freundschaftliche Solidarität walten.

»Natürlich nicht, was sollte ich dagegen haben?«

»Weil ich doch gesagt hatte, wir fahren zusammen zurück.«

»Vergiss es. Ich nehme die Bahn, und für das letzte Stück kann ich Edo… also meinen … kann ich Rocca fragen, ob er mich mitnimmt.« Sie wollte Ivanas Gewissen beruhigen, aber ob sie ihn wirklich anrufen würde, stand auf einem ganz anderen Blatt. Filippo konnte sie ein Stück begleiten, und dann wäre sie schon so gut wie zu Hause.

»Was, wie bitte? Könntest du das noch mal wiederholen?« Sofort war Ivana ganz Ohr.

»Er ist irgendwo in der Nähe zum Abendessen eingeladen und meinte, ich solle ihn anrufen, wenn es nötig sei«, antwortete Jane wie nebenbei.

»Hab ich's dir nicht gesagt?«, triumphierte Ivana.

Jane wurde dunkelrot.

»Ach, komm! Das hat er nur gesagt, damit ich das letzte dunkle Stück nicht allein gehen muss.«

»Je dunkler, desto besser.« Ivana zwinkerte ihr zu, dann riefen die anderen nach ihr.

Jane versuchte auf andere Gedanken zu kommen und vertiefte sich in den Anblick der Handyhüllen, gefakten Handtaschen und Sonnenbrillen. Ivanas Worte hämmerten in ihrem Kopf. Hatte Edoardo nur nett sein wollen, oder steckte mehr dahinter? Dieser winzige Zweifel reichte, um ihr das Herz bis zum Hals schlagen zu lassen.

Sie bemerkte nicht, dass Andrea hinter ihr stand.

»Filippo und ich fahren nach Hause, morgen früh habe ich eine Prüfung und muss früh raus, kommst du mit?«

Jane fuhr herum und blickte in seine schönen, blauen Augen.

»Nimmst du auch die Bahn von der Piazzale Flaminio?«, fragte sie verdattert.

»Ja, ich wohne bei euch in der Nähe.«

Jane blickte sich um und sah, dass die Gruppe sich aufzulösen begann. Ivana und Daniele hatten sich plaudernd auf eine Bank gesetzt. Filippo saß noch immer niedergeschmettert unter dem Standbild. Die anderen hatten sich eine Granita gekauft, ein paar waren bereits gegangen.

»Okay«, antwortete sie und fragte sich, wie viele der anderen Mädchen sie wohl um diese unverhoffte Begleitung beneideten.

Jane winkte Ivana zum Abschied, um ihr romantisches Tête-à-Tête nicht zu stören. Während sich Andrea noch von jedem verabschiedete, setzte sich Filippo wortlos und mit gesenktem Kopf in Bewegung.

»Ivana hat mir erzählt, dass du in einer der Villen arbeitest«, bemerkte Andrea höflich, um Filippos bleiernes Schweigen wettzumachen, während sie auf den Bus warteten.

»Ja.«

»Und dass du aus London kommst.«

»Genau.«

Reiß dich zusammen, Jane! So einsilbig wirkte sie noch abweisender als Filippo.

»Im September mache ich einen Uniaustausch und bin dann bis Weihnachten in London«, erzählte er.

Sie redeten über sein Studium und darüber, wo er in London wohnen würde. Jane nannte ihm die besten Kneipen und was er auf keinen Fall verpassen durfte. Dabei gab sie sich erfahrener, als sie in Wirklichkeit war: In den meisten Lokalen war sie höchstens einmal gewesen, und viele kannte sie nur vom Hörensagen. Sie redete viel mehr als gewöhnlich und zeigte sich ganz anders, als sie war, um bloß nicht daran denken zu müssen, was sie tun würde, wenn sie aus der Bahn stieg. Plaudernd verließen sie den Bus und schlenderten zum Bahnsteig. Der Zug war voller als gedacht. Turtelnde Pärchen, ein paar Betrunkene und ein paar finstere Typen. Andrea fand einen Sitzplatz für sie. Je mehr sich die Bahn leerte, desto unruhiger wurde Jane.

»Willst du mir deine Nummer geben, vielleicht telefonieren wir mal?«, fragte Andrea sie kurz vor der Haltestelle.

Gerade als Jane ihr Handy herausholte, kam eine WhatsApp-Nachricht.

In zehn Minuten kann ich am Bahnhof sein. Wo bist du?

Ihr Puls beschleunigte sich.

»Ist was?«, erkundigte sich Andrea verdutzt.

»Nein, es geht nur um eine Mitfahrgelegenheit nach Hause.«

Sie blickte hinaus. Bis zur Haltestelle dauerte es mindestens zehn Minuten, wenn nicht länger.

Sie überlegte fieberhaft.

Sitze im Zug, habe noch vier Haltestellen vor mir. Kann mich bis zur Kreuzung bringen lassen, kein Problem.

Edoardo antwortete sofort.

Wenn sie dich bis zum Tor bringen ok, sonst warte ich auf dich.

Ihr Bauch begann zu kribbeln. Sie hatte versucht, ihn abzuwimmeln, aber er ... ließ nicht locker? Sie warf den beiden Jungs neben sich einen Blick zu. Andrea tippte auf seinem

Handy herum, Filippo starrte aus dem Fenster ins Nichts. Bestimmt konnte sie die beiden bitten, sie bis zum Tor zu begleiten, der Umweg hätte sie nur wenige Minuten gekostet. Bestimmt würden sie Ja sagen. Aber wieso nicht die Chance nutzen, mit Edoardo allein zu sein? Es würde ihn nicht mehr als fünf Minuten kosten, und er hatte es bereitwillig angeboten. Mehrmals.

Bloß nicht zu viel darüber nachdenken. Beim Tippen zitterten ihre Finger.

In Ordnung, gern, bis gleich am Bahnhof.

Sie kam sich vor wie die Protagonistin eines Kinofilms, die sich heimlich mit ihrem Geliebten verabredet, mit dem sie eine höchst verbotene Liebschaft hat.

Hastig steckte sie das Handy weg, als könnte sie damit verhindern, dass er es sich anders überlegte, und zwang sich, an etwas anderes zu denken.

»Was für eine Prüfung hast du morgen?«, fragte sie Andrea.

»Das Fach heißt Kognitive Psychologie.«

»Klingt kompliziert«, meinte Jane. Filippo drehte sich vage interessiert zu ihnen um.

»Ist es auch, vor allem, weil die Professorin total nervt«, fuhr Andrea fort.

Sie unterhielten sich eine Weile über das Studium, und Filippo schaltete sich wieder ein.

»Und du, was willst du nach dem Sommer machen?«, fragten die beiden fast gleichzeitig.

»Kunst«, sagte sie freimütig und verdrängte den Gedanken an die Bocconi.

»Meine Cousine hat ein Jahr lang an der National Academy in New York studiert, wenn du willst, stelle ich sie dir mal vor«, schlug Andrea vor.

»Das wäre super!«, erwiderte Jane begeistert und vergaß

einen Moment lang ihre Nervosität. Doch dann verlangsamte der Zug das Tempo und fuhr in die Endstation ein.

Vergeblich spähte sie aus dem Fenster nach dem Auto. Sie verließen den Zug.

»Ich werde abgeholt«, sagte sie bemüht locker.

»Okay. Na dann, ciao.« Filippo wandte sich zum Gehen. Andrea rührte sich nicht.

»Von wem denn? Hier wartet niemand«, stellte er fest.

»Ich glaube, auf der anderen Seite.« Bestimmt wartete Edoardo dort, wo er sie abgesetzt hatte. »Es ist der Besitzer der Villa, in der ich arbeite.«

»Dann lass uns nachsehen, ob er dort ist«, schlug Andrea vor. Er war höflich und wollte sie nicht allein lassen.

Filippo kehrte noch einmal um und schnorrte sie um Kleingeld an, um sich Zigaretten am Automaten zu holen. Hastig drückte Jane ihm zwei Euro in die Hand.

Sie traten auf den dunklen Vorplatz hinaus.

Sofort hörte Jane jemand ihren Namen rufen und entdeckte Edoardo, der nicht weit vom Ausgang geparkt hatte und ihr mit erhobenem Arm zuwinkte. Sie drehte sich zu Andrea um, bedankte sich und küsste ihn auf die Wangen.

»Viel Glück morgen«, sagte sie und ging auf den dunklen Wagen zu. Sie wollte gerade die Beifahrertür öffnen, als sie sah, dass der Platz bereits besetzt war.

»Ciao, Jane«, begrüßte Bianca sie lächelnd. »Erinnerst du dich an mich? Wir haben uns vor ein paar Tagen am Strand kennengelernt.« Jane hatte sie sofort erkannt, auch wenn sie anders aussah: Geschminkt, perfekt frisiert und in einem enganliegenden, tief ausgeschnittenen silberfarbenen Kleid sah sie noch besser aus, als sie sie in Erinnerung gehabt hatte.

Wie gelähmt stand Jane neben dem Wagen. Inzwischen hatte Edoardo die hintere Tür entriegelt.

»Verzeihung, ich dachte, dass …«, stammelte sie und schlüpfte hastig auf den Rücksitz. »Es tut mir leid, dass ich euch habe warten lassen«, schob sie hinterher und fühlte, wie ihr Herz zersprang. Sie saß hinten wie ein kleines Mädchen, das die Eltern von einer Party abholten. Zum Glück war Ivana nicht dabei.

»Wir sind erst vor zwei Minuten angekommen«, erwiderte Edoardo und startete den Motor. Er klang leicht gereizt; bestimmt hatte sie ihm den Abend verdorben.

»Hattest du Spaß?«, fragte Bianca freundlich. *Und wie war es heute in der Schule, mein Schatz?* »Offensichtlich warst du in guter Gesellschaft.« Sie zwinkerte ihr zu.

Wenig später waren sie bei der Villa. Edoardo stieg aus, um das Tor zu öffnen, und setzte sich wieder in den Wagen. Bianca hatte eine CD eingelegt und suchte nach einem Lied. Beide machten den Eindruck, als hätten sie noch einen langen Abend vor sich. Von wegen Arbeit, dachte Jane.

»Du brauchst den Alarm nicht wieder einzuschalten, das mache ich nachher«, sagte er.

»Danke noch mal«, sagte Jane, stieg aus dem Auto und lief die Auffahrt hinauf. Sie drehte sich erst um, als der Wagen davonfuhr, und merkte, dass sie sich nicht von Bianca verabschiedet hatte.

Ich dumme Kuh, schalt sie sich. Wie konnte ich nur so dämlich sein? Er ist noch immer mit Miss World verheiratet, und die Anwältin ist nicht minder übel. Tagsüber die knallharte Juristin, aber kaum zieht sie den Talar aus, bleibt einem die Spucke weg. Und ich möchte wetten, dass sie den ziemlich oft auszieht.

Auf dem Weg in ihr Zimmer fing ihr Handy an zu piepen. *Das ist meine Nummer, ciao Andrea.*

Genervt warf sie es auf das Bett.

13

»Jane? Kannst du mal kurz kommen?«

Marina rief sie vom Swimmingpool, wo sie mit zwei Freundinnen im Liegestuhl lag. Was wollte sie denn jetzt schon wieder? Unwillig spähte Jane aus ihrem Zimmerfenster. Sie hatte sie schon zweimal gerufen, um zu fragen, ob sie sich dazugesellen, baden, etwas trinken wollte. Reine Höflichkeit, Marina wollte zeigen, wie nett und unvoreingenommen sie ihrer kleinen, englischen Babysitterin gegenüber war, aber selbst Wohlerzogenheit hatte ihre Grenzen. Was sollte sie denn noch tun, außer Nein zu sagen? Immerhin hatte Marina Nick erlaubt, fernzusehen, bis er viereckige Augen bekam – wieso konnte sie sie dann nicht auch in Frieden lesen lassen?

Sie warf einen bangen Blick auf das Handy am Ladekabel, auf dem eine neue Nachricht aufpoppte. Schon wieder Andrea. Auch das noch. Sie war eingesperrt in dieser Villa, gezwungen, die Gleichgültigkeit des Mannes ihrer Träume zu ertragen, und wurde von einem Jungen hofiert, der sie nicht die Bohne interessierte. Hübsch, nett, schlau, aber ihr vollkommen egal. Diesmal kannte sie das passende italienische Sprichwort ganz genau, es war einer der Lieblingssprüche ihres Vaters gewesen: Mancher will und kann nicht, mancher kann und will nicht. Wie wahr! Die anderen Nachrichten waren allesamt von Ivana und drehten sich immer um das Gleiche.

Volltreffer! Wann sehen wir uns? Hast du Lust, dass wir zusammen mit Daniele und Andrea ausgehen?

Als sie die Treppe herunterkam, fläzte Nicholas noch immer schlecht gelaunt vor einem hirnlosen Fernsehfilm.

»Na los, Nick, lass uns ein bisschen rausgehen.«

Grunzend rutschte der Junge tiefer in die Kissen.

Auch er hatte einen miesen Tag. Eine Freundin seiner Mutter hatte versprochen, ihre Söhne mitzubringen, Zwillinge in seinem Alter, aber dann hatte sie sie doch zu Hause gelassen, zur Strafe. Sie hätten einen Nachmittag am Pool nicht verdient. Doch damit hatte sie auch Nick bestraft, der sich den ganzen Vormittag auf ein Luftkönig-Turnier gefreut und Jane sogar dazu überredet hatte, die Spielregeln im Netz zu suchen.

Wenn Nick sich zu nichts bewegen ließ, konnte sie ebenso gut seine Mutter zufriedenstellen. Jane ging zu Marina an den Pool, die in aufgekratzter Verschwörerlaune neben ihren Freundinnen im Liegestuhl saß.

»Wir haben eine super Idee«, raunte sie triumphierend. »In drei Tagen hat mein Bruder Geburtstag.« Das wusste Jane bereits. »Wir haben überlegt, ihm eine Überraschungsparty zu organisieren.« Die anderen beiden nickten begeistert. So sehr sich Jane auch bemühte, sie konnte sie nicht auseinanderhalten: Sie sahen genau gleich aus und waren Marina zum Verwechseln ähnlich. Blond, glatt, schön und braungebrannt. Angesichts ihrer straffen Bäuche erschien es unvorstellbar, dass eine von ihnen Kinder zur Welt gebracht hatte. Obendrein Zwillinge.

Marina und ihre Freundinnen blickten Jane erwartungsvoll an. Sie überlegte.

Eine Überraschungsparty? Hätten sie ihr eine organisiert, hätte sie sie für den Rest ihres Lebens gehasst.

»Und, was meinst du?«, drängelte Marina. Nicht zum ersten Mal schien ihr Janes Meinung wichtig zu sein, und hätte sie nicht ganz andere Dinge im Kopf gehabt, hätte sie sich geschmeichelt gefühlt.

Edoardo wird euch auch für den Rest seines Lebens hassen, dachte sie. Sie fühlte sich mit ihm seelenverwandt. Er war der Einzige, zu dem sie eine innere Verbindung spürte, auch wenn er keine Ahnung davon hatte.

»Dein Bruder ist so …«, sie suchte nach dem richtigen Ausdruck – schön, einzigartig oder wunderbar konnte sie schließlich nicht sagen. »Reserviert«, befand sie schließlich und versuchte, es nicht zu ernüchternd klingen zu lassen.

»Genau deshalb will ich es ja machen! Wenn es nach ihm ginge, würde er seinen Geburtstag stillschweigend ausfallen lassen. Letztes Jahr war er so beschäftigt, dass weder ich noch meine Mutter ihm gratulieren konnten, nicht einmal telefonisch!«

»Aber ehrlich gesagt, war es Biancas Idee«, fügte Marina hinzu. »Sie meint, in letzter Zeit habe er viel zu viel um die Ohren, er sollte sich mal amüsieren.«

Jane schob ihren Unwillen beiseite.

»Hilfst du mir, es geheim zu halten? Wir dürfen es nicht einmal Nicholas sagen, der würde sich sofort verplappern.«

»Nick bringst du an dem Abend einfach zu mir, er kann mit den Jungs spielen, in Ordnung?«, schaltet sich eine der beiden Freundinnen ein, offenbar die Mutter der Zwillinge.

»Genau, es soll eine Erwachsenenparty werden. Wir dachten, wir könnten hier im Garten zu Abend essen, und bestimmt findet Nick es lustiger, mit seinen Freunden zu spielen.«

Ich könnte ihn begleiten, überlegte Jane. Die Vorstellung, Biancas Triumph beizuwohnen, war nicht sonderlich prickelnd.

»Super Idee!«, sagte sie. »Wenn ihr wollt, kann ich ihn hinbringen und auf die drei aufpassen.«

»Würdest du das tun?« Marinas Miene hellte sich auf, und auch die andere Mutter wirkte erleichtert. Bestimmt hatten sie sie sowieso darum bitten wollen und nur nicht gewusst wie.

»Dann wären wir sehr viel beruhigter, das Kindermädchen der Zwillinge ist nämlich eine Katastrophe.« Die drei prusteten los, als wäre das der Witz des Jahres. »Mit dreien ist die heillos überfordert.«

Eigentlich hätte Jane gekränkt sein sollen. Marina konnte nicht einfach über ihre Zeit verfügen und ihr gleich drei Jungs aufhalsen. Doch stattdessen war sie erleichtert. Es war die Rettung vor einem garantiert qualvollen Abend.

»Aber wenn du lieber auf die Party kommen willst …«, sagte Marina zögernd.

»Für mich ist das völlig in Ordnung!«, fiel Jane ihr ins Wort. Sollten sie doch denken, was sie wollten. Keine junge, schicke Blondine hätte ein mondänes Abendessen für einen Abend Kinderbetreuung sausenlassen. Aber schließlich litt auch keine von ihnen an schmachtendem Herzen und war dazu noch unbedarft und blass.

Ein Schrei von Edoardo ließ alle vier aufschrecken. Nick flitzte aus dem Haus und nahm Richtung Garten Reißaus. Wutschnaubend tauchte Edoardo in der Tür auf.

»Was macht ihr da eigentlich, Herrgott noch mal!«, brüllte er ihnen zu. »Ihr seid zu viert, und ich muss auf den Jungen aufpassen?«

Jane war wie vom Donner gerührt, und Marina sprang hektisch von ihrem Liegestuhl auf. Gemeinsam hasteten sie ins Haus und ließen die beiden peinlich berührten Freundinnen auf ihren Sonnenliegen zurück.

Edoardo war im großen Wohnzimmer, wo er offensichtlich gearbeitet hatte. Ein Hefter voller Unterlagen lag zwischen den Scherben einer zu Bruch gegangenen Vase und einer Wasserpfütze am Boden. Einige der Blätter sahen ziemlich mitgenommen aus.

»Was ist passiert?«, fragte Marina heiser.

»Dein Sohn spielt hier drinnen Fußball, das ist passiert! Er hat die Vase getroffen und meine ganzen Sachen runtergeschmissen! Wie oft soll ich ihm noch sagen, dass das nicht geht?«, brüllte er seine Schwester an, ohne Jane eines Blickes zu würdigen. Noch nie hatte sie ihn Marina gegenüber so aggressiv erlebt. Er stand völlig neben sich.

»Es tut mir leid«, entgegnete Marina. »Aber jetzt komm mal wieder runter!« Die Reaktion ihres Bruders schien ihr ebenfalls nicht geheuer zu sein.

»Ich knöpfe ihn mir gleich vor«, sagte sie und verschwand nach draußen.

Beklommen stand Jane in der Ecke und sah zu, wie Edoardo sich daranmachte, die Scherben und Blätter aufzusammeln.

»Kann ich was tun?«, fragte sie. Überrascht hob er den Kopf. Er hatte sie nicht gesehen.

»Ach, du bist's. Du hättest ihn zum Spielen mit nach draußen nehmen können«, meckerte er und klaubte die verstreuten Unterlagen zusammen.

Jane wurde wütend. Sie kümmerte sich weit über jede angemessene Arbeitszeit hinaus Tag und Nacht um Nicholas und spielte ständig den Feuerlöscher für Marina. Wie kam er dazu, seine Wut über eine solche Lappalie an ihr auszulassen? Außerdem hatte Nicholas an diesem Tag ebenfalls eine Schlappe kassiert.

Sie schluckte ihren Zorn hinunter, aber ihre Stimme zitterte leicht.

»Mir tut die Sache auch leid, aber solche Dinge passieren mit Kindern nun mal. Normalerweise führt sich Nick nicht so auf, aber er hatte einen schlechten Tag.«

»Und ich erst«, gab er bissig zurück. Er richtete sich auf und sah sie an. Offenbar bemerkte er ihre funkelnden Augen, denn er schwieg einen Moment.

»Wirklich nett von dir, dass du ihn verteidigst, Jane. Wollen wir doch mal hören, was an seinem Tag so schwierig war. Er hat einen Swimmingpool, einen Bolzplatz und einen tausend Quadratmeter großen Garten, dazu eine Mutter und ein Kindermädchen.« Er tat so, als grübele er nach. »Außerdem einen Fernseher, eine Playstation, ein Tablet, das mehr kostet als mein eigenes, und einen Haufen Videospiele. Können wir irgendetwas tun, um seinen Schmerz zu lindern und ihn daran zu hindern, mir den Ball an den Kopf zu schießen?«

Jane begriff, dass sie etwas Dummes gesagt hatte.

»Das meinte ich nicht.«

»Und was meintest du dann?«

»Nichts. Dass es mir leidtut und basta. Ich werde besser aufpassen.«

»Zu freundlich.« Er bückte sich wieder nach den Scherben. Sie ging zu ihm, um zu helfen.

»Pass auf, dass du dich nicht schneidest.«

Jane kniete sich neben ihn und fing an, die Papiere zusammenzusuchen. Es waren seitenweise Kalkulationen, doch sie waren durchnummeriert und deshalb leicht zu ordnen.

Marina kam zurück und zerrte den zerknirschten Nicholas hinter sich her.

»Entschuldige, Onkel«, sagte er und starrte beschämt zu Boden.

Edoardo musterte ihn kühl und zwickte ihn leicht in die Wange.

»Okay, Entschuldigung angenommen. Aber tu mir den Gefallen und kick in Zukunft draußen.«

Das Festnetztelefon klingelte, und Edoardo wollte danach greifen, doch Marina war schneller.

»Hallo?«, sagte sie, während Edoardo sie nicht aus den Augen ließ. Jane kniete am Boden und konnte seine Anspannung spüren. Nicholas nutzte die Gelegenheit, um sich aus dem Staub zu machen.

»Hallo? Hören Sie mich?«, wiederholte Marina.

Dann legte sie auf.

»Vielleicht ist es kaputt«, überlegte sie und starrte ratlos auf den Apparat.

Edoardo wandte sich wieder den Unterlagen zu und legte ein Blatt neben das nächste. Es summte. Diesmal war es Edoardos Handy. Jane griff danach, um es ihm zu geben, und warf einen verstohlenen Blick auf das Display. Es war Mason.

Verärgert stellte er es stumm, ohne den Anruf entgegenzunehmen.

»Ich habe gerade keine Zeit«, erklärte er, obwohl ihn niemand danach gefragt hatte.

Bestimmt waren die beiden Anrufe kein Zufall. Vorhin hatte Lea auch einen stummen Anruf entgegengenommen, den Jane auf ihre Taubheit geschoben hatte. Sie überlegte, ob sie ihm davon erzählen sollte, doch dann verwarf sie den Gedanken.

Unterdessen schaute Marina ihnen unschlüssig zu. Offenbar wäre sie liebend gern zu ihren sonnenanbetenden Freundinnen zurückgekehrt, wollte sich aber hilfsbereit zeigen.

»Brauchst du mich noch?«, fragte sie.

Edoardo schüttelte den Kopf.

»Geht schon.«

»Danke, Jane«, sagte sie betont freundlich und verschwand. Jane holte einen Besen und einen Putzlappen.

Während Edoardo am Tisch saß und seine Unterlagen durchsah, fegte sie die Scherben auf.

Er bemerkte es erst, als er mit dem Lesen fertig war.

»Das hättest du nicht tun müssen, ich hätte Lea gerufen. Aber zuerst musste ich wissen, ob alles vollständig ist.«

»Kein Problem. Fehlt etwas?«

»Ja.« Er blickte sich suchend um. »Eine Seite fehlt.«

»Sie kann sich ja nicht in Luft aufgelöst haben.« Jane hockte sich hin und spähte unter die Möbel.

Wieder vibrierte sein Telefon, und wieder wies er den Anruf ab.

»Hier sind sie«, sagte sie und stand mit zwei Blättern in der Hand wieder auf. »Es sind zwei Seiten.«

»Stimmt, es sind zwei!« Lächelnd griff er danach. »Tja, was würde ich ohne dich machen, Jane.«

Sie wurde rot und wagte nicht, ihm in die Augen zu sehen. Sie griff sich den Besen und den Mülleimer und wandte sich zum Gehen, als er sie am Arm zurückhielt. Die Berührung ließ sie erschaudern.

»Entschuldige wegen vorhin«, sagte er und blickte sie unverwandt an. »Ich war ziemlich unausstehlich.«

Sie zwang sich zu einem nachsichtigen Lächeln.

Ihr Herz raste, es pochte bis in die Schläfen.

»Was zum Teufel ist mit Nicholas los?«, fragte er, ohne ihren Arm loszulassen.

Sie standen ganz dicht beieinander. Jane umklammerte den Besenstiel wie eine Waffe.

»Nichts. Eigentlich hatte er Freunde erwartet, mit denen er ein Luftkönig-Turnier spielen wollte.« Sie machte eine unsichere Pause. »Aber sie durften nicht kommen.«

Er lachte herzlich.

»Und das soll so schlimm sein?«

»Natürlich ist es das nicht, aber er ist ein Kind. Er weiß nie, mit wem er kicken soll, dabei tut er nichts lieber.«

»Warst du nicht die Fußballkönigin?«

Jetzt musste sie grinsen.

»An der Playstation schlage ich ihn inzwischen regelmäßig, aber wenn es um richtigen Fußball geht, hätte er lieber …«, fast hätte sie einen Vater oder einen Onkel gesagt, »einen männlichen Gegner.«

Er sagte nichts und blickte zum Telefon, das abermals zu vibrieren begonnen hatte und einige Blätter gefährlich nah an die Tischkante schob. Er griff danach, und Jane nutzte die Gelegenheit, um zu verschwinden. Er schirmte das Mikrofon mit der Hand ab, formte mit den Lippen ein Danke und widmete sich dem Anruf.

Draußen plauderte Marina mit ihren Freundinnen, wahrscheinlich ging es noch immer um die Party. Nicholas war im Wasser, er hatte sich die Schwimmbrille aufgesetzt und tauchte.

Jane setzte sich an den Beckenrand. Nick tat so, als würde er nicht wieder auftauchen, und sie tat so, als würde sie sich Sorgen um ihn machen. Lange saßen sie so da, bis es kühl wurde. Die Freundinnen verabschiedeten sich von Marina, und Jane überredete Nick, aus dem Wasser zu kommen. Sie ließ ihn im Garten duschen, wickelte ihn in den Bademantel und ging ins Haus, um ihm frische Sachen zu holen. Auf dem Rückweg ging sie in ihr Zimmer und warf einen Blick auf ihr Handy. Eine Nachricht von Andrea, der sie für Samstag ins Kino einlud. Am Tag der Party.

Ich kann nicht, der Kleine geht am Abend zu Freunden, und ich soll ihn begleiten.

Das war nicht einmal eine Ausrede, also hatte sie auch kein schlechtes Gewissen. Sie hätte dazuschreiben können, tut mir leid, vielleicht ein andermal, doch sie tat es nicht.

Als sie Kleidung aus seinem Schrank holte, hörte sie Gelächter aus dem Garten und spähte neugierig aus dem Fenster.

Das Gelächter kam vom Bolzplatz.

Edoardo hatte sich ins Tor gestellt und Nick bombardierte ihn mit harten Bällen, die er vergeblich zu halten versuchte, was nur halb gespielt war. Der Junge war im T-Shirt und kickte barfuß. Edoardos Hemd und Hosen waren voller Grasflecken. Marina lag noch immer in der Sonne.

Dann tauschten die beiden die Plätze. Edoardo schoss leichte Bälle, damit Nick sie halten konnte.

»Nicht schummeln!«, rief der Junge empört.

Mit voller Wucht versenkte Edoardo den Ball in der oberen Ecke, und Nick ließ sich erschöpft zu Boden fallen. Edoardo half ihm auf, und das Spiel ging weiter.

Gebannt schaute Jane ihnen zu. Sie war wie verzaubert. Er hat auf mich gehört! dachte sie beseelt. Du bist der wunderbarste Mann der Welt. Wenn du nur wüsstest, wie sehr ich dich liebe.

14

»Wann gehen wir?«

Es war das zehnte Mal, dass Nicholas fragte. Immer wieder rammte er Jane den Kopf in die Seite, um auf sich aufmerksam zu machen. Jane betrachtete die Zwillinge, die wie sediert vor dem Bildschirm hockten. Der eine war schon halb eingeschlafen. Der Abend zu dritt war kein Erfolg gewesen. Es gab nur zwei Joysticks, und ihre Besitzer hatten sich ein System ausgedacht, bei dem Nick nur äußerst selten zum Zug kam.

»Aber bist du nicht gleich dran?«, fragte sie übertrieben begeistert. Zu Hause sagte sie ihm ständig, Videospiele würden verblöden, und hier stachelte sie ihn zum Weitermachen an. Um elf Uhr nachts. Das ergab keinen Sinn.

»Ich will das Feuerwerk sehen.«

Richtig, das Feuerwerk. Das natürlich nicht für Edoardo war. Doch der Zufall wollte es, dass in einem nur wenige Kilometer entfernten Dörfchen ein Fest gefeiert wurde. Laut Marina sollte das Feuerwerk um Mitternacht losgehen. Dann wissen wir, wann wir die Torte servieren müssen, hatte sie freudig erklärt.

Wie Edoardo wohl reagiert hatte, als er nach Hause gekommen war und all die Leute angetroffen hatte? Sie und Nick waren lang vor der großen Überraschung gegangen.

»Bis zum Feuerwerk ist es noch Zeit.«

»Mir reicht's«, maulte Nick.

Das Kindermädchen der Zwillinge lugte gähnend durch die Küchentür.

»Alles in Ordnung?«

Sie war zu gut erzogen, um sie rauszuschmeißen, doch die Signale waren eindeutig. Und Jane konnte ihr unmöglich sagen, dass sie erst möglichst spät nachts wieder nach Hause wollte.

»Okay, na dann …«, seufzte sie, stand auf und reckte sich. Nick sprang auf und zog sich hastig sein Batman-Sweatshirt über. Seit mindestens einer Viertelstunde hatte er alles griffbereit gehabt.

Trotz des kurzen Wegs hatte Marina darauf bestanden, dass Jane ihr Auto nahm. Ich werde euch nicht abholen können, hatte sie gesagt. Jane stieg ein und wies Nicholas an, sich anzuschnallen.

»Wozu denn, ich sitz doch hinten«, maulte er, aber er gehorchte.

Fast alle Villen waren erleuchtet. Im Sommer war es herrlich, abends draußen zu essen. Jane wünschte sich sehnlichst, sie könnte sich in irgendeines dieser Häuser flüchten. Als sie um die Kurve fuhr, sah Jane einen Wagen im Rückwärtsgang rangieren, als hätte er sich verfahren und wollte wenden. Sie stoppte, um den Wagen sein unschlüssiges Manöver beenden zu lassen, und sah, dass der Fahrer ihr durch das Autofenster zuwinkte. Jane warf Nicholas einen Blick zu, der nichts davon mitbekommen hatte, und verspürte einen Anflug von Angst. Die Villa war in Sichtweite, und ringsum standen Häuser, doch auf dieser Kreuzung waren sie allein. Vorsichtig rollte sie auf den Wagen zu und ließ das Fenster einen Spaltbreit hinunter. Alle Vorsichtsmaßnahmen waren nutzlos, wenn dieser Kerl etwas Böses im Schilde führte.

»Entschuldigen Sie, ich habe mich verfahren!«, rief der Mann.

Jane öffnete das Fenster ein paar Zentimeter weiter.

»Wissen Sie vielleicht, wie ich zu der Villa der Roccas komme?«

Er war ein Gast. Jane war erleichtert.

»Ich fahre auch dorthin. Folgen Sie mir!«, rief sie, während Nick sein Gesicht neugierig an die Scheibe drückte.

Vor der Villa zu parken, war so gut wie unmöglich, die ganze Zufahrt stand voller Autos. Jane und der Mann mussten ihre Wagen in einiger Entfernung stehenlassen.

»Danke«, sagte er, schloss das Auto ab und betrachtete das große Tor. »Ich bin erst vor ein paar Tagen das letzte Mal hier gewesen, aber dort hinten verfahre ich mich jedes Mal, da sieht alles gleich aus.«

Jane wurde neugierig. In den letzten Wochen waren einige Freunde von Marina zu Besuch gekommen. Doch an ihn konnte sie sich nicht erinnern. Sie musterte ihn genauer. Er musste ein paar Jahre älter als Edoardo sein. Sein perfekt sitzender Anzug war maßgeschneidert. Er hatte leicht ergraute Schläfen und war äußerst gepflegt, groß und schlank, ein gutaussehender Mann. Irgendwo hatte sie ihn schon einmal gesehen, vielleicht war er ein bekannter Theaterschauspieler?

Das Tor war offen, und Nick war bereits hineingelaufen. Jane hoffte, dass sie unbemerkt ins obere Stockwerk verschwinden konnte.

Beim Näherkommen war laute Musik zu hören. Hinten am Wäldchen sah man ein Grüppchen Leute tanzen, mittendrin Marina. Offenbar war die Party perfekt auf *sie* zugeschnitten. Jane konnte sich einen ausgelassen tanzenden Edoardo beim besten Willen nicht vorstellen.

»Da ist Marina«, sagte sie zu dem Mann, denn immerhin war sie die Gastgeberin.

»Oh, danke«, gab er zurück, blickte sich aber dennoch suchend um. »Und wo ist Edoardo?«

Jane hatte keine Ahnung. Sie hätte sich nicht gewundert, wenn er eine Migräne vorgetäuscht und sich aus dem Staub gemacht hätte.

»Falls Sie ihn sehen, könnten Sie ihm sagen, dass ich ihn suche?«, bat der Mann höflich. Die Party schien ihm völlig egal zu sein.

Aus dem Augenwinkel sah Jane, wie Nicholas sich über ein Tablett mit Reisbällchen hermachte. Sie musste ihn stoppen, wenn sie verhindern wollte, dass er sich die halbe Nacht übergab.

»Klar«, antwortete sie hastig. »Aber wir haben uns nicht vorgestellt, und ich weiß gar nicht …«

»Ich bin Riccardo Mason«, sagte er und hielt ihr die Hand hin. »Edoardos Schwager.«

Jane drückte ihm mechanisch die Hand und versuchte sich ihre Überraschung nicht anmerken zu lassen. Deshalb kam er ihr so bekannt vor. Sie hatte ihn während ihrer heimlichen nächtlichen Recherchen auf den Fotos im Netz gesehen. Er war zwar gealtert, aber sie erkannte ihn wieder. Er sah seiner Schwester ähnlich, für die sie sich sehr viel mehr interessiert hatte.

Mason ging in den Garten, um Marina mit überschwänglichen Küssen und Umarmungen zu begrüßen, was sie herzlich und wie immer strahlend erwiderte. Irgendetwas stimmte an dieser Szene nicht. Unwillkürlich kam Jane der Verdacht, dass Mason derjenige gewesen war, der angerufen und einfach aufgelegt hatte.

Jane ging zur Hintertür, in der Hoffnung, dort weniger Leuten zu begegnen. Stattdessen traf sie auf Edoardo und Bianca, die sich mit drei weiteren Personen um ein Tischchen geschart hatten. Er trug ein weißes Hemd und Jeans und sah noch besser aus als sonst. Ihnen gegenüber stand eine alte, schrill gekleidete Dame mit langem, zerzaustem grauen Haar und dramatischem Make-up. Mit der leuchtend bunten Tunika, dem knallroten Foulard um den Kopf und dem dunklen Halsschmuck sah sie aus wie verkleidet. Sie unterhielt sich angeregt mit Bianca.

Um ins Haus zu gelangen, hätte Jane direkt an der Gruppe vorbeigemusst. Sie lehnte sich an die Hauswand, um den richtigen Moment abzupassen, doch Edoardo bemerkte sie und lächelte ihr zu.

»Herzlichen Glückwunsch«, sagte sie errötend.

Dann schlüpfte sie ins Haus und merkte nicht, dass er ihr folgte.

Sie war gerade in der Küche und goss sich ein Glas Wasser ein, als er plötzlich hinter ihr stand.

»Wartest du nicht bis zur Torte?«, fragte er, während er den Kühlschrank öffnete und zwei eiskalte Flaschen herausholte. »Ich nehme mal an, die ist für mich, oder?« Er zeigte auf eine notdürftig versteckte Kuchenschachtel auf dem Fensterbrett.

»Ich bin ziemlich müde und möchte lieber ins Bett.«

»Welche Rolle hast du bei dieser schönen Überraschung gespielt?« Er stützte sich auf den Tisch und schien nicht die Absicht zu haben, zu seinen Gästen zurückzukehren.

»Gar keine, das hat alles Marina gemacht. Ich habe nur dafür gesorgt, dass Nick ihr nicht dazwischenfunkt.«

»Und wieso wolltest du nicht mitfeiern?«

Jane wurde noch röter und verfluchte sich innerlich. Draußen war es wenigstens dunkel, aber hier drin war es nicht zu übersehen.

»Ich hatte doch gar nichts damit zu tun.«

»Ich auch nicht«, lachte er. »Aber ich konnte nicht einfach abhauen.«

»Es scheint doch ein sehr schöner Abend zu sein.«

»Ich habe für so etwas genauso wenig übrig wie du, Jane, und hätte meine Zeit viel lieber mit dir und Nicholas verbracht, das kannst du mir glauben.«

Das war nur so dahingesagt, doch Jane wurde flau im Magen. Ehe sie etwas erwidern konnte, ertönte neben ihr eine Stimme.

»Wirklich, Edo? Du würdest lieber abhauen? Das ist nicht besonders nett von dir, nachdem Marina und ich uns so viel Mühe gegeben haben!«

Bianca sprach zu ihm, doch ihre Augen waren auf Jane gerichtet. Edoardo verzog keine Miene.

»Und ich weiß die Geste zu schätzen«, erwiderte er freundlich.

»Dann musst du uns jetzt die Freude machen und dir die Karten legen lassen.«

Er schüttelte den Kopf. »Vergiss es.«

Bianca wandte sich verschwörerisch an Jane.

»Hilf mir, ihn zu überreden, Jane. Wovor, glaubst du, hat er Angst?«

Jane hatte keine Ahnung, was sie antworten sollte. Die schräge alte Dame im Garten war also eine Kartenleserin.

»Das ist noch so eine geniale Idee meiner Schwester«, bemerkte Edoardo spöttisch. »Sie hat die Hellseherin vom Strand kommen lassen. Es hat ihr nicht gereicht, sich den Schwachsinn jeden Tag anzuhören, jetzt haben wir sie auch noch zu uns nach Hause bestellt, dann kostet sie uns das Doppelte.«

»Gott, bist du eine Spaßbremse«, fuhr Bianca ihm über den Mund, griff Jane am Arm und zog sie mit sich. »Komm, lass uns gehen, wir zeigen ihm, dass man sich im Leben auch amüsieren kann.«

Jane ließ sich in den Garten zerren.

Inzwischen hatten sich weitere Gäste um die Wahrsagerin geschart. Gerade legte sie einem jungen Mann die Karten, doch bei dem lauten Gelächter der Umstehenden war es unmöglich, ein Wort zu verstehen.

Zu Janes Bestürzung drängelte sich Bianca zwischen den Zuhörern hindurch und zog sie zu der Alten an den Tisch. Panik stieg in ihr auf. Alle Augen waren auf sie gerichtet.

»Das hier ist Jane«, verkündete Bianca der Kartenleserin. »Das Küken unter uns, abgesehen von dem Jungen natürlich.« Die anderen lachten. Nick hatte sich mit einer Minipizza in der Hand zu der Gruppe gesellt und stimmte fröhlich mit ein.

»Und da Jane von uns nun mal die meiste Zukunft hat«, fuhr Bianca fort, »ist sie bestimmt die Neugierigste.«

Der junge Mann stand auf und überließ Jane den Platz. Die Wahrsagerin bedeutete ihr, sich zu setzen.

»Aber ich …«, hob sie an.

»Wir haben es alle gemacht«, sagte Bianca und schob sie zum Stuhl. »Es ist lustig.«

Jane hatte das Gefühl, als würde ihr alles entgleiten.

»Tu's nicht, wenn du nicht willst, Jane«, hörte sie Edoardo hinter ihr sagen, doch Bianca schob sich blitzschnell dazwischen.

»Mein Gott, Edo, wir vierteilen sie nicht! Ich glaube, sie kann allein entscheiden, meinst du nicht?«

»Sie wollte gerade schlafen gehen«, fuhr Edoardo fort. »Lass sie in Ruhe.«

Nick nahm ihre Hand.

»Komm schon, Jane, mach es, dann wissen wir alle, was dich erwartet! Das wird super!«

Jane lächelte ihn an und gab sich einen Ruck. Sie wollte nicht als Spielverderberin dastehen. Es war doch nur ein Partyspaß.

»Na gut«, sagte sie mit steifem Lächeln und setzte sich.

Die Wahrsagerin musterte sie neugierig. Zum Glück hatten die meisten bereits das Interesse verloren, weil sie Jane nicht kannten. Womöglich war das die x-te Vorstellung, und sie hatten alles schon tausendmal gehört. Nur Edoardo, Bianca, zwei ihr unbekannte Männer und eine Frau blieben, und dazu Nick, der Neugierigste von allen, der sich auf ihren Schoß gesetzt hatte.

Die Frau legte die Karten auf den Tisch und fing an, Anweisungen zu erteilen. Such dir eine aus, leg sie drauf, misch die Karten und so weiter. Nick bot sich mehrmals an, ihr zu helfen, doch die Alte verbat es ihm, denn sonst würde es nicht funktionieren. Danach machen wir es noch mal zusammen, flüsterte Jane ihm ins Ohr.

Die Wahrsagerin legte Jane vier Karten hin, die sie aufmerksam studierte.

»Was für ein ehrgeiziges Mädchen«, meinte sie. »Du bist voller Pläne, Jane.«

Jane nickte und versuchte, ansatzweise interessiert zu wirken. Welche Neunzehnjährige war nicht voller Pläne?

»Was für Pläne?«, mischte sich Bianca ein.

Die Alte zog weitere Karten und schien über Gott weiß was zu brüten.

»Künstlerische Ader, würde ich sagen«, schloss sie.

Nick war wie elektrisiert. »Das stimmt! Jane kann wahnsinnig gut zeichnen!«

Jane streichelte ihn beschwichtigend. Sie wollte nicht noch mehr Aufmerksamkeit auf sich ziehen. Allmählich legte sich allerdings ihre Nervosität. Wenn das die großen Enthüllungen waren, die auf sehr viele Menschen zutrafen, konnte sie beruhigt sein.

»Du brauchst nur ein wenig mehr Selbstvertrauen«, sagte die Alte und sah ihr in die Augen.

Jane lächelte höflich.

»Du glaubst nichts von dem, was ich sage, stimmt's?«, sagte die Frau unerwartet warmherzig.

»Nein«, gab Jane freundlich zu. »Aber es ist trotzdem nett.«

»In deinem Fall ist dein Gesicht aufschlussreicher als die Karten.«

Die Frau beugte sich ganz nah zu ihr, damit die anderen sie nicht hören konnten.

»Du kannst die Welt erobern, Jane. Du bist ein Fels, und du gibst niemals auf.«

Die Gewissheit der Alten hatte etwas Verstörendes, Jane wurde rot und merkte, dass Edoardo nah genug neben ihr stand, um alles hören zu können. Doch ehe sie reagieren konnte, mischte sich Bianca ein.

»Nicht flüstern, wir wollen alles wissen. Uns interessieren die Gefühle. Wie schaut's mit den Herzensdingen aus?«

Die Wahrsagerin drückte Jane abermals das Kartenbündel in die Hand und ließ sie die gleichen Handgriffe wiederholen. Dann forderte sie sie auf, eine einzige Karte zu ziehen, legte sie mit dem Gesicht nach unten auf den Tisch und reihte drei weitere Karten aufgedeckt darüber.

»Es gibt jemanden«, sagte sie sofort.

»Wir haben sie mit einem wirklich süßen Jungen gesehen!«, sagte Bianca augenzwinkernd. »Wäre ich bloß ein paar Jahre jünger!«

Gekränkt fuhr Nick zu Jane herum. Wieso wusste er davon nichts? Nachher würde sie ihm erklären müssen, dass das alles Blödsinn war.

»Diese Leidenschaft frisst dich innerlich auf.« Als die Wahrsagerin sich anschickte, die letzte Karte umzudrehen, explodierten die ersten Feuerwerksraketen am Himmel. Nick rannte zum Pool, um sie besser sehen zu können, und alle blickten nach oben. Jane sprang erleichtert auf. »Wir machen hinterher weiter«, sagte sie zu der enttäuschten Alten.

Auch Edoardo schaute in den Himmel. Jane wollte gerade verschwinden, als sie am anderen Ende des Gartens Mason herumschleichen sah. Sie hatte ganz vergessen, Edoardo von ihm zu erzählen.

»Jemand hat nach dir gesucht.«

»Wer?«, fragte er, ohne den Blick vom Feuerwerk abzuwenden.

»Riccardo Mason.« Sie deutete zur dunklen Gartenecke.

»Riccardo? Hier?« Edoardo klang beunruhigt.

»Ich habe ihn vor dem Tor getroffen, als ich nach Hause kam.«

»Allein?«

Glaubte er vielleicht, Roberta wäre auch dabei? Jane hatte Marina sagen hören, dass Roberta *leider* ausgerechnet an diesem Wochenende nach Florenz zurückkehren würde.

»Es war niemand bei ihm.«

Edoardo wandte den Blick vom Feuerwerk ab und machte sich auf die Suche. Nick zerrte Jane zum Pool und behauptete, von dort würde man viel besser sehen.

Dann wurde die Torte herausgetragen.

»Zeit zum Schlafengehen, Nick«, sagte Jane.

»Nein, ich will Torte, und Mama hat noch nicht …«

Marina war nicht zu sehen, doch bestimmt würde es ihr nicht im Traum einfallen, Nick vor drei Uhr morgens ins Bett zu bringen.

»Wir holen uns ein Stück, und du isst es oben«, sagte sie bestimmt.

In seinem Zimmer half sie ihm beim Ausziehen und probierte den Kuchen. Er war gut, aber ziemlich likörlastig. Nick hatte ihn nach einem Bissen liegen lassen. Auf dem Nachttisch standen zwei Gläser Coca-Cola. Offenbar hatte er versucht, sich einen Vorrat anzulegen, weil Cola eigentlich nicht erlaubt war.

»Ich bringe alles runter und komme wieder, um dir gute Nacht zu sagen, in Ordnung?«, sagte sie und sammelte die Reste ein. Er protestierte nicht einmal, weil er so müde war. »Und wenn ich deine Mutter sehe, sage ich ihr, dass sie noch mal bei dir reinschauen soll.«

Beim Hinuntergehen stellte sie fest, dass viele Gäste im Aufbruch begriffen waren und die Autos auf der Auffahrt weniger wurden. Als sie die Küche betreten wollte, hörte sie Stimmen und blieb an der Schwelle stehen.

Sie erkannte Biancas Stimme, obwohl sie flüsterte.

»Darf man fragen, was in dich gefahren ist?«

Jane war sofort klar, dass sie mit Edoardo redete.

»Wieso bist du auf einmal so nervös?«, bohrte Bianca.

»Es ist gar nichts, mir geht's bestens«, entgegnete er mit seiner tiefen, samtigen Stimme.

Mason, dachte Jane. Seit sie ihn erwähnt hatte, war seine Stimmung umgeschlagen. Plötzlich durchzuckte sie eine Erkenntnis. Er war in der Nacht hier gewesen, ehe Edoardo fast die Küche in Brand gesteckt hatte. Ihm hatte Edoardo fluchend die Autotür vor der Nase zugeschlagen. Obwohl sie ihn kaum kannte, empfand sie eine jähe Abneigung gegen Mason.

»Es ist doch wohl nicht wegen der Kartenlegerin, oder? Du verstehst doch, dass das ein Scherz sein sollte, oder nicht?« Er antwortete nicht. »War ich zu dreist?«

Jane presste sich an die Wand, bereit, beim kleinsten Schritt in ihre Richtung die Treppe hinaufzuflitzen.

»Was ist so lustig daran, ein junges Mädchen in Verlegenheit zu bringen?«, fragte er.

Jane zuckte zusammen. Redeten sie von *ihr*?

»Es war ein Spiel, Edo. Kannst du dich nicht ab und zu mal ein bisschen lockermachen?«

Täuschte sie sich, oder wurde Biancas Stimme ungewöhnlich sinnlich? Es folgte eine verdächtige Stille. Jane wagte es nicht, in die Küche zu spähen, ihre Angst, sie könnten sich küssen, war einfach zu groß. Das hätte sie nicht ertragen.

Nach ein paar Sekunden redete Bianca weiter, und Jane musste ganz genau hinhören, um bei dem Lärm im Garten etwas zu verstehen.

»Wenn ich du wäre, würde ich mich nicht zu ihrem schützenden Retter aufspielen. Du hast doch wohl gesehen, wie sie dich anschmachtet.«

Edoardo lachte auf.

»Neulich Abend, als sie mich bei dir im Auto gesehen hat, war sie alles andere als begeistert«, spöttelte Bianca.

Jane presste sich noch enger an die Wand. Von draußen waren Abschiedsrufe zu hören. Jemand betrat die Küche und fragte, ob sie Marina gesehen hätten.

»Wusstest du denn nicht, dass Babysitter am gefährlichsten sind?«, fing Bianca von Neuem an, kaum waren sie wieder allein. »Und diese hier erst, mit diesem süßen Schmollmund, wie ein Kätzchen. Hast du denn gar nichts gelernt? Ich kann dir nicht mein ganzes Leben lang aus der Patsche helfen.«

»Jetzt hör schon auf«, gab er scherzhaft zurück.

»Hast du dich wenigstens versichert, dass sie volljährig ist?«

Jane hielt es nicht mehr aus. Sie ließ den Teller, den sie noch immer in der Hand hielt, auf einem Tischchen im Esszimmer stehen, stürzte die Stufen hinauf und vergaß sogar, Nick gute Nacht zu sagen.

Sie schloss sich im Bad ein und brach in Tränen aus.

15

Noch einmal spähte Jane in den Garten. Es war fast zwei Uhr.
Nur noch ein kleines Grüppchen saß am Rand des Swimming-
pools, darunter Marina, frisch wie eine Rose, als hätte der
Abend gerade erst begonnen. Lässig hatte sie sich an die Schulter eines Mannes geschmiegt. Von Bianca und Edoardo keine
Spur. Bei dem Gedanken an die beiden wurde ihr übel, und
Tränen schossen ihr in die Augen. Sie musste sich zusammenreißen und mit der Situation fertigwerden. Vielleicht gerade
noch rechtzeitig, um sich nicht lächerlich zu machen.

Jemand klopfte sacht an die Tür. O Gott, Nick war noch
wach! Sie hatte gehofft, er sei sofort eingeschlafen, und ärgerte
sich, nicht mehr nach ihm gesehen zu haben.

Sie öffnete und erstarrte. Edoardo stand vor der Tür.

Er schlüpfte hinein und schloss die Tür leise hinter sich. Sie
wich ein paar Schritte zurück. Zum Glück trug sie ein einiger-
maßen langes Schlafshirt.

»Bin ich so furchteinflößend?«, sagte er lachend, als er ihre
verwirrte Miene sah. »Ich habe gesehen, dass noch Licht
brennt, sonst hätte ich nicht geklopft.«

»Ich dachte, es wäre Nick. Was ist los?« Ihre Stimme klang
fremd.

Er blickte sie prüfend an.

»Ist alles in Ordnung, Jane?«

Bestimmt sah sie völlig verheult aus.

»Klar doch.«

»Hast du geweint?«

»Nein ... ich habe mich nur abgeschminkt, muss wohl zu heftig gerieben haben.«

Er machte ein skeptisches Gesicht.

»So sehr geschminkt warst du doch gar nicht. Ist irgendwas nicht in Ordnung?«

»Gar nichts«, erwiderte sie hartnäckig und schaute woanders hin.

Er bohrte nicht weiter.

»Würdest du mir helfen?«, fragte er stattdessen.

Wo zum Teufel war Bianca geblieben? Wieso fragte er nicht sie?

Jane nickte, was blieb ihr anderes übrig.

»Kann ich dir trauen?«

»Inwiefern?«, fragte Jane.

»Komm. Und lass uns möglichst leise sein.«

Sie schlüpfte in ihre Pantoffeln und folgte ihm die Treppe hinunter durch das dunkle Haus in das Arbeitszimmer. Bäuchlings auf dem Sofa lag lautstark schnarchend Riccardo Mason.

»Er ist total besoffen«, sagte Edoardo. Das war nicht zu übersehen.

»Vielleicht sollten wir ihn ins Bett bringen«, schlug sie vor. Bestimmt hatte er sie deshalb geholt. Unbewohnte Zimmer gab es schließlich reichlich.

»Ich will ihn morgen früh nicht hier sehen«, antwortete Edoardo gereizt.

»Und was dann?«

»Ich bringe ihn nach Hause, aber ich will nicht, dass die anderen es mitkriegen.«

Jane verstand nicht.

»Ich hatte geglaubt, er wäre vor ein paar Stunden gegangen. Stattdessen hat er hier in meinen Sachen herumgeschnüffelt.« Er deutete auf den Computer und das Regal mit den Aktenordnern. »Und meine Bar geleert.« Er zeigte auf das Bord mit den geöffneten Flaschen.

»Wieso?«, fragte Jane ratlos.

»Vergiss es.« Er klang nervös.

»Und was kann ich tun?« Sie hatte keine Ahnung.

»Du hast doch gesehen, wo er geparkt hat, stimmt's? Du müsstest nur seinen Wagen holen und ihn hinters Haus fahren. Sonst muss ich ihn an allen vorbeischleifen. Denn ich fürchte, die wollen durchmachen.« Er meinte das Grüppchen Nacht-schwärmer am Pool.

In dem Moment kam Mason wieder zu sich und starrte sie entgeistert an.

»Da bist du ja«, nuschelte er an Edoardo gewandt und ver-suchte aufzustehen. »Dann können wir endlich reden.« Tau-melnd fiel er aufs Sofa zurück. Edoardo sagte kein Wort, doch Mason ließ nicht locker. »Es ist wichtig«, lallte er. Er sah aus, als würde er gleich ausfallend werden.

»Du bist betrunken. Wir reden morgen«, gab Edoardo kalt zurück.

»Mir geht's prima«, wiegelte Mason ab und rappelte sich wieder hoch. Dann sah er Jane. Instinktiv wich sie zurück.

»Willst du mir dieses reizende Ding nicht vorstellen?«

Edoardo stieß ihn unsanft auf das Sofa zurück. Fast sah es aus, als könnten sie im nächsten Moment handgreiflich wer-den. Schlaff sackte Mason in die Polster.

»Beeil dich«, sagte Edoardo und drückte ihr die Schlüssel in die Hand. »Bitte.«

»Wo willst du hin, meine Schöne?«, rief Mason ihr nach.

Jane huschte unbemerkt hinaus. Sie verließ den Garten durch das hintere Tor. Als sie mit dem Wagen zurückkehrte, warteten die Männer bereits dort. Mason hing wie ohnmächtig auf Edoardos Schulter. Jane stieg aus und half Edoardo, ihn zum Auto zu bugsieren. Als sie die Tür schloss, öffnete Mason ein Auge, reckte den Daumen in die Höhe und sackte auf dem Sitz zusammen.

»Danke«, sagte Edoardo. »Und jetzt geh wieder schlafen.«

Leise kehrte Jane ins Haus zurück. Das Licht im Arbeitszimmer brannte noch, und die Sofakissen lagen auf dem Boden. Sie fing an, ein wenig Ordnung zu machen, und sah, dass Edoardo in der Eile sowohl sein Handy als auch den Schlüsselbund mit dem Schlüssel für die Sicherheitstür hatte liegen lassen.

Endlich verabschiedeten sich Marina und ihre Freunde voneinander. Jane sah sie durch die Vordertür hinausgehen und hörte mehrere Autos davonfahren. Unschlüssig blieb sie im Dunkeln stehen, während Marina wieder ins Haus kam und die Fenstertüren zum Garten schloss. Dann hörte sie sie die Treppe hinaufgehen. Die Tür ihres Schlafzimmers schloss sich, und im Haus herrschte Stille.

Jane blickte auf die Uhr. Halb drei. Sie fragte sich, wann Edoardo wieder hier sein würde. Er würde nicht ins Haus kommen, es sei denn, er würde klingeln und so alle wecken. Auf dem Schreibtisch blinkte das hellblaue Lämpchen des Handys. Jane blickte sich verstohlen um. Wer sollte sie denn schon sehen? Vorsichtig schlich sie näher und nahm es in die Hand, als würde es glühen. Sie strich darüber, um es zu aktivieren, doch offenbar hatte es einen Sperrcode. Sofort legte sie es wieder hin, in dieselbe Position wie vorher. Dann setzte sie sich an den Schreibtisch, berührte die Computermouse, und der Bildschirm leuchtete auf. Zahlreiche Browserfenster waren geöffnet: Werbung, eine Flugbuchungssite, eine englische Tageszeitung, außerdem sein Mailprogramm. Sie überflog die Mails, zuerst flüchtig, dann ein wenig genauer. Es schienen fast ausschließlich geschäftliche Nachrichten zu sein, auf die er zuletzt am späten Nachmittag geantwortet hatte. Drei kamen von *riccardo.mason* und enthielten Kalkulationen und unverständliche Zahlen wie die, die Nicholas hatte zu Boden gehen lassen. Jane war zu aufgeregt, um sich zu konzentrieren. Im Mail-Papierkorb fand sie, wonach sie suchte. Zwei Mails von *bertm_78*. Das System speicherte nur die Nachrichten der letzten zweiundsiebzig Stunden. Sie waren vom Vortag und dem Tag davor. Eine enthielt nur drei Anhänge ohne Betreff und ohne Nachricht. Sie öffnete sie. Es waren Verkaufsurkunden von Immobilien, ausgestellt auf Edoardo Rocca und Roberta Mason. Die neueste Nachricht lautete:

Ich habe Dir geschickt, was Du wolltest, bin nur noch kurz in Rom, würde Dich gern treffen. Allein, ohne Riccardo. Bitte geh ans Telefon.

Auch ein paar Telefonnummern waren angegeben, darunter die eines Anwalts. Plötzlich war ein gedämpftes Geräusch zu hören, und Jane sprang erschreckt auf. Der hell erleuchtete Bildschirm verriet, dass der Computer gerade in Benutzung gewesen war. Wenn Edoardo hereinkäme, hätte sie keine Entschuldigung. Sie pirschte zur Treppe und hörte, dass die Geräusche aus Marinas Zimmer kamen. Offenbar war sie ins Bad gegangen. Dennoch wagte Jane es nicht, weiter herumzuspionieren. Sie schaltete das Licht aus und schlich auf Zehenspitzen nach oben.

Im Bett versuchte sie zu lesen und lauschte auf jeden Laut, der von draußen hereindrang. Das Zirpen der Grillen war ohrenbetäubend.

Um drei Uhr vierzig hörte sie ein Motorengeräusch in der Ferne und ging ans Fenster. Ja, das musste er sein, er kam im Taxi. Sie warf einen leichten Morgenmantel über, schnappte

sich ihre Schlüssel und rannte nach unten, um ihm entgegen-
zugehen.

Er zahlte die Fahrt, griff in die Tasche nach seinem Schlüssel und stellte fest, dass sie leer war.

»Edoardo …«, rief sie leise.

Er zuckte zusammen.

»Du hast den Hausschlüssel vergessen.« Sie zog das Tor auf.
»Du hast sie im Arbeitszimmer liegen lassen, dein Handy
auch.«

Er blickte verdattert auf die Uhr.

»Es ist fast vier, was machst du hier draußen?«

»Ich habe das Auto gehört.«

Mit einem Blick registrierte er, dass sie barfuß war, und
schob sie in Richtung Haus.

Als sie drinnen waren, nahm er sie bei den Schultern und
drehte sie zu sich um.

»Bist du extra wach geblieben, um mich reinzulassen?«,
fragte er ungläubig.

»Ich war nicht müde«, versuchte Jane abzuwiegeln.

Es stimmte. Nach allem, was sie gesehen und gehört hatte,
war an Schlaf nicht zu denken gewesen, auch wenn sie ihm den
Grund dafür natürlich nicht sagen konnte.

Edoardo stand da und blickte sie ungläubig an.

»Danke«, sagte er und strich ihr leicht übers Haar.

»Alles in Ordnung mit diesem …?«, fragte sie, um die
plötzliche Nähe zu überspielen.

Sofort änderte sich seine Miene, und er eilte ins Arbeitszimmer. Sie folgte ihm und betete, dass sie keine Spuren hinterlassen hatte.

Er aktivierte den Computer, suchte etwas in seinem Handy
und blätterte durch die Aktenmappen.

»Du hast nicht gesehen, wann er reingekommen ist?«

»Nein, ich habe ihn nur im Garten gesehen. Wieso? Hat er etwas mitgenommen?«

Edoardo ließ sich erschöpft auf das Sofa fallen.

»Ich hoffe nicht.«

Dann lehnte er den Kopf zurück und schloss die Augen. Noch immer wirkte er rastlos.

Jane wollte gerade verschwinden und war schon fast bei der Tür, als seine Stimme sie zurückhielt.

»Hast du dir Sorgen um mich gemacht?«

»Nein, gar nicht.« Sie schüttelte den Kopf. »Ich habe nur gemerkt, dass die Stimmung ein bisschen angespannt war, und wollte sichergehen, dass alles in Ordnung ist.«

»Komm her«. Er klopfte neben sich auf das Sofa. Seine Stimme klang plötzlich ganz anders.

Wie angewurzelt stand sie da. Er stand auf und kam auf sie zu. Wieder strich er ihr übers Haar. Jane bekam weiche Knie.

»Erzählst du mir jetzt, was dich heute Abend so traurig gemacht hat?«

»Nichts.«

»Wirklich?«

»Wirklich.«

Edoardo blickte sie eindringlich an.

»Es tut mir leid, dass Bianca dich in diese unangenehme Situation gebracht hat.«

»Hat sie nicht.« Jane schaute zu Boden.

Aus dieser Nähe war es unmöglich, seinem Blick standzuhalten.

»Findest du sie nett?«

»Wen?«

»Bianca.«

Ich hasse sie, dachte Jane.

»Ich kenne sie doch gar nicht.«

Edoardo lachte.

»Wie diplomatisch von dir, Jane. Lässt du dir denn nie in die Karten gucken?«

Sie antwortete nicht.

»Wo zum Teufel bist du nur plötzlich hergekommen, Jane? Und wieso tauchst du immer dann auf, wenn ich in Schwierigkeiten stecke?«

Darauf gab es nichts zu sagen. Sie starrte zu Boden.

»Ich glaube, es ist besser, wenn ich schlafen gehe«, rang sie sich ab.

Er trat noch näher. Jane wurde schwindelig.

»Was hat dir die verrückte Alte gesagt?«

Es war klar, dass er die Wahrsagerin meinte.

»Dass ich was … Künstlerisches machen würde.«

»Mehr nicht?«

»Dann wurden wir unterbrochen.«

»Hättest du nicht gern mehr erfahren?«

»Ich … ich glaube nicht an solche Sachen.«

Er hob ihr Kinn, sodass sie seinem Blick nicht mehr ausweichen konnte.

»Soweit ich gehört habe, hat sie von einer glühenden Leidenschaft gesprochen.«

»Das erzählt sie doch allen.«

»Also stimmt es nicht?«

»Jedenfalls nicht, weil sie es gesagt hat.«

Er lächelte aufmunternd.

»Richtig«, sagte er und streichelte ihr langsam übers Gesicht.

Jane hatte das Gefühl, etwas in ihr würde explodieren. Sie waren einander so nah, dass sie seine Wärme spüren konnte.

Sie machte den Mund auf, ohne zu wissen, was sie sagen sollte.

»Ich sollte wohl … besser gehen.«

Einen Moment lang standen sie sich stumm Auge in Auge gegenüber.

»Du hast recht …«, flüsterte er ihr schließlich ins Ohr. Jane musste sich an seiner Schulter festhalten, um nicht zu zittern.

»Also gute Nacht«, sagte er und drückte ihr die Lippen auf die Wange. Dann, ehe sie reagieren konnte, zog er sie zu sich heran.

Jane schloss die Augen. Eingeklemmt zwischen ihm und der Wand fühlte sie sich winzig und kraftlos. Edoardo küsste sie sacht, und sie zögerte kurz, erschreckt und erregt zugleich, dann erwiderte sie seine Küsse. Er wurde heftiger, stürmischer. Sie spürte, wie sie die Kontrolle verlor, und zwang sich, nicht nachzudenken. Seine Hände und Lippen waren überall und schienen zu glühen, sein Geruch hüllte sie ein, Alkohol, Rauch, Aftershave oder Shampoo, der Duft seiner Hemden, die Lea ihm gebügelt hinhängte. Sie umschlang seinen Hals, aus Angst zusammenzubrechen, und er hob sie hoch und trug sie zum Sofa. Er legte sich auf sie, zog ihr hastig den Morgenmantel und das Nachthemd aus und riss seinen Gürtel auf.

Was tue ich da, was tue ich da? So hatte sie sich ihr erstes Mal nicht vorgestellt. Begehren und Angst durchströmten sie. Er beugte sich hinunter und biss ihr sanft in den Bauch, seine Finger schoben sich suchend in ihren Slip, fieberhaft, drängend.

Mit ihren Internatsmitschülern war sie nie so weit gegangen, und erst recht nicht so schnell. Sie erinnerte sich an linkische Annäherungsversuche, lange Küsse, Hände, die nach etwas suchten, ohne genau zu wissen, nach was. Sie hatte zahllose Seiten voller Zärtlichkeiten und Liebesgeflüster gelesen.

Jetzt war alles so real, so heftig. Zu heftig.

Jane wurde starr.

»Nein ...«, stöhnte sie.

Er hörte sie nicht, es war, als wäre er weit fort und sie gar nicht da.

»Nein!«, sagte sie entschiedener, hielt seinen Kopf fest und zwang ihn, sie anzusehen.

Schwer atmend schaute er zu ihr auf.

»Was ist los?«, fragte er.

Sein Blick loderte.

Noch nie hatte sie sein Gesicht aus solcher Nähe gesehen. Er war wunderschön: der volle Mund, die winzigen Falten, die nachtdunklen Augen, doch zugleich hatte er etwas Unbekanntes, Fremdes.

Wie gern hätte sie ihn umarmt und an sich gedrückt, doch sie wagte keinen Finger zu rühren.

»Was ist los, Jane?«

Sein Gesicht war noch immer erhitzt, doch sein Blick wurde wieder klar.

Er brauchte ein paar Sekunden, ehe er sich wieder im Griff hatte.

Sie schwiegen. Mühsam stützte er sich auf einen Arm. Jane brachte kein Wort heraus, sie hatte keine Ahnung, was sie hätte sagen wollen oder sollen. Sie war vollkommen nackt und wagte nicht nachzusehen, ob er es auch war.

Dann begriff Edoardo, und die Erkenntnis machte ihn unsicher.

»Du hast noch nie ...« Er klang bestürzt.

Jane schüttelte den Kopf und schloss die Augen. Eine Träne rann ihr über die Schläfe, die sie hastig fortwischte.

Behutsam setzte er sich auf, um ihr nicht wehzutun. Dann stand er auf und ließ sie auf dem Sofa liegen. Nackt und wehrlos lag sie da und legte den Arm schützend über ihren Busen. Sofort reichte Edoardo ihr das Nachthemd und schlüpfte in seine Hosen. Während sie sich anzogen, wandten sie einander den Rücken zu, wie Fremde in einer Umkleidekabine.

»Jane ...«

Sie drehte sich um, konnte ihn jedoch nicht ansehen.

»Jane«, sagte er sanft. »Verzeih mir. Ich hätte dich niemals in diese Lage bringen dürfen.«

Endlich blickte sie zu ihm auf, um seinen Gesichtsausdruck zu deuten, doch er sah bereits woandershin. Er bückte sich nach ihrer Unterhose, die sie nicht gefunden hatte, und hielt sie ihr hin.

»Entschuldige, es war mein Fehler«, sagte er noch einmal. »Ich habe mich gehen lassen.«

»Ich ...«, hob sie an. Ein überlautes Rauschen in ihrem Kopf machte jeden Gedanken zunichte.

Er blickte sie abwartend an.

»Ich gehe ...«, war alles, was sie hervorbrachte.

Sie drehte sich um und verließ das Zimmer, und er tat nichts, um sie zurückzuhalten.

16

Jane setzte sich im Bett auf. Das Zimmer war in Dunkelheit gehüllt. Ihr Herz schlug noch immer so heftig, dass ihr beinahe übel wurde, und ihre Gedanken hatten sich verselbstständigt. Panik, Begehren, Angst. Überdeutliche Momentaufnahmen zuckten in ihrem Kopf auf und überlagerten sich mit nebulösen Erinnerungen. War das alles wirklich passiert? Es war, als trüge sie seinen Geruch noch an sich. Sie stand auf und legte die Stirn gegen die beruhigend kühle Fensterscheibe.

Dann rollte sie sich unter der Bettdecke zusammen und wartete auf den Morgen, ohne einen klaren Gedanken fassen zu können.

Im Bad unternahm sie alles, um die Spuren der Nacht zu kaschieren. Sie wusch sich das Gesicht, wischte die letzten Reste Make-up ab und bürstete sich energisch das Haar. Sie stellte sich unter die Dusche, verharrte lange unter dem Wasserstrahl und versuchte sich zu entspannen. Sie räumte das Zimmer auf. Es war Sonntagmorgen, kurz nach sieben, die Party war bis in die frühen Morgenstunden gegangen. So bald würde niemand wach werden. Dreimal schlug sie das Buch auf, das sie gerade las. Dann gab sie sich der Müdigkeit hin, streckte sich auf dem Bett aus und starrte an die Decke.

Als sie die Augen wieder aufschlug, war es nach elf. Sie war so benommen, dass sie einen Moment brauchte, um zu begreifen, wo sie war. Dann sprang sie hastig in ihre Kleider und rannte nach unten, hin und her gerissen zwischen der Panik, Edoardo über den Weg zu laufen, und dem schlechten Gewissen, so lange geschlafen zu haben. Würde er da sein? Was würde er sagen? Vor Ungewissheit war ihr ganz flau. Ihre Hände zitterten.

Der Garten war bereits wieder aufgeräumt. Ein Lieferwagen holte die Stühle und Tische ab. Edoardos Wagen stand weder in der Garage noch im Freien. Vorsichtig wagte sich Jane hinaus und versuchte sich einen Überblick zu verschaffen. Auch von Marina und Nick war nichts zu sehen.

Lea sammelte den herumliegenden Abfall auf, eine Frau half ihr dabei. Beide hatten einen Müllsack in der Hand und bückten sich nach den kleinsten Resten im Gras. Erst, als die Frau sich aufrichtete, erkannte Jane sie.

»Hallo, Dornröschen!«, rief Bettina. Lea hatte Jane erzählt, dass sie eine Haushaltshilfe aus der Nachbarschaft bitten würde, ihr zur Hand zu gehen.

Sofort wurde Jane warm ums Herz. Ein vertrautes Gesicht zu sehen, tat ihr gut.

»Bettina!«, rief sie erleichtert, als gäbe es keinen Menschen auf der Welt, den sie lieber sehen wollte, und als die hünenhafte Frau sie in die Arme schloss, drückte Jane sie so innig an sich, dass Bettina stutzte. Immerhin hatten sie sich erst vor wenigen Tagen gesehen. Jane versuchte sich zusammenzureißen.

»Es tut mir leid, dass ich so lange geschlafen habe, ich wollte euch doch helfen.«

Lea sah sie nachsichtig an.

»Es ist völlig in Ordnung, wenn du hin und wieder ausschläfst. Und heute ist die Gelegenheit. Marina ist mit Nick ans Meer gefahren, um mit Freunden zu Mittag zu essen.«

Panik kroch in Jane hoch. Wenn Marina und Nick weg waren und Lea wie jeden Sonntagnachmittag mit ihrem Mann irgendwelche Verwandten besuchte, wer wäre dann hier?

Am liebsten hätte sie nach Edoardo gefragt, doch bestimmt hätte sie seinen Namen nicht über die Lippen gebracht.

Lea kam ihr zuvor.

»Edoardo war um acht schon weg. Er gibt einfach nie Ruhe. Es ist ein Wunder, dass diese Party für ihn überhaupt zustande gekommen ist. Aber soweit ich weiß, kommt er …«

»Und hat ihm Party gefallen?«, fiel Bettina ihr ins Wort. »Ist Überraschung gelungen?«

»Hoffentlich«, seufzte Lea, dann entspannte sich ihr Gesicht plötzlich.

»Da ist er ja, jetzt können wir ihn selbst fragen.«

Edoardos Wagen hielt vor dem Tor. Janes Magen zog sich zusammen. Sie riss Bettina den Müllsack aus der Hand und sammelte alles auf, was ihr unterkam.

Edoardo betrat den Garten und strebte wie üblich mit gesenktem Kopf auf das Haus zu. Erst als er fast bei der Haustür war, bemerkte er sie und machte kehrt, um sie zu begrüßen. Jane bückte sich so konzentriert nach einem Zigarettenstummel, als müsste sie ihn aus dem Boden ziehen.

»Guten Tag«, sagte er zu Bettina, die ihm vermutlich noch nie begegnet war. Höflich und charmant wie immer.

»Bettina hilft uns beim Aufräumen«, stellte Lea sie vor.

»Danke«, sagte er mit einem Lächeln. »Sie müssen das Chaos entschuldigen, ich schwöre, ich habe nichts davon gewusst.«

»Kein Problem, ich zum Arbeiten hier«, entgegnete Bettina. »Ich hoffe, Sie zufrieden mit Party. Ich habe Himbeertorte gebacken«, konnte sie sich nicht verkneifen zu sagen.

Ohne den Blick vom Rasen zu heben, schlich Jane ein Stückchen weiter weg.

»Wirklich? Die war köstlich.«

Bettina strahlte.

157

»Ich war Babysitter von Jane, als sie war klein«, fuhr Bettina fort. Jane hielt den Atem an. »Aber sie nie hat gegessen, was ich gekocht. Dürr wie Streichholz.«

»Er hat immer alles gegessen«, freute sich Lea und deutete auf den schmunzelnden Edoardo.

»Und ob. Hallo, Jane!«, sagte er ganz selbstverständlich.

Die Wahrnehmung war schneller als der Verstand. Wie bei einem Stoß, dessen Schmerz man spürt, ehe man überhaupt sagen kann, wo genau man sich gestoßen hat. Jane brauchte einen Moment, ehe sie begriff, was sie so sehr verletzt hatte. Er behandelte sie vollkommen gleichgültig. Freundlich, aber desinteressiert, genau wie an jedem anderen Tag, als wäre nichts passiert. Jane brachte nur ein stummes Nicken zustande. Bettina sah sie an. Hatte sie etwas bemerkt?

Edoardo machte kehrt und ging ins Haus.

»Was für ein schöner Mann«, bemerkte Bettina an Lea gerichtet, ohne den Blick von Jane abzuwenden.

Lea nickte energisch. Das brauchte man ihr nicht zu sagen.

Mechanisch stopfte Jane alles in den Müllsack. Ihre Panik war dumpfer Bitterkeit gewichen.

»Die waren sauber«, sagte Lea und meinte die Pappbecher, die Jane gerade in den Sack gesteckt hatte. Sie kramte sie wieder heraus und ließ sie versehentlich zu Boden fallen.

»Du wohl noch müde von Party«, bemerkte Bettina.

»Natürlich. Wieso gehst du nicht baden, Jane?«, ermunterte Lea sie. »Heute hast du den Pool ganz für dich.«

Von drinnen war Edoardos wutentbrannte Stimme zu hören. Die drei erstarrten. Es passierte nicht zum ersten Mal, und Jane konnte ihn förmlich vor sich sehen.

»Könnte er sich doch nur ein bisschen entspannen«, seufzte Lea.

Edoardo kam wieder aus dem Haus und steuerte auf sie zu. Diesmal konnte Jane den Blick nicht von ihm abwenden, obwohl sie nicht hätte sagen können, wonach sie suchte. Bettina ließ sie nicht aus den Augen.

»Wo hast du die rote Aktenmappe hingetan, die ich dir heute morgen gegeben habe?«, fragte er Lea schroff.

Die Haushälterin machte ein verdattertes Gesicht. »Ich habe sie auf den Schreibtisch gelegt, wie du mich gebeten hattest. Ist sie nicht dort?«

Wieder klingelte das Telefon, und er machte ohne eine Antwort kehrt. Jane hatte er keines Blickes gewürdigt.

Die Frauen gingen in die Küche zurück. Wie benommen ahmte Jane ihre Handgriffe nach und spülte dreimal denselben Teller. Als Lea die Küche verließ, um die Tischdecken in die Kammer zurückzubringen, vergewisserte sich Bettina mit einem Blick, dass sie allein waren, griff Jane beim Arm und zog sie zu sich heran.

»Was ist los?«, fragte sie.

»Was meinst du?«

»Was ist mit diesem Signor Leonardo los?«

Janes Kehle war wie zugeschnürt.

»Edoardo …«, verbesserte sie und wurde zu ihrem Leidwesen sofort rot.

»Ist egal. Ich glaube, du genau verstanden.«

Lea kam wieder in die Küche, und Jane machte sich hastig los. Ihre Wangen glühten. Sie griff sich einen Stapel Teller und räumte sie in den Geschirrschrank.

»Ich finde sie einfach nicht, Lea. Kannst du mir beim Suchen helfen?« Edoardo tauchte in der Küchentür auf. Er klang nervös, und die Frage war halb Bitte, halb Befehl. Er war zu gut erzogen, um Lea herunterzuputzen, doch es war klar, was er von ihr wollte.

Seine Stimme ließ Jane zusammenzucken. Ruckartig fuhr sie herum und ließ zwei Schüsseln fallen. Das Klirren der Scherben erfüllte die Küche. Bettina reagierte als Erste.

»Entschuldige, Jane, ich dich vielleicht angestoßen, ohne zu merken.« Sie hatte sie nicht einmal berührt.

Edoardo machte wieder kehrt, und Lea folgte ihm Richtung Arbeitszimmer.

»Ich mache das schon«, sagte Jane hastig und wollte den Besen aus der Kammer holen, doch Bettina hielt sie zurück.

»Du musst dich beruhigen, verstanden?«

»Ich bin ganz ruhig.«

»Komm mal mit mir raus«, zischte Bettina, und Jane hatte nicht die Kraft, um Widerstand zu leisten.

Sie folgte Bettina zum Pool und machte sich mit ihr daran, die Klappstühle zusammenzuräumen.

Bettina blickte sich verstohlen um.

»Du verliebt in Leonardo?«, fragte sie schroff, als hätte Jane jemanden umgebracht.

Diesmal verbesserte Jane sie nicht.

»Nein.« Tränen stiegen ihr in die Augen. Sie versuchte sie hinunterzuschlucken, doch es gelang ihr nicht.

Bettina schlug einen sanfteren Ton an.

»Du machst die dümmste Sache der Welt«, raunte sie ihr zu.

»Ich habe doch gar nichts gemacht«, verteidigte sich Jane hilflos.

Bettina musterte sie argwöhnisch.

»Mir kannst du sagen. Ich Grab. Aber nicht blöd.«

Liebend gern hätte Jane sich ihr anvertraut. Etwas so Über-mächtiges für sich zu behalten, war schier unmöglich, doch darüber zu sprechen, ebenso.

»Also?«, Bettina hatte die Hände ungeduldig in die Hüften gestemmt.

»Nichts«, sagte Jane kopfschüttelnd, während ihr die Tränen über die Wangen liefen.

Musste wirklich alles so enden? Ein freundliches Hallo und sonst nichts?

Bettina schob sie energisch hinter eine Tanne.

»Du nicht zeigen, dass du weinst!«, befahl sie. »Und ihn nicht immer anglotzen!«

Jane riss sich zusammen.

Bettina streichelte ihr übers Gesicht.

»Tut mir leid, dass du nicht hast Mutter zum Reden.«

»Ich …«, Jane brach in Schluchzen aus.

Bettina schloss sie fest in die Arme.

»Hör zu: Alter Mann nicht gut für junge Frau.«

Bettinas Feststellung erleichterte ihr für einen winzigen Moment das Herz. In der Ukraine galt Edoardo als alter Mann, in Italien war er ein Mann in den besten Jahren.

»Du erblühende Knospe, er Baum, der Blätter verliert«, fügte Bettina hinzu, um ihrer Meinung Nachdruck zu verleihen.

Jane ließ sich zu einem traurigen Lächeln hinreißen.

In dem Moment kamen Edoardo und Lea in den Garten zurück. Unter Edoardos Arm klemmte die verzweifelt gesuchte Aktenmappe. Jane stockte der Atem, doch Bettina legte ihr ermutigend die Hand auf die Schulter. Edoardo stützte sich auf einen der Gartentische, schlug den Ordner auf und fing an, Lea etwas zu erklären. Sie hörte zu und hielt dabei suchend nach Jane Ausschau.

»Vielleicht kann Jane es ihr besser erklären«, befand sie schließlich. »Ich möchte keine Fehler machen.«

Edoardos unwilliges Aufzucken war kaum wahrnehmbar.

»Jane«, rief Lea bittend. »Könntest du mal kommen?«

Jane folgte ihrer Bitte, doch Edoardo sah sie nicht an. Bettina blieb beschwichtigend an ihrer Seite.

»Was kann ich …« Jane erschauderte innerlich, als ihre Blicke sich streiften. Sofort sah er wieder weg.

»Hier.« Er deutete auf die Unterlagen. Täuschte sie sich, oder klang seine Stimme plötzlich anders?

»Marina soll die hier ausfüllen. Das sind die Unterlagen zu der Wohnung, in der sie gewohnt hat. Wir haben sie vor Kurzem verkauft«, erklärte Edoardo. Es waren zwei lose Vordrucke mit wenigen leeren Zeilen. Knapp und sachlich erklärte er, was zu tun war, ohne ein einziges Mal aufzublicken. Jane nickte, und Lea wirkte erleichtert, sich nicht darum kümmern zu müssen. Offenbar bekam sie als Einzige nichts von der knisternden Spannung mit.

»Kein Problem«, sagte Jane mechanisch.

Er verabschiedete sich und setzte für Bettina sein strahlendstes Lächeln auf.

»Ich werde erst sehr spät wieder zurück sein«, sagte er zu Lea, die nachsichtig nickte.

»Ciao, Jane«, sagte er im Davongehen.

Jane erwiderte nichts.

Alle drei sahen ihm nach. Er hatte die natürliche Gabe, sämtliche Aufmerksamkeit auf sich zu ziehen, und wenn er verschwand, brauchte es einen Moment, bis man wieder zu sich kam.

»Wollt ihr was essen? Von gestern sind viele leckere Sachen übriggeblieben«, schlug Lea vor.

»Ja, gern.«

»Ich habe keinen Hunger.«

Bettina und Jane hatten gleichzeitig geantwortet.

Lea musterte Jane forschend.

»Du bist blass, geht es dir nicht gut?«

»Ich habe schlecht geschlafen, und wenn du mich nicht mehr brauchst, würde ich mich noch ein bisschen hinlegen.«

Sie hätte keinen Bissen hinunterbekommen.

Auf dem Weg zum Haus hielt Bettina sie zurück.

Widerstrebend sah Jane sie an.

»Er dich nicht so findet wie du ihn, Jane«, konstatierte sie mitleidig.

Jane schluckte und heftig verspürte einen schmerzhaften Stich. Nie war Bettinas schlichte Grammatik erbarmungsloser gewesen.

Mit gesenktem Kopf lief Jane davon.

17

Drei Tage vergingen, ohne dass Jane und Edoardo einander begegneten. Er kam spät nach Haus und war früh wieder fort. Jane beobachtete ihn heimlich aus ihrem Zimmerfenster.

Ansonsten ging alles seinen gewohnten Gang, die kleine Welt, die sie umgab, hatte zu ihrer Routine zurückgefunden. Doch Jane hielt es kaum noch darin aus. Auch die Hitze war unerträglich. Nicks Freunde waren entweder verreist oder krank.

Jane versuchte sich, so gut es ging, abzulenken, nicht bei jedem Geräusch zusammenzuzucken und die Fragen zum Schweigen zu bringen, die in ihrem Kopf Karussell fuhren. Sie bat Marina sogar, irgendein daheimgebliebenes Kind für Nick einzuladen.

»Ich habe gemacht, was du gesagt hast.« Nick riss sie aus ihren trüben Gedanken, und Jane hatte keinen Schimmer, wovon er sprach.

»Ich habe mit Sabina geredet.«

Jane hatte Sabina und deren Freundin eingeladen, den Nachmittag bei ihnen zu verbringen. »Du hast mit ihr geredet?« Hoffentlich hatte er die Angelegenheit nicht auf seine Art geregelt und sie einfach abserviert.

»Ich habe *ganz genau* das gesagt, was du mir geraten hast«, schob Nick nachdrücklich hinterher, um klarzumachen, dass bei eventuellen Missverständnissen die Schuld nicht bei ihm läge.

»Nämlich?«

»Dass wir befreundet bleiben können, aber nicht mehr zusammen sind.«

Genau das hatte Jane ihm geraten. Bestimmt hatte er dafür all seinen Mut zusammennehmen müssen.

»Warst du nett zu ihr?«

Nick dachte angestrengt nach.

»Na ja«, sagte er unsicher, »ich glaube schon.«

»Und sie?« Hoffentlich hatten sich die beiden nicht in die Haare gekriegt, sonst würde der Nachmittag die reinste Hölle werden.

»Sie hat gesagt, dass sie eigentlich schon mit einem aus der Fünften geht und mich doof findet.«

Zum ersten Mal seit Tagen musste Jane lachen.

»Und warst du sauer?«

»Nee«, sagte er gelassen. »So ist es viel besser. Ich hatte sowieso die Nase voll.«

»Ach so.«

Problem gelöst, in null Komma nichts und ohne Tränen. Sabina hopste gerade mit ihrer Freundin um die Wette. Das Ende ihrer Liebe schien auch sie nicht sonderlich zu erschüttern. Jane war ein bisschen neidisch.

Am späten Nachmittag kehrte Marina zurück und spielte halbherzig mit den Kindern. Sie wirkte dünnhäutig und erschöpft. Kaum waren die Kinder weg, warf sie sich auf den Liegestuhl und wollte sich bei Jane gerade ein wenig Luft machen, als ihr Handy klingelte.

»Ja, Edo, ich hab's dabei«, sagte sie, noch ehe der Anrufer etwas fragen konnte. Janes Herz schlug schneller. Marina warf einen Blick in ihre Handtasche. »In Ordnung, ich schicke es los, reicht ein Foto? Weiß Bianca, worum es geht? Ich verstehe nämlich rein gar nichts, weißt du.«

Sie legte auf und schleuderte das Handy in ihre Tasche.

»Alles in Ordnung?«, fragte Jane.

»Mein durchgedrehter Bruder hat mir gerade noch gefehlt.«

»Was ist denn los?«

»Seit drei Tagen nervt er mich damit, Unterlagen über Immobilien unseres Vaters herauszusuchen, Sachen vom Notar, uralte Steuererklärungen, ein Albtraum. Er ist völlig besessen. Dauernd stellt er mir dieselben Fragen.«

Marina schnaubte, sie schien den Tränen nahe zu sein.

»Riccardo hat irgendwelchen Ärger, sie haben ihm Konten gesperrt, aber bestimmt sieht Edo mal wieder alles viel zu schwarz. Bisher haben sie immer alles hinbekommen.«

Sie wirkte verunsichert, und Jane hatte keine Ahnung, wovon sie eigentlich redete.

»Riccardo, sein Partner?«

»Ja«, antwortete Marina knapp. Dann wechselte sie das Thema. »Ich habe schließlich auch meine Probleme.«

Tatsächlich wirkte sie seit einiger Zeit angespannt.

»Ist irgendwas passiert?«

»Die Vorstellung ist wegen Geldmangels verschoben worden. Ich habe alle möglichen Klinken geputzt, aber offenbar interessiert sich heute kein Schwein mehr für Theater.«

»Auf wann ist es denn verschoben worden?«

Marina schüttelte den Kopf. »Keine Ahnung, wahrscheinlich, bis wir Geld auftreiben. Ein Albtraum. Ich muss Bianca jetzt diese verdammten Fotos schicken, sie und Edo kommen heute Abend hierher, um zu arbeiten, und wenn ich es nicht gemacht habe, reißt er mir den Kopf ab.«

Obwohl klar war, dass Bianca und Edoardo nicht mit ihnen zu Abend essen würden, deckte Lea für alle im Freien. Nick lungerte hungrig um den Tisch in der Küche herum, und

Marina musste ihm dreimal sagen, dass sie auf die anderen warten würden. Als er die mit Reis gefüllten Tomaten sah, wurde er wütend.

»Ich will Nudeln!«, protestierte er quengelnd. »Das da finde ich eklig!«

Das stundenlange Baden im Pool in der heißen Sonne machte sich jetzt bemerkbar.

»Es ist Edoardos Lieblingsessen«, sagte Lea resolut, »außerdem isst du gern Tomaten, und Reis magst du auch, es gibt also keinen Grund, weshalb sie dir nicht schmecken sollten.«

»Das ist nicht fair, immer macht ihr Sachen für Onkel Edo und nie für mich!«

Gerade wollte Jane seiner hirnverbrannten Behauptung widersprechen, als Edoardo hereinkam.

»Was haben sie für mich und nicht für dich gemacht?«, fragte er gut gelaunt.

Nick wurde rot und deutete mit dem Kinn Richtung Tisch.

»Wer hat es gewagt, deinen Wünschen nicht zu entsprechen?«, frotzelte er.

Hinter ihm kam Bianca mit einem Paket von der Eisdiele durch die Tür.

Beide grüßten sie Jane. Wie konnte Edoardo so normal sein? Und mussten sie nicht arbeiten? Hatten sie nicht einen Haufen Probleme?

Irritiert griff Jane nach dem Wasserkrug und füllte ihn unter dem Wasserhahn.

»Sollen wir die Tomaten wegwerfen?«, stichelte Edoardo weiter.

Ehe Nick antworten konnte, hockte sich Bianca mit dem Eispaket vor ihn hin.

»Was hältst du davon? Wir haben auch Waffeln mitgebracht.« Sie schwenkte eine Papiertüte vor seiner Nase.

Ein freudiges Strahlen machte sich auf Nicks Gesicht breit, dann verdüsterte sich seine Miene wieder.

»Welche Sorten?«, fragte er grimmig.

»Eine Tonne Schokolade«, antwortete Bianca augenzwinkernd.

Jane verspürte ein unwilliges Kribbeln. Sie nahm das Wasser mit nach draußen und stellte es auf den Tisch.

Da Marina mit den Gedanken woanders war, stand Nick beim Abendessen beglückt im Mittelpunkt. Jane aß stumm vor sich hin und ließ sein Geplapper über sich ergehen. Sie wagte es nicht, Edoardo anzusehen, und auch er schien ihren Blick nicht zu suchen und plauderte entspannt mit den anderen, während sie kaum einen Bissen hinunterbekam.

»War deine kleine Freundin heute auch hier?«, fragte Bianca. Jane blinzelte grimmig zu ihr hinüber. Auch bei der Party hatte sie auf liebe Tante gemacht und Nick offenbar gründlich ausgequetscht.

»Wir haben Schluss gemacht«, antwortete Nick mit vollem Mund.

Bianca lachte, und Edoardo sah ihn neugierig an.

»Wie schade«, sagte Marina traurig.

»Und wer hat mit wem Schluss gemacht?«, erkundigte sich Bianca.

»Ich habe sie verlassen.«

»Grausam wie alle Männer«, befand Bianca. »Und warum?«

»Das hat Jane mir geraten«, antwortete Nick.

Alle Blicke richteten sich fragend auf Jane, die jetzt nicht länger auf ihren Teller starren konnte.

»Was hattest du gegen das Pärchen?«, fragte Edoardo leichthin.

Wie konnte er so daherreden? Jane holte tief Luft.

168

»Gar nichts, Nick meinte nur, er habe die Nase voll von ihr, und da …«

»Du hattest die Nase voll, Schätzchen?«, fragte Marina verblüfft. Zwar hatte Nick das zigmal erzählt, doch offenbar hatte sie nichts davon mitbekommen.

Der Junge nickte.

»Und was hast du ihr gesagt?«, bohrte Bianca.

»Das, was Jane gesagt hat.«

Jane sprang auf, um die Teller einzusammeln. Sie musste sich bewegen, auch wenn noch nicht alle aufgegessen hatten.

»Jane ist also unsere Expertin für Herzensangelegenheiten«, bemerkte Bianca.

»Ich habe ihr gesagt, dass wir Freunde bleiben können, aber dass ich nicht mehr mit ihr zusammen sein will«, erklärte Nick.

»Klingt vernünftig«, befand Edoardo zu Janes Leidwesen.

Doch das Schlimmste sollte noch kommen.

»Und warum suchst du dir keine neue Freundin, Onkel? Du bist doch jetzt nicht mehr verheiratet, oder?«, fragte Nick forsch und schwenkte seine Gabel, sodass ein Stück Fleisch auf seiner Hose landete.

Marina prustete los. »Kümmere dich um deinen eigenen Kram, Nick! Und pass auf, dass du dich nicht von oben bis unten bekleckerst!«

Auch Bianca musste lachen. Stolz, für Heiterkeit gesorgt zu haben, blickte Nick strahlend in die Runde.

»Es gibt Bianca und Jane«, schlug er nach kurzem Grübeln vor.

»Lass gut sein, Nick«, mahnte Marina lachend.

»Da müsste man vielleicht auch die Frauen fragen«, meinte Edoardo amüsiert.

Mit dem schweren Tellerstapel in den Händen flüchtete Jane Richtung Küche.

»Brauchst du Hilfe?«, erbot sich Edoardo und nahm ihr das Geschirr ab. Marina wischte den bekleckerten Nick sauber, und Bianca rannte ein paar Servietten hinterher, die der Wind vom Tisch geweht hatte.

In der Küche riss Jane die Spülmaschine auf, und Edoardo stellte den Tellerstapel ab.

Zum ersten Mal waren sie allein.

»Ich hole das Eis«, sagte er. »Weißt du, wo Lea es hingetan hat?«

War das wirklich alles, was er zu sagen hatte?

Draußen hörte man Marina und Bianca lachen, offenbar war Nicks Vorstellung noch nicht vorbei.

Jane öffnete das Tiefkühlfach, es war leer. Ihr Kopf war bleischwer, sie hatte Mühe, einen klaren Gedanken zu fassen.

»Wahrscheinlich hat sie es hinten in die Tiefkühltruhe geräumt.«

Als Edoardo hinausging, wurde es ihr plötzlich schlagartig klar. Sie konnte es nicht länger unterdrücken. Sie musste etwas tun. Jetzt sofort, sonst würde sie durchdrehen.

Also ging sie ihm nach. Als er sich mit dem Eiskarton in den Händen umdrehte, stand sie vor ihm.

Edoardo erstarrte. Er wusste, was los war. Das alles war also kein Traum gewesen.

»Gehst du mir aus dem Weg?«, fragte sie mühsam beherrscht und versuchte sich zusammenzureißen.

»Ich?« Er schien aus allen Wolken zu fallen. »Ganz und gar nicht.« Leicht verunsichert wich er einen Schritt zurück.

»Ich habe gerade viel um die Ohren«, sagte er und blickte sich um, als könnte sie jemand sehen oder hören.

Jane sah ihn abwartend an, doch er stand nur mit dem Eis in der Hand da, als wartete er darauf, dass sie ihn vorbeiließ.

»Ich … hätte gern geredet.«

Es war unmöglich, ihre Verzweiflung zu verbergen.

»Das haben wir doch schon«, entgegnete er leise.

Sie wusste nicht, was sie antworten sollte. Ihr Kopf war wie leergefegt. Doch mit »guten Morgen«, »guten Abend« und »reich mir bitte das Salz« konnte es einfach nicht weitergehen.

»Es war mein Fehler, Jane«, kam Edoardo ihr zuvor. »Und es tut mir leid.«

Sprachlos schüttelte sie den Kopf.

»Es tut mir leid, wenn ich dich verletzt oder in eine unangenehme Situation gebracht habe«, fuhr er fort und klang aufrichtig.

Jane gab sich einen Ruck.

»Du hast mich nicht verletzt«, murmelte sie. »Ich wollte …«

Sie brachte den Satz nicht zu Ende. Ich wollte es auch, aber ich hatte Angst.

Doch Edoardo hatte verstanden und seufzte. Nervös fuhr er sich mit den Fingern durchs Haar und blickte verstohlen zur Tür. Jane versuchte ihm in die Augen zu sehen, doch er wich ihr aus.

»Sie warten auf uns«, sagte er.

Sie hörte nicht auf das, was er sagte. Jetzt, da er vor ihr stand, wollte sie eine Antwort.

»Wieso hast du einen Fehler gemacht?«, fragte sie.

Er sah sie unverwandt an, und Jane wurde flau. Sie musste an seine leidenschaftlichen Küsse denken, an seinen dunklen Blick.

»Glaub mir, Jane, das ist gerade ein sehr schwieriger Moment in meinem Leben und …«

»Onkel!« Nicks Stimme war ganz nah. »Hast du das Eis?«

Jane legte Edoardo die Hand auf den Arm, um ihn zurückzuhalten, doch er drängte sich an ihr vorbei.

»Warte«, stammelte sie.

171

»Ich bin nicht der Richtige für dich, Jane«, sagte er knapp.
Sie wurde rot.

»Aber ich …«

»Ich bin kein Mann, in den man sich verguckt.«

»Wo bist du denn?« Nick war fast bei der Tür.

Jane war wie versteinert, ihre Augen standen voller Tränen.

»Dieses Eremitendasein hier tut dir nicht gut«, schob Edoardo frostig nach. »Du solltest Leute in deinem Alter treffen.«

Er verschwand durch die Tür und ging seinem Neffen entgegen. Jane drückte sich gegen die Wand, um von Nick nicht entdeckt zu werden, und schluchzte auf.

»Du bist ein Quälgeist, Nick!«, hörte sie Edoardo sagen, der wieder genauso unbekümmert klang wie zuvor. »Hier ist dein Eis!«

Jane rutschte mit dem Rücken an der Wand hinunter, sie konnte sich nicht mehr auf den Beinen halten. Sie kauerte sich zusammen und atmete tief ein und aus, um wieder zu sich zu kommen.

»Wo ist Jane?«, fragte Nick.

»Sie hat sich nicht gut gefühlt, bestimmt ist sie kurz nach oben gegangen«, antwortete Edoardo überzeugend.

Dann ging er davon, als wäre nichts gewesen.

18

»Was für ein riesiges Arschloch!«

Jane hatte nicht anders gekonnt. Der Druck war zu groß geworden, und Ivana war die Einzige, der sie ihr Herz ausschütten konnte. Sonst wäre ihr nur noch Bettina geblieben. Doch eine gleichaltrige Psychologiestudentin war ihr lieber. Die erste halbe Stunde hatte sie darauf verwenden müssen, Ivana zu überzeugen, dass sie wirklich noch Jungfrau war und Enthaltsamkeit nicht zu den typisch englischen Eigenschaften zählte. Dann, endlich, war Ivanas Solidarität entflammt.

»Wie konntest du dich bloß so tief in die Scheiße reiten?«

Die Frage kam bereits zum dritten Mal. Es wäre erfreulich gewesen, wenn die Unterhaltung sich weiterentwickelt hätte, doch dazu hätte Jane aufhören müssen zu heulen. Zwei Päckchen duftende Hello-Kitty-Taschentücher waren bereits draufgegangen.

»Aber du hattest doch auch …«, versuchte sie dagegenzuhalten. Hatte nicht Ivana von Sommeraffären zwischen hormongesteuerten Arbeitgebern und jungen Dingern geredet und sie so in Edoardos Arme getrieben?

Ivana verstand sofort, worauf sie hinauswollte.

»Moment, Jane«, fiel sie ihr ins Wort. »Ich habe was ganz anderes gemeint! Wenn, und nur wenn«, sagte sie in schulmeisterlichem Ton, »ihr beide euch amüsieren wollt, dann ist nichts dagegen einzuwenden. Das ist nicht verboten, alles easy und ciao. Aber wenn«, sie nahm Jane streng ins Visier, »du völlig von der Rolle bist, nur weil ihr ein bisschen aneinander rumgeschraubt habt«, den Ausdruck hatte Jane zwar noch nie gehört, doch die Bedeutung lag auf der Hand, »dann sieht die Sache ganz anders aus. Mit Gefühlen spielt man nicht.«

Sie hatten sich ohne die Kinder auf neutralem Boden getroffen, auf der großen Wiese hinter dem Spielplatz.

»Ich weiß einfach nicht, was ich tun soll.«

»Was soll ich dir sagen, Jane? Viele Möglichkeiten scheint's da nicht zu geben.«

Auch Ivana war mit ihrem Latein am Ende. Sie schwiegen eine Weile.

»Und wenn ich versuche, noch mal mit ihm zu reden?«, überlegte Jane zögernd.

»Noch mal?«, sagte Ivana vorwurfsvoll. »Er hat dir doch gesagt, du sollst dir einen anderen suchen! War das nicht deutlich genug?«

Jane schwieg verletzt.

»Aber wieso hat er es dann getan?«, fing sie wieder von vorn an.

Ivana rollte mit den Augen.

»Jane«, sagte sie geduldig. »Er hat dich um vier Uhr morgens angetroffen, wie du halbnackt auf ihn gewartet hast, richtig?«

»Ja.« Zwar war sie nicht halbnackt gewesen, aber sei's drum.

»Wohl wissend, dass du bis über beide Ohren in ihn verknallt bist …«

»Woher sollte er das denn …«, protestierte Jane.

»Dein Gesicht spricht Bände, Jane, und so ein Typ sieht das sofort«, schnitt Ivana ihr das Wort ab. »Er hat seine Chance genutzt, was so gut wie jeder andere an seiner Stelle auch getan hätte.«

Jane hörte schweigend zu, jeder Einwand war zwecklos.

»Und dann hat er aufgehört«, fuhr Ivana fort, »weil er nicht damit gerechnet hat, dass du … na ja … so unerfahren bist.«

Jane wurde rot.

»Das weiß ich doch alles«, erwiderte sie. »Aber ich will wissen, was er jetzt *denkt*.«

Ivana schnaubte.

»Entschuldigung, aber bestimmt nicht an dich.«

Das Gleiche hatte Bettina auch gesagt, wenn auch weniger hart formuliert.

Jane schluckte die Tränen hinunter, und Ivana versuchte ihr die bittere Pille ein wenig zu versüßen.

»Er ist ein Kerl, Jane. Der *denkt* nicht.«

»Aber irgendwas muss er doch *gedacht* haben, wenn er beschlossen hat, nicht aufs Ganze zu gehen.«

Bei all dem, was vorgefallen war, erschien ihr dieser Teil als das einzig Positive. Als hätte er so etwas wie einfühlsamen Respekt empfunden.

»Versuch dich mal in seine Lage zu versetzen. Er wollte keinen Ärger.«

Jane starrte sie verdattert an.

»Die meisten von denen sind auf eine sorglose Bettgeschichte aus«, erklärte Ivana. »Danach würden sie dich am liebsten nie wiedersehen. Das Geflenne eines kleinen Mädchens beim ersten Mal ist das Letzte, was der wollte.«

Was sollte man auf eine so niederschmetternde Aussage antworten? Jane war fassungslos.

»Du schmachtest ihm hinterher wie ein geprügelter Hund«, fuhr Ivana gnadenlos fort. »Ich würde mich nicht wundern, wenn er dich feuert.«

»Aber warum muss denn immer alles so trostlos sein?«, fiel Jane ihr ungehalten ins Wort. Sie konnte es einfach nicht glauben.

Ivana nahm ihre Hand und streichelte sie.

»Es ist nicht immer alles trostlos, Jane«, sagte sie beschwichtigend. »Die Welt ist voll von Leuten, die sich glücklich verlieben, sonst wären wir schon längst ausgestorben!« Sie grinste, dann wurde sie wieder ernst. »Bei euch ist es eben nicht so.«

Das war unbestritten.

»Ich habe ihm nie gesagt, was ich fühle«, hielt Jane dagegen, wohl wissend, dass sie dafür keinen Beifall ernten würde.

»Das wäre auch wirklich bescheuert. Erstens«, Ivana hob den Daumen, »weiß er das schon. Zweitens: Es ist ihm scheißegal. Drittens: Er hat dich gebeten, ihm nicht auf den Sack zu gehen.«

Sie überlegte kurz, doch ihr wollte kein vierter Punkt einfallen.

»Was habe ich denn zu verlieren?«, wandte Jane ein. »Schlechter als jetzt kann es mir sowieso nicht mehr gehen.«

»Und ob. Wenn du ihm dein Herz in die Hand legst, spielt er damit«, sagte Ivana und jonglierte mit einem nicht vorhandenen Ball herum.

Das grausige Bild ließ Jane erschaudern.

»Das haben wir alle durchgemacht, Jane. Du hast das attraktive Arschloch getroffen und angefangen, von Hochzeit und Kindern zu träumen.«

Jane errötete. Der herrliche Garten. Nick mit den Trauringen. Vielleicht nicht in der Kirche, damit sich ihre Eltern nicht im Grab umdrehten. Edoardo war sowieso geschieden, oder zumindest fast. Ja, sie hatte daran gedacht, viel zu oft.

»Du solltest vielmehr daran denken, dass du erst zwanzig bist, und lieber das Leben genießen.«

Ivana hatte recht, doch es half nichts.

»Lust auf 'ne Cola?«, schlug Ivana vor. In der Nähe war ein

kleiner Kiosk mit Eis und kalten Getränken, um die Hitze erträglicher zu machen.

Sie kauften sich Schokolade, ein Erdbeereis und etwas zu trinken und setzten sich in den Schatten auf eine Bank. Gedankenverloren zupfte Jane Grashalme aus und knotete sie aneinander.

»Was würdest du an meiner Stelle tun?«

Ivana dachte angestrengt nach, und Jane durchströmte eine Welle der Dankbarkeit, dass sie ihr so viel Zeit widmete.

»Vielleicht würde ich ihm das Auto zerkratzen, wo er doch so daran hängt.«

Jane wusste nicht genau, ob das ein Witz sein sollte.

Sie sah auf die Uhr: Sie musste zurück. Sie konnte Nick nicht zu lange Lea überlassen. Marina war noch immer auf ihrer Bettelreise, um Gelder für das Theaterstück aufzutreiben.

»Da ist noch etwas, was ich an deiner Stelle tun würde«, sagte Ivana ernst.

»Was denn?«

»Ich würde mich mit Andrea verabreden.«

Jane schaute sie verdattert an.

»Er ist sehr nett und süß, aber …«

»Ich weiß«, fiel Ivana ihr ins Wort. »Ich hab sie schließlich beide gesehen.« Mehr musste sie nicht sagen, und bei dem Gedanken an Edoardo verspürte Jane das übliche Ziehen in der Magengegend.

»Aber«, fuhr Ivana fort, »Andrea ist ein anständiger Kerl. Er hat das Herz am rechten Fleck, und du gefällst ihm wahnsinnig gut.«

»Aber ich …«, es hatte keinen Zweck, Interesse zu heucheln.

»Ich weiß, es klingt absurd, aber manchmal treibt ein Nagel tatsächlich den anderen aus. Bei mir hat's funktioniert. Und danach hat mir der zweite besser gefallen als der erste«, schloss sie zufrieden.

Das klang nach der einfachsten Medizin der Welt, doch Jane war kein bisschen danach zumute.

»Du musst ihn ja nicht gleich heiraten«, fuhr Ivana fort. »Du musst gar nichts machen. Nur auf andere Gedanken kommen.«

Womöglich hatte sie recht.

»Wir werden sehen«, rang sich Jane ab.

»Und auch wenn er nicht mit deinem Traummann mithalten kann, solltest du zumindest wissen, dass er genauso stinkreich ist.«

»Ach ja?«, gab Jane gedankenverloren zurück und hing dem Echo von „Traummann" nach.

»Ja, sein Vater ist die Psychologie in Person. Und seine Mutter ebenfalls«, verkündete Ivana feierlich. »Der Vater ist dauernd im Fernsehen, er hat Ratgeber geschrieben und hält Vorträge auf der ganzen Welt. Die Mutter arbeitet mit Kindern, so wie ich vielleicht auch mal.«

Das wäre die Gelegenheit gewesen zu fragen, wieso Ivana mit Kindern arbeiten wollte, obwohl sie sie nicht ausstehen konnte, doch Jane versuchte sich auf Andrea zu konzentrieren. Sie erinnerte sich, dass er erzählt hatte, seine Eltern seien getrennt, seine Schwester lebe beim Vater und er sei bei der Mutter geblieben.

»Natürlich sind sie geschieden«, sagte Ivana, als hätte sie ihre Gedanken gelesen. »Du kannst Gift drauf nehmen, dass es von hundert Psychologen nicht einer geschafft hat, die Familie zusammenzuhalten. Die bekriegen sich rund um die Uhr, aber trotzdem ist Andrea ein … kluger Kerl.«

»Vielleicht genau deshalb«, meinte Jane versonnen.

»Kann sein«, erwiderte Ivana leicht melancholisch.

Bei keinem von ihnen sah es besonders rosig aus: Jane war Waise, Andreas Familie war zerrüttet, Ivanas Vater hatte die Mutter schon vor Jahren sitzen lassen und eine neue Familie gegründet. Ab und zu meldete er sich zu Weihnachten. Die Mutter hatte ein Verhältnis mit dem Notar, für den sie arbeitete, der sich wiederum nicht dazu durchringen konnte, seine Frau zu verlassen, obwohl sie in den eigenen vier Wänden getrennt lebten.

»Und du und Daniele?«, fragte Jane.

Sie hatten die ganze Zeit nur von ihr geredet.

Ivana verzog angewidert das Gesicht.

»O bitte. Voll daneben«, lautete der knappe Kommentar.

»Ein Nagel treibt den anderen aus«, frotzelte Jane.

»Kümmern wir uns erst mal um dich, du bist der viel größere Notfall«, sagte Ivana nachdrücklich. »Versuch bitte, keine Scheiße mehr zu bauen, in Ordnung?«

»Versprochen.« Feierlich hob Jane die linke Hand und legte die rechte aufs Herz.

»Und ruf mich an, falls du mich brauchst.«

»Auf jeden Fall.«

Sie umarmten sich fest und küssten sich auf die Wangen. Obwohl sie grundverschieden waren, fühlte sich Jane bei Ivana geborgen.

Sie ging nach Hause, genoss die leichte Brise, die ihr übers Gesicht fuhr, und versuchte den Kopf freizukriegen. Doch kaum hatte sie den höchsten Punkt der Straße erreicht, die auf die Villa zuführte, wurde ihr Herz wieder bang.

19

Jane spähte zu Ivana hinüber, die ein paar Kinositze weiter saß.
Die Augen gebannt auf die Leinwand geheftet, verfolgte sie
das trashige Splattermovie, das sie sich ausgesucht hatten:
Blut, Motorsägen, Wahnsinnige. Neben Ivana hatte sich der
hünenhafte Filippo mühsam in den roten Kinostuhl gezwängt,
und daneben hockte in sich zusammengesunken Daniele, den
Ivana garantiert schon geschasst hatte. Neben Jane saß Andrea, der Einzige ohne Piercings, Gelfrisur oder Tattoos.

*Heute Abend Kino? Andrea kommt auch. Treffen wir uns
um sieben am Bahnhof?*

Ivana hatte ihr schon frühmorgens geschrieben. Trotz ihrer
guten Vorsätze hatte Jane sofort absagen wollen, war aber
nicht dazu gekommen, weil von unten Nick nach ihr gerufen
hatte. Sein Fahrrad war platt. Zusammen hatten sie sich auf
den Weg in die Garage gemacht, um nach einer Luftpumpe zu
suchen. Dort hatten sie Lea getroffen, die gerade Guido los-
schicken wollte, um frischen Büffelmozzarella auf dem Wo-
chenmarkt zu kaufen.

»Kommen Gäste?«, hatte Jane alarmiert gefragt.

»Ja.« Lea klang erschöpft und zugleich froh, etwas zu tun
zu haben. »Edoardo sagte, fünf oder sechs Personen.«

Jane überlegte, wie sie mehr in Erfahrung bringen konnte,
ohne neugierig zu erscheinen, doch Nick kam ihr zuvor.

»Wer denn?«

Wenn Gäste kamen, witterte er stets die Gefahr, dass es
etwas Kompliziertes zu essen gab.

»Bianca auf jeden Fall, und vielleicht auch Roberta mit einem weiteren Anwalt«, hatte Lea beiläufig geantwortet. Ihr ging es nicht um die Gäste, sondern um die Organisation.

»Ich bin heute Abend nicht da«, hatte Jane sofort klargestellt.

Als sie Ivana eine Antwort schicken wollte, war bereits eine Nachricht von Andrea eingegangen.

Hallo, hast du Lust, heute Abend ins Kino zu gehen? Wir sind zu acht, Ivana, Daniele und Filippo kommen auch. Danach gehen wir was trinken. Wenn du willst, kann ich dich nach Hause bringen.

Wenn du willst. Wir sind zu acht. Offenbar hatte er begriffen, dass er schrittweise vorgehen musste.

Ja, danke! Bis nachher, hatte sie beiden geantwortet.

Die restliche Gruppe bestand aus zwei Jungen, Stefano und Vittorio, sowie der von beiden hofierten Francesca.

Nach dem Film schlenderten sie zusammen Richtung Piazza del Popolo.

»Hat jemand Hunger?«, fragte Filippo.

»Hier gibt es ein *All you can eat*!«, rief Ivana triumphierend. »Keine Hundert Meter von hier.«

Das verhieß nichts Gutes, doch Jane hielt den Mund. Sie quetschten sich zu acht um einen Fünfertisch und fingen an, über die Menüwahl zu diskutieren.

»Zur Not habe ich eine Tüte dabei«, sagte Filippo und zog eine zusammengefaltete weiße Plastiktüte aus seinem Rucksack.

Andrea schüttelte missbilligend den Kopf, und die anderen lachten. Der offizielle Menüpreis war 18 Euro, die Regeln waren simpel und einleuchtend: Man durfte so viel essen, wie man wollte, doch um zu vermeiden, dass man vor lauter Gier zu viel bestellte, wurde alles, was übrigblieb, extra berechnet. Als Gegenleistung für den moderaten Preis wurde um gesunden Menschenverstand gebeten. Doch dieses Vertrauen ging ins Leere. Der Sport bestand darin, sich haufenweise Essen aufzuladen und den Rest heimlich in Tüten zu stopfen, um nicht extra zahlen zu müssen. Kaum hatte man das Restaurant verlassen, wurden die vollen Tüten weggeworfen.

Verdrossen aß Jane ihre Portion Hühnchen und wartete auf das unrühmliche Finale. Andrea saß neben ihr.

»Weißt du schon, ob du den ganzen Sommer hier bist?«, fragte er.

Gerade kippte Filippo den ersten Schwung Gnocchi in die Tüte.

»Theoretisch ja …«

»Und praktisch?«

»Ich weiß es noch nicht«, seufzte Jane. »Ich bin ziemlich unentschlossen.«

Die Situation, mit Edoardo unter einem Dach zu leben, wurde allmählich unerträglich.

»Fährst du weg?«, fragte sie, um von sich abzulenken.

»Ja, nächste Woche«, sagte er, und mit Unbehagen musste Jane daran denken, wie alle im August die Stadt verließen. Auch Ivana würde zwei Wochen verreisen.

»Wo fährst du hin?«, fragte sie halbherzig.

»Ein paar Tage nach Sardinien zu meinem Vater, aber dann komme ich zurück, weil ich Anfang September eine Prüfung habe.«

Er schrieb eine Bestnote nach der anderen.

»Hoffentlich bist du dann noch da.«

Jane sah woandershin.

»Und vielleicht könnten wir dann mal was zusammen machen«, unternahm Andrea einen weiteren Anlauf.

»Klar«, nickte Jane. Sie hatte nicht die geringste Lust dazu, aber was sollte sie sonst sagen.

»Zeit zu gehen.« Ivana und Francesca standen hastig auf, damit der Betrug nicht aufflog. Zum Glück war das Restaurant so voll, das niemand sie bemerkte.

»Wollen wir ein bisschen bei der Villa rumlungern?«, schlug Ivana vor und meinte die Villa Borghese. »Wir haben Proviant dabei.« Sie schwenkte ihren Rucksack mit den Bierdosen.

»Wir müssen feiern!« verkündete Francesca aufgekratzt.

»Was denn?«

Francesca und Ivana prusteten los.

»Den Sommer!«, antwortete Francesca. Sie zeigte Andrea etwas in ihrer Tasche, vermutlich Gras.

»Die ist schon hackevoll«, flüsterte Andrea.

»Oder breit«, murmelte Jane zurück.

Sie betraten den Park. In der Dunkelheit ließen sich hier und da kleine Menschengruppen erahnen.

Jane blickte auf die Uhr: schon halb zwölf. Eigentlich ein guter Zeitpunkt, um den Abend zu beenden, statt ihn zu beginnen, doch allein nach Hause zu fahren, war gefährlich.

Filippo ließ sich auf dem Rasen nieder, und die anderen setzten sich im Kreis dazu. Die Bierdosen wurden in die Mitte gekippt.

»Spielen wir?«, schlug Daniele vor.

Jane hätte sich liebend gern herausgehalten, doch in einer so überschaubaren Runde konnte sie schwerlich kneifen.

»Ich trinke nicht«, sagte Andrea und hob die Hände.

»Umso besser, du musst nämlich fahren«, lachte Ivana.

»Ich fange an«, sagte Stefano.

Das Spiel hieß »Ich habe noch nie«.

Jeder musste etwas sagen, was er noch nie getan hatte, und

183

alle, die es getan hatten, mussten ein Bier trinken. Es ging darum, jemand anderen bloßzustellen.

»Ich habe noch nie ...«, Stefano blickte suchend in die Runde, »mit Daniele im Auto vor dem Haus gevögelt und mich von der Nachbarin und ihrem Hund erwischen lassen, die gegen die Scheibe geklopft und dann geklingelt hat bei ...«

»Okay, okay!«, Ivana hob die Hände. Alle außer Filippo schütteten sich aus vor Lachen.

Ivana riss eine Bierdose auf und trank.

»Jetzt bin ich dran.« Sie funkelte Stefano boshaft an. Dann ließ sie den Blick durch die Runde gehen und blieb an Jane hängen. Jane sah sie flehend an, sie hatte zu viele Mankos. Ich habe noch nie mit jemandem geschlafen, ich bin noch nie bei einem Mann gelandet, der doppelt so alt ist wie ich und so weiter.

Ivana lächelte ihr zu. Sie würde sie nicht in die Pfanne hauen.

»Ich habe noch nie ...«, hob sie an, »drei Abfuhren an einem Abend kassiert.«

Stefano brach in hysterisches Kichern aus, als ginge es um ihn. Doch es ging um Vittorio.

»Von wegen drei, das gilt nicht, es war dieselbe Person.«

»Und ob das gilt«, rief Ivana.

Mit gereckten Schultern, die Hände in die Hüfte gestemmt, stolzierte Francesca um die Gruppe herum.

»FischersFritzefischtfrischeFische ...«, fing sie an und konnte sich vor Lachen nicht mehr halten. Die anderen wieherten los.

»Alter Schwede, was für ein Schwachsinn, da kann nicht mal meine Großmutter mithalten ...«, meinte Filippo.

Jane war ratlos.

»Sie macht ein Mädchen nach, das vor ein paar Monaten mit uns ausgegangen ist und ein Auge auf Vittorio geworfen hatte«, erklärte Andrea. »Sie hatte ein Spiel mit Zungenbrechern vorgeschlagen, aber ich weiß nicht mehr, wie es ging.«

Ein Spiel war anscheinend so gut wie das andere, Hauptsache, man betrank sich.

Jane beneidete sie um ihre Unbekümmertheit. Seit Tagen lag ihr ein Ziegelstein im Magen. Sie brauchte eine Pause.

Sie langte nach einer der Bierdosen.

»Was für ein Scheißfilm«, meinte Francesca. Sie fingen an, über Horrorfilme, Splatterstorys und Regisseure zu reden und besonders grausige Filmszenen zu schildern. Jane erzählte von einem thailändischen Film über siamesische Zwillinge, den sie einmal nachts im Internat mit zwei Freundinnen unter der Bettdecke gesehen hatte und nach dem sie fast einen Monat lang nicht ohne Licht hatte einschlafen können. Sie foppten den armen Filippo und behaupteten, er sehe genauso aus wie jemand, von dem Jane noch nie gehört hatte. Sie entspannte sich, lachte, witzelte herum. Ivana beobachtete sie zufrieden.

»Alles in Ordnung?«, fragte Andrea irgendwann.

»Alles super«, entgegnete Jane und bemerkte seinen Blick auf die leeren Bierdosen, die vor ihr standen.

»Hey, es ist schon eins!«, rief Vittorio plötzlich erschreckt.

Ivana fuhr aus einer Art Wachkoma auf, in das sie die letzte Viertelstunde gefallen war, und rappelte sich hoch.

»O Scheiße!«, rief sie. »Ich glaube, für die letzte Bahn ist es zu spät.«

»Ich bin mit dem Auto da«, erinnerte sie Andrea, der Einzige, der noch ganz bei sich war.

Jane blieb sitzen, betrachtete die anderen und fühlte sich weit weg.

»Wer will, kann bei mir schlafen«, schlug Daniele vor. »Meine Eltern sind nicht da.«

Er wohnte im Zentrum.

»Wieso gehen wir nicht alle zu dir?«, meinte Ivana. »Um die Zeit hat doch sowieso keiner mehr Bock, zurückzufahren!«

»Ich muss auf jeden Fall zurück, ich muss lernen«, sagte Andrea und erntete halb verständnislose, halb anerkennende Blicke.

»Und ich muss … arbeiten«, sagte Jane. Ihre Stimme klang fremd, und ihr wurde übel. Sie hätte nicht so viel trinken dürfen.

»Du kannst mit mir fahren.« Andrea half ihr hoch.

Dankbar hielt sie sich an ihm fest und verabschiedete sich von der Gruppe.

Im Auto legte sie den Kopf zurück und fühlte sich unendlich matt.

»Mach das Fenster auf«, riet Andrea. Als er sah, dass sie nicht dazu in der Lage war, hielt er an und kurbelte ihr Fenster herunter.

»Danke«, wisperte Jane mit zurückgelegtem Kopf und geschlossenen Augen. Wie sollte sie es bloß bis in ihr Zimmer schaffen?

»Tut mir leid«, schob sie reumütig hinterher. Sie fühlte sich hundeelend.

»Keine Sorge, das geht vorbei«, sagte er beruhigend und vergewisserte sich, dass sie angeschnallt war.

»Sag mir, wenn ich anhalten soll.«

Tatsächlich mussten sie auf der Flaminia einen Zwischenstopp einlegen. Jane konnte ihm gerade noch rechtzeitig Bescheid geben. Zum Glück begriff er sofort, was los war, fuhr rechts ran und half ihr aus dem Wagen.

Jane stürzte hinters Auto, doch nach dem ersten Würgen kam nichts mehr. Zusammengekrümmt hockte sie am Straßenrand und kam sich erbärmlich vor.

Andrea setzte sich fürsorglich neben sie.

»Kann ich was tun?«

Sie schüttelte den Kopf und kramte in ihrer Handtasche nach Taschentüchern. Natürlich waren keine zu finden.

»Ich vertrage einfach keinen Alkohol«, sagte sie kleinlaut.

»Lass uns ein bisschen frische Luft schnappen, dann geht es dir wieder besser.« Er half ihr auf den Beifahrersitz, ließ die Tür offen und drückte ihr ein Päckchen Taschentücher in die Hand.

»Vielleicht ist dir nur vom Fahren schlecht«, meinte er beschwichtigend.

Motion sickness. Wie nett, dass er ihren Zustand schönzureden versuchte. Hoffentlich würde er ihre Schwäche nicht ausnutzen und sich an sie ranmachen. Er tat es nicht. Er saß einfach nur neben ihr und erkundigte sich ab und zu nach ihrem Befinden.

»Langsam kriegst du wieder Farbe«, sagte er nach ein paar Minuten. »Jetzt kann ich es dir ja sagen: Du warst grün.«

Wie konnte ich nur so dämlich sein, dachte Jane.

»Wegen mir kommst du wahnsinnig spät nach Hause«, sagte sie.

»Nicht schlimm.«

Sie fuhren weiter. Jane versuchte sich zusammenzureißen und klammerte sich an den Griff ihrer Handtasche, um sich an irgendetwas festzuhalten.

»Hier lang, oder?«, fragte Andrea, als sie die Kreuzung oberhalb der Villa erreichten.

Jane beugte sich vor, warf einen Blick auf die Straße und sah zwei Wagen vor dem Tor stehen. Sie zuckte zusammen.

»Was ist los?«, fragte Andrea.

»Nichts. Da entlang.« Sie deutete auf die Straße.

»Da ist wohl noch jemand wach«, bemerkte Andrea.

Jane spähte durch die Dunkelheit. Das Licht im Arbeitszimmer brannte. Auch die hintere Veranda war erleuchtet.

»Ob die sich wohl Sorgen um dich gemacht haben? Ob die auf dich warten?« Andrea warf einen Blick auf die Uhr.

Jane schüttelte den Kopf.

»Glaube ich nicht. Mein …« Wie sollte sie ihn nennen? »Marinas Bruder hatte Gäste zum Abendessen und arbeitet immer bis spätnachts«, erklärte sie knapp.

»Rocca, richtig? Edoardo?«

Sie fuhr herum und sah ihn eindringlich an.

»Kennst du ihn?«

»Ich habe ihn nur gesehen, als er dich vom Bahnhof abgeholt hat. Aber meine Mutter hat von ihm geredet.«

»Wirklich?«

»Ich glaube, er war ihr ärgster Feind«, lachte Andrea. »Er hat ihr den Krieg erklärt, als diese Villa und noch ein paar andere, die er Richtung Olgiata gekauft hat, saniert wurden. Es ging um Genehmigungen oder so.«

»Baugenehmigungen?«

»Keine Ahnung. Du weißt ja, wie das in Rom läuft. An der Cassia«, er deutete nach links, »haben sie vor ein paar Jahren antike Gefäße gefunden, und die Bauarbeiten an der U-Bahn wurden für Jahre gestoppt. Meine Mutter hat sich zu einer Art Sheriff in der Gegend aufgeschwungen«, fuhr Andrea mit bitterem Unterton fort. »Ihrer Meinung nach hat Rocca einiges an Schmiergeld gezahlt, um die Villa seinen Cousins abzuschwatzen, die vorher drin gewohnt haben, und um den Pool zu bauen, obwohl es dort verboten war zu graben. Sie meinte, er sei um einiges fixer gewesen als die anderen, und seltsamerweise hat es für die Nachbarvillen nie grünes Licht gegeben.«

Jane verstand noch immer nicht viel.

»Meine Mutter meint, so läuft in Italien alles.«

»Und ist das … Roccas Schuld?« Der Nachname sprach sich leichter aus.

»Sie meint, er sei das übliche stinkreiche Schlitzohr, das die Steuer umgeht und Schmiergelder zahlt, sie sagt, er hätte sich sogar die Straße hier asphaltieren lassen.« Er deutete mit dem Daumen auf die Straße hinter sich. »Eine Gefälligkeit von einem seiner Kumpel.«

Jane hatte sich nie für Politik interessiert. Trotzdem hatte sie den Zwist zwischen Berlusconi-Befürwortern und -Gegnern in der eigenen Familie erlebt. Ihre Eltern waren gegen ihn, Onkel und Tante für ihn, und zwischen ihrem Vater und seiner Schwester war es hoch hergegangen, mit heftigen Diskussionen am Esstisch, an dem sie selten genug zusammensaßen. Jane war noch klein gewesen und hatte nichts verstanden, und vergeblich hatte ihr Vater versucht, sie in das Gespräch miteinzubeziehen und ihr etwas zu erklären. Viel lieber ließ sie sich von Pyramiden und Tempeln erzählen. Trotzdem nickte sie verständig, um ihn zufriedenzustellen. Berlusconi kann euch doch völlig schnuppe sein, warf ihre Mutter vergeblich dazwischen, um die Geschwister zum Schweigen zu bringen.

»Stimmt das?«, fragte Jane.

Andrea zuckte mit den Schultern.

»Gut möglich, dass was dran ist. Jedenfalls hat er ihr mit einer Klage gedroht, sie hat sogar einen Artikel in einem Lokalblatt veröffentlichen lassen. Am Ende haben sich die Wogen geglättet.«

»Wieso?«

»Soll ich ehrlich sein? Ich glaube, weil meine Mutter einen neuen Lebensgefährten gefunden hat und andere Dinge im Kopf hatte.«

Auf einmal hatte Jane es eilig, nach Hause zu kommen.

Sie bedankte sich bei Andrea und hoffte inständig, er würde den Abschied nicht für einen Annäherungsversuch ausnutzen.

»Wir hören uns«, sagte er nur.

»Viel Glück morgen bei der Prüfung.«

Er wartete, bis sie den Garten durchquert hatte. Als sie an der Haustür war, machte sie ihm ein Zeichen. Was für ein netter Kerl.

Ehe sie in ihr Zimmer hinaufschlich, spähte sie zu Edoardos Zimmern hinüber. Dort brannte noch Licht. Sie ging in die Küche, um sich eine Flasche Wasser für die Nacht zu holen, und hörte, wie jemand das Haus verließ. Ohne Licht zu machen, blieb sie neben dem Küchenschrank stehen. Die Schritte näherten sich der Haustür.

Sie hörte flüsternde Stimmen und pirschte im Schutz der Dunkelheit zur Küchentür.

Eine Stimme gehörte Edoardo, die andere einer Frau.

»Das kannst du mir nicht antun, Edo«, sagte sie. Sie klang nicht wie Bianca. Also musste es Roberta sein. Jane brannte vor Neugier, sie mit eigenen Augen zu sehen.

»Was tue ich dir an?«, fragte er. »Du bist diejenige, die aufpassen sollte. Wie kannst du so einem Kerl trauen?«

»*Pssst*«, zischte sie leise. »Es ist nicht so, wie du denkst, wir haben nichts miteinander.«

»Darum geht es nicht.«

»Du kannst doch nicht immer noch eifersüchtig sein«, gurrte sie.

»Wenn du bloß einmal auf mich hören würdest«, hörte Jane ihn sagen. »Tu es für mich, Roberta.«

»Es ist immer das Gleiche. Alles musst du entscheiden. Lass mich mein Leben leben, Edo«, erwiderte sie frostig.

Dann verließen sie das Haus. Durch das Fenster folgte Jane ihnen mit den Augen, bis sie nicht mehr zu sehen waren. Noch immer redeten sie hitzig aufeinander ein, er gestikulierte mit den Händen und musste Roberta zweimal davon abhalten, davonzustürmen. Es war offensichtlich, dass er sie um etwas bat. Durch das Fenster war nur ihr langes, dunkles Haar zu sehen. Dann verschwanden sie aus dem Blickfeld, und Jane stand ein paar Sekunden lang reglos da, die Stirn mit kaltem Schweiß bedeckt. Eher er ins Haus zurückkam, huschte sie die Stufen hinauf und verschwand in ihrem Zimmer.

20

Wie einfach alles war, und was für eine Zeitverschwendung, sich darüber den Kopf zu zerbrechen. Auf jeden schäbigen Herzensbrecher kam mindestens eine Frau, die irgendwann sein Herz gebrochen hatte. Man konnte also sagen, es gab Gerechtigkeit in der Welt. Allerdings hatte man nicht viel davon, wenn man zu den Verführten und Fallengelassenen gehörte. Die Tatsachen sprachen für sich: Edoardo hatte Roberta geheiratet. Und Jane hatte sich von Bianca irreleiten lassen, dabei sollte sie Mitgefühl mit ihr haben: Du kannst ihn dir ebenfalls aus dem Kopf schlagen, die große Liebe seines Lebens ist Roberta. *Du kannst doch nicht immer noch eifersüchtig sein, lass mich mein Leben leben.* Es würde niemals zu dieser Scheidung kommen. Von wegen, schwieriger Moment im Leben: Roberta hatte ihn sitzen lassen, und er versuchte auf andere Gedanken zu kommen und amüsierte sich mit der Erstbesten, die ihm zwischen die Finger kam. Janes Kopf war bleischwer, der Rausch noch nicht verflogen. An Schlafen war in dieser Nacht nicht zu denken.

Doch diesmal gab es eine Möglichkeit, Dampf abzulassen.

»Himmel, Jane, hast du mich erschreckt.«

Er saß am Schreibtisch und massierte sich die Schläfen, als sie plötzlich vor ihm stand.

Jetzt, da sie ihn leibhaftig vor sich hatte, spürte Jane ihre Entschlossenheit schwinden.

»Was gibt's?«, fragte er beunruhigt. »Ist was passiert?«

Er sah mitgenommen aus und hatte dunkle Augenringe. Der Schreibtisch war mit Unterlagen überhäuft, jedes Blatt war mit roten Anmerkungen versehen.

Er stand auf, um zur Tür zu gehen und nach dem Grund für ihr Kommen zu sehen, doch Jane stellte sich ihm in den Weg.

»War es so schwer, mir die Wahrheit zu sagen?«, fragte sie mit bangem Zorn.

Er starrte sie verständnislos an.

Sie musste an seinen Arm um Robertas Taille denken, und neuer Schmerz wallte in ihr auf.

»War es so schwer mir zu sagen, dass du noch immer in deine Frau verliebt bist?«

Edoardo starrte sie mit offenem Mund an, dann runzelte er die Stirn und musterte sie neugierig.

»Hast du getrunken?«

»Das passiert, wenn man *Leute in meinem Alter trifft*«, versetzte sie mit sarkastischem Schnauben, das eher in einen Schluchzer geriet. »Ich wollte deinem Rat folgen.«

Er schob sie zur Seite und versicherte sich, dass die Tür geschlossen war.

»Es ist nach zwei«, bemerkte er.

»Na und?«, sagte sie trotzig. »Ist das nicht deine liebste Zeit?«

Er verschränkte die Arme, lehnte sich mit dem Rücken an die Wand und musterte sie.

»Rede ruhig weiter.«

Offenbar wollte er sie provozieren. Janes Groll wuchs.

»Weiß Bianca es?«, kiekste sie.

Er schaute sie verdutzt an.

»Wie kommen wir denn jetzt auf Bianca?«, fragte er mit staunendem Interesse, das vor Spott zu triefen schien.

»Weiß Bianca von deiner Frau? Denn als ihr auf der Party über mich gelacht habt, hatte ich den Eindruck, dass sie ziemlich scharf auf dich ist.«

Er hob beschwichtigend die Hände.

»Moment, ganz langsam, lass mich nachdenken«, sagte er, und diesmal machte er sich eindeutig über sie lustig.

»Mal abgesehen davon, dass du betrunken bist und wirres Zeug redest, habe ich, glaube ich, verstanden, worauf du hinauswillst.«

Jane war baff: Das wusste nicht einmal sie selbst.

»Ja, bestimmt weiß Bianca, dass es Roberta gibt, denn immerhin kennen sie sich seit über zehn Jahren, und sie ist sowohl meine als auch ihre Anwältin ...«, begann er aufzuzählen. »Nein, ich glaube nicht, dass sich Bianca um meine Gefühle für irgendjemanden schert ...«

Jane wollte ihm ins Wort fallen, doch er ließ sie nicht.

»Auch weil es zurzeit wirklich ganz andere ... Probleme gibt, um die wir uns kümmern müssen.«

Bestimmt hatte er ein sehr viel deftigeres Wort verwenden wollen, denn die unwirsche Geste, mit der er auf den Computer und den mit Papier überhäuften Schreibtisch deutete, sprach für sich.

»Tja, außerdem sind meine Frau und ich praktisch seit zwei Jahren getrennt und sehen uns nur noch aus geschäftlichen Gründen, und im Übrigen hat auf der Party niemand über dich gelacht.«

Jane wusste nicht, was sie erwidern sollte. Plötzlich stürzte ihre scheinbar so überzeugende Argumentation wie ein Kartenhaus in sich zusammen.

»Also, wenn ich du wäre, würde ich jetzt ins Bett gehen«, schlug er mit wohlmeinender Zufriedenheit vor, als hätte er gerade sämtliche Quizfragen richtig beantwortet.

Doch Jane dachte gar nicht daran zu gehen. Sie klammerte sich an die Sofakante.

»Du kannst dich ja kaum noch auf den Beinen halten.« Er klang mitleidig.

Abermals ging Jane zum verzweifelten Angriff über.

»Wie konntest du mir das antun?« Ihre Stimme zitterte.

Ein Schatten huschte über sein Gesicht, dann atmete er tief durch. »Es war mein Fehler, Jane. Ich habe mich bereits mehrmals entschuldigt.«

»Und das soll reichen?«

»Offenbar tut es das nicht.«

Jane empfand blanken Hass. Meinte er etwa, sie verplemperte seine Zeit? Nachdem er ihr Leben zerstört hatte?

»Um ehrlich zu sein, reicht das leider nie«, fuhr er fort. »Es bleibt immer ein Haufen Vorwürfe und Groll. Doch wenigstens dieses eine Mal«, er sah sie an, »hatte ich geglaubt, ich wäre anständig geblieben.«

»Anständig? Du willst dich anständig benommen haben? Du hast dich auf mich gestürzt und mir dann gesagt, ich soll mir einen anderen suchen«, fauchte sie.

Offenbar hatte sie ins Schwarze getroffen, denn seine Miene wurde starr.

»Du hast recht, Jane«, sagte er mühsam beherrscht. »Doch ich weiß, dass du etwas Besonderes bist, und wenn du dich beruhigst …«

»Wie kannst du mit den Gefühlen anderer spielen?«, fiel sie ihm ins Wort.

»Das tue ich nicht.«

»Wieso hast du es getan?«, fragte sie, und ihre Stimme klang bleiern.

»Geht es dir gut?« Edoardo machte einen Schritt auf sie zu, und sie wich unwillkürlich zurück und musste sich setzen.

»Sag mir, warum du es getan hast«, wiederholte sie und blickte zu Boden, weil sie nicht den Mut hatte, ihn anzusehen.

Edoardo schwieg.

»Was willst du von mir hören, Jane?«, fragte er schließlich grimmig.

»Die Wahrheit«, erwiderte sie trotzig, ohne den Blick zu heben.

»Es gibt keinen Grund dafür, Jane.« Sein Ton wurde sanfter. »Es gibt keinen konkreten Grund für solche Dinge.«

Er wollte beschwichtigend klingen, doch seine Anspannung war deutlich spürbar.

»Wieso?«

Sie schämte sich für die Frage und den flehenden Ton.

»Weil ... ich Lust hatte.« Edoardo holte tief Luft. »Und weil ich wusste, dass du auch Lust hattest. Weil ich diese Party zum Kotzen fand, weil ich mehr getrunken hatte als sonst, weil es ein beschissener Abend war und weil du ... schön bist«, fuhr er fort. Er klang jetzt sehr ernst. »Doch als ich gemerkt habe, wie ... jung du bist, habe ich gedacht, es wäre nicht richtig, und deshalb ...«

Er hielt abermals inne.

»Ich wollte dir nicht wehtun, Jane. Ich wollte nur mit dir schlafen.«

Jane unterdrückte ein Schluchzen, und eine unendliche Traurigkeit stieg in ihr auf.

Was hatte sie erwartet? Dass er ihr sagte, sie sei die Frau seines Lebens, dass diese Erkenntnis ihn ausgerechnet in jener Nacht wie ein Blitz getroffen hatte und er sich für sie entschied?

Sie hatte mitten in der Nacht im Nachthemd und Morgenmantel vor ihm gestanden, und er hatte nicht widerstehen können. Das war alles. Wer weiß, wie oft ihm das schon passiert war. Für ihn hatte es nicht im Geringsten diese riesige, allumfassende Bedeutung wie für sie.

Sie spürte, wie der Damm brach. Das Blödeste, was man tun kann, hatte Ivana gesagt. Doch wozu jetzt noch ausgeklügelte Strategien? Es blieb keine Zeit zum Nachdenken mehr. Sie hatte zu lange an sich gehalten.

»Willst du nicht wissen, wieso ich es getan habe?«, stieß sie so leise hervor, dass sie nicht sicher war, ob er sie gehört hatte.

Sämtliche Worte, die ihr im Kopf herumschwirrten, ballten sich zu einem Knäuel zusammen. Mit fiebrigem Blick stand sie auf, und er wich verunsichert zurück.

»Ich habe es getan, weil ich mich in dich verliebt habe«, haspelte sie und brach ab, als hätte sie eine rote Linie überschritten, von der es kein Zurück mehr gab.

»Ich liebe dich, seit ich dich das erste Mal gesehen habe«, fuhr sie fort und schloss die Augen, um ihn nicht ansehen zu müssen, »und seit Tagen und Wochen denke ich nur an dich.«

»Jane, warte.« Er legte ihr die Hände auf die Schultern, doch sie machte sich energisch los.

»Und ich liebe dich, weil …« Durfte sie das sagen? Durfte sie so weit gehen? Bestimmt nicht, doch sie konnte nicht mehr klar denken. »Weil du etwas Besonderes bist, etwas Einzigartiges, aber vor allem, weil … du bist wie ich.«

Sie öffnete die Augen und blickte ihn an. Er war blass geworden.

Sie fasste sich ein Herz und redete weiter: »Ich liebe dich, weil ich dich verstehe und weiß, dass du nicht so bist, wie du zu sein scheinst. Ich liebe dich, weil du trotz all der Arbeit und des Stresses versuchst freundlich zu bleiben, ich liebe dich, weil du die Party grässlich fandest, aber die Geste gewürdigt hast, ich liebe dich, weil du das Landleben liebst und einfach nur in Ruhe gelassen werden willst, ich liebe dich, weil ich sehe, wie gern du mit Nick spielen würdest, und weil du Lea sagst, wie großartig ihr Essen schmeckt, obwohl du gar keinen Hunger hast, und weil du dich über Marina lustig machst, aber ihr trotzdem hilfst und …«

Die Tränen strömten ihr über die Wangen, doch es war ihr egal.

Noch immer sah Edoardo sie wie betäubt an, er war aschfahl geworden und hielt sich haltsuchend an der Rückenlehne des Sofas fest.

»Ich liebe dich, weil du dir Sorgen um mein Bein gemacht hast, nachdem ich dein Auto zerbeult habe. Weil du nicht wolltest, dass ich mit dem Moped einen Unfall baue. Weil du mich hierbehalten hast, obwohl du glaubtest, ich sei überflüssig. Weil du nicht wolltest, dass ich nachts allein nach Hause gehe …« Sie musste an Bianca denken und schluchzte auf.

»Und weil du gesagt hast, ich hätte dich vor dir selbst geschützt, und das war alles, was ich wollte.« Ihre Stimme brach, die Worte überschlugen sich. »Weil ich dich immer beschützen möchte …«, sie holte Luft, »vor allem.«

Sie verstummte erschöpft.

Nur das lästige Surren des Computers war zu hören.

Jane wusste, dass sie noch nicht fertig war, doch sie konnte nicht mehr.

»Jane, ich …«

Edoardos Stimme riss sie aus ihrer Benommenheit. Sie gab sich einen Ruck.

»Ich wollte auch mit dir schlafen! Es gibt nichts, was ich mehr wollte, doch dann habe ich Angst bekommen. Ich bin nicht zu jung, ich war nur noch nicht bereit, nicht so. Vorher wollte ich dir all das sagen.« Wie immer, wenn sie heftig weinte, verschluckte sie sich. »Aber ich habe es nicht fertiggebracht …«

Sie konnte nicht weiterreden, sie musste sich bewegen und fing an, durch das Zimmer zu tigern.

Reglos stand Edoardo am Sofa und starrte sie an.

»Wie konntest du glauben, die Sache sei damit erledigt?«, fuhr sie auf.

Der Schmerz wurde unerträglich.

Er versuchte, sie am Arm festzuhalten, doch sie stieß ihn weg.

»Wieso behandelst du mich wie ein x-beliebiges, dummes kleines Mädchen?«

»Was redest du da?« Wieder versuchte Edoardo sie festzuhalten.

»Was ich da rede? Ich sag's dir, ich wäre auch gern so schön wie deine Frau oder so klug wie Bianca … dann würdest du vielleicht auch ein bisschen leiden und verstehen, wie es mir geht!«, schrie sie.

»Jane, du bist perfekt, wie du bist, denn noch nie …«

Sie war völlig aufgelöst.

»Wenn ich perfekt bin, wieso hast du mich dann nicht gewollt? Wieso willst du mich nicht?«

Das war pathetisch, das wusste sie, doch sie konnte nicht anders.

»Jane, es ist kompliziert, es gibt Dinge, von denen du nichts ahnst, ich bin nicht …« Er brach ab.

»Du bist nicht der Richtige für mich, schon klar, das musst du mir nicht sagen. Aber ich kann nichts dafür, dass ich dich liebe … und dass ich nie wieder jemanden so lieben werde wie dich!«

Sie ließ sich auf das Sofa fallen, zog die Beine an die Brust und vergrub den Kopf zwischen den Knien.

Sie weinte all ihre Tränen, bis nur noch tiefe, bebende Schluchzer kamen. Noch nie war sie so unglücklich und verzweifelt gewesen, noch nie war die Welt ihr so grausam erschienen. Jahrelang hatte sie von der großen Liebe geträumt, ohne im Entferntesten zu ahnen, dass sie so daran leiden würde.

Als sie den Kopf hob, hoffte sie, er hätte sich in Luft aufgelöst und sie wäre allein und hätte alles nur geträumt.

Doch er war noch da. Die Ellenbogen auf den Knien, den Kopf zwischen den Händen, saß er zusammengesunken im Sessel gegenüber.

»Edoardo …«, sagte sie leise.

Er hob den Kopf und blickte sie lange an. Seine Züge waren gequält, die Augen gerötet. Jane umklammerte ihre Knie noch fester, ihr Herz war bleischwer.

Dann stand er auf und ging zum Fenster. Er hatte die Hände in den Taschen vergraben und starrte hinaus ins Leere. Eine Weile lang stand er reglos da. Auch Jane rührte sich nicht, wie gelähmt von ihren Gefühlen. Er war schöner und unerreichbarer denn je.

Das Telefon auf dem Schreibtisch summte kurz auf. Eine Nachricht.

Instinktiv blickte Jane auf die Uhr, es war viertel vor drei.

Edoardo fuhr herum, stürzte zum Schreibtisch, packte das Telefon und schleuderte es gegen die Wand, wo es mit einem trockenen Scheppern zerbarst.

»Nein!«, rief sie und vergrub die Fingernägel im Sofakissen, doch es war schon zu spät.

Sofort war sie wieder hellwach und begriff die Tragweite dessen, was sie getan hatte.

»Edoardo, es tut mir leid, ich …«

Sein finsterer Blick ließ sie verstummen.

Er kam auf sie zu und baute sich vor ihr auf. Mit angehaltenem Atem kauerte sie in der Sofaecke und fühlte sich sehr

200

viel wehrloser und verletzlicher als in jener Nacht, als sie dort nackt gelegen hatte.

Er nahm ihren Kopf in beide Hände, beugte sich zu ihr hinunter, küsste sie sacht aufs Haar und streichelte ihr mit dem Handrücken über die Wange.

»Geh schlafen, Jane«, sagte er nur mit seltsam trauriger Stimme.

Dann verließ er das Zimmer und zog leise die Tür hinter sich zu.

21

Bei dem Gedanken an Tante Rossellas Reaktion musste Jane unwillkürlich lächeln. Wahrscheinlich war sie ganz aus dem Häuschen. Sie wusste nicht, ob Onkel Franco mitgehört hatte, das Ohr an den Hörer gepresst. Wenn ja, hatte sie bestimmt triumphierend in der Luft herumgefuchtelt, und wenn nicht, hatte sie ihn gleich nach dem Auflegen angerufen. Doch sogleich zog sich ihr Magen wieder zusammen.

Anfangs hatte Tante Rossella besorgt geklungen.

»Ist irgendetwas vorgefallen, Liebes? Behandeln sie dich schlecht?«

»Nein, aber es ist schließlich schon August, und allmählich musste ich mich entscheiden.«

Tante Rossella war so taktvoll gewesen, nicht zu betonen, dass sie und Onkel Franco ihr damit bereits seit Monaten in den Ohren lagen.

»Richtig«, hatte sie energisch beigepflichtet. »Du hast schon alle Unterlagen eingereicht, stimmt's?«

»Na klar, habe ich doch gesagt.«

Weil sie ihr Abitur in England gemacht hatte, hatte sich Jane nicht mit unzähligen Fragebögen herumschlagen müssen, um sich für die Seminare in englischer Sprache einschreiben zu können. Halbherzig und ohne die Absicht, jemals hinzugehen, hatte sie sich eingeschrieben.

»Ich bin sicher, deine Eltern würden es gutheißen, Jane«, hatte Tante Rossella gerührt gesagt.

Dieser Satz hatte Jane tief berührt. Sie beide wussten, dass ihr Vater und ihre Mutter sie niemals zu einem Wirtschaftsstudium an der Bocconi gedrängt hätten. Eines von Roses letzten Ferienprojekten war, sich den Greenpeace-Aktivisten anzuschließen, um irgendeine Robbenart im Japanischen Meer zu verteidigen. Trotzdem war an Rossellas Worten etwas Wahres dran. Die Zulassungsprüfungen zu bestehen, den Mut aufzubringen, nach Italien zurückzukehren, sich einen Job zu suchen, um von etwas leben und sich eine Zukunft aufbauen zu können, waren keine leichten Übungen für ein kaum zwanzigjähriges Mädchen mit ihrer Vergangenheit.

»Und die Grafik-Kurse? Willst du, dass ich mich erkundige?«

Jane war gerührt. Obwohl sie ihre Tante jahrelang ungnädig behandelt hatte, war Rossella darum besorgt, dass sie ihre Leidenschaften nicht völlig an den Nagel hängte.

»Danke, Tante Rossella, aber ich habe mich im Netz schon umgeschaut. Ich sage dir Bescheid.«

Sie verabschiedete sich, legte das Handy beiseite und setzte sich lustlos wieder an den Computer, um den Wust an Informationen zu ordnen, den sie seit ihrem Entschluss, nicht länger in Rom zu bleiben, zusammengetragen hatte. Zimmervermietungen, Studienpläne, Zeichen-Abendkurse, sogar Fitnesscenter-Öffnungszeiten. Nie hätte sie gedacht, dass sie für den Entschluss der Verwandten, nach Mailand zu ziehen, jemals so dankbar sein würde. Bis heute war Tante Rossella in therapeutischer Behandlung, um das Trauma des Umzugs zu verwinden. Hinzu kamen die Wechseljahre, die Enttäuschung über die beiden nichtsnutzigen Kinder, Onkel Francos Herzprobleme. Doch die Trennung von ihrer Stadt war ein heftiger Schlag für sie gewesen. Jane hingegen konnte es kaum abwarten, endlich von hier zu verschwinden. Zwar lagen auch ihre

Wurzeln in der „Hauptstadt der Welt", doch leider Gottes war sie auch Edoardos Heimat.

Sie wollte so bald wie möglich mit Marina reden, aber dazu durfte Edoardo nicht in der Nähe sein. Zurzeit waren die beiden dauernd zu Hause, hingen ständig zusammen und redeten hinter vorgehaltener Hand über Dinge, die sie offenbar sehr nervös machten. Jane hatte nur ein paar Wortfetzen aufgeschnappt. Es ging um Geld. Ansonsten waren sie und Edoardo sich tunlichst aus dem Weg gegangen und vermieden es nach Möglichkeit, einander anzusehen. Seit ihrer Liebeserklärung hatte er mit ihnen weder zu Mittag noch zu Abend gegessen.

»Ich kann dir nicht helfen, Marina. Nicht jetzt«, hatte sie ihn sagen hören. Offenbar hatte sie ihn um Geld angehauen.

»Man arbeitet, um dafür bezahlt zu werden, nicht, um dafür zu zahlen«, hatte er bissig nachgeschoben.

»Mama macht sich Sorgen«, hatte Marina das Thema gewechselt.

»Wie oft soll ich dir noch sagen, dass du sie da raushalten sollst?«

»Edo, du erzählst ihr nie irgendwas, also fragte sie mich, sie erkundigt sich, liest Zeitung, und schon vor dem Sommer hatten wir ihr gesagt, dass …«

»Die Dinge haben sich anders entwickelt als erwartet.«

»Versuch mal runterzukommen.« Marina klang ehrlich besorgt. »Du schläfst zu wenig, bist ständig …«

»Hör auf, dir um mich Sorgen zu machen!«

Jane konzentrierte sich wieder auf die Zahlen. Von dem Gehalt der letzten zwei Monate konnte sie ein Weilchen leben, danach mussten die Mieteinnahmen der Londoner Wohnung reichen, wenn sie den Verwandten nicht auf der Tasche liegen wollte. Sie wollte sich gerade noch einmal die Studentenanzeigen vornehmen, als das Handy piepte.

Andrea oder Ivana?

Kannst du heute oder morgen Abend freimachen? Hier der Link zu den Konzerten.

Andrea. Die Konzerte im Gemeindezentrum interessierten sie nicht die Bohne, aber aus dem Haus zu kommen, war lebensnotwendig.

Ich hoffe es. Sage dir später Bescheid.

Das klang vielleicht ein bisschen unterkühlt. Sie hängte einen Smiley an.

Soll ich kommen, um dich zu befreien? Lautete die postwendende Antwort. *Du weißt doch, dass ich wegfahre?*

Langsam wurde er aufdringlich. Er schien sich ernsthaft verliebt zu haben. Doch es ließ sie vollkommen kalt, als hätte es nichts mit ihr zu tun. Sie stand auf und horchte in den Flur. Wenn Marina nach oben kam, wäre das der richtige Moment.

Sie öffnete die Tür, beugte sich über das Geländer und spähte nach unten. Sie konnte Nick sehen, der bäuchlings auf dem Sofa lag und mit den Beinen baumelte. Lea bügelte. Von Edoardo keine Spur.

Wieder das Handy.

Neuigkeiten? Wie geht's dir?

Ivana. Schaudernd dachte sie an ihren nächtlichen Auftritt zurück. Von wegen Neuigkeiten. Ein Fiasko. Nie im Leben würde sie irgendjemandem davon erzählen. Vielleicht würde sie es irgendwann vergessen können.

Ein bisschen besser, hier alles wie immer.

Als sie auf Senden gedrückt hatte, ging ihr auf, dass Ivana sie nicht nach Edoardo gefragt hatte.

Ich meinte Andrea, lautete dann auch die Antwort mit zwinkerndem Smiley.

Vielleicht sehe ich ihn heute Abend, tippte Jane eilig zurück.

Als Antwort kam ein rotes Herz.

Jemand kam die Treppe herauf. Jane schlüpfte aus ihrem Zimmer und fing Marina ab.

»Kann ich kurz mit dir sprechen?«

»Klar.«

Jane bat sie in ihr Zimmer und schloss die Tür.

In Marinas Blick lag milde Verwunderung. Sie hat nicht die geringste Ahnung, dachte Jane zerknirscht. Sie mochte gar nicht daran denken, wie sie es Nick beibringen sollte.

»Marina, ich …«, hob sie an und räusperte sich nervös. »Ich fürchte, ich muss euch früher verlassen als geplant.«

Geplant war sowieso so gut wie nichts. Hätte es eine Möglichkeit gegeben, in Rom zu bleiben, und hätte sie die richtige Hochschule gefunden, wäre sie so lange geblieben wie nur irgend möglich. Doch dass sie sich bis über beide Ohren verlieben und brutal abserviert werden würde, war nun wirklich alles andere als geplant gewesen.

Wie immer hörte Marina anfangs nicht richtig zu. Sie brauchte einen Moment, bis sie vom Rest der Welt etwas mitbekam. Doch diesmal wurde sie blass.

»Wieso denn das? Was ist passiert?«

Marina war ehrlich verblüfft. Offenbar war sie so sehr mit sich selbst beschäftigt, dass sie rein gar nichts mitbekommen hatte.

»Nichts, mir ist nur klar geworden, dass ich endlich Fakten schaffen muss. Ich muss mich endlich entscheiden, was ich mit meiner Zukunft anfangen will, und ich glaube, ich möchte an die Bocconi.«

Würde Marina ihr das abnehmen, wenn nicht einmal sie selbst daran glaubte?

»Oh.« In Marinas Stimme schwang Verwunderung mit. »Ich dachte, du wolltest etwas Kreativeres machen.«

Jane verspürte einen Stich.

»Aber die Bocconi ist natürlich eine großartige Wahl. Allerdings beginnen die Vorlesungen noch nicht im August, du kannst also bleiben, bis …«

Damit hatte Jane gerechnet.

»Ich muss noch einiges organisieren. Ich muss ein Zimmer finden und vorher noch nach London fliegen, um mit den Mietern zu reden und den Vertrag zu verlängern.« Sie machte ein betretenes Gesicht. »Ich habe total unterschätzt, wie viel es noch zu erledigen gibt.«

Marina machte aus ihrem Bedauern keinen Hehl.

»Das ist wirklich wahnsinnig schade, Jane. Du weißt, wie gern wir dich alle haben«, sagte sie.

»Wir sehen uns bestimmt wieder«, sagte Jane bemüht unbeschwert, doch ihre Augen brannten.

»Und wann wolltest du …«

»Sag du es mir«, kam Jane ihr entgegen. »Ich will dich nicht in Schwierigkeiten bringen.«

»Wir sollten das mit Edo besprechen.«

Jane erstarrte. Sie holte tief Luft und suchte nach einem vernünftigen Grund, um nicht mit Edoardo reden zu müssen.

»Ich möchte ihn damit nur ungern behelligen, er ist so beschäftigt. Kannst du nicht in einem passenden Moment mit ihm reden?«

Marina nickte nachdenklich.

»Wir müssen es ihm bald sagen, er ist nicht mehr lange hier.«

Jane blieb stumm. Alles, was mit Edoardo zu tun hatte, warf sie völlig aus der Bahn.

»Wohin fährt er denn?«

»Ich habe keine Ahnung. Irgendwas Geschäftliches, glaube ich«, antwortete sie ausweichend.

»Und wann?«

»In ein paar Tagen, soweit ich weiß.«

Jane wurde flau. Sie wusste, dass sie ihn nicht mehr wiedersehen würde, doch es war ihre Entscheidung gewesen, zu gehen. Sie würde ihr Leben lang leiden, davon war sie überzeugt, doch ihn für immer in dieser Villa zu wissen, hatte etwas Tröstliches gehabt. Die Vorstellung, dass er nicht mehr hier wäre, war unerträglich, und nicht zu wissen, wo er war, machte den Schmerz umso größer.

»Ich muss darüber nachdenken«, sagte Marina. »Kannst du noch ein paar Tage bleiben, bis ich eine neue Lösung gefunden habe?«

»Natürlich«, sagte Jane benommen.

»Mama?« Nick stand auf dem Flur und riss beide aus ihren Gedanken.

»Onkel Edo ist am Telefon, wo bist du?«

»Ich komme!«, rief Marina. »Wollen wir heute Abend mit ihm reden?«, schlug sie vor, ehe sie die Treppe hinunterging.

Jane war Andrea für seine Einladung plötzlich sehr dankbar.

»Heute Abend bin ich nicht da.«

Marina schmunzelte vielsagend.

»Wieder der hübsche Verehrer?«

Das Gerücht, dass Andrea Jane den Hof machte, hatte offenbar die Runde gemacht. Hier in der Gegend kannte jeder jeden, und bestimmt hatte Bianca ihren Teil dazu beigetragen. Jane nickte bemüht beiläufig.

»Dann rede ich mit Edo, und du siehst zu, dass du dich amüsierst«, schloss Marina komplizenhaft. Sie lebte wirklich hinter dem Mond.

22

Jane blickte in den bedrohlich dunklen Himmel hinauf und sah auf die Uhr. Nick tollte mit den anderen Kindern am Wasser, in seiner roten Badehose mit den schwarzen Skorpionen war er nicht zu übersehen. Viertel nach vier. Eigentlich sollte die Party bis zum frühen Abend gehen, um sechs sollte das Sackhüpfen stattfinden, doch es sah nach Regen aus.

Auch die anderen Mütter und Babysitter behielten die schweren, grauen Wolken bang im Auge, und als die ersten dicken Tropfen fielen, schnappten sie ihre Kinder und brachten sie panisch ins Trockene, als wäre ein Hurrikan losgebrochen. Jane rief nach Nick und genoss den sommerlichen Regenguss. Er und Paolo bewarfen sich mit nassen Sandklumpen.

»Och Mann, es hat gerade so einen Spaß gemacht«, maulte er. »Es hört doch eh gleich wieder auf zu regnen.«

»Meinetwegen können wir auch bleiben, aber wir müssen erst mit deiner Mutter reden.«

Sie kramte in der großen, prall gefüllten Strandtasche nach dem Handy.

»Der Kuchen! Lasst uns wenigstens noch Kuchen essen!«, rief die Mutter des Geburtstagskindes, und alle drängten sich in die Strandbar.

Während das Geburtstagsständchen gesungen wurde, suchte Jane sich ein ruhiges Eckchen, um Marina anzurufen. Ihr Telefon zeigte zwei ungelesene Nachrichten an. Eine war von Marina, die auch mit Freunden am Strand war.

Das Wetter wird nicht besser, wir fahren zu einer Freundin. Wenn ihr nicht warten wollt, kannst du Paolos Mutter bitten, euch nach Hause zu bringen. Hier ist kein guter Empfang, entschuldige.

Die zweite war von Andrea.

Das war ein schöner Abend. Wir sehen uns, wenn ich wieder zurück bin, versprochen.

Jane steckte das Telefon weg und ging Paolos Mutter suchen, die bereits angezogen und abfahrbereit war.

»Marina hat mir geschrieben, ich solle dich fragen, ob du uns mitnehmen kannst, sie ist bei Freunden.«

»Kein Problem«, sagte Paolos Mutter freundlich, »allerdings habe ich es ein bisschen eilig.«

»Aber ich habe noch keinen Kuchen gehabt!«, protestierte der Junge, als Nick mit einem Stück Geburtstagskuchen in der Hand auf ihn zusteuerte.

Die Mutter stöhnte, und Jane bot an, sich für ihn ins Gedränge zu stürzen.

»Ich warte vorne auf euch«, sagte seine Mutter dankbar. »Ich hoffe bloß, dass sie uns nicht das Auto zugeparkt haben.«

Keine fünf Minuten später waren alle drei fertig. Paolo hatte sich zwei kleine Gastgeschenke in die Taschen gestopft.

»Darf ich zu euch spielen kommen?«, fragte er. Nick blickte Jane hoffnungsvoll an. Weil Marina nicht da war, hatte sie das Sagen. Paolos Mutter hupte zum Einsteigen. Im Wagen wiederholten die Jungen ihre Bitte. Der Regen hatte ein wenig nachgelassen, doch die Wolken sahen noch immer bedrohlich aus.

»Wir wollen nicht stören«, sagte Paolos Mutter. »Immerhin ist Ferragosto.«

»Das ist bestimmt kein Problem«, entgegnete Jane. Sollte

Edoardo überhaupt zu Hause sein, würde er ihr tunlichst aus dem Weg gehen, erst recht, wenn die beiden Jungs da waren.

Auf dem Heimweg sah Jane nach, ob Andrea ihr wieder geschrieben hatte. Sie musste an den Kuss denken, mit dem er sie am Abend zuvor im Auto verabschiedet hatte. Vor dem Haus hatten sie bei ausgeschaltetem Motor rund zwanzig Minuten lang geplaudert, die Rücken gegen die Seitenfenster gelehnt.

Zum Abschied hatte er ihr einen zaghaften Kuss auf die Lippen gedrückt. Jane war nicht ausgewichen, dann hatte sie ihm scheu zugelächelt und war eilig ausgestiegen. Es war eine zärtliche Geste gewesen. Die Geste eines Menschen, der etwas klarstellen will und weiß, dass er behutsam vorgehen muss. Sie hatte keinerlei Zärtlichkeit verspürt, aber auch nicht den er-warteten Widerwillen. Wenigstens für ein paar Stunden hatte sie nicht ständig an Edoardo denken müssen.

Ich fand es auch schön, wir sehen uns bald, antwortete sie nach langem Nachdenken.

Paolos Mutter hielt vor dem Tor.

»Bist du sicher, dass du die beiden bei dir haben willst? Bist du nicht müde?«

Doch Jane beschwichtigte sie und öffnete das Tor. Edoardos Wagen war da, was nichts heißen sollte. Er war zigmal im Taxi losgefahren oder hatte sich abholen lassen.

»Ich habe alles im Griff, keine Sorge«, lächelte sie. Wäre es nach ihr gegangen, hätte sie vierzig Kinder eingeladen, um bloß nicht das Risiko einzugehen, mit Edoardo alleine zu sein.

Die Jungen jagten sich gegenseitig durch den Garten, und sie nutzte die Gelegenheit, um nach oben zu gehen und die sandigen Taschen über der Badewanne auszuschütteln.

Sie betrachtete sich im Spiegel und stellte fest, dass sie zu viel Sonne abbekommen hatte. Aus dem Fenster rief sie Paolo und Nick zu, keinen Blödsinn zu machen, und sprang hastig unter die Dusche, um die beiden nicht allzu lange unbeaufsichtigt zu lassen.

Als sie herunterkam, saßen die beiden bereits mit den Joysticks in der Hand vor der Mattscheibe.

»Wollt ihr denn nicht noch ein bisschen draußen spielen?«

»Du hast doch gesagt, dass es gleich wieder anfängt zu regnen«, antwortete Nick mit Engelsmiene, fest davon überzeugt, eine vernünftige Entscheidung getroffen zu haben. »Außerdem müssen wir uns ausruhen.«

Jane versuchte gar nicht erst, etwas einzuwenden, und ging in die Küche, um nachzusehen, ob es etwas zu essen gab. Wie immer bei Kindergeburtstagen waren die Jungs zu abgelenkt gewesen, um genug zu essen. Nachdem sie sich um den Kuchen gerissen hatten, bissen sie ein paarmal hinein und ließen ihn irgendwo stehen.

»Wollt ihr was essen? Ist Brot mit Nutella in Ordnung?«, fragte sie durch die Küchentür.

Die beiden nickten, ohne den Blick vom Bildschirm loszureißen. Jane suchte nach Brot. Frisches gab es nicht, doch Lea hatte die Angewohnheit, stets ein paar Scheiben einzufrieren. Sie holte welche aus dem Tiefkühlfach und stieg auf den Hocker, um die Nougatcreme aus dem Küchenschrank zu angeln. Jemand kam in die Küche. Bestimmt wollten die Kinder nach ihren Broten fragen.

»Ich bringe sie euch glei…«, hob sie an und drehte sich auf einem Bein balancierend um. Vor ihr stand Edoardo. Es fehlte nicht viel, und sie wäre vom Hocker geradewegs in seine Arme gekippt.

Wie vom Donner gerührt stand sie mit dem Glas in der Hand vor dem offenen Küchenschrank.

Er hielt ihr die Hand hin und half ihr hinunter.

»Hallo, Jane.«

Sie spähte ins Wohnzimmer, wo die Kinder vor dem Bildschirm klebten, und wich ein paar Schritte zurück.

»Marina ist noch nicht zurück«, sagte sie, ohne seinen Gruß zu erwidern.

Ihr Herz raste, und ihr Magen zog sich zusammen. Jetzt, da er wieder in all seiner Strahlkraft vor ihr stand, waren sämtliche Mühen, sein Gesicht aus ihrem Gedächtnis zu löschen, dahin.

Er trug Bermudashorts, ein ausgewaschenes T-Shirt und Flipflops. So hatte sie ihn noch nie gesehen.

»Ich habe nicht nach Marina gesucht.«

»Ich glaube, Lea ist mit ihrem Mann weg. Ich habe die Kinder früher von der Party nach Hause gebracht, weil es angefangen hat zu regnen.«

Er blickte sie unverwandt an.

»Ich habe nach dir gesucht, Jane«. Etwas Zögerliches lag in seiner Stimme.

»Nach mir?«

Er nickte, ohne sie aus den Augen zu lassen.

»Brauchst du was?«, fragte sie etwas gezwungen.

»Würdest du kurz mit rauskommen?« Er nickte Richtung Garten.

Wie in Trance folgte Jane ihm auf die hintere Terrasse.

Zwischen dem Spülstein und der aufgehängten Wäsche blieben sie stehen. Edoardo schien nach den richtigen Worten zu suchen.

»Ich wollte auch mit dir reden, Edoardo«, log sie, um der quälenden Spannung ein Ende zu machen.

»Schieß los.« Er wirkte erleichtert.

»Es tut mir wahnsinnig leid wegen neulich Abend«, sagte sie und bemühte sich, nüchtern und vernünftig zu klingen.

Er wollte etwas sagen.

»Lass mich bitte ausreden. Du hattest recht, ich war total betrunken. Und ich weiß sehr gut, dass ich überreagiert habe.«

Jetzt hätte sie sich über einen Einwand gefreut, doch er hörte ihr aufmerksam zu.

»Du musst gedacht haben, ich ticke nicht mehr richtig. Ich hatte kein Recht, so …«

Er blickte ihr in die Augen, und ihre Entschlossenheit schwand.

Hör bitte auf, mich so anzusehen, sonst breche ich noch zusammen.

»Ich habe mir da etwas zusammenfantasiert und mir Dinge eingebildet, die es gar nicht gibt«, fuhr sie fort und versuchte, ihren Schmerz zu unterdrücken.

»Gehst du wegen mir, Jane?«

Wie sollte man auf eine so entwaffnende Frage antworten, ohne das Gesicht zu verlieren?

Jetzt gab es nur noch ihn, er beherrschte ihre Gedanken.

»Nein«, rang sie sich ab. Doch es war unmöglich, diesem Blick standzuhalten. »Ja. Ich glaube, es ist das Beste. Ich habe beschlossen, dem Rat meiner Verwandten zu folgen und anzufangen zu studieren.«

Edoardo holte tief Luft.

»Ich habe viel über das nachgedacht, was du gesagt hast, Jane.« So verunsichert hatte sie ihn noch nie erlebt.

Er verstummte. »Sehr viel.« Unvermittelt griff er nach ihrer Hand. Sie war unfähig, zu reagieren. Edoardo verschränkte seine Finger mit den ihren und streichelte mit dem Daumen sanft über ihre Handfläche. Jane konnte kaum atmen, sie war wie gelähmt.

Donner grollte. Der Himmel war dunkelgrau.

»Ich …«, hob Edoardo leise an, in dem dunklen Timbre, das Jane so liebte. »Ich habe einen Haufen Fehler gemacht und mich oft genug richtig schäbig benommen, aber«, er seufzte, dachte nach, schüttelte den Kopf, »nichts kann schlimmer sein, als dir wehzutun.«

Tränen stiegen ihr in die Augen, doch sie schwor sich, sie herunterzuschlucken. Sie würde ihm nicht noch eine Szene machen.

Statt ihre Hand loszulassen, zog er sie an die Lippen und küsste ihre Fingerknöchel, dann nahm er ihr Gesicht in beide Hände und küsste sie sacht auf die Stirn.

»Noch nie hat mir jemand so schöne Dinge gesagt, Jane«, flüsterte er, drückte sie fest an sich und küsste sie aufs Haar. »Und so wahre.«

Mit weit aufgerissenen Augen stand Jane da, an seinen Körper geschmiegt, und brachte keinen Ton heraus.

Einen Moment lang hielt Edoardo sie in den Armen, dann ließ er sie los und musterte sie von Kopf bis Fuß, als könnte er seinen Augen nicht trauen.

Jane reagierte noch immer nicht.

»Jane, das ist alles völlig verrückt.« Seine Stimme klang verändert.

»Das ist verrückt«, sagte er noch einmal wie zu sich selbst. »Der reinste Wahnsinn.«

Er ließ sie los und wich ein paar Schritte zurück. Jane knetete sich nervös die Hände und starrte ihn an.

Dann nahm er sie abermals ins Visier und holte tief Luft.

»Jane, zwanzig Jahre sind zwanzig Jahre, es liegen Welten zwischen uns. Niemals hätte ich geglaubt, dass …« Er brachte den Satz nicht zu Ende.

Dann zog er sie entschlossen an sich.

»Ich will dir nicht wehtun, Jane«, wisperte er. »Ich will

nicht Dinge sagen, die …« Wieder nahm er ihr Gesicht in die Hände, sah die Tränen, die sie nicht mehr zurückhalten konnte, und küsste sie fort.

»Liebe ist ein Riesending, Jane«, sagte er eindringlich.

Jane vergrub ihr Gesicht an seiner Schulter. Ja, sie liebte ihn. Und ja, es war ein Riesending, das wusste sie. Er küsste sie auf den Hals und streichelte ihren Rücken.

Dann schob er sie ganz sanft von sich, um ihr in die Augen zu sehen.

»Geh nicht, Jane.«

Ihr Herz begann zu rasen.

»Denn auch wenn es falsch ist, wenn ich der Falsche bin, alles total daneben ist, dies der denkbar schlechteste Zeitpunkt ist und womöglich alles in die Binsen geht, wünsche ich mir nur … eine Chance.«

Mit dem Finger fuhr er ihr Gesicht nach, ihre Nase, die Augenbrauen, die Lippen.

»Gib mir Zeit, um alles in Ordnung zu bringen … ich …« Seine Stimme klang brüchig. »Ich weiß, dass ich dich niemals in so etwas hineinziehen sollte.«

Ein sachter Regen setzte ein. Sie rührten sich nicht.

»Lass mich nicht allein«, sagte er noch einmal, und ihre Lippen waren einander so nah, dass sie sich streiften.

Jane wurde fast ohnmächtig.

Konnte das wahr sein?

»O bitte«, stieß sie hervor. Die Heftigkeit ihrer Gefühle überwältigte sie. Sie brauchte eine Pause zum Nachdenken.

Er nahm ihre Hände und hielt sie fest.

»Es war mir nicht klar, Jane«. Er sah sie an. »Aber ich weiß nicht, wie ich die letzten Wochen ausgehalten hätte, wenn du nicht hier gewesen wärst.«

»Ich?«, fragte Jane lahm. »Was habe ich denn gemacht?«

Die Tropfen wurden dicker, und er schob sie unter ein winziges Vordach, das den Regen kaum abhielt.

»An dem Abend konnte ich nicht fassen, dass du auf mich gewartet und dir Sorgen um mich gemacht hast.« Sein Gesicht war nur Millimeter von ihrem entfernt. »Und es tut mir leid, dass ich so rücksichtslos war, aber ich wollte dich so sehr, dass ...«

Jane hielt es nicht mehr aus. Das Verlangen, ihn zu küssen, war übermächtig, eine physische Notwendigkeit. Sie schloss die Augen.

»Hör nicht auf, auf mich aufzupassen«, hörte sie ihn noch sagen, ehe sie ihn mit all dem Schmerz und all der Leidenschaft küsste, die sie in sich trug. Die Heftigkeit, mit der er den Kuss erwiderte, machte ihr nun keine Angst mehr, sondern durchströmte jede Faser ihres Körpers.

Der Regen rauschte auf sie nieder, doch es war ihnen gleich. Sie küssten sich lange und ohne ein Wort.

Als sie sich erregt voneinander lösten, waren sie nass bis auf die Haut. Der Regen troff ihnen aus den Haaren und sickerte ihnen in die Schuhe. Strahlend blickte er sie an, zog sie wieder an sich, küsste sie hungrig, streichelte sie.

Sie hörten das Gartentor ins Schloss fallen und wurden unsanft in die Wirklichkeit zurückgerissen. Marina hastete zur Haustür und hatte sich schützend das T-Shirt über den Kopf gezogen.

Ohne ihre Hand loszulassen, schob Edoardo Jane hinter sich, legte den Finger auf die Lippen und drängte sie rückwärts durch die Tür des Wirtschaftsraumes. Dann blickte er sich suchend um, öffnete kurzentschlossen den Trockner und drückte ihr zwei nasse Tischdecken in die Hand. Sie sah ihn verständnislos an.

»Sag, du warst draußen, um die hier reinzuholen«, raunte er.

217

Jane blickte auf ihre tropfnassen Kleider, die durchweichten Schuhe, die feuchten Tischdecken und musste lachen.

Er hielt ihr den Mund zu und drückte sie an sich.

»Hör auf zu lachen, sie können dich hören.«

Er konnte sich ein Grinsen nicht verkneifen und schob sie Richtung Küche.

»Und du?«

»Keine Sorge«, sagte er, küsste sie noch einmal auf den Mund und verschwand hinter dem Haus.

Jane blickte ihm nach. Dann griff sie sich ein Küchentuch und trocknete sich notdürftig ab, ohne zu begreifen, was um sie herum geschah.

23

Und jetzt?

Jane war in ihr Zimmer hinaufgeschlichen, hatte sich abgetrocknet, die durchweichten Tischdecken ausgewrungen und nebenan im Badezimmer in die Wanne geworfen. Wenn sie nicht in Erklärungsnot geraten wollte, durfte sie nicht vergessen, sie dort wieder herauszuholen. Doch die Vorstellung, nach unten zu gehen und so zu tun, als wäre alles wie immer, überstieg ihre Kräfte. Ihr Herz schlug wie wild, ihr war zum Lachen und zum Weinen zumute, und sie hatte das Gefühl, tatsächlich ein paar Zentimeter über dem Boden zu schweben. Wie sollte sie das überspielen? Zu allem Überfluss war gerade Paolos Mutter gekommen und machte keinerlei Anstalten, wieder zu gehen. Sie hatte ihren Säugling mitgebracht, der friedlich in seiner Babyschale schlief.

»Was ist denn hier passiert?«, rief Marina aus der Küche. »Wer hat die Tür offengelassen?«

Jane stürzte nach unten. Sie hatte die Fenstertür offengelassen, und der Regen hatte den Fußboden überschwemmt.

»Ich glaube, das war ich«, sagte sie, ohne Marina ins Gesicht zu sehen. »Ich bringe das sofort wieder in Ordnung.«

Sie griff sich den Wischlappen und linste verstohlen auf die Terrasse, den magischen Ort, wo wenige Minuten zuvor ein Traum wahrgeworden war. Ob Edoardo noch draußen war? Und wenn sein Fenster verschlossen war? Hatte er an der Fassade hinaufklettern müssen? Die Vorstellung war so wildromantisch, dass sie sich einen Ruck geben musste, um wieder in die Wirklichkeit zurückzukehren.

»Wir bleiben zum Abendessen!«, rief Paolo begeistert. »Stimmt's, Mama?«

Jane verspürte einen Dämpfer.

»Chinesisch oder Burger?«, schlug Marina vor. Der Kühlschrank gab nicht viel her.

Kurzerhand entschied Marina sich für chinesisches Essen. Jane kümmerte sich um die Bestellung. Gebratener Reis, Frühlingsrollen, haufenweise gebackenes Hühnchen, Sojaspaghetti, scharfes Rind. Sie hatte Mühe, so schnell mitzuschreiben.

»Beim Reinkommen habe ich deinen Bruder gesehen«, sagte Paolos Mutter. »Wollen wir ihn fragen, ob er auch was essen möchte?«

Jane erstarrte, den Stift halb in der Luft. Am liebsten hätte sie sich auf sie gestürzt und sie gefragt, was sie gesehen hatte. Doch dem gelassenen Ton nach hatte sie ihn weder an der Fassade baumeln noch durchnässt hinter einem Busch kauern sehen.

»Ja, wieso nicht …«, sagte Marina zerstreut. Sie blickte fragend in die Runde, und fast hätte Jane die Hand gehoben.

»Nick, wieso gehst du deinen Onkel nicht fragen, ob er …«

»Ich spiele gerade!«, maulte er empört und drückte auf dem Handy seiner Mutter herum. »Ich bin auf Level 7, und wenn ich jetzt aufhöre …«

Unwillig riss Marina ihm das Telefon aus der Hand.

»Kannst du eigentlich auch mal was anderes sagen?«, fuhr sie ihn an. »Darf man dich *nie* um etwas bitten?«

Die anderen machten verdatterte Gesichter. So hatten sie Marina noch nie erlebt, auch wenn es jedes Mal langwierige Überzeugungsarbeit erforderte, Nicholas von dem Computer, dem Fernseher, der Playstation oder dem Tablet loszureißen. Sofort, ja gleich, eine Sekunde, Moment.

Nicks Unterlippe begann zu zittern, und seine Augen füllten sich mit Tränen.

»Du bist gemein!«, schrie er. »Immer müssen alle machen, was du willst!« Heulend versetzte er dem Sofa einen Tritt. »Und jetzt muss ich deinetwegen von vorn anfangen!«

»So eine Katastrophe aber auch!«, schrie Marina zurück, die diesmal nicht die Absicht hatte, nachzugeben. »Wenigstens ist es mir gelungen, dein hirnloses Gedaddel zu unterbrechen!«

Nick wurde flammend rot, stürmte aus der Tür und stieß so heftig mit Edoardo zusammen, dass beide zu Boden gingen.

»Verdammt noch mal!«, rief Edoardo und rappelte sich hoch.

Jane wurde heiß und kalt.

»Wir wollten gerade was beim Chinesen bestellen«, sagte Paolos Mutter bemüht unbeschwert. »Möchtest du auch was?«

Er blickte auf die Uhr und schüttelte den Kopf.

»Eigentlich gern, aber ich kann nicht.«

Janes Herz zog sich zusammen. Wann würde sie ihn wiedersehen?

»Ist die Sache noch immer nicht unter Dach und Fach?«, fragte Marina alarmiert.

Er warf ihr einen warnenden Blick zu.

»Ich bin zum Abendessen nicht da«, sagte er knapp in die Runde und machte auf dem Absatz kehrt. Marina bat Jane, das Essen zu bestellen, und folgte ihm nervös hinaus.

Verstohlen schnappte Nick sich das Handy seiner Mutter, und Jane brannte so sehr darauf zu wissen, was Edoardo und Marina sich zu sagen hatten, dass sie ihn nicht davon abhielt. Sie tat so, als ginge sie in ihr Zimmer hinauf, und kauerte sich heimlich auf die Stufen.

»Hast du mit ihm gesprochen?«, fragte Marina.

»Nein.«

Er wollte davongehen, doch sie hielt ihn zurück.

»Weißt du denn, wo er ist?«

»Marina, je weniger du davon weißt, desto besser ist es für alle, vertrau mir.«

Marina seufzte resigniert und ließ ihn gehen. Jane schlich hinauf in ihr Zimmer und schob die Tür hinter sich zu.

Auf dem Handy, das an dem Ladekabel hing, waren drei neue WhatsApp-Nachrichten von Andrea. Zwei davon waren Fotos von wunderschönen, offenbar menschenleeren Stränden mit weißem Sand und azurblauem Meer. Sie vergrößerte die Bilder: Auf einem blickte er mit dem Rücken zum Betrachter aufs Wasser, auf dem anderen war ein kleiner weißer Hund zu sehen, der sich unter einem Liegestuhl räkelte.

Ich bin der Einzige, der im August auf Sardinien solche Strände findet. Kommst du zu mir?

Jane starrte verdutzt auf die Nachricht, als käme sie von einem anderen Stern. War das wirklich erst gestern Abend passiert? Es kam ihr wie ein anderes Leben vor.

Das Abendessen verlief schweigsam. Jane bekam keinen Bissen hinunter. Nick war noch immer sauer auf Marina, doch sie war in Gedanken woanders und hatte den Streit längst vergessen. Sie redete mit ihm, als wäre nichts passiert, und er antwortete einsilbig. Paolos Mutter versuchte Konversation zu machen, was ihr jedoch nicht recht gelang, weil das Baby aufgewacht war und wie am Spieß brüllte.

Dreimal klingelte Marinas Telefon, und jedes Mal stand sie auf und ging ohne ein Wort der Entschuldigung aus dem Zimmer. Jane hätte schwören können, dass es Edoardo war. Wie gern hätte sie eine Ausrede gehabt, sich aus dem Staub zu machen. Wo ist er, was passiert jetzt, was soll ich tun, war das Einzige, was ihr im Kopf herumging.

Sie musste sich zwingen, nicht aufzuspringen und zu rufen: Entschuldigt, aber ich halte es einfach nicht mehr aus! Stattdessen versuchte sie, Nick zum Essen zu überreden, dessen Teller noch immer randvoll war.

»Wo ist Mama hingegangen?«, fragte er zerknirscht. Er war es nicht gewohnt, mit seiner Mutter zu streiten, und sehnte sich nach versöhnlichen Streicheleinheiten.

Jane versuchte vergeblich, ihn zu trösten. Der arme Nick, alle hatten anderes im Kopf.

»Sie kommt gleich wieder«, sagte sie beschwichtigend. »Sie ist nur am Telefon.«

Nick sprang auf und ging sie suchen.

Da sich die Tischgesellschaft zusehends auflöste, blickte Paolos Mutter auf die Uhr und stellte fest, dass es schon viel später war als gedacht.

Jane hoffte inständig, alle würden endlich verschwinden.

Marina kehrte mit Nick zurück, der sich an ihr Bein klammerte.

»Entschuldigt«, sagte sie angespannt. »Aber das war ein dringendes Telefonat.«

Sie setzte sich wieder und spielte mit ihrer Gabel. Auch sie hatte ihr Essen kaum angerührt.

Nick kuschelte sich in ihren Arm, und Marina fing an, ihn zu kitzeln und ihm Zärtlichkeiten ins Ohr zu flüstern. Offensichtlich hatten sie sich wieder versöhnt.

Paolo, der als Einziger aufgegessen hatte, sah ihnen aus müden Augen eifersüchtig zu. Er versuchte, sich ebenfalls in den Arm seiner Mutter zu schmiegen, die gerade das brüllende Baby wiegte, und um ihn nicht abzuweisen, drückte sie Jane den puterroten Säugling in die Arme.

Jane war so nervös, dass sie fast auf das Baby wütend geworden wäre. Vergeblich versuchte sie es zu besänftigen.

»Die Kinder sind müde, ich muss los«, rief Paolos Mutter über das Geplärr des Babys hinweg.

»Jane, bringst du sie zur Tür und zeigst ihnen, wo der Knopf für das Tor ist?«, bat Marina.

Obwohl der Regen nachgelassen hatte, stand die Auffahrt voller Pfützen. Jane trug die Babyschale zum Auto und gurtete sie unter Paolos ungeduldigem Gedrängel an. Wenn er wüsste, wie eilig sie es hatte.

Kaum fuhren die Gäste davon, rannte sie zum Haus zurück, um sich in ihr Zimmer zu flüchten, als es hinter ihr hupte. Lea und Guido kamen zurück.

»Hilfst du mir mit den Tüten, Jane?«, bat Lea freundlich. Wie immer, wenn sie ihren Sohn besucht hatten, brachten sie kistenweise Gemüse aus seinem Garten mit.

»Kein Problem.« Was hätte sie sonst sagen sollen?

Mit Tomaten und Kopfsalat beladen, wetzte sie hin und her und hielt nach den kleinsten Anzeichen für Edoardos Rückkehr Ausschau.

»Entschuldige, Jane«, rief Marina von oben. »Weißt du, wo Nicks Buch ist?«

»Ich komme«, antwortete sie resigniert. Immer machte Lea denselben Fehler und räumte das Buch vom Nachttisch in das Bücherregal zurück, doch dort hatte Marina schon vergeblich gesucht.

Gemeinsam durchsuchten sie das Kinderzimmer, krochen unter das Bett und sahen die Schulbuchstapel auf dem Schreibtisch durch. Wo war Edoardo? Wenn er jetzt nach Hause käme, würde sie es nicht mitbekommen.

Dann hatte Nick einen Geistesblitz.

»Wir hatten es mit am Strand!«

Jane durchsuchte die Rucksäcke, fand das Buch, brachte es Nick, half ihm, das Lesezeichen zu finden, und sagte ihm gute Nacht. Marina hatte sich zu ihm gelegt und streichelte ihn.

Endlich war sie frei.

Sie huschte nach unten, doch dort war niemand. Guido und Lea waren bereits in ihrem Schlafzimmer verschwunden. Von Edoardo keine Spur. Zögernd ging sie zu seinem Arbeitszimmer. Es war dunkel. War er noch immer unterwegs oder schon zu Bett gegangen?

Betrübt machte sie kehrt, drückte sich in der Küche herum, trank ein Glas Wasser, in der Hoffnung, er könnte im nächsten Moment in der Tür auftauchen.

Schließlich ging sie in ihr Zimmer hinauf, zog sich lustlos aus, durchwühlte ihre Schlafanzüge nach etwas halbwegs Tragbarem, schlüpfte in die rosafarbenen Shorts und das weiße T-Shirt und versuchte zu lesen. Es war zwecklos. Immer wieder blieb sie an denselben Zeilen hängen, ohne ein Wort zu verstehen.

Sie griff sich den Skizzenblock und betrachtete die Zeichnungen. Edoardos Porträt war fast fertig. Sie hatte es unterbrochen, als der Schmerz unerträglich geworden war. Kritisch drehte sie es hin und her: Sie hatte seinen Gesichtsausdruck nicht getroffen, nur die Augen waren halbwegs gelungen. Sie nahm einen Bleistift, führte ein paar Korrekturen aus, drückte einen Kuss auf die gezeichneten Lippen und musste über ihre eigene Dämlichkeit lachen.

Das Telefon summte, bestimmt wieder Andrea. Es war fast Mitternacht. Wenn er wieder zurück war, würde sie ihm sagen müssen, dass er sich falsche Hoffnungen machte.

Das WhatsApp-Symbol am oberen Rand des Displays blinkte.

Es war nicht Andrea.

Kommst du zu mir?

24

Jane brauchte ein paar Sekunden, bis sie begriff, wo sie war. Sie versuchte das Geräusch zu orten, das sie geweckt hatte. Durch das Fenster sickerte fahles Morgenlicht. Edoardo lag schlafend neben ihr, endlich hatten sich seine Züge entspannt.

Wieder klopfte es, diesmal lauter.

»Edoardo?«

Lea. Ob er sie gebeten hatte, früh geweckt zu werden?

Jane wusste nicht, was sie tun sollte.

»Edoardo, aufwachen!«, flüsterte sie und rüttelte ihn.

Verwirrt blinzelte er sie an, als kehrte er aus einer anderen Welt zurück. Sie hatten kaum geschlafen.

Sie deutete mit dem Kinn zur Tür.

»Edoardo!«, ertönte es wieder.

Jane sprang aus dem Bett und raffte ihre Sachen zusammen. Wo konnte sie sich verstecken?

Hastig stand Edoardo auf, schob die Vorhänge einen Spaltbreit beiseite und spähte hinaus. Blaues Blinklicht huschte durch das Zimmer.

Wie versteinert wich er zurück und starrte reglos und kreidebleich zum Fenster.

»Edoardo, bist du da?« Lea klang besorgt.

Was war los? Im Flur waren Schritte zu hören. Noch immer stand Edoardo da, den Blick starr in den Garten gerichtet.

Jane trat neben ihn und sah hinaus. Zwei Polizeiwagen standen vor dem Haus. Was hatte das zu bedeuten?

Schon drückte Lea die Klinke herunter, und Jane konnte sich gerade noch in eine Ecke flüchten.

»Edoardo, die Polizei ist unten. Sie fragen nach dir.«

Jane presste sich gegen die Wand.

Wortlos klaubte er seine Kleidung vom Sessel, schlüpfte in seine Hosen und zog sich das blaue Sweatshirt über.

Jane wagte nicht sich zu rühren. Als hätte er ihre Anwesenheit völlig vergessen, verließ er wortlos das Zimmer.

Kaum waren seine Schritte verhallt, rannte sie in den anderen Teil des Hauses hinüber. Im Vorbeilaufen sah sie in seinem Arbeitszimmer mehrere Personen, die sie jedoch nicht zu bemerken schienen. Die große Uhr über dem Schreibtisch zeigte sechs Uhr vierzig. Auf Zehenspitzen huschte sie die Treppe hinauf.

Sie wollte gerade in ihr Zimmer schlüpfen, als Marina verschlafen aus ihrem Schlafzimmer auftauchte.

»Wieso bist du schon auf? Was ist los?«, fragte sie benommen.

Jane bekam keinen Ton heraus.

Von unten waren Stimmen zu hören, und Marina beugte sich horchend über das Geländer. Jane stellte sich zu ihr und lauschte.

»Hier ist der Haftbefehl, und das hier ist ein Durchsuchungsbefehl«, sagte ein Mann in Zivil in sachlichem Ton.

Edoardo war nicht zu sehen, doch seine Stimme war deutlich zu hören.

Mit einem erstickten Schrei krümmte sich Marina zusammen, und Jane musste sie festhalten, damit sie nicht zusammenbrach.

Zwei Uniformierte hoben die Köpfe und sahen zu ihnen hinauf. Eine der beiden, die Frau, kam die Treppe herauf.

Es war, als hätte jemand den Ton ausgeschaltet, als bewegte sich alles in Zeitlupe, wie unter Wasser.

Nick stürzte aus seinem Zimmer und starrte die Polizistin mit großen Augen an.

»Mama!« rief er erschreckt.

Als die Polizistin auf ihn zugehen wollte, schoss er an ihr vorbei. Jane hielt ihn auf.

»Nick, hör zu …«

»Es ist besser, wenn Sie alle wieder in Ihre Zimmer gehen«, sagte die Polizistin und deutete auf Nick.

Wie benommen lehnte Marina am Geländer. Die Polizistin berührte sie sanft am Arm. »Alles in Ordnung, Signora?« Ein weiterer Beamter kam die Treppe herauf, und ehe Jane ihn zurückhalten konnte, stürzte Nick zu seiner Mutter und klammerte sich an sie.

»Mama, Mama, was hast du?« Seine Kinderstimme zitterte panisch.

Die beiden Beamten wechselten einen besorgten Blick, dann machte der Mann Nick energisch von seiner Mutter los.

»Könnten Sie mir helfen?«, sagte er an Jane gewandt.

Jane versuchte Nick festzuhalten, während die beiden Beamten versuchten, zu Marina durchzudringen.

»Signora, hören Sie mich? Signora?«

Mit halb geöffneten Lidern war Marina zu Boden gesackt. Sie war wie weggetreten.

Jane griff den haltlos schluchzenden Nick beim Kinn und zwang ihn, den Blick abzuwenden.

»Ruf einen Krankenwagen«, wies die Polizistin ihren Kollegen an und schob Jane und Nick in Janes Zimmer.

»Versuchen Sie ihn zu beruhigen«, sagte sie zu Jane und wandte sich an Nick. »Wir rufen einen Arzt für deine Mutter. Mach dir keine Sorgen, wir kümmern uns darum, es wird alles gut.«

Aus dem Wohnzimmer drang erregtes Stimmengewirr

herauf. Jane wollte die Tür schließen, doch Nick klammerte sich so fest an sie, dass sie sich nicht rühren konnte.

»Darf ich wenigstens erfahren, was mit meiner Schwester los ist?« Edoardo klang so aufgebracht, wie Jane ihn nie gehört hatte.

»Dottor Rocca, versuchen Sie bitte ruhig zu bleiben. Wir rufen den Notarzt.«

»Hier ist ein Kind im Haus!«, blaffte er den Polizisten zornig an.

»Genau deshalb rate ich Ihnen, ruhig zu bleiben.« Der Beamte blieb sachlich, doch der drohende Unterton in seiner Stimme war nicht zu überhören. »Sie wollen die Sache doch nicht noch schlimmer machen, richtig?«

Jane hörte, wie der Beamte mit dem Notruf telefonierte. In dem Moment kam Marina wieder zu sich und ließ sich von der Polizistin aufhelfen.

»Lasst ihn Bianca anrufen!«, rief sie.

Als Nick die Stimme seine Mutter hörte, versuchte er sich von Jane loszureißen, doch sie konnte ihn festhalten.

»Er hat das Recht auf einen Anwalt! Alles was er weiß, hat er Ihnen schon gesagt!«, rief Marina hysterisch.

Lea hastete zu Marina, um ihr beizustehen. Nick entwand sich Janes Umklammerung und stürzte zu seiner Mutter. Dabei hätte er fast die Polizistin umgerannt.

Nun kam auch der Beamte in Zivil nach oben, und erst jetzt sah Jane, dass er eine Art Uniformjacke mit der Aufschrift POLIZEI über dem Anzug trug. Offenbar war er der Einsatzleiter.

Marina wollte auf ihn losgehen, doch Lea und die Polizistin hielten sie fest.

Der Mann bedeutete ihnen, sie loszulassen.

»Signora«, sagte er freundlich. »Wir führen einen Haftbefehl aus. Die Rechte Ihres Bruders bleiben unangetastet. Wieso warten Sie nicht in Ihrem Zimmer? Wir müssen auch das Haus durchsuchen.«

Entgeistert starrte Marina ihn an. Die Polizistin griff besorgt nach ihrem Arm, um sie zu stützen.

»Wir haben den Notarzt für Sie gerufen«, fügte der Mann hinzu.

Zitternd drehte sich Marina um, presste Nick an sich und taumelte zu ihrem Schlafzimmer. Lea folgte ihr.

Inzwischen waren noch mehr Männer im Haus.

Wie angewurzelt stand Jane da und spähte hinunter. Sie konnte Guido sehen, der zusammengesunken in einer Ecke stand. Einer der Beamten brachte ihm einen Stuhl. Edoardo saß eingekeilt von zwei Männern auf dem Sofa und las etwas.

»Und Sie sind?«, wollte der Mann in der Uniformjacke wissen.

»Ich bin das Kindermädchen.«

»Darf ich Ihre Papiere sehen?«

»Natürlich.«

Sie ging in ihr Zimmer, suchte hektisch nach ihrem Reisepass und brachte ihn dem Mann, der ihn aufmerksam studierte, sich eine Notiz machte und ihn ihr zurückgab.

»Wenn die andere Dame sich beruhigt hat, müsste ich ihren Ausweis ebenfalls sehen. Könnten Sie ihr das ausrichten?«

Jane nickte.

»Keine Eile, sie soll sich erst mal von ihrem Schock erholen. Wir haben hier sowieso noch zu tun.«

Jane kehrte in ihr Zimmer zurück. Sie ging ins Bad, um sich zu waschen und anzuziehen, und blickte in den Garten: Nun standen dort drei Polizeiwagen.

Ihr Handy lag auf dem Nachttisch und blinkte.

Mechanisch öffnete sie die Nachricht.

230

Die Nachricht war um zwei Uhr sechsundvierzig eingegangen. *In den nächsten Tagen erreichst du mich unter dieser Nummer*, hatte Edoardo ihr geschrieben. In einem Anflug von Panik löschte Jane die Nachricht, ohne sich die Nummer zu notieren. Sie löschte auch die vorherige Nachricht. *Kommst du zu mir?*

Dann verließ sie das Zimmer und klopfte an Marinas Tür. Die Polizisten waren wieder nach unten gegangen.

Marina lag mit geschlossenen Augen auf dem Bett, und Nick kauerte in Leas Armen.

»Sie wollen deinen Ausweis sehen, Marina«, sagte Jane.

Wie ferngesteuert stand Marina auf, zog ihren Personalausweis aus einer Schublade und drückte ihn Jane wortlos in die Hand.

Als Jane nach unten kam, war das Sofa leer. Aus Edoardos Arbeitszimmer waren Stimmen zu hören. Sie schlich näher.

Der Einsatzleiter telefonierte, Edoardo stand mit drei Polizisten daneben. Die Beamten hatten seinen Computer abgekabelt und stapelweise Akten aus den Regalen genommen.

Jane wartete, bis der Mann aufgelegt hatte, und hielt ihm Marinas Personalausweis hin.

»Sie ist hier nicht gemeldet«, stellte er nach einem Blick darauf fest.

»Davon weiß ich nichts«, erwiderte Jane verunsichert, um nichts Falsches zu sagen.

Zwei Sanitäter in roten Uniformen betraten das Haus.

»Können Sie sie zu der Schwester bringen?«, bat der Mann.

Jane nickte und hörte im Davongehen, wie Edoardo abermals laut wurde.

»Ich will *sofort* meinen Anwalt sprechen«, forderte er und griff nach dem Hörer des Festnetzapparates.

Einer der Beamten riss ihm unsanft den Hörer aus der Hand. Edoardo wollte auf ihn losgehen, doch der Kollege hielt ihn an beiden Armen fest. Mit beschwichtigenden Gesten ging der Einsatzleiter dazwischen.

»Ich habe bei der Nummer ihrer Anwältin bereits angerufen und eine Nachricht hinterlassen«, erklärte er.

»Sie dürfen das Haus nicht durchsuchen, ehe sie hier ist!«, schrie Edoardo.

Der Mann nickte verständnisvoll.

»Das weiß ich sehr gut, deshalb warten wir ja.«

Er machte den Polizisten ein Zeichen, Edoardo hinauszubringen, doch der rührte sich nicht von der Stelle.

»Dottor Rocca, warum widersetzen Sie sich unseren Anweisungen? Ich würde Ihnen ungern Handschellen anlegen müssen. Sie selbst haben gesagt, dass Ihre Schwester und Ihr Neffe im Haus sind …« Er klang gereizt. Auf ein weiteres Zeichen hin schoben die beiden Polizisten Edoardo unsanft zur Tür. Einer der beiden hatte ihm die Arme auf dem Rücken fixiert.

Sie führten ihn an Jane vorbei und schoben ihn ins Wohnzimmer. Sie starrte zu Boden. Er hielt den Blick ebenfalls gesenkt.

»Ihr bringt ihn besser weg«, sagte der Einsatzleiter.

In Jane wallte Panik auf.

»Wo bringen Sie ihn hin?«

»Hatten wir Sie nicht gebeten, den Sanitätern das Zimmer der Signora zu zeigen?«, antwortete der Mann barsch.

Jane blickte verwirrt Richtung Treppe, doch offenbar hatten die Sanitäter das Zimmer bereits gefunden.

»Und was ist mit seiner Anwältin?«, fragte Jane, ohne sich um den Unmut des Polizisten zu scheren.

»Wir warten auf sie, dann beginnen wir mit der Hausdurchsuchung.«

Das Telefon klingelte.

»Na bitte, das wird sie sein.«

Er ging davon. Jane rührte sich nicht vom Fleck. Von oben war Marinas Schluchzen zu hören. Lea kam mit Nick auf dem Arm die Treppe herunter und gesellte sich zu Jane. Giudo saß noch immer zusammengesunken auf dem Stuhl.

Als der Beamte fertig telefoniert hatte, ging er zu Edoardo.

»Wir begleiten Sie, um das Nötigste zusammenzupacken, und Sie müssen uns Ihr Mobiltelefon aushändigen.«

Jane wurde panisch. Hatte sie irgendwelche Spuren hinterlassen?

Die Sanitäter hasteten die Treppe hinauf und hinunter. Niemand sagte ein Wort, die Stimmung war bleiern.

Nick kauerte mit ausdrucksloser Miene auf Leas Knien. Als Jane zu ihm ging, warf er sich in ihre Arme.

»… wegbringen?«, nuschelte er.

Jane wusste nicht, ob er von seiner Mutter oder von seinem Onkel sprach.

»Darf ich mit ihr mitkommen?« Er meinte Marina. Was würde sie ihm sagen, wenn er fragte, wo sie Edoardo hinbrächten?

»Ich weiß es nicht, Nick, wir müssen abwarten, was die Ärzte sagen. Weißt du noch, was ich dir gesagt habe, als du Fieber hattest und die ganze Zeit herumgejammert hast?« Sie schnitt eine leidende Grimasse und versuchte ihm ein Lächeln zu entlocken. »Man geht zum Arzt, damit es einem besser geht.«

Nick schlang ihr die Arme fester um den Hals.

Eingekeilt von den Polizisten kehrte Edoardo ins Wohnzimmer zurück. Er hatte eine Tasche in der Hand und trug immer noch das blaue Sweatshirt.

»Gehen wir«, sagte der Einsatzleiter. Dann fiel ihm noch etwas ein. »Sollen wir jemanden benachrichtigen?«

233

»Die Mutter …«, murmelte Lea. »Wer sagt der Mutter Bescheid?«

Edoardo schüttelte den Kopf und flüsterte ein kaum hörbares »Nein«.

In dem Moment stürzte Marina, gefolgt von den Sanitätern, die Treppe hinunter, stieß die Beamten zur Seite und warf sich Edoardo an den Hals. Der Einsatzleiter machte seinen ratlosen Kollegen ein Zeichen, nicht einzugreifen.

Marina klammerte sich an ihren Bruder, der sich schließlich zu einer hölzernen Umarmung überwand und ihr etwas ins Ohr flüsterte.

»Gleich kommt Bianca, und dann kriegen wir das alles wieder hin, okay, Edo, okay?« Marinas Gesicht war tränennass. »Ich rede mit Mama, mach dir keine Sorgen, versuch einfach, ruhig zu bleiben, in Ordnung?«

Jane rannen die Tränen über die Wangen. Auch Lea weinte stumm in sich hinein. Mit steifen Fingern umklammerte Nick Janes Hand und sah mit großen Augen zu.

»Wir lassen dich nicht allein, Edo, das weißt du!«, schluchzte Marina.

»Wir müssen gehen«, sagte der Polizist.

Marina machte sich los und brach in haltloses Weinen aus.

Jane und Lea drängten sich um Nick.

»Komm, wir gehen in die Küche«, schlug Lea ihm vor, doch der Junge schüttelte den Kopf und blieb wie angewurzelt stehen, ohne die Augen abwenden zu können.

Eskortiert von drei Männern verließ Edoardo ohne ein weiteres Wort das Haus und drehte sich nicht mehr um.

Nick rannte zu Marina, und Mutter und Sohn sanken kraftlos auf das Sofa.

Jane blickte aus dem Fenster. Im dunstigen Morgenlicht hob sich das blaue Sweatshirt leuchtend vom Grün des Gartens ab. Edoardo ging aufrecht, die Tasche in der Hand. Ein Mann öffnete die hintere Wagentür und ließ Edoardo, flankiert von zwei Beamten, einsteigen. Ehe er im Auto verschwand, warf er einen raschen Blick zurück zum Haus. Obwohl Jane wusste, dass er sie nicht sehen konnte, wich sie einen Schritt zurück. Wie schön er war, trotz seiner Verzweiflung.

»Wir danken Ihnen für Ihre Mitarbeit«, sagte der Einsatzleiter höflich. »Sobald die Anwältin eintrifft, möchten wir Sie darum bitten, diesen Raum während der Durchsuchung nicht zu verlassen. Wir versuchen, die Sache kurz zu halten und Sie möglichst bald wieder in Frieden zu lassen. Möchten Sie dem Kind vielleicht noch etwas zu essen machen?«, fragte er fürsorglich.

Er erhielt keine Antwort.

25

Die kleinen Madoffs werden groß

Gestern in den frühen Morgenstunden ist Edoardo Rocca, 37, Sohn des vor mehreren Jahren verstorbenen Anthropologen Umberto Rocca, verhaftet worden. Die Verhaftung erfolgte in seiner Villa vor den Toren Roms, die er mit weiteren Mitgliedern der Familie bewohnt. Die Anklage lautet auf schweren Betrug und betrügerischen Bankrott. Da sein langjähriger Geschäftspartner und Schwager Riccardo Mason, Mitinhaber eines sowohl in Italien als auch im Ausland aktiven Investmentfonds, flüchtig ist, erwies sich die Sicherheitsverwahrung nach Polizeiangaben als notwendig. Ein Ermittlungsbescheid ging auch an seine in Trennung lebende Frau Roberta Mason in Florenz. Laut Polizeiquellen könnten in den nächsten Stunden weitere Anklagen insbesondere wegen Verschiebung beachtlicher Summen ins Ausland folgen. Die Verhaftung eines Mitarbeiters wegen Versicherungsbetrugs im Mai hatte die Überprüfungen der Konten und Aktivitäten des Fonds ins Rollen gebracht. Der Name Riccardo Mason war bereits vor einigen Monaten während der Ermittlungen zur Pleite der Cassa di Risparmio von Grossetto aufgetaucht, deren Aufsichtsrat Mason und seine Schwester angehörten. Laut Informationen sind Rocca und Mason den versprochenen Zinszahlungen an einige Investoren, die eine teilweise erfolgte Kapitalrückzahlung gefordert hatten, seit Januar nicht nachgekommen. In den vergangenen Wochen hatte Rocca seine Zusammenarbeit

mit den Behörden angeboten und war mit den Staatanwäl-
ten im Gespräch. Seine Anwälte Bianca Iacuzio und Nello
Liturri, die ihn am Nachmittag sprechen durften, äußerten
sich zuversichtlich, in Kürze zu einer positiven Lösung zu
kommen, und haben für ihren Mandanten eine umgehende
Überführung in den Hausarrest beantragt.

Edoardo Rocca – Ein Leben auf der Überholspur

*Der gesamte florentinische Adel war am 4. Mai 2003 in der Kir-
che Santo Spirito versammelt, als Edoardo Rocca seine Braut Roberta Mason vor dem Erzbischof der Stadt zum Altar führte.
Am Empfang für 350 geladene Gäste, der am selben Abend in
der Villa Spini gegeben wurde, nahm, unbemerkt von den Pa-
parazzi, auch der damalige Ministerpräsident teil. Bei der kaum
ein Jahr später im März 2004 in Rom erfolgten Beerdigung des
Vaters, des bekannten und namhaften Anthropologen Umberto
Rocca, der binnen weniger Wochen an einer schweren Krankheit
starb, war das Who is Who der italienischen Gesellschaft versammelt. Während der Trauerfeier verlas sein Sohn Edoardo eine
Beileidsbekundung des Präsidenten der Republik.*

*Doch als er am gestrigen Morgen um kurz nach acht in
Polizeigewahrsam genommen wurde und die Schwelle der
Haftanstalt Regina Coeli übertrat, war Edoardo Rocca allein.
Sein mutmaßlicher Komplize und Schwager Riccardo Mason,
Spross des toskanischen Hochadels, gegen den ebenfalls ermit-
telt wird, war zu diesem Zeitpunkt bereits seit drei Tagen
flüchtig. Es gibt Gerüchte, dass er sich in Portmore, Jamaica,
dem Herkunftsland der schwerreichen Familie väterlicherseits,
aufhält.*

*Roccas Ehe stand unter keinem guten Stern und war von
vorübergehenden Trennungen, Versöhnungen und Skandalen*

geprägt. Sie hatten sich eine Villa mit einem 6000 Quadratmeter großen Park in Parioli gemietet, von einer dubiosen luxemburgischen Gesellschaft, die schließlich wegen Geldwäsche ins Visier der Ermittler geriet, woraufhin Edoardo Rocca und seine Frau sie überstürzt aufgaben. Aufsehen erregte Rocca auch, als er wegen Tätlichkeit und Gewalt gegen eine Amtsperson angezeigt, jedoch nicht verurteilt wurde. Obwohl es keine einhellige Version der Geschehnisse gibt, ist das, was sich nur wenige Tage vor dem Tod von Prof. Umberto Rocca ereignet hat, in Rom und Florenz ein offenes Geheimnis. Als Edoardo drei Tage früher als erwartet von einer Reise zurückkehrte und das Haus Nr. 287 in der Via San Valentino betrat, traf er seine Frau Roberta in Gesellschaft des damals 66-jährigen P.V. an. Es folgte ein heftiger Streit, den die Polizei nur mühsam schlichten konnte. P.V. verbrachte eine Woche im Krankenhaus, wo er im Beisein seiner Ehefrau die Geburt seines ersten und zu seinen Ehren P. genannten Enkels feierte. Seinen Schilderungen zufolge ist Roberta lediglich die Tochter eines guten Freundes, die er auf ihr Bitten hin aufgesucht hatte, um ihr in einem „schwierigen Moment" beratend zur Seite zu stehen. Zwar hat P.V. nie Anzeige gegen Rocca erhoben, jedoch mehrere Jahre später gegen den toskanischen Komiker Piero Pucci geklagt, der sich in seiner Show Andante con brio darüber ausließ, dass ein wahrer Gentleman niemals ohne Vorankündigung nach Hause kommt, wenn er seine Frau nicht im Bett mit dem Großvater oder dem Marquis erwischen will.

Als die Krise überwunden und das Paar ein knappes Jahr später wieder zusammen war, wurde Edoardo in eine weitere unerfreuliche Episode verwickelt.

Aufgrund zahlreicher Hinweise stürmte die Polizei in einer nächtlichen Razzia ein Schloss außerhalb von Maccarese und beschlagnahmte mehr als zwei Kilogramm Kokain. Bekannte

Persönlichkeiten aus der römischen Politik landeten vor Gericht, darunter auch Edoardo Rocca und Riccardo Mason. Bei der illustren Party waren auch minderjährige Mädchen anwesend. Rocca gab zu, mit einer von ihnen, der siebzehnjährigen F.R., sexuellen Kontakt gehabt zu haben, ohne jedoch von ihrem wahren Alter gewusst oder ihr Geld geboten zu haben. Wegen des Kokainbesitzes kamen er und Mason mit Führerscheinentzug davon.

Wenige Jahre später geriet Roccas Name wegen unrechtmäßiger Bautätigkeiten abermals in die Schlagzeilen. Über das anschließend veräußerte Unternehmen Nordi, dessen Hauptaktionär er in jungen Jahren gewesen war, hatte er vor den Toren Roms Bauland erworben. Im Jahr 2010 stand der Bau von sechs bereits verkauften Villen kurz vor der Fertigstellung, als die Bauarbeiten auf Antrag eines Bürgerkomitees wegen unzulässiger Abstandsflächen und ungeklärter Zuständigkeiten plötzlich gestoppt und die Immobilien beschlagnahmt wurden. Nachdem das Projekt achtzehn Monate lang auf Eis lag, willigte die Firma ein, bauliche Veränderungen vorzunehmen, und musste aufgrund der Verzögerungen und Änderungen einen Verlust von fünf Millionen Euro in Kauf nehmen, der die bereits schwierige Situation des von der Finanzkrise geschädigten Obligationen-Fonds verschärfte. Von da an setzten Rocca und Mason, sein Partner in nahezu allen Unternehmungen einschließlich der Immobiliengeschäfte, vermehrt auf Risiko.

Im Jahr 2009 hatte Rocca sich die Steueramnestie zunutze gemacht, um mehr als 20 Millionen Euro legal ins Land zurückzuholen. Doch ab 2010 wurden laut Annahme der Staatsanwaltschaft über ein undurchschaubares Netz aus Scheinfirmen beträchtliche Summen ins Ausland geschafft. 2011 beschloss Roberta Mason, einen stattlichen, aus persönlichen Ersparnissen stammenden Geldbetrag in den Fonds ihres Bruders und ihres Mannes zu investieren und ihre gesellschaftlichen Beziehungen zu nutzen, um neue Kunden zu akquirieren. Der Unternehmenssitz wurde nach Brüssel verlegt, und die Geschäfte kamen wieder in Fahrt. Auch enge Angehörige von Riccardo und Roberta investierten in gutem Glauben in den Fonds, der hohe, wenn auch nicht utopische Gewinne versprach. Mehrere Jahre lang schien alles gut zu laufen, und die Krise verblasste zu einer fernen Erinnerung.

Nach einer jahrelangen Familienfehde gelang es Rocca sogar, die einer Tante väterlicherseits gehörende Villa bei Olgiata, in der er gestern verhaftet wurde, in seinen Besitz zu bringen und zu seinem Wohnsitz umzubauen. Auch in diesem Fall gestalteten sich die Sanierungsarbeiten kompliziert. Sogar das archäologische Landesamt wurde wegen der vermeintlichen Zerstörung von Fundstücken hinzugezogen, die jedoch nie bewiesen werden konnte. Edoardo und Roberta waren zu diesem Zeitpunkt bereits kein Paar mehr. Beim von der Familie Mason im Teatro Verdi in Florenz organisierten traditionellen Weihnachtskonzert, an dem Edoardo in den Jahren zuvor stets teilgenommen hatte, wurde Roberta in Begleitung des umstrittenen fünfzigjährigen Geschäftsmannes und früheren Windsurf-Champions Jeffrey Richardson gesehen. Auch er zählt zu den Investoren des Fonds.

Kaum volljährig, hatte Edoardo Rocca eine der ersten Forza-Italia-Gruppen in Rom gegründet. Die Sache hatte für Wirbel gesorgt, da sich sein Vater Umberto als erklärter Anarchist wiederholt jeder Teilnahme am politischen Leben verweigert hatte. Edoardo war begeisterter Unterstützer der ersten Wahlkampagnen Berlusconis, und anlässlich der Wahlen von 2006 wurde sogar von seiner möglichen Kandidatur auf nationaler Ebene gemunkelt. In einem Artikel über aufstrebende junge Unternehmer gab er an, die Versuchung sei zwar groß, doch da er mit seinen geschäftlichen Aktivitäten bereits ausgelastet sei, bliebe ihm für die Politik wenig Raum.

Laut ermittlerischen Quellen ist die erste Vernehmung bereits für heute angesetzt.

Roberta Mason – betrogen von den Menschen, die ihr am liebsten sind

Weinend sitzt Roberta auf dem kirschroten Sofa und umschlingt ein goldgesäumtes Kissen. Wie immer in den schwierigsten Momenten ihres Lebens ist sie am liebsten hier, in den Mauern des Palastes aus dem 14. Jahrhundert, der teilweise öffentlich zugänglich ist und in dem bis heute ihre Eltern leben, die sich in eisernes Schweigen hüllen. Auch ihr fällt das Reden schwer, nachdem gestern ihre Welt zusammengebrochen ist. Obwohl der am Vorabend gerufene Arzt ihr absolute Ruhe verordnet hat, wollte Roberta das Interview nicht absagen. Sie sagt, sie müsse Klarheit schaffen und die bösen Gerüchte widerlegen, die über sie kursieren. Sie trägt ein schlichtes geblümtes Kleid, und obwohl ihr blasses Gesicht nicht einen Hauch von Make-up aufweist, ist offensichtlich, weshalb sie mehrmals zu einer der schönsten Frauen Italiens gekürt wurde. Von den Wänden schauen ihre Vorfahren streng auf uns herab.

»Ich bin auch ein Opfer«, erklärt sie schluchzend, »ich wollte nur helfen, und jetzt habe ich mein Geld verloren und bin den übelsten Anschuldigungen ausgesetzt.«

Tatsächlich wird ihr vorgeworfen, mit ihrem Bruder und ihrem Mann unter einer Decke gesteckt zu haben, obwohl noch zu klären bleibt, wer was wusste. Es heißt, Roberta habe allen Risiken zum Trotz gern den Lockvogel gespielt und sich persönlich verwendet, um das Schicksal des Fonds zu retten und sich auf Kosten der ahnungslosen Investoren, darunter

Freunde der Familie und Mitglieder der von ihr frequentierten Glamour-Welt, zu bereichern. Das Gleiche wird auch ihrem Freund Jeffrey Richardson angelastet, der vor zwei Tagen nach Kanada zurückgekehrt ist, offiziell wegen dringender Familienangelegenheiten. Auf Nachfrage hat er jeglichen Kommentar verweigert.

»Erzählen Sie uns, was passiert ist?«

»Ich habe es selbst noch nicht begriffen. Wie alle anderen auch lese ich die Zeitungsartikel über mich und habe das Gefühl, in einem Albtraum zu sein, aus dem es kein Erwachen gibt.«

Wir werden von einer freundlichen asiatischen Hausangestellten in hellblauer Uniform unterbrochen, die uns Tee in bayerischen Porzellantassen auf einem Silbertablett serviert. Robertas besorgte Mutter beobachtet uns aus dem Hintergrund. »Wussten Sie, wie groß der finanzielle Schaden ist, für den Sie drei verantwortlich gemacht werden?«

»Ich hatte keine Ahnung.«

»Allein in diesem Jahr hat Ihr Mann mehr als zehn Millionen Euro aus eigener Tasche in den Fonds eingezahlt. Waren Sie darüber nicht im Bilde?«

»Ich wusste, dass er versucht hat, den Schaden zu begrenzen, aber die Zahlen kannte ich nicht. Er war der Einzige von uns, der noch dazu in der Lage war. Doch es hat nicht gereicht.«

»Wie viel haben Sie verloren?«

»Rund 500.000 Euro.«

»Haben Sie gewusst, dass laut Staatsanwalt weder diese Summe noch die von Jeffrey Richardson angegebenen drei Millionen auf den Konten eingegangen sind?«

»Und wo soll das Geld sonst sein?«

»Genau das ist die Frage. Welche Erklärung haben Sie dafür?«

»Nun, ich habe keine, und natürlich werden gewisse Dinge unter Verschluss gehalten.«

»Seit wann haben Sie Ihren Bruder nicht mehr gesehen?«

»Das letzte Mal habe ich vor drei Wochen mit ihm gesprochen. Dass er im Ausland ist, habe ich aus den Nachrichten erfahren.«

»Und was ist mit Ihrem Mann?«

»In den letzten Tagen habe ich Edoardo häufig gesehen.«

»Wie ist Ihre Beziehung zueinander?«

Roberta macht eine lange Pause, ehe sie antwortet. Ihre Ehe war Gegenstand zahlreicher Gerüchte und schien vor dem endgültigen Aus zu stehen.

»In letzter Zeit ist sie besser geworden«, gesteht sie, »allerdings haben wir uns nur getroffen, um die geschäftliche Situation in den Griff zu kriegen.«

»Über Ihre Ehe ist viel spekuliert worden.«

»Ich weiß. Leider ist die Neugier der Leute häufig bösartig und verletzend. Doch es stimmt nicht immer alles, was man liest.«

»Wieso sind Sie noch nicht geschieden?«

»Ich komme aus einer gläubigen katholischen Familie. Wir haben vor Gott den Bund der Ehe geschlossen, und das hat zumindest für mich eine große Bedeutung. Bei Schwierigkeiten wirft man nicht hin, sondern geht sie an.«

»Welches Verhältnis haben Sie zu Jeffrey Richardson?«

»Er ist ein guter Freund, den ich selbst dazu überredet habe, in den Fonds zu investieren. Nach dem, was passiert ist, fühle ich mich entsetzlich schuldig.«

»Kann es sein, dass sowohl Ihr Bruder als auch Ihr Mann Sie vorsätzlich betrogen haben?«

»Ich weigere mich, das zu glauben. Ich vertraue darauf, dass die Staatsanwaltschaft die Sache aufklärt. Ich bin müde«, gesteht Roberta, ehe wir uns verabschieden. »Doch ich bete, ich habe die Kraft, um durchzuhalten.«

Freunde aus Kindertagen

Salvatore heißt in Wahrheit anders und möchte unerkannt bleiben.

»Sie wissen ja, wie das ist«, sagt er. »Ich muss meine Familie und meine Kinder schützen.«

Dennoch war er einer der ersten Kunden, die das von Rocca und Mason ausgeklügelte System ins Wanken brachten. Seine Anzeige erfolgte bereits im Februar, als noch niemand ahnte, welche Katastrophe sich zusammenbraute.

Salvatore kennt Edoardo Rocca bereits seit über dreißig Jahren. Sie haben sich auf dem Bolzplatz kennengelernt, als beide in einer kleinen Mannschaft ihres Stadtviertels spielten.

Man kann sich kaum zwei unterschiedlichere Menschen vorstellen.

»Edoardo war immer ein Gewinner«, erzählt er uns. »Er spielte als Sturmspitze und schoss in jeder Partie Tore. Er war von uns allen der Bestaussehende, Talentierteste und Stärkste.«

Lächelnd schaut Salvatore auf seinen kleinen Bauchansatz und deutet auf die vorzeitigen Geheimratsecken.

»Aber ich hatte immer schon etwas mehr auf den Rippen.«

Trotzdem wurden die beiden Freunde und besuchten bis zum Abitur dieselbe Schule.

»Ich weiß noch, dass sein Vater, der Professor, uns immer Angst eingejagt hat. Es hieß, wenn Edoardo keine guten Noten nach Hause brachte, strafte er ihn mit Nichtachtung. Einmal im Winter, wir müssen 14 oder 15 gewesen sein, fuhr die ganze Familie Rocca in die Berge. Am Morgen ihrer Abreise wurden die Zeugnisse des ersten Halbjahres verteilt. Edoardo hatte in jedem Fach eine Eins, nur in Naturwissenschaften eine Zwei. Sein Vater schickte ihn nach Hause und strich ihm die Ferien. Der Lehrer in Naturwissenschaften hatte im ersten Halbjahr noch nie eine bessere Note als eine Zwei vergeben. Edoardo hätte gar nicht besser sein können.«

Tatsächlich war Umberto Rocca als unnachgiebig und äußerst streng bekannt, bis heute erinnern sich seine ehemaligen Studenten, dass er der einzige Professor war, der darauf beharrte, nicht bestandene Prüfungen in die Gesamtnote einfließen zu lassen. Seine Studenten und Studentinnen verließen den Seminarraum in Tränen: Ihr Durchschnitt war für immer ruiniert.

»Dann haben wir uns aus den Augen verloren, er schrieb sich in Mathematik ein, und ich fing sofort an zu arbeiten. Irgendwann zog er nach Amerika.«

Ein paar Jahre später trafen sich die beiden unverhofft wieder.

Inzwischen hatte Salvatore Anna geheiratet, die in Wirklichkeit ebenfalls anders heißt und die er auf einer Kuba-Reise kennengelernt hatte. Sie hatten zwei Kinder bekommen, das dritte war unterwegs. Zusammen arbeiteten sie im Restaurant seines Vaters, einem äußerst erfolgreichen Familienbetrieb, der zu den besten Trattorien der römischen Küche zählt.

An einem besonders gut besuchten Abend kamen Edoardo und die wunderschöne Roberta zufällig zum Abendessen.

»Sie war so schön, dass ich ihn zunächst gar nicht wahrnahm«, erinnert sich Salvatore heute.

Sie erkannten sich wieder, fielen sich in die Arme und blieben in Kontakt.

»Das wir viel miteinander zu tun hatten, wäre übertrieben«, sagt Salvatore, »aber zu der Zeit liefen die Geschäfte meiner Familie sehr gut, gutes Essen hat in Italien immer Konjunktur, und deshalb wollten wir etwas Geld investieren.«

Edoardo kam genau zum richtigen Zeitpunkt.

Sowohl Salvatore als auch sein Vater investierten in den Fonds, und in den ersten zwei Jahren waren die Gewinne mehr als zufriedenstellend.

»Ich hätte nie gedacht, dass die Sache einen Haken hatte«, erzählt Salvatore, »alles sah so fantastisch aus. Der elegante Firmensitz, die Hochglanzbroschüre, die Sekretärinnen im Kostüm, das Ein und Aus namhafter Persönlichkeiten. Wie hätte ich das ahnen können?«

Wir fragen ihn, ob er auch Riccardo Mason kennengelernt hat.

»Ja, und er hat mir nicht besonders gut gefallen. Er war glatt und unnahbar. Doch ich hatte mit Edoardo zu tun. Soweit ich es beurteilen konnte, kümmerte sich jeder um seine eigenen Klienten.«

Und was passierte dann? Das zu erzählen, fällt Salvatore besonders schwer. Für ihn beschränkt sich der Schaden nicht nur aufs Finanzielle.

»Jahre zuvor war ein Cousin meiner Frau aus Kuba zu uns gekommen und hatte ein Reinigungsunternehmen aufgezogen, das ebenfalls sehr gut lief. Meine Frau hatte ihm vorgeschlagen, Geld in den Fonds zu investieren, und ich hatte ihm versprochen, ihn mit Edoardo bekannt zu machen. So lief das: Die Kunden warben neue Kunden an. Edoardo zu treffen, war nicht leicht, er war ständig auf Achse. In der Zeit wurde ich wegen Gallensteinen operiert und verbrachte ein paar Wochen zu Hause, meine Frau kümmerte sich um die Sache, und als ich merkte, dass irgendwas nicht stimmte, war es zu spät.«

Anna und der Cousin hatten sehr viel mehr in den Fonds investiert, als Salvatore wusste. Edoardo hatte sie dazu überredet.

Um Anna zu überzeugen, ging er über das rein Geschäftliche hinaus. Salvatore erholte sich noch von seiner Operation, als die ersten Gerüchte über eine Affäre zwischen Anna und Edoardo aufkamen und ...

Jane schleuderte die Zeitung zu Boden. Sie empfand Ekel. Es reicht, du tust dir nur weh, hör auf damit, sagte sie sich. Es war wie eine Droge, sie konnte einfach nicht davon ablassen. Als gäbe es nichts anderes auf der Welt. Überall sprachen alle nur von ihm.

26

Es waren nur drei Tage vergangen, und doch war es Jane fast unmöglich zu glauben, dass all das wirklich passiert war. Obwohl er so wenig an dem Leben der anderen teilgenommen hatte, lastete Edoardos Abwesenheit schwer wie Blei. Ihn nicht zu sehen und zu wissen, dass man ihm nicht zufällig über den Weg laufen würde, weil er nervös telefonierend durch den Garten tigerte oder gerade kam oder ging, machten ihn zu einem unwirklichen Geist. Doch ein Blick auf seine Habseligkeiten oder auf die verschlossene Tür seines Arbeitszimmers genügte, um Jane einen schmerzhaften Stich zu versetzen. Wenn sie die Augen schloss, blitzte das Azurblau seines knitterigen Sweatshirts vor ihr auf und das Bild der Polizisten, die ihn ins Auto drängten. Bei der Hausdurchsuchung war die Tischlampe im Wohnzimmer zu Boden gegangen, doch niemand hatte sich die Mühe gemacht, den Schirm wieder aufzusetzen oder die Glühbirne zu wechseln. Beim Anblick des nackten Sockels drehte sich Jane der Magen um.

Das Haus war von Marinas Weinen erfüllt, die fast unablässig mit ihrer Mutter oder mit Bianca telefonierte. Der Vorsatz, Nick aus allem herauszuhalten, war von den Tatsachen zunichte gemacht worden: Er hatte alles gesehen und verstanden, was es zu verstehen gab.

Während der Hausdurchsuchung war Jane mit ihm in den Garten gegangen, doch seinen verlorenen Gesichtsausdruck, als sie ins Haus zurückgekehrt waren und er die durchwühlten

Zimmer und die Polizisten gesehen hatte, die hastig versuchten, das Chaos halbwegs wieder in Ordnung zu bringen, würde sie so schnell nicht vergessen. Sie spürte, dass es für ihn traumatisch war.

»Das Tablet ist meins«, hatte er sich abgerungen, als der Polizist es in eine Kiste packen wollte. Weder die unter Schock stehende Marina noch Jane hatten ein Wort herausbekommen. Der Beamte hatte ihn misstrauisch gemustert und es ihm dann überlassen.

»Jane, Nick, was haltet ihr davon, wenn ihr baden geht? Wollen wir fragen, ob irgendeiner deiner Freunde heute Nachmittag zum Spielen kommen möchte, mein Schatz?«

Nick blinzelte seine Mutter verunsichert an.

»Draußen?«

Jane und Marina wussten sofort, was er meinte, und spähten zum Tor. Trotz Marinas Drohungen, die Polizei zu rufen, hatten die Fotografen die ersten achtundvierzig Stunden vor der Einfahrt kampiert. Bianca hatte sie schließlich zum Gehen überreden können und mit unerschütterlichem Dauerlächeln erklärt, niemand habe die Absicht, eine Erklärung abzugeben. Fotos der Villa waren in sämtlichen Fernsehnachrichten gezeigt worden. An einer Stelle hieß es, es gebe einen Hubschrauberlandeplatz, obwohl auf dem Foto eindeutig der Strafraum des Bolzplatzes zu sehen war. Fast überall wurde von Fitnessraum, Sauna, türkischem Bad und Massagesalon gesprochen. Manchmal stand „Massagesalon" in Anführungszeichen. Es war demütigend. Eine Hochglanzzeitschrift hatte eine mit Pfeilen gespickte Luftaufnahme des Hauses veröffentlicht, die zeigen sollten, an welchen Stellen etruskische Gräber gefunden worden seien, doch Jane war sich nicht einmal sicher, ob überhaupt die richtige Villa gezeigt wurde.

»Scheint niemand dort zu sein«, sagte Jane zu Marina.

Ängstlich, als wäre draußen eine Bombe explodiert oder ein Tornado vorbeigefegt, wagte sich Nick ein paar Schritte ins Freie.

»Frag ihn, wen er einladen möchte!«, rief Marina ihnen nach, als Jane ihm zum Pool folgte.

Die Frage war sinnlos. Nicks „Freunde" hielten sich tunlichst von der Villa fern, als stünde sie auf einem Minenfeld.

Janes Handy in der Tasche ihrer Bermudas summte.

Bist du noch immer dort? Willst du auch noch im Knast landen?

Verärgert löschte Jane die Nachricht. Seit dem Morgen der Ereignisse ließ Ivana ihr keine Ruhe. Die Botschaft war einfach und klar: Hau ab. Jane hatte wortkarg geantwortet. *Ist ein schwieriger Moment. Ich kann nicht. Denke darüber nach. Nein, es gibt nichts Neues.* Sie hütete sich davor, etwas Konkretes zu schreiben.

Andrea überschüttete sie mit fürsorglichen SMS.

Lass mich wissen, wie es dir geht, bin bald wieder da, hoffe, alles ist okay.

Obendrein bombardierte Tante Rossella sie mit Anrufen.

»Hattest du nicht bereits gekündigt, Jane? Die Situation scheint mir ziemlich brenzlig zu sein.«

»Marina braucht mich mehr denn je, ich kann sie doch jetzt nicht im Stich lassen.«

Alles war in der Schwebe, keiner wusste so recht, wie es weitergehen sollte.

»Das verstehe ich ja, meine Liebe. Aber wie wollen sie dich bezahlen?«

Ihre Tante. Pragmatisch wie immer.

Nick schien hin und her gerissen zwischen der Lust, ins Wasser zu springen, und der Angst, es könnte etwas Unverhofftes passieren, und sei es nur ein Gaffer, der in den Garten glotzte.

»Na los, spring, Nick!«, ermutigte ihn Jane bemüht fröhlich.

Beide wurden von dem Geräusch eines nahenden Autos abgelenkt. Sofort flüchtete sich Nick zu Jane.

»Es ist nur Bianca«, beruhigte sie ihn. Inzwischen war Jane erleichtert, sie zu sehen. Sie schien wirklich als Einzige den Überblick zu behalten.

Mit dem Jungen an der Hand ging sie zum Tor, um ihr zu öffnen.

Bianca war aus dem Auto gestiegen und machte ihr unverständliche Handzeichen. Zu spät begriff sie, dass Bianca sie bat, Nick ins Haus zu bringen.

Als das elektrische Tor sich langsam öffnete, war der Schriftzug nicht gleich zu erkennen. Doch als das quietschende Gitter mit leichtem Scheppern an die Mauer schlug, standen alle drei vor dem in roter Farbe hingepinselten Wort DIEB. Das Erste, was Jane auffiel, waren die akkuraten Großbuchstaben. Eine wirklich ordentliche Arbeit.

Als Bianca auf sie zukommen wollte, ertönte das Knacken brechender Eierschalen, und Nick starrte gebannt auf ihre Füße.

»O Gott«, seufzte Bianca, hob den Fuß und schaute auf das Eigelb, das von ihrer Sohle tropfte. »Nicht schon wieder.«

An die Boshaftigkeit der Menschen konnte Jane sich nicht gewöhnen. Als zum ersten Mal jemand Eier über das Tor geworfen hatte, war Marina vor ihrem Sohn in Tränen ausgebrochen. Bianca hatte sie bei den Schultern genommen und ihr ins Gewissen geredet.

»Diese Idioten sind das geringste Problem. Das wird schon wieder vorbeigehen. Konzentriere dich auf das Wesentliche.«

Fasziniert betrachtete Nick den neuen Schriftzug, der den Eingang zierte.

»Wir müssen Guido Bescheid sagen, es überzumalen«, sagte Jane zu Bianca und versuchte sachlich zu klingen.

»Das mache ich!«, rief Nick und flitzte zum Haus. »Mama! Lea! Schaut mal!«

Janes Handy klingelte, und sie ging ein Stück von Bianca weg.

»Du hältst es wohl nicht für nötig, mich anzurufen, oder was?« Ivana ließ sie nicht einmal Hallo sagen. Sie sprach halblaut, als wollte sie nicht gehört werden. Inzwischen wollte niemand mehr etwas mit den Roccas und ihrem Umfeld zu tun haben.

»Es ist alles nicht so einfach, ich bin die ganze Zeit mit dem Jungen zusammen.«

»Du musst da weg, kapierst du's endlich?«

»Ich hab doch gesagt, dass …«

»Hast du gelesen, was sie heute geschrieben haben?«

»Nein.« Jane gab auf. Sie wollte das alles nicht mehr an sich heranlassen.

»Er hat es mit der Frau und der Tochter eines Kunden getrieben!«, sagte Ivana angewidert. »Gleichzeitig.«

Der Knoten in Janes Magen zog sich noch fester zusammen. Nein, das hatte sie nicht gelesen, aber Marina, und sie hatte am Telefon darüber geredet, als Jane Milch für Nick heißgemacht hatte.

Es waren tatsächlich Frau und Tochter gewesen, jedoch von zwei verschiedenen Kunden: die Frau des einen und die Tochter des anderen. Zwischen den Affären hatten Monate gelegen.

»Das stimmt nicht«, versuchte Jane dagegenzuhalten.

»Der hat mit jeder gevögelt, die nicht bei drei auf dem Baum war, Jane.«

Das traf es allerdings ziemlich genau, zumindest, wenn man den Artikeln glaubte.

Mich eingeschlossen, dachte Jane und erschauerte.

»Der Typ ist ein Wahnsinniger, Jane. Er hat sie gevögelt und ihnen das Geld geklaut …«

Jane musste all ihre Kraft zusammennehmen, um nicht auszurasten.

»Er ist nicht mit ihnen ins Bett gegangen, um sie zu beklauen«, erwiderte sie matt und plapperte nach, was Bianca Marina erklärt hatte. »Das sind Kundinnen, mit denen er auch ins Bett gegangen ist. Niemand hat sie dazu gezwungen.«

Du weißt doch, wie sich alle an ihn ranschmeißen, hatte Bianca bemerkt, doch den Teil behielt Jane für sich.

Ivana schwieg einen Moment, und Jane hoffte, überzeugend geklungen zu haben.

»Willst du mich verarschen, Jane?«

Sie konnte nicht antworten.

»Du weißt, dass die allesamt vernommen werden, oder?«

Angst schnürte Jane die Kehle zu.

»Das ist ganz normal, diese Leute haben Geld investiert, und jetzt muss geklärt werden, ob …«, versuchte sie sich selbst zu beruhigen.

»Du musst da weg und basta.«

Jane zögerte.

»Wenn er Hausarrest kriegt, hast du ihn wieder vor der Nase.«

Allein der Gedanke riss ihr den Boden unter den Füßen weg. Seine Abwesenheit war unerträglich und nahm ihr die Luft zum Atmen. Doch trotz des bodenlosen Abgrundes, der sich vor ihr Auftat, war die Aussicht, ihn wiederzusehen, noch beängstigender.

»Hau ab«, drängte Ivana.

»Ich halte dich auf dem Laufenden«, sagte Jane und legte auf.

Marina kam ihr entgegen.

»Gibt es was Neues?« Inzwischen war das die Standardfrage. Im Hintergrund konnte sie Nick mit Guido und Lea sehen, die sich mit Farbdosen und Pinseln bewaffnet hatten.

»Bianca meint, noch nicht.« Marina erzählte ihr jedes Detail, sie hatte sonst niemanden, mit dem sie reden konnte.

»Mason hat einen Verteidiger genannt, und sie hat ihn kontaktiert.«

»Wie ist das möglich?«

»Es ist möglich. Anscheinend kann man auch als Flüchtiger mit der Staatsanwaltschaft verhandeln.« Marina verzog verbittert den Mund. »Du kannst dir gar nicht vorstellen, wie sehr ich mir wünschte, Edo wäre auch …«, sie brach erschrocken ab.

Jane fröstelte. Hatte er sich aus dem Staub machen wollen? Hatten sie ihn deshalb verhaftet?

Du erreichst mich unter dieser Nummer.

»Wann kommst du zurück?«, hatte sie ihn in seine Arme geschmiegt gefragt, während er ihr langsam durchs Haar strich und sich eine Strähne um den Finger wickelte.

»Bald«, hatte er geantwortet und ihr mit einem Kuss das Wort abgeschnitten.

Jane konzentrierte sich wieder auf Marina.

»Dein Bruder ist also im Gefängnis, während Mason Absprachen treffen kann, obwohl er in … wo ist er?«

Marina nickte grimmig.

»Doch das eigentliche Problem ist, meine Mutter zu besänftigen. Sie kann sich einfach nicht damit abfinden.«

Marina blickte sich verstohlen um, ob jemand sie hören konnte.

»Sie und Edoardo hatten schon immer ein schwieriges Verhältnis.« Sie zögerte kurz, doch inzwischen gab es keine Geheimnisse mehr.

»Nach dem ganzen Drunter und Drüber, diesen Festen, na ja … meine Mutter hat monatelang nicht mehr mit ihm sprechen wollen. Mein Vater war noch nicht lange tot, und sie und er waren immer sehr strenge Eltern gewesen.«

Man musste nicht ausgesprochen streng sein, um einen solchen Lebensstil nicht gutzuheißen.

»Mit ihm waren sie viel härter als mit mir«, fügte sie traurig hinzu, »vor allem mein Vater. Edoardo war ein Junge und obendrein der Erstgeborene.«

Der Gedanke war Jane auch schon gekommen. Die Bildung des Vaters und die Begabung des Sohnes, ihr jeweiliger Erfolg – das alles schien von Marinas argloser Unbekümmertheit himmelweit entfernt zu sein.

»Edoardo war schon immer der Rebell. Sie kamen überhaupt nicht miteinander aus, sie waren einfach zu verschieden. Mit meiner Mutter lief es ein bisschen besser, aber als sie diese Geschichten gelesen hat …«

»Kann ich mir vorstellen.«

»Seit den ersten Vorboten im Mai, der Verhaftung dieses Typen …«

Jane nickte. Marina meinte den Mann, der die Ermittlungen losgetreten hatte.

»Sie haben wieder gestritten. Er meinte, er habe alles unter Kontrolle, sie glaubte ihm nicht und hat ihm vorgeworfen, er würde sie jetzt, da es ihr schlecht gehe, extra leiden lassen, und er hielt dagegen, sie hätten ihm nie vertraut. Ein einziges Debakel.«

Die Sätze sprudelten nur so aus Marina heraus, doch dann brach sie ab und blickte zur Auffahrt. Ein Wagen kam durch das geöffnete Tor. Es war ein Polizeiwagen.

Marina ging ihm entgegen, und Guido und Nick folgten ihr neugierig.

»Was gibt es?«, fragte Marina.

Ein älterer beleibter Polizist schälte sich aus dem Auto.

Er betrachtete den Umschlag in seiner Hand, blickte in die Runde und schaute noch einmal darauf.

»Ich suche Signora Emili.«

Marina machte ein ratloses Gesicht. Jane bekam weiche Knie.

»Hier gibt es keine …«, hob Marina an, dann fiel der Groschen, und sie drehte sich zu Jane um.

»Jane Emili«, sagte der Polizist langsam.

Nick wurde blass und hielt die Luft an.

»Das bin ich«, hörte Jane sich wie aus großer Entfernung sagen.

Der Polizist sah sie freundlich an und streichelte Nick über den Kopf.

Marina stand wie versteinert da und ließ den Blick zwischen Jane, dem Polizisten und ihrem Sohn hin und her wandern.

»Keine Sorge. Das ist nur eine Vorladung.«

Jane schluckte und versuchte sich zusammenzureißen.

»Was heißt das?«, fragten sie und Marina wie aus einem Mund. Aus dem Augenwinkel konnte sie Bianca herbeieilen sehen.

»Sie müssen aussagen«, erklärte der Polizist fast entschuldigend.

Jane war wie gelähmt.

Bianca nahm dem Polizisten den Umschlag ab und drückte ihn Jane in die Hand.

27

Über eine halbe Stunde hatte sie auf dem Flur warten müssen und mit gesenktem Kopf auf einer Bank gesessen, um den Blicken der Vorübergehenden nicht zu begegnen. Wussten sie, wer sie war? Wussten sie, weshalb sie dort war?

»Auszusagen ist eine ganz normale Angelegenheit«, hatte Bianca gesagt und vergeblich versucht, sich zu beruhigen. Selbst Lea und Guido sahen sie mitleidig an, als litte sie an einer bösen Krankheit.

»Du hast die letzten Monate in diesem Haus verbracht.«

Jane hatte so getan, als würde sie ihr glauben, konnte ihr aber nicht in die Augen sehen. Die Zeitungen hatten sie nicht erwähnt, und sie betete, dass nichts zu Tante Rossella durchdringen würde.

»Könnten sie mich auch vorladen?«, hatte Marina panisch gefragt.

»Als Familienangehörige hast du das Recht zu schweigen.«

Marinas Wangen hatten wieder Farbe bekommen, doch Jane gegenüber hatte sie ein schlechtes Gewissen.

»Braucht sie keinen Anwalt?«

Jane wagte es nicht, den Mund aufzumachen.

»Um auszusagen, bringt man keinen Anwalt mit. Ihr wird nichts vorgeworfen.«

»Aber sie …«

»Sie ist eine Zeugin der Staatsanwaltschaft. Ich bin die Anwältin deines Bruders. Ich kann und will mich da nicht einmischen«, hatte Bianca ihr das Wort abgeschnitten.

»Sag einfach die Wahrheit«, hatte sie zu Jane gesagt.

***

Der Staatsanwalt war ein Mann mittleren Alters mit dicker
Brille und einem seltsamen Tick, der seinen Kopf hin und wieder nervös Richtung Schulter zucken ließ. Er bat sie herein,
nahm ihr gegenüber hinter seinem Schreibtisch Platz und
blickte gelangweilt auf seine Uhr. Jane hatte mit jemandem in
Uniform und einem Foto von Edoardo an der Wand gerechnet, gespickt mit Pfeilen, Indizien und Zeitungsausschnitten.
Doch das hier war kein Fernsehkrimi.

Das Zimmer war eng und unaufgeräumt, die Luft stickig,
weil die Klimaanlage nicht funktionierte. Der Staatsanwalt
trug Jeans und ein kurzärmliges Hemd, auf dem sich unter den
Achseln zwei deutliche Schweißflecke abzeichneten. Die ehe-
mals weißen Wände waren fleckig. An einem kleinen Tischchen neben dem Schreibtisch hockte eine Polizistin, die mit
etwas anderem beschäftigt war und sie nicht einmal grüßte.
Der Mann reichte ihr Janes Ausweisdokumente.

Um nicht allzu jung auszusehen, hatte Jane ihre Garderobe
sorgfältig ausgewählt: einen blauen Baumwollrock, eine etwas
zu lange weiße Bluse mit Dreiviertelärmeln, die sie sich von
Marina geliehen hatte, und die unvermeidlichen Sandalen. Um
den Hals trug sie den silbernen Anhänger, den sie von ihrer
Mutter geerbt hatte.

»Wie alt sind Sie, Signora Emili?«, fragte der Staatsanwalt.

Er hatte vergessen, in den Pass zu sehen, den die Frau bereits fotokopierte.

»Zwanzig«, antwortete sie, »fast.«

»Hm hm«, nickte der Staatsanwalt, ohne aufzusehen.

»Und seit wann arbeiten Sie für Edoardo Rocca?«

»Ungefähr seit Mitte Juni, also seit zwei Monaten.«

»Ist das Ihr Vertrag?« Er hielt die Blätter hoch, die sie das letzte Mal auf Edoardos Schreibtisch gesehen hatte.

Jane nickte.

»Zwar steht alles hier drin«, fuhr der Mann fort, »aber ich möchte, dass Sie mir Ihre Tätigkeit beschreiben.«

»Ich bin als Kindermädchen eingestellt worden und kümmerte mich um den Jungen.«

Der Staatsanwalt wirkte überrascht. Sofort griff er zu einem roten, mit Unterlagen vollgestopften Ordner.

»Welches Kind? Rocca hat keine Ki...«

»Sein Neffe. Der Sohn seiner Schwester«, erklärte Jane, und der Staatsangestellte, der offenbar gefürchtet hatte, ein wichtiges Detail übersehen zu haben, entspannte sich sichtlich.

Der kleine Ausrutscher machte ihn gleich viel weniger bedrohlich. Wahrscheinlich hatte Bianca recht. Die Sache war reine Routine.

Doch sofort wurde sie eines Besseren belehrt.

»Und worum kümmerten Sie sich nachts?«

Jane wurde blass.

»Wie bitte?«

»Ist das Ihre Telefonnummer?« Er zeigte ihr einen Zettel mit einer Notiz.

Jane musste sie zweimal lesen, um sicher zu sein. Sie konnte sich nicht konzentrieren, die Zahlen tanzten vor ihren Augen.

»Ja, das ist meine«, brachte sie heiser heraus.

»Und können Sie mir erklären, wieso Rocca Ihnen am 16. August um 00:02 Uhr, also sechs Stunden vor seiner Verhaftung, geschrieben hat, *Kommst du zu mir?*«

Jane schluckte. Die Antwort lag auf der Hand.

»Er hat mich gerufen, um sich von mir zu verabschieden ...«

Der Staatsanwalt blickte sie abwartend an, doch sie brachte keinen Ton heraus.

»Und während Sie sich voneinander verabschiedeten«, fuhr er ausdruckslos fort, »hat er Ihnen auch eine Telefonnummer geschickt?«

Jane nickte, und ihre Angst wuchs.

»Warum?«

Sie versuchte sich an die genauen Worte zu erinnern.

»Er meinte, er würde diese Nummer in den folgenden Tagen benutzen.«

Er machte sich eine Notiz.

»War es diese hier?« Er hielt einen weiteren Zettel hoch. Jane hätte es nicht sagen können.

»Ich weiß es nicht.«

»Haben Sie sie nicht in Ihrem Telefon gespeichert?«, fragte er und deutete auf ihre Tasche, in der er ihr Handy vermutete.

Kalter Schweiß trat ihr auf die Stirn.

»Ich habe sie … gelöscht.«

»Warum?«, fragte der Staatsanwalt, als wäre es eine ganz banale Frage, und suchte ihren Blick.

»Weil er verhaftet wurde«, stammelte sie.

»Und hat er Ihnen gesagt, wo er hinwollte?«

Sie schüttelte den Kopf.

Der Mann musterte sie prüfend und schrieb etwas auf.

»Es ist die Nummer seines Büros in Brüssel, wussten Sie das?«

Jane sah so verloren aus, dass sich eine Antwort erübrigte.

»Aber er hatte ein Ticket nach Miami in der Tasche.«

Jane starrte ihn an. Sie musste sich zusammenreißen, um nicht die Fassung zu verlieren.

Der Mann wartete auf eine Reaktion.

»Hatten Sie vor, während seiner *Abwesenheit* in Kontakt zu bleiben?«, sagte er mit vielsagender Betonung.

Sie hatten lange nebeneinander im Dunkeln gelegen, ohne etwas zu sagen. Jane hatte Angst gehabt, jemand könnte sie hören.

»Die sind alle am anderen Ende des Hauses, Jane. Entspann dich.«

Unablässig bedeckte er ihr Gesicht, ihren Hals, ihre Brüste mit sanften Küssen. Als er angefangen hatte, sie auszuziehen, hatte sie ihn gebeten, das Licht zu löschen. Nur im Bad brannte noch eine kleine Lampe, und er war aufgestanden, um auch die auszuknipsen. Dann war er zurückgekommen und hatte sie weitergestreichelt, behutsam war er immer weiter nach unten gewandert und hatte bei jedem Zentimeter ihre Reaktion abgewartet.

»Alles okay?«, hatte er ihr immer wieder ins Ohr geflüstert.

Mit geschlossenen Augen hatte sie sich an ihn geschmiegt. Sie war starr vor Aufregung, doch zugleich wollte sie ihn mehr als alles andere, mit einem brennenden, unbändigen Verlangen.

»Sicher?«, hatte er geflüstert.

Sie hatte nur genickt. Dann war er über ihr, und sie hatte die Arme um seinen Hals geschlungen.

»Bleib ganz nah bei mir«, hatte sie geflüstert und ihn fast erdrückt.

»Ich bin hier«, hatte er geraunt und sich nur mühsam zurückhalten können. »Aber wenn du aufhören willst, kann ich …«

»Ich will nicht aufhören.«

Dann war es passiert. Jane hatte jeder Empfindung nachgespürt. Aller Behutsamkeit zum Trotz hatte es mehr wehgetan als erwartet, und es hätte etwas Fantasie gebraucht, um von Lust und Glockengeläut zu sprechen, wie es ihre Internatsmitschülerinnen mit Hingabe getan hatten, wenn sie von ihrem ersten Mal erzählten. Doch die Freude zu wissen, dass es mit ihm passiert war, hatte sie vollkommen erfüllt.

»Und?«, hatte Edoardo sie nach einer Weile gefragt und sie auf die Wange geküsst.

»Es war wunderschön«, hatte sie mit aufrichtiger Überzeugung gesagt.

Er hatte gelächelt, wohl wissend, dass das nicht stimmen konnte.

»Es war wunderschön, weil du es warst«, hatte Jane erklärt, seinen Hals geküsst und ihren Kopf auf seine Brust gelegt.

Lange hatten sie so dagelegen. Er hatte ihr Haar gestreichelt, und sie hatte sich dem beseelenden Gefühl hingegeben, das sie erfüllte.

»Für mich war es auch das erste Mal«, hatte er nach ein paar Minuten gesagt.

Jane hatte aufgeschaut und losgeprustet. Es dauerte ein paar Sekunden, ehe ihr klarwurde, dass er es ernst meinte.

»Das erste Mal?«

»Ein erstes Mal«, hatte er leicht verlegen erklärt, ihren Kopf wieder an seine Brust gedrückt und sie fest an sich gezogen.

»Deshalb wolltest du mich also nicht!«, hatte sie gefrotzelt. Doch es hatte bitter geklungen, die Erinnerung an jenen Abend war noch immer schwer erträglich.

»Ich wollte dich immer«, hatte er ernst geantwortet und sie in der Dunkelheit erröten lassen. »Aber es war richtig, dich entscheiden zu lassen.«

»Und … wie war's?«, hatte sie neugierig gefragt. Sie war so sehr auf ihre eigenen Gefühle fixiert gewesen, dass sie seinen Empfindungen nicht genug Aufmerksamkeit geschenkt hatte. Sie konnte sich nur vage erinnern, dass er ein Kondom übergestreift hatte.

»Wunderschön, weil du es warst«, hatte er geantwortet und ihr das Haar aus der Stirn gestrichen.

Jane hatte den Kopf wieder auf seine Brust gelegt, und das Karussell in ihrem Kopf drehte sich.

»Wollen wir es noch mal tun?«, hatte sie nach einer Weile gefragt und den bangen Wunsch, nicht zu enttäuschen, kaum unterdrücken können.

Jetzt musste er lachen.

»Hey …« Er hatte sich auf die Seite gedreht, ohne sie loszulassen. »Es ist gerade mal zehn Minuten her, und das hier ist keine Prüfung!«

»Es ist nur …«, hatte Jane angefangen, ohne zu wissen, was sie eigentlich sagen wollte.

»Alles ist so, wie es sein soll. Mach dir keine Sorgen«, hatte er geflüstert und ihr Gesicht mit Küssen bedeckt.

Es hatte eine Weile gebraucht, bis sie sich wieder entspannen konnte.

Nein, sie hatten nie darüber gesprochen, wo er hinreisen würde, trotz des gepackten Koffers neben dem Bett. Er war schon so oft verschwunden. Sie hatten weder beschlossen, voneinander zu hören, noch nach der tieferen Bedeutung dessen geforscht, was sie einander am Nachmittag gesagt hatten. Arm in Arm hatten sie dagelegen, einander gestreichelt und hin und wieder geküsst, in einem Zustand absoluten Glücks, das Jane die Schwere der vergangenen Tage fast vergessen ließ. Sie hatten von der Narbe auf seinem Oberschenkel geredet, eine Erinnerung an einen Mopedsturz, und darüber gelacht, dass sie offenbar nicht die Einzige war, die sich auf zwei Rädern blöd anstellte.

»Ich weiß es nicht«, hatte sie dem Staatsanwalt geantwortet und sich hilflos gefühlt.

Diesmal seufzte er geräuschvoll und rückte auf seinem Stuhl hin und her.

263

»Sie wissen, dass Sie verpflichtet sind, die Wahrheit zu sagen, nicht wahr, Signora?«

»Natürlich.« Sie wippte nervös mit dem Fuß und versuchte ihn stillzuhalten.

Der Mann blickte wieder in die Unterlagen.

»Wollen wir dann über die Nacht vom 1. August reden?«

Jane starrte ihn verwirrt an. Sie wusste nicht einmal, was für ein Tag das gewesen war.

»Ich ... also ...«

»Dann helfe ich Ihnen auf die Sprünge, Signora Emili. Am 1. August hat Edoardo Rocca bei sich zu Hause seinen Geburtstag gefeiert. Es waren mindestens fünfzig Personen anwesend. Waren Sie auch dort?«

Jane wurde schwindelig.

»Ja«, krächzte sie.

Der Mann blickte auf.

»Möchten Sie etwas trinken?«

Jane schüttelte den Kopf.

»Also«, fragte er in nachsichtigem Ton. »Was ist an dem Abend passiert?«

Jane legte die Hand an die Brust, um ihr pochendes Herz zu beruhigen. Sie wussten über alles Bescheid. Bestimmt waren Edoardo und Mason überwacht worden.

»An dem Abend habe ich ...« Sie schloss die Augen und atmete tief durch.

Dann erzählte sie und bemühte sich, kein Detail auszulassen. Die Ankunft von Mason, dem sie dort zum ersten Mal begegnet war, die Party, das Feuerwerk, die Tische, sogar die Kartenleserin, und Edoardo, der sie in der Nacht um Hilfe gebeten hatte, der betrunkene Schwager, den sie aus dem Haus gebracht hatten, der Wagen hinter dem Haus.

Der Staatsanwalt hörte zu und machte sich Notizen.

264

»Und dann?«, fragte er, als sie erschöpft verstummte.

Ehe Jane weiterreden konnte, fragte er knapp: »Um wie viel Uhr ist Rocca zurückgekommen?«

»Ungefähr um drei oder vier Uhr morgens.«

»Haben Sie auf ihn gewartet?«

»Ja.«

»Hatte er Sie darum gebeten?«

»Nein.«

»Warum haben Sie es dann getan?«

Jane schaute ihn verzweifelt an.

»Mussten Sie sich wieder einmal voneinander verabschieden?«, fragte der Staatsanwalt ohne eine Spur von Ironie. Sie hatte das Gefühl, mit dem Rücken zur Wand zu stehen.

»Nein. Ich wusste, dass er seine Schlüssel vergessen hatte.« Ihre Stimme brach, Tränen stiegen ihr in die Augen.

»Hat er Ihnen etwas gegeben? Sie um etwas gebeten?«, bohrte er weiter.

»Nein.«

»Hatte er etwas in der Hand? Umschläge, Unterlagen?«

Jane versuchte sich zu erinnern.

»Ich glaube nicht.«

»Überlegen Sie gut.«

Jane atmete durch und versuchte sich mit aller Kraft zu erinnern.

»Bei seiner Rückkehr hat Ed… Rocca … das ganze Arbeitszimmer unter die Lupe genommen und gesagt, er habe Angst, Mason könnte in seinen Unterlagen herumgewühlt und etwas mitgenommen haben, er hat mich gefragt, ob ich etwas gesehen hätte, aber ich schwöre, ich habe wirklich nichts …« Ein Schluchzer hinderte sie am Weiterreden.

Der Staatsanwalt lehnte sich zurück.

»Signora Emili«, hob er geduldig an, »ich werfe Ihnen doch

gar nichts vor. Ich bitte Sie lediglich, mit mir zusammenzuarbeiten.«

Jane nickte.

»Sie wissen, weshalb wir Rocca verhaftet haben, richtig?«

Sie nickte wieder. Doch obwohl sie es dutzende Male in der Zeitung gelesen hatte, hätte sie es mit eigenen Worten nicht erklären können.

»In den vergangenen zwei Wochen sind trotz bereits laufender Ermittlungen wichtige Daten von den Computern der Gesellschaft gelöscht und zahlreiche Unterlagen vernichtet worden. Zudem sind wie über Nacht fünfzehn Millionen Euro verschwunden. Wir möchten wissen, wie sie das angestellt haben.«

Jane riss sich zusammen, um den Faden nicht zu verlieren.

»Jemand muss ihnen geholfen haben.«

Sie schwieg verstört.

»Aus Ihren Schilderungen schließe ich, dass Sie nicht nur die letzten Stunden vor seiner Verhaftung mit ihm verbracht haben, sondern auch bei dem letzten Zusammentreffen zwischen ihm und Riccardo Mason anwesend waren …«

Jane begann zu zittern. Edoardos Stimme hallte in ihrem Kopf, sie sah sein Gesicht vor sich, das jetzt mit den fremden, unerbittlichen Zügen des Staatsanwalts verschmolz. Die Polizistin sah neugierig zu ihr herüber. Am liebsten wäre sie davongelaufen. Was mache ich hier? Was habe ich mit all dem zu tun?

»Und Sie behaupten, Sie haben rein gar nichts bemerkt, nichts gesehen, nichts verstanden?« Seine Stimme klang verständnisvoll, fast freundlich. »Und Sie können mir nicht erklären, wieso er Ihnen diese Nummer geschickt hat?«

»Ich …« Jane stand auf. »Ich …«, wiederholte sie schwächer.

»Ganz ruhig, Signora.« Der Mann erhob sich ebenfalls und wollte sie stützen.

»Ich fühle mich nicht gut«, brachte sie heraus und musste sich an ihm festhalten.

Die Polizistin half ihr, sich wieder zu setzen, öffnete das Fenster und brachte ihr ein Glas kaltes Wasser.

Der Staatsanwalt lehnte sich mit dem Rücken gegen den Fensterrahmen und wartete, bis sie sich wieder erholt hatte.

»Ich weiß nichts, ich schwöre«, wiederholte Jane erschöpft.

»Na schön, das genügt«, sagte der Mann sehr viel weicher als vorher.

Die Polizistin erkundigte sich, ob sie noch Durst habe, doch Jane lehnte dankend ab.

Der Staatsanwalt kehrte an den Schreibtisch zurück, unterzeichnete einige Papiere und schob sie ihr zur Unterschrift hin. Dann gab er ihr den Pass zurück und bat sie, ihm ihre Telefonnummern und Adressen zu notieren.

»Rufen Sie mich an, falls Ihnen noch etwas einfällt«, sagte er und reichte ihr seine Visitenkarte.

Schweigend sahen die beiden zu, wie Jane die Karte wegsteckte und sinnlos in ihrer Handtasche herumkramte.

»Eines noch, Signora Emili«, sagte er, als Jane aufstehen wollte.

Du hast es fast geschafft, halte durch, sagte sich Jane und versuchte Haltung zu bewahren. Übelkeit stieg in ihr auf.

»Der Inhalt dieses Gesprächs ist streng vertraulich, ich bitte Sie also, mit niemandem darüber zu sprechen.«

Jane nickte. Das wäre ihr nie in den Sinn gekommen.

»Sie können gehen«, sagte er, als er sah, dass sie sich nicht bewegte. »Wir sind fertig.«

Als die Polizistin die Tür öffnete, holte Jane tief Luft und gab sich einen Ruck.

»Ich möchte nicht, dass ...« Sie räusperte sich. »Niemand weiß, dass ...«, haspelte sie und wurde rot.

Die Polizistin schloss die Tür, der Staatsanwalt lehnte sich über den Schreibtisch.

»Dies ist eine Ermittlung wegen schweren Betrugs. Wir suchen das Geld, das Rocca und Mason Dutzenden Personen entwendet haben. Ihr Liebesleben interessiert uns nicht.«

Jane schaute zu Boden.

»Denn glauben Sie mir, wollte man bei dem von Rocca auf dem Laufenden bleiben«, fügte er mit sarkastischem Unterton hinzu, »käme man gar nicht hinterher.«

Als sich Janes Augen mit Tränen füllten, änderte er seinen Ton.

»Die Vernehmungsprotokolle sind geheim«, sagte er beschwichtigend. »Machen Sie sich deshalb keine Sorgen.«

Endlich stand Jane auf.

»Doch wenn ich Ihnen einen Rat geben darf«, fügte er hinzu, »da ich eine Tochter in ungefähr Ihrem Alter habe ... passen Sie gut auf, auf wen Sie sich einlassen.«

Jane antwortete nicht und ging zur Tür.

»So ein Mann kann Ihr Leben für immer ruinieren«, hörte sie ihn beim Hinausgehen sagen.

Verwirrt trat sie auf den Korridor hinaus und blinzelte in das blendende Sonnenlicht, das durch die großen Fenster hereinfiel.

Ein Aufseher musterte sie.

»Wo sind die Toiletten?«

Der Mann deutete auf eine Tür, von der die Farbe schon etwas abblätterte.

Jane steuerte darauf zu und schlüpfte hinein.

Sie schloss sich in eine Kabine ein, krümmte sich über die Schüssel und übergab sich.

28

Marina und Roberta saßen am Küchentisch, eine bleicher als die andere. Während Marina mit Bianca telefonierte, goss Jane kalten Tee in große Gläser, und Nick trug sie zum Kühlschrank, drückte auf einen Knopf, ließ Eiswürfel hineinklirren und brachte sie den beiden Frauen.

Roberta bedankte sich mit einem matten Lächeln und versetzte Nick einen sanften Knuff. Der Junge musterte sie hingerissen. Auch Jane konnte den Blick nicht von ihr abwenden. Fotos von ihr wurden ihr nicht gerecht. Trotz ihres fahlen Teints, den Augenringen und dem von Müdigkeit gezeichneten Gesicht war sie das bezauberndste Wesen, das Jane je gesehen hatte. Ihre großen, nussbraunen Augen waren goldgesprenkelt, die vollen Lippen sanft geschwungen. Das makellose Gesicht sah aus wie gemalt, eingerahmt von leuchtend kastanienbraunem, zu einem lockeren Zopf gebundenem Haar. Sie hatte etwas Zartes, Zerbrechliches an sich, als müsse man sie beschützen. Sogar die nervösen Bewegungen ihrer grazilen Hände mit den rot lackierten Nägeln hatten etwas Bezauberndes an sich. Ihre Stimme war sanft, mit einem kaum hörbaren toskanischen Akzent, der sie noch melodiöser machte. Sie war so durch und durch zauberhaft und anmutig, als käme sie von einem anderen Stern. Jane stellte sie sich in seinen Armen vor, und ihr wurde flau. Zusammen mussten sie atemberaubend gewesen sein.

**

»Bist du in deine Frau noch verliebt?«

»Nein.«

Edoardo war schläfrig, doch er antwortete noch. Er lag hinter ihr und hielt sie in seinen Armen, das Gesicht in ihrem Haar vergraben. Hin und wieder küsste er sie in den Nacken, auf die Schultern.

»Und sie in dich?«

»Nein.«

»Wieso habt ihr euch getrennt?«

Er hatte sie losgelassen und sich auf den Rücken gedreht. Jane bereute ihre Frage und fürchtete, ihn verärgert und den Zauber gebrochen zu haben. Sie hatte sich an ihn geschmiegt und ihn auf die Schulter geküsst.

»Das ist keine schöne Geschichte, Jane«, hatte er eher müde als genervt geantwortet und ihren Arm mit dem Finger gestreichelt.

»Hast du ihr sehr wehgetan?« Die eigentliche Frage hätte lauten müssen: Wie sehr wirst du mir wehtun? Sie kannte die Antwort bereits, sie lag auf der Hand. Er hatte die Macht, sie zu zerstören.

Er hatte einen Moment lang nachgedacht.

»Wir haben beide gelitten«, hatte er dann gesagt.

»Hast du sie betrogen?« Sie wusste, dass sie eine rote Linie überschritt, doch sie konnte nicht anders.

Er hatte tief Luft geholt.

»Ich habe keine Lust, darüber zu sprechen, Jane.«

Schweigend hatten sie dagelegen. Seine Hand streichelte sanft ihren Rücken, die Schenkel, den Bauch.

»Ich habe sie betrogen«, hatte er irgendwann leise gesagt, als Jane schon nicht mehr damit rechnete.

Sie hatte den Kopf gehoben, um ihm in die Augen zu sehen.

»Warum?«

Sie konnte spüren, wie er lächelte. Das Funkeln seiner dunklen Augen war in der Dunkelheit nur zu erahnen.

»Aus … Versehen, aus Dummheit. Weil es passiert ist.« Er klang gequält. »Wir waren jung und völlig ahnungslos.«

Jane wollte ihm keine weiteren Fragen stellen.

»Roberta war für mich wie …«, er rang nach Worten, »wie eine Krankheit.«

Jane hatte ihn fest in die Arme genommen, und er hatte sie an sich gezogen.

»Das ist Vergangenheit«, hatte er gemurmelt und sie versehentlich aufs Auge, statt auf den Mund geküsst.

»Schlafen wir?«, hatte er irgendwann erschöpft gefragt.

Ohne ein weiteres Wort hatte sie die Augen geschlossen.

Marina legte auf.

»Bianca und Nello müssten bald hier sein.«

Ein Schatten huschte über Robertas Gesicht. Nello war der zweite Anwalt. Soweit Jane verstanden hatte, war am Tag zuvor sogar ein dritter hinzugekommen.

»Ist es in Ordnung, wenn ich bleibe?«, fragte Roberta vorsichtig.

»Natürlich«, gab Marina mit Nachdruck zurück. »Ich bin froh, dass du hier bist.«

Roberta lächelte dankbar.

»Wir müssen jetzt zusammenhalten«, sagte sie und drückte ihre Hand.

Verstohlen, damit Nick es nicht merkte, wischte sich Marina eine Träne fort.

Jane musste sich zwingen, Roberta nicht unentwegt anzustarren. Ihr Anblick bereitete ihr ein solches Unbehagen, dass sie kaum atmen konnte. Die hinreißende, zerbrechliche Roberta erfüllte den gesamten Raum, ihre Gegenwart war der

Mittelpunkt, um den alles kreiste. Jane war ein Eindringling. Sie konnte nicht glauben, dass es diese Nacht und diese Worte tatsächlich gegeben hatte. Jetzt, da Roberta leibhaftig anwesend war und in diesem Haus wie selbstverständlich ihren Platz einnahm, schien sich all das, was vorher passiert war, in Luft aufzulösen. Während Jane sich im Hintergrund hielt und versuchte, möglichst unsichtbar zu bleiben – was nicht schwer war, da niemand sich für sie interessierte und Roberta höchstens zwei Worte mit ihr gewechselt hatte –, hatte sie das niederschmetternde Gefühl, gar nicht zu existieren. Und selbst wenn sie mit der Wahrheit herausgeplatzt wäre, hätten sie ihr nicht geglaubt und sie obendrein ausgelacht.

Die Einzige, die vielleicht etwas wissen konnte, war Bianca. Sie musste unbedingt allein mit ihr reden.

Ungeduldig starrte sie auf die Auffahrt.

Als der Wagen auftauchte, lief sie nach draußen. Tatsächlich war Bianca in Begleitung von zwei Männern.

Jane öffnete das Tor, und Bianca stellte ihr die Männer hastig vor. Alle waren mit Aktenordnern beladen und hielten ein Tablet in der Hand.

Schüchtern trat Jane an Bianca heran.

»Kann ich dich einen Augenblick sprechen?«

Bianca blieb überrascht stehen, und die beiden Anwälte verlangsamten ihre Schritte, um auf sie zu warten.

»Geht ruhig schon vor, ich bin gleich da«, rief Bianca ihnen zu und sah Jane aufmerksam an.

»Marina und Roberta Mason sind im Haus«, setzte Jane hinzu und deutete auf die Villa.

Bianca machte große Augen.

»Roberta? Roberta ist noch immer hier?« Sie hatte Mühe, ihre Irritation zu verbergen, doch sofort hatte sie sich wieder im Griff.

»Also, was wolltest du mir sagen?«, fragte sie in sachlichem Ton.

Jane zögerte. Sie hatte lange darüber nachgedacht, doch es gab keine Alternative.

»Weiß Edoardo, dass ich verhört wurde?«, fragte sie schnell, um die Sache hinter sich zu bringen.

Bianca blickte den anderen nach, um sicherzugehen, dass sie außer Hörweite waren.

»Ja«, antwortete sie mit vielsagendem Blick. Offenbar wollte sie nicht darüber sprechen.

Jane blickte sie flehentlich an. Sie wäre auf die Knie gefallen, um noch mehr zu erfahren.

Bianca zögerte.

»Es tut ihm leid«, sagte sie schließlich gedämpft. »Und er will alles klarstellen.«

»Lässt er mir etwas ausrichten?«

»Nein.«

»Geht es ihm gut?«

»Es ging ihm schon besser.«

Für Bianca war die Unterhaltung beendet, und sie wandte sich zum Gehen.

Verzweifelt hielt Jane sie am Arm zurück.

»Was soll ich tun?« Die Frage war absurd, es gab keine Antwort darauf.

Bianca blieb stehen und musterte sie.

»Jane …« Ihre Stimme klang mitfühlend.

Sie zog sie ein Stück vom Haus weg, damit niemand sie hören konnte.

»Hör zu«, sagte sie ernst. »Diese Geschichte kann euch beiden schaden.«

Jane nickte.

»Dir mehr als ihm, Jane.«

Jane blickte fragend auf.

»Verzeih meine Ehrlichkeit, aber wir sollten jetzt nicht um den heißen Brei herumreden. Du bist sicherlich schon von selbst darauf gekommen, dass du nicht sein einziges … Abenteuer bist.«

Jane wurde flau, doch sie sagte nichts.

»Es wäre bestimmt nicht zu seinem Vorteil, wenn man ihm noch eine weitere … Affäre anhängen könnte, zumal mit einer blutjungen Hausangestellten. Aber das wäre wirklich das geringste Problem«, sagte Bianca bitter. »Ihm werden ganz andere Dinge zur Last gelegt, dafür könnte er zehn Jahre bekommen.«

Jane war wie versteinert.

»Wenn das rauskommt, könnte es gut sein, dass du auch mit Dreck beworfen wirst, Jane.«

Sie machte eine Pause.

»Die Welt da draußen ist brutal. Manche werden Mitleid mit dir haben, andere werden dich hassen. Bei Männern drückt man gern ein Auge zu, die wollen sowieso alle nur das Eine, das Fleisch ist schwach, das verzeiht man ihnen schnell. Aber Frauen nicht.«

Am liebsten hätte Jane sich die Ohren zugehalten.

»Jetzt zeigen ihm alle die kalte Schulter, aber was glaubst du, wie viele Frauen von einem Mann wie Edoardo träumen, und mit einer, die Gefühle für ihn zeigt, haben sie keine Gnade.«

Was für eine nette, diplomatische Art zu sagen, dass man sie wie eine Nutte behandeln würde. Sie musste daran denken, was Tante Rossella nach den Berlusconi-Skandalen gesagt hatte: Der arme Mann, sie wollen ihn wirklich fertigmachen.

»Sag mir nur, ob er abhauen wollte.« Jane musste es einfach wissen.

Hätte er sie nach dieser Nacht einfach sitzen lassen? Monatelang? Für immer? War sie nur das letzte Schmankerl vor der Flucht gewesen?

Bianca zögerte. In ihrem Blick lag aufrichtiges Bedauern.

»Ich darf über diese Details nicht sprechen, Jane.«

Dann strebte sie eilig auf die Haustür zu.

Sie redeten eine Stunde lang. Jane hörte die erregten Stimmen, die hin und wieder in gedämpftes Flüstern umschlugen, das Klingeln des Telefons, Nicks Beachtung heischendes Gequengel. Im Fernseher lief der Nachrichtenkanal, obwohl Edoardo nicht mehr die Top-Meldung war. Guido rief Nick in den Garten, damit er ihm beim Rasenmähen half, und der Junge suchte fragend Janes Blick, doch sie wandte sich ab. Sie konnte sich nicht länger verstellen. In der Nacht nach der Vernehmung hatte sie sich abermals übergeben müssen. Panikattacken rollten über sie hinweg und erschütterten sie von Kopf bis Fuß. Sie wollte Roberta nicht sehen. Sie brachte nicht den Mut auf, Marina in die Augen zu sehen. Sie aß so gut wie nichts mehr.

Jetzt traten Marina und Bianca mit gesenkten Köpfen auf die hintere Terrasse heraus und waren zu angespannt und konzentriert, um sie zu bemerken. Jane huschte zu Edoardos Arbeitszimmer und öffnete vorsichtig die Tür. Die Fensterläden waren angelehnt, das verwaiste Zimmer mit den leergeräumten Regalen lag im Dämmerlicht. Als sie sich umblickte, wurde sie von den Erinnerungen überwältigt. Sie glaubte sogar, seinen Duft wahrzunehmen. Sie hätte alles gegeben, um die Zeit zurückdrehen und anhalten zu können. Ihn heimlich zu lieben, nach dem Lichtstreifen unter seiner Tür zu spähen, beim Klang seiner Stimme oder dem Anblick seines Autos Herzklopfen zu bekommen, erschien ihr jetzt wie ein unwiederbringlich verlorenes Glück. Hätte sie gewusst, was kommen würde, hätte sie auf ewig so weitergemacht und wäre in diesem Zustand aus Sehnsucht und Qual verharrt. Die Stimmen vor den Fenstern waren deutlich zu hören, und sie konnte die Schemen von Marina und Bianca erkennen.

»Du musst aufhören, in ihrer Gegenwart darüber zu reden«, sagte Bianca bestimmt.

»Ich habe nichts gesagt, was sie nicht bereits wusste!«, rechtfertigte sich Marina. »Ihr Anwalt hatte schon mit Nello gesprochen.«

»Marina«, herrschte Bianca sie an, »wir wissen nicht, wie die Dinge gelaufen sind, aber wir wissen sehr wohl, dass sie das Bindeglied zu diesem Gesindel war. Du kannst dir nicht vorstellen, wie oft Edoardo sie gebeten hat, vorsichtiger zu sein.«

»Aber es ist doch Roberta!«, brauste Marina auf. »Ich kenne sie seit einer Ewigkeit. Wie kannst du so von ihr denken?«

»Herrgott, Marina, du bist noch schlimmer als er!«, blaffte Bianca. »Wie kann es sein, dass ihr sie so schlecht kennt? Es ist immer das gleiche Spielchen! Sie krallt sich jeden, der ihr nützlich ist, es fallen sowieso alle auf sie herein. Mal ist es Edo, dann leiert sie ihren Eltern das Geld aus den Rippen oder irgendeinem Sechzigjährigen, der ganz heiß auf sie ist und nicht Nein sagen kann! Mason hat sie benutzt, weil er wusste, dass dein Bruder ihm nicht mehr vertraute, *ihr aber schon*!«

Jane gefror das Blut in den Adern.

»Mason ist extrem rücksichtslos, Marina«, fuhr Bianca fort. »In seiner Verzweiflung ist er zu allem fähig. Er darf nicht mehr nach Italien zurückkehren. Wenn er nicht eine *Sekunde* gezögert hat, seine Schwester in Schwierigkeiten zu bringen, will ich mir gar nicht ausmalen, was er gegen deinen Bruder …«

»Aber genau das sagt Edo doch!«, rief Marina. »Sie ist naiv, nicht böse, sie ist manipuliert worden!«

Bianca zuckte verärgert auf.

»Ich bin mir sicher, dass sie sich abgesprochen haben«, erwiderte sie, »aber wie dem auch sei, wieso machst du dir ihretwegen Sorgen? Begreifst du nicht, dass Edoardo sehr viel schlimmer dran ist? Hätte er bloß schon vor *Monaten* auf mich gehört«, stieß sie zornig hervor, »dann würden die Zeitungen jetzt eine ganz andere Geschichte erzählen.«

Leas Stimme unterbrach sie.

»Marina, Marina, wo bist du?«

»Gehen wir«, sagte Bianca, und Jane hörte sie hastig davongehen. Auf Zehenspitzen schlich sie aus dem Zimmer, zog behutsam die Tür zu und kehrte ins Wohnzimmer zurück.

Als sie eintrat, waren alle auf den Beinen, und die Luft knisterte vor Anspannung.

Der alte Anwalt telefonierte, die anderen hörten in gebanntem Schweigen zu. Lea stand ein wenig abseits und spitzte die Ohren. Mit wie zum Gebet gefalteten Händen und gesenktem Kopf stand Roberta da und sah aus, als würde sie im nächsten Moment in Ohnmacht fallen. Nur Guido war mit Nick im Garten.

»In Ordnung«, sagte der Mann, ehe er auflegte. »Danke.«

Er ließ das Telefon sinken und blickte in die abwartenden Gesichter.

Dann nickte er.

»Sie haben unterschrieben. Morgen früh.«

Mit einem erstickten Aufschrei fiel Marina Bianca um den Hals, die ungerührt stehen blieb. Roberta ließ sich auf das Sofa sinken und vergrub den Kopf in den Händen.

Jane blickte sich ratlos um.

»Was ist los?«, fragte sie Lea, die tränengerötete Augen hatte.

Roberta schluchzte, Marina lachte hysterisch.

»Gelobt sei der Herr«, hauchte Lea. »Sie haben ihm Hausarrest gegeben. Er kommt nach Hause.«

Jane war wie taub, als wäre alles in ihr zu Eis gefroren. Sie blickte sich um. Bianca war schon wieder am Telefon. Nello kramte nervös durch seine Unterlagen.

Nick steckte den Kopf zur Tür herein und machte ein verdattertes Gesicht.

»Morgen kommt Onkel Edo wieder, Schatz«, sagte Marina.

»Haben sie ihn freigelassen?«

Marina nahm ihn fest in die Arme.

»Ja, ja«, sagte sie immer wieder.

Jane verschwand in die Küche. Kaum war sie außer Sichtweite, stützte sie sich auf den marmornen Tresen.

Plötzlich war alles wieder glasklar, und sie hatte nur einen einzigen Gedanken.

Ich muss hier weg.

Juni 2016

29

»Wo muss ich bimmeln?«

Jane lächelte gezwungen. Obwohl sie jetzt schon seit sechs Monaten zusammen waren, hatte Carlo noch immer nicht begriffen, dass sie es nicht ausstehen konnte, wenn er versuchte, den römischen Dialekt zu imitieren. Er hatte Ivana nur einen Abend in Mailand gesehen, als sie Jane besucht hatte und die beiden Mädchen sich in ein französisches Bett hatten quetschen müssen, und seitdem glaubte er, eine Mischung aus Francesco Totti und Sora Lella getroffen zu haben. Jane teilte sich die Wohnung mit einer kalabrischen Studentin und einer sizilianischen Verkäuferin, die fast ausschließlich in Dialekt redete, doch bei den beiden hatte er sich so etwas nie herausgenommen.

Ivana hatte freilich ihren Teil dazu beigetragen und es ihm mit gleicher Münze heimgezahlt.

»Süß, er ist wirklich süß, Jane«, hatte ihr Urteil gelautet, doch ihre Miene war skeptisch geblieben. »Auch wenn ich, ehrlich gesagt, nicht mit einem zusammen sein könnte, der immer den bestimmten Artikel vor meinen Namen setzt.«

Jane fand ihn auch wirklich süß, mit seinen kastanienbraunen Locken und dem heiteren Gemüt.

»In der Bocconi sind alle immer so ernst. Aber er …«

Sie war froh, jemanden kennengelernt zu haben, der nicht an derselben Uni studierte. Ihre Kommilitonen schienen dazu verdammt zu sein, sich nur untereinander zu paaren.

»Nein, Jane, ich bitte dich. *In* der Bocconi geht gar nicht. Es heißt: *an* der Bocconi.«

Jane hatte gelacht.

»Ich bin Engländerin!«, hatte sie sich verteidigt.

»Na schön, du weißt eh, dass ich Andrea besser fand«, hatte Ivana geschlossen, wohl wissend, dass sie mit ihrer bei jeder Gelegenheit bekundeten Meinung auf verlorenem Posten stand. Sie hatte sich von Anfang an für ihn starkgemacht, doch irgendwann war der Moment gekommen, an dem sowohl sie als auch Andrea eingesehen hatten, dass es keinen Sinn machte.

»Schon wieder?« Jane hatte mit den Augen gerollt.

»Er bezahlt mich nicht dafür, Jane. Ich sag's dir, weil ich es so sehe.«

In Erinnerung an diese Unterhaltung schüttelte Jane den Kopf und merkte, dass Carlo noch immer neben ihr stand, den Koffer in der einen und das Geschenk in der anderen Hand. Er wusste nicht, welches Ivanas Klingelknopf war.

Ratlos ging sie die Namensschilder durch. Ivanas Mutter hatte endlich ihren geliebten Notar geheiratet, der sich dank eines überaus großzügigen Schecks von seiner Frau getrennt hatte. Jetzt war er weniger reich, aber dafür umso sympathischer und vor allem glücklich, ein Gottesbeweis, pflegte Ivana zu sagen. Sie bewohnten eine große, zweistöckige Dachgeschosswohnung hinter der Piazza Bologna direkt über seinem Büro, in dem die Mutter noch immer arbeitete. Nach einigem Widerstand hatte Ivana sich breitschlagen lassen, bei ihnen einzuziehen, und sie hatten ihr das obere Stockwerk überlassen, wo sie machen konnte, was sie wollte, und Filippo bei ihr übernachten konnte.

»Da du zum ersten Mal wieder einen Fuß nach Rom setzt, wäre es mir eine Ehre, dich bei mir zu beherbergen. Sogar mit deinem Mailänder Freund. Was soll ich kochen? Risotto Milanese?«, hatte Ivana Jane begeistert angeboten.

Sie hatte ihr auch den Namen genannt, bei dem sie klingeln musste, doch Jane konnte sich beim besten Willen nicht mehr daran erinnern. »Jane? Bist du das?«

Sie fuhr zusammen. Zwar konnte das Befürchtete unmöglich eintreten, aber trotzdem kam es nicht von ungefähr, dass sie seit drei Jahren keinen Fuß mehr nach Rom gesetzt hatte.

Fragend sah Carlo den jungen Mann an, der auf sie zukam. Jane erkannte ihn nicht sofort. Sie hatte ihn zwar auf Fotos gesehen, doch in Wirklichkeit war die Veränderung viel beeindruckender.

»Filippo!«, rief sie freudig.

Er erwiderte ihre herzliche Umarmung. Nur seine Körpergröße war unverändert geblieben. Ansonsten war er ein anderer Mensch. Er hatte sich die Haare wachsen lassen, war normal angezogen, hatte gut zwanzig Kilo verloren und sich in einen gutaussehenden, schlaksigen, sportlichen Kerl verwandelt. Jane wusste, dass er viermal die Woche schwimmen ging und gemeinsam mit Ivana aufgehört hatte zu rauchen.

Verblüfft und gerührt betrachteten sie einander.

»Du siehst … umwerfend aus!«, sagte er baff. Jane hatte sich alle Mühe gegeben, so auszusehen wie bei ihrem Kennenlernen, doch sie wusste, dass sie sich verändert hatte. Der neue Haarschnitt, ein kurzer Pagenkopf mit Pony, stand ihr ausgezeichnet und ließ sie älter aussehen. Sie hatte angefangen sich zu schminken und sich gut zu kleiden. Zwar reichte sie nicht an ihre hippen Kommilitoninnen heran, die aussahen, als kämen sie gerade vom Laufsteg, doch Jeans, T-Shirt und Turnschuhe waren passé.

»Du siehst ebenfalls super aus!«, erwiderte Jane das Kompliment, das er mit einem stolzen Grinsen quittierte.

Nach jahrelangem Werben und Leiden hatte Amor Ivanas Herz getroffen, während sie gemeinsam für eine besonders schwere Prüfung büffelten. Offenbar hatte Filippos steter Tropfen den Stein gehöhlt. Ivanas Schilderung nach war er vor ihren Augen erblüht. Doch in Wahrheit war die Sache ganz anders gelaufen. Filippos mühselige Wandlung, die natürlich Ivana galt, hatte das Interesse anderer Mädchen geweckt, und plötzlich hatte Ivana gemerkt, dass man ihr ihren getreuen Ritter womöglich wegschnappen könnte. Also hatte sie beschlossen, das Revier zu markieren und sich auf ihn einzulassen, was ihn in solche Glückseligkeit versetzt hatte, dass sie sich bis über beide Ohren in ihn verliebt hatte. Er ist so süß, er ist so aufmerksam, warum hat mir das keiner gesagt, wieso habe ich so viel Zeit verplempert, sagte sie in einem fort. Jane, die niemals damit gerechnet hätte, freute sich riesig für die beiden.

Carlo hielt sich höflich ein Stück abseits und beobachtete die beiden.

Abgesehen von dem etwas zu starken Mailänder Akzent war Carlo ein gutaussehender, lustiger, sympathischer Kerl, mit dem Jane ganz sie selbst sein konnte. Verliebt war sie nicht, und sie bezweifelte, dass sie sich je wieder in einen Mann verlieben würde, doch dies hier kam dem realistisch Erreichbaren womöglich am nächsten. Sich wohl miteinander zu fühlen, zufrieden zu sein, Spaß zu haben, sich nicht allzu viele Fragen über die Zukunft zu stellen. Sie war dreiundzwanzig, er vierundzwanzig, und sie hatten alle Zeit der Welt. Er sah es genauso, und vielleicht würde es deshalb länger halten als mit Andrea, von dem sie sich schon sehr bald erdrückt gefühlt hatte.

Jane wusste, dass sie daran nicht unschuldig war, schließlich hatte sie sich nur auf ihn eingelassen, um alles andere zu vergessen. Sie war diejenige gewesen, die den Turbo eingelegt und sich eingeredet hatte, er müsse der Mann ihres Lebens sein. Denn war er nicht perfekt? So nett, so ernsthaft, der ideale

Kandidat, um die stürmische Vergangenheit zu begraben, und sogar Tante Rossella hatte wie ein Honigkuchenpferd gestrahlt, was dazu geführt hatte, dass er ernsthaft anfing, von Liebe zu reden, und zwar in Großbuchstaben und ohne die leiseste Ahnung von den mühsam unterdrückten Schmerzen und den Herzensqualen zu haben, an denen sie litt. Solange er als Austauschstudent in London und sie in Mailand war, hatte Jane es nur mit allzu vielen täglichen Telefonaten und seiner schmachtenden Sehnsucht ob der schmerzlichen Distanz zu tun gehabt, doch kaum war er wieder aus England zurück, hatte er angefangen, von einem Umzug nach Mailand zu fantasieren, und vorgeschlagen, sie könnten zusammenziehen – mit zwanzig! –, und Jane hatte stopp gesagt, bis hierhin und nicht weiter, und mit einem Schlag nicht nur sein Herz gebrochen, sondern auch das von Tante Rossella und das von Ivana, die so begeistert von ihnen als Paar war.

Seitdem war ihr Verhältnis zu Andrea gestört, und sie hatten sich nicht mehr wiedergesehen, nicht zuletzt, weil Jane sich geweigert hatte, sinnlose Ursachenforschung zum Scheitern ihrer Beziehung zu betreiben. Über Ivana erreichten sie in regelmäßigem Wechsel Wiederannäherungsversuche und erbitterter Groll, weil sie ihn verführt und grundlos fallengelassen hatte. Mit der Ausrede, ihr frohe Weihnachten wünschen zu wollen, hatte er sogar bei Tante Rossella angerufen. Wenn er das für eine erfolgreiche Taktik hielt, hatte er sich geschnitten. Nach diesem Belagerungszustand war Carlos entspannte Art wie Wasser auf ihre Mühlen.

Zwar fiel ihr die Rückkehr nach Rom aus ganz anderen Gründen schwer, doch dass sie mit der Zusage zu Ivanas Abschlussparty gezögert hatte, lag vor allem daran, dass sie Andrea wiederbegegnen würde. Sie war froh, dass Carlo sie begleitete, schließlich würde sie dort so gut wie niemanden kennen.

»Das ist Carlo«, sagte sie zu Filippo.

Die beiden jungen Männer schüttelten einander lächelnd die Hand.

»Gut, dass du da bist, ich habe vergessen, wo ich klingeln muss.«

Filippo zeigte auf das Klingelschild und zog einen Schlüsselbund hervor.

»Aber wie ich sehe, bist du hier zu Hause.«

»So ist es«, bestätigte er strahlend.

Mit einem eleganten alten Aufzug samt lederverkleideten Wänden und hölzernem Klappsitz fuhren sie nach oben, und als sie vor der großen, glänzenden Wohnungstür standen, kribbelte Jane der Magen.

Ehe sie sich's versah, flog die Tür auf, und Ivana fiel ihr um den Hals. Die beiden brachen in Tränen aus, und die Jungs standen ratlos daneben.

»Entschuldige!« Ivana versuchte sich zu beruhigen. »Aber ich freue mich so! Ich kann's nicht fassen, dass du wirklich hier bist! Danke! Das ist das schönste Geschenk von allen.«

Carlo und Filippo warfen sich verwunderte Blicke zu und fragten sich womöglich, was so unglaublich daran war, nach Rom zu kommen, um mit einer engen Freundin zu feiern.

Jane löste sich aus der Umarmung und gab Ivana einen Kuss auf die Wange.

»Ich freue mich auch«, sagte sie und drückte sie fest an sich.

Sie hatte fast ein Jahr gebraucht, um sich zu überwinden, Ivana die ganze Geschichte zu erzählen, die bis dahin nur zwei Menschen auf der Welt kannten. Denn obwohl Bianca es geahnt und der Staatsanwalt keine Zweifel daran gehabt hatte, wusste niemand, was wirklich in der Dunkelheit jener Nacht geschehen war.

In dem ersten Jahr nach der Tragödie hatte sie fast jeden Abend geweint, das Gesicht ins Kissen vergraben: nachdem sie todmüde von der Vorlesung oder dem Comic-Zeichenkurs nach Hause gekommen war, nachdem sie mit Andrea telefoniert hatte, nachdem sie Onkel und Tante von ihren Fortschritten erzählt und beteuert hatte, dass sie tatsächlich lieber allein als bei ihnen wohnte, auch wenn ihr Zimmer nur zwei mal drei Meter groß war und die Monatsmiete ihr kaum etwas zum Leben übrigließ.

Sie hatte sich gefragt, wie lange es noch so gehen würde. Konnte man ewig leiden? Am Anfang war es weitaus schlimmer gewesen. In den ersten Tagen hatte sie sich wie betäubt gefühlt, und das schmerzende Stechen in der Magengegend hatte nicht nachlassen wollen. Selbst das Atmen war ihr schwergefallen. Sie hatte sich die Tage und Minuten mit Beschäftigungen vollgestopft und trotzdem an nichts anderes denken können. Es war, als hätte man ihr ein Stück aus dem Leib gerissen und als würde die Wunde immer weiter bluten, ohne zu verheilen. Ihr fehlte alles, nicht nur Edoardo. Die Villa zu verlassen, war unerwartet traumatisch gewesen. Dort zu bleiben, wäre unmöglich gewesen, doch fortzugehen, stürzte sie in ein entsetzliches Loch. Sie hatte sich gezwungen, keine Zeitung mehr aufzuschlagen, nicht fernzusehen, mit niemandem zu reden. Tante Rossella und Onkel Franco, die keine Ahnung hatten, was tatsächlich vorgefallen war, hatten voller Neugier versucht, ihr ein paar pikante Details zu entlocken, doch sie hatte so einsilbig geantwortet, dass sie es irgendwann aufgegeben hatten.

Dann war die Zeit immer schneller vergangen, und ihr neues Leben hatte allmählich Formen angenommen, doch jener heimliche, bohrende Schmerz hatte sie nicht mehr verlassen. Seitdem verging kein einziger Tag, an dem ihre Gedanken nicht abschweiften und zu Edoardo zurückkehrten. Es passierte ganz plötzlich und unvermittelt, in der Straßenbahn, im Hörsaal, im Kino, im Fitnessstudio. Während sie mit Andrea schlief. Um dagegen anzugehen, hatte sie sich eingeredet, es sei eine Art Krankheit. Was Roberta für ihn gewesen war, war er nun für sie. Ein Symptom, das man im Auge behalten musste. Sie hatte festgestellt, dass die Macht der Erinnerungen ihre Willenskraft bei Weitem überstieg. Es war eine Schlacht, der sie nicht gewachsen war, eine Qual, die sie ihr Leben lang würde ertragen müssen, wie einen Mühlstein, den sie ein Leben lang mit sich herumschleppen musste. Doch sie hatte gelernt, tief durchzuatmen und sich abzulenken, um den Gedanken an ihn zu ertragen.

Sie hatte gehofft, es könnte ihr guttun, jemandem die Wahrheit zu erzählen. Doch war es nicht die letzte Nacht, an die sie am häufigsten denken musste. Die Bilder, die sie nicht loswurde, waren andere. Wie er sich im leuchtend blauen Sweatshirt zu der Villa umdrehte, ohne sie zu sehen. Wie er mit dem Kopf in den Händen im Arbeitszimmer saß und sie sich verzweifelt weinend auf dem Sofa zusammenkauerte, nachdem sie ihm all ihre Liebe vor die Füße gekippt hatte.

Sie wusste, dass sie nur Ivana ihr Herz öffnen konnte.

»Das tut mir leid, Jane. Das tut mir so leid«, hatte Ivana am Telefon gesagt, nachdem sie geduldig abgewartet hatte, bis Janes Schluchzer versiegt waren.

»Es ist alles total schiefgelaufen«, hatte sie hinzugefügt, und Jane war ihr dankbar für die Formulierung gewesen, die sehr viel einfühlsamer war als: Du hast alles falsch gemacht.

»Zum Glück ist es vorbei. Schau nach vorn.«

Nicht eine Sekunde lang hatte Ivana geglaubt, Edoardo könnte ehrliche Gefühle für Jane empfunden haben.

»Das versuche ich ja, aber …«, hatte Jane unter Tränen angehoben und sich sofort auf die Zunge gebissen. Was blieb ihr noch zu sagen? Es gab kein Aber, es gab nichts mehr. Nur einen unendlichen Schmerz, mit dem sie leben musste, in der Hoffnung, das Leben würde weitergehen und sie mit sich ziehen.

Sie hatten nicht mehr darüber geredet, weder am Telefon noch bei ihren Wiedersehen, doch nach ihrem Geständnis hatte Ivana ihr umso eindringlicher geraten, bei Andrea zu bleiben, der in diesem düsteren Ozean ein Rettungsanker war. Aber trotz Ivanas Beharrlichkeit hatte sich der Ratschlag als nutzlos erwiesen, und womöglich hatten sie beide es von vornherein gewusst.

Dann, nach weiteren anderthalb Jahren mit eingezogenem Kopf, in denen sie eine Prüfung nach der anderen gemacht und jede Ablenkung genutzt hatte, zweimal nach London gereist war, um alte Internatsfreunde zu besuchen, mit den fürsorglichen Verwandten und den gelangweilten Cousins Ferien in Frankreich gemacht und ihr Hirn darauf gepolt hatte, nicht mehr zurückzudenken, war ihr Carlo über den Weg gelaufen, und Jane hatte sich auf ihn eingelassen, wenn auch nüchterner, schließlich hatte sie am eigenen Leib erfahren, wie wenig man darauf vertrauen konnte, dass ein Nagel den anderen austrieb. Doch schließlich hatte sie gemerkt, dass sie das Lachen noch nicht völlig verlernt hatte, dass sie an manchen Morgen ohne diesen Felsbrocken auf der Brust erwachte.

Und so hatte sie die Kraft gefunden, nach Rom zurückzukehren – ein riesiger Schritt nach vorn. Als beim Einfahren des ruckelnden Zuges das Schild TERMINI aufgetaucht war, war es unmöglich gewesen, nicht zurückzudenken. Es war, als würde sie etwas zurück in die Tiefe ziehen, doch sie hatte sich schnell dagegen gewehrt.

»Kommt rein«, forderte Ivana sie auf, nachdem sie Carlo herzlich begrüßt hatte. »Ich zeige euch, wo ihr schlaft.«

Die Wohnung war klein, aber sehr hübsch, und Ivana hatte ihnen ihr sonniges Zimmer mit Blick über die Dächer überlassen. Sie und Filippo würden in einem Zimmer im unteren Stockwerk schlafen.

»Das ist doch nicht nötig, ich will euch nicht das Bett wegnehmen!«, hatte Jane protestiert, und auch Carlo beteuerte, er wolle keine Umstände machen.

»Hört auf«, erwiderte Ivana. »Ich treffe hier die Entscheidungen, und ihr beiden Turteltäubchen schlaft hier.«

Carlo lachte, und Jane überwand ihr Unbehagen und entspannte sich. Es war eine gute Entscheidung gewesen herzukommen. Sie wollte sich sofort ans Auspacken machen, doch Ivana schob sie energisch Richtung Wohnzimmer.

»Komm schon, wir machen es uns gemütlich und plaudern ein bisschen.«

Sie setzten sich, und Jane betrachtete ihre Freundin. Das Rauchen aufzugeben, hatte bei ihr das Gegenteil bewirkt wie bei Filippo. Sie hatte ein paar Kilo zugenommen und ein rundes Gesicht bekommen. Ohne die Piercings und mit dem dezenteren Make-up sah sie verändert aus.

Ivana schaute sie fragend an, sagte aber nichts.

»Bist du ein Mitgiftjäger?«, zog sie Carlo auf. »Meine Freundin ist nämlich nicht nur eine reiche Erbin, sondern die tollste Frau, die dir im Leben über den Weg laufen wird.«

Jane prustete los, und Carlo rang nach einer passenden Antwort.

»Moment mal«, sagte Jane grinsend. »Du machst dir ein bisschen falsche Vorstellungen. Aber weißt du was? Ich habe mein erstes Honorar bekommen. Ist das nicht aufregend?«

Die drei schauten sie fragend an, und Jane genoss das Gefühl ihres Erfolgs.

»Das heißt?«, fragte Ivana und sah Carlo an, als hätte er ihr ein großes Geheimnis vorenthalten.

»Das heißt, dass ich meine ersten Zeichnungen an einen englischen Kinderbuchverlag verkauft habe«, fuhr Jane triumphierend fort. »Bei meinem letzten Besuch in London habe ich eine Anzeige gelesen, meine Zeichnungen hingeschickt, und sie haben mich genommen.«

»Großartig!«, rief Filippo begeistert.

Ivana und Carlo machten ratlose Gesichter. Offenbar war ihnen schleierhaft, weshalb man sechsundzwanzig Prüfungen in drei Jahren mit einem Einser-Durchschnitt hinlegte, um dann Kindermärchen zu illustrieren. Sie hatten sie bereits in der Unternehmensleitung irgendeiner Firma oder als Wirtschaftsministerin gesehen.

»Das sind ja schöne Neuigkeiten!«, war auch Tante Rossellas banger Kommentar gewesen. »Es ist doch immer herrlich, wenn man noch Zeit findet, seine Hobbys zu pflegen«, hatte sie gesagt und das Wort *Hobbys* betont. Die Vorstellung, das ganze Geld für das Studium könnte womöglich für die Katz gewesen sein, schien ihr schlaflose Nächte zu bereiten. Giacomo steuerte inzwischen zielsicher auf das Ende seiner musikalischen Karriere zu und versuchte, bei irgendwelchen Talentshows zu landen. Giorgia gammelte zu Hause herum und grübelte über den Sinn des Lebens nach, nachdem sie zweimal das Studienfach gewechselt und keine einzige Prüfung gemacht hatte.

»Und jetzt?«, fragte Ivana argwöhnisch.

»Und jetzt werde ich für sie arbeiten und gleichzeitig weiterstudieren.«

Dass sie für eine Woche Nachtarbeit und sieben Illustrationen ganze 52 Pfund netto bekommen hatte, behielt sie für sich. Sie wusste selbst, wie schwierig es war, davon zu leben, und trotzdem war sie stolz darauf. Wenigstens diese Leidenschaft konnte ihr keiner nehmen, an diesem kleinen Traum konnte sie festhalten.

Carlo bat um etwas zu trinken, und Filippo begleitete ihn in die Küche.

Kaum waren sie allein, fing Ivana an zu tratschen.

»Er ist besser, als ich ihn in Erinnerung hatte«, sagte sie und nickte mit dem Kopf Richtung Küche.

Jane nickte.

»Gar nicht übel, einen Onkel am anderen Ende der Welt zu haben, der eines schönen Morgens aufwacht und einem mehrere Zehntausend Euro rüberschiebt. Wenn ich so viele Kröten hätte, würde ich alles Mögliche damit anstellen!«

Ganz so war es nicht gewesen. Madeira lag nicht am Ende der Welt, und Onkel Jack hatte nicht eines schönen Morgens einen Anfall von Großzügigkeit bekommen. In Wirklichkeit hatte er nach zahlreichen bürokratischen Verwicklungen einen Teil des unter diversen Cousins aufgeteilten Erbes einer alten englischen Verwandten erhalten und Jane den Anteil gegeben, der eigentlich ihrer Mutter zugestanden hätte.

Als Tante Rossella sie angerufen hatte, um ihr die Neuigkeit zu erzählen, war sie im ersten Moment traurig geworden. Sie musste daran denken, wie oft ihre Eltern darüber geredet hatten, was sie alles nicht hatten machen können, weil das Geld dazu fehlte; doch wer gab schon einen Pfifferling auf die Forschung, wieso sollte jemand in Archäologie investieren? Bestimmt hätten sie das Geld in irgendeine abenteuerliche Unternehmung gesteckt, und weil Jane es gewohnt war, mit wenig auszukommen, ohne dass es ihr je an etwas gefehlt hätte, konnte sie sie dafür nicht verurteilen. Fast hatte sie das Gefühl, ihrem Andenken Unrecht zu tun, wenn sie das Geld annahm.

Sie hatte sogar überlegt, Onkel und Tante das Studiengeld zurückzuzahlen, doch Tante Rossella hatte empört abgelehnt.

»Machst du Witze, Jane?«, hatte sie pikiert gesagt, »Das ist der Grundstein für deine Zukunft, du solltest gut darauf aufpassen. Es war mir eine Freude, Francescos Tochter zu helfen. Und du warst jeden Cent wert.«

Und so hatte sie das Geld fürs Erste auf der Bank gelassen und rieb sich bei jedem Kontoauszug ungläubig die Augen.

Sie lächelte versonnen in sich hinein und merkte, dass Ivana sie aufmerksam musterte.

»Dir scheint's viel besser zu gehen«, sagte sie leise, damit die Jungs sie nicht hörten, und streichelte ihr zärtlich übers Knie.

»Stimmt«, sagte Jane, um sie zufriedenzustellen. Sie wollte die gute Stimmung nicht verderben.

Vielleicht, dachte sie bei sich.

30

Jane nahm auf den weichen Kissen Platz, die verstreut auf dem Boden lagen, und nippte an ihrem Cocktail. Sie trug ein schlichtes, schwarzes Schlauchkleid, mit Steinen verzierte Sandalen und eine lange Kette, die sie sich dreimal um den Hals geschlungen hatte.

Das Fest fand im Garten einer bunt dekorierten Kneipe mit orientalischem Flair statt, der ausschließlich von kleinen Lämpchen und Fackeln beleuchtet war und von ohrenbetäubender Discomusik beschallt wurde. Zum Tanzen hatte sie sich die Schuhe ausgezogen, doch sie hatte nicht lange durchgehalten. Carlo war noch auf der Tanzfläche, er wurde nie müde. Sie musste an ein Silvester ihrer Kindheit denken, das sie in einem arabischen Land in der Wüste gefeiert hatten, ob Oman oder Katar, wusste sie nicht mehr. Sie war fünf oder sechs Jahre alt gewesen, das einzige Kind unter lauter Wissenschaftlern. Als jemand Musik angemacht hatte, hatten alle versucht, sie zum Tanzen zu überreden, doch sie hatte sich geschämt und war in die Dunkelheit geflohen, bis sie aus Furcht vor den schwarzen, nächtlichen Schatten wie erstarrt stehen blieb, die Füße im kalten Wüstensand. Rose hatte sie geschnappt und energisch zurückgebracht, und sie hatte den ganzen Abend geschmollt und sich sogar geweigert, den Countdown bis Mitternacht mitzuzählen. Die Erinnerung war bitter und süß zugleich, wie alles, was die Vergangenheit mit ihren Eltern betraf. Wehmütig nahm sie die gleiche Sitzhaltung ein wie damals und war froh, nicht mehr verängstigt und wütend zu sein wie in jener Nacht.

Als sie Andrea entdeckte, fuhr sie zusammen, obwohl sie mit ihm gerechnet hatte. Ivana hatte ihr gesagt, dass er kommen und seine neue Freundin mitbringen würde, mit der er seit einigen Monaten zusammen war. Doch die Vorstellung war eine Sache, ihm gegenüberzustehen, eine andere. Sie hatten sich seit fast zwei Jahren nicht gesehen. Jane hatte Carlo auf eine womöglich feindselige Reaktion vorbereitet, auch wenn sie auf das Gegenteil hoffte.

Er war erwachsener geworden, hatte die Uni mit Bestnoten abgeschlossen und machte ein Praktikum bei einem multinationalen Unternehmen. In seinem weißen Hemd und den dunklen Hosen, mit dem kurz gestutzten blonden Haar und der leichten Bräune war er noch immer der hübsche, adrette Junge, den sie in Erinnerung hatte. An seiner Seite war ein schlankes Mädchen mit roter Lockenmähne. Karotte, hatte Ivana sie getauft. Selbst ein Blinder mit Krückstock hätte gesehen, dass sie keine Italienerin war. Sie kam aus Belgien, hatte ihn bei einem Urlaub kennengelernt und schien perfekt zu ihm zu passen. Hübsch und lässig, der Kumpeltyp mit weißer Bluse und Perlenohrringen.

Als Ivana sie sah, warf sie Jane einen vielsagenden Blick zu. Lächelnd hob Jane den Daumen, um ihr zu zeigen, dass alles in Ordnung war, und beide hielten nach Carlo Ausschau, der sich noch immer auf der Tanzfläche austobte. Ivana schüttelte den Kopf, als wollte sie sagen: Auf den kannst du nicht zählen, und Jane musste lachen. Sie brauchte ihn nicht. Er hatte seinen Spaß, und sie dachte nicht im Traum daran, ihn um Beistand zu bitten. Danke, dass du so bist, dachte sie beruhigt.

Andrea nahm seiner Freundin fürsorglich die Jacke und die Handtasche ab und verschwand Richtung Garderobe, sie lehnte sich an eine Mauer und blickte sich höflich lächelnd um. Dann erkannte sie jemanden, ein Pärchen, das Jane

294

noch nie gesehen hatte, und fing an, mit ihnen zu plaudern.

»Hallo, Jane«, ertönte es plötzlich von oben.

Sie sah auf und blickte in Andreas Gesicht. Von der Tanzfläche spähte Ivana aufmerksam zu ihnen herüber.

Jane stand auf, und förmlich küssten sie einander zweimal
auf die Wangen. Jane hatte Mühe, ihm in die Augen zu sehen.
Sie versuchte, möglichst locker zu wirken.

»Hallo, Andrea, wie geht's dir?«, fragte sie lächelnd.

»Gut«, sagte er versöhnlich und ließ die Hände lässig in die
Hosentaschen gleiten. Jane beruhigte sich. War der kalte Krieg
vorüber?

»Soll ich dir etwas zu trinken bringen?«, schlug er vor.

Sie deutete auf das Glas am Boden.

»Nicht nötig, danke.«

Andrea schlenderte Richtung Getränketisch davon und
blieb mehrmals stehen, um jemanden zu begrüßen. Jane hoffte,
dass es das gewesen sei – dass es so glimpflich laufen würde,
hatte sie nicht erwartet. Doch als er sich nicht zu seiner Freundin gesellte, die noch immer ins Gespräch vertieft war, war
Jane klar, dass er zurückkommen würde. Sie nahm sich vor,
möglichst entspannt zu bleiben.

Tatsächlich kam Andrea zu ihr zurück, in der Hand ein riesiges, bis zum Rand mit Eis gefülltes Glas Cola, das ihm beim
ersten Schluck aus dem Glas schwappte.

Einen Moment lang standen sie unbehaglich nebeneinander
und taten so, als würden sie dem Treiben auf der Tanzfläche
zuschauen.

»Und sie ist …«, fragte Jane und nickte zu dem Mädchen
hinüber, um nicht über alte Geschichten reden zu müssen.

»Monique«, sagte er knapp. Offensichtlich hatte er nicht die
Absicht, ins Detail zu gehen.

»Sie ist sehr hübsch«, versuchte sie es noch einmal.

»Ja«, antwortete er mit verschlossener Miene, die Jane so gut kannte.

Ihr Unbehagen wuchs.

»Wie schön, dich endlich wieder in Rom zu sehen«, bemerkte er schließlich, und Jane meinte eine Spur Zynismus herauszuhören.

»Ja«, sagte sie nachdrücklich. »Wurde auch echt Zeit.«

Er musterte sie spöttisch.

»Und wo ist Carlo?«, fragte er.

Jane deutete auf die Tanzfläche. Schweißüberströmt und ohne Hemd kniete er unter lautem Gejohle auf der Tanzfläche und schob sich im Takt der Musik ruckartig rückwärts.

»Sympathisch!« rief Andrea, und diesmal war der Sarkasmus nicht zu überhören. Jane überlegte, ob sie ihn gleich auffordern sollte, Leine zu ziehen. Wenn dir zwei Jahre nicht gereicht haben, um dich zu berappeln, dann ist das dein Problem, mein Lieber. Du kannst mir die Trennung nicht bis in alle Ewigkeit übelnehmen.

Sie zwang sich weiterzulächeln und suchte nach den passenden Worten, um ihm die Sache möglichst unmissverständlich klarzumachen, doch er kam ihr zuvor.

»Ich habe eine Weile gebraucht, um darauf zu kommen, weißt du?«, hob Andrea in jovialem Tonfall an. »Doch am Ende habe ich zwei und zwei zusammengezählt, und dann hab ich's kapiert.«

Dieser Satz verhieß nichts Gutes. Jane wurde starr.

»Und was hast du kapiert?«, fragte sie gespielt locker, doch innerlich angespannt wie eine Geigensaite.

»Was dahintersteckte«, erklärte er, nippte gelassen an seinem Glas und blickte lächelnd auf die Tanzfläche. Er winkte Monique zu, die sich aus der Unterhaltung nicht loseisen konnte und einen stummen Hilferuf mimte. Er ignorierte sie.

Jane konnte nicht mehr an sich halten.

»Was hinter *was* steckte, Andrea?«, fragte sie irritiert und sah ihn an.

Er lächelte bitter und wusste, dass er ins Schwarze getroffen hatte.

»Hinter der Trennung, Jane. Der Grund, warum es zerbrochen ist.«

Schon wieder? Sie war erleichtert. Dann würde sie es eben noch einmal erklären.

»Andrea …«, hob sie sachlich an. »Darüber haben wir schon tausendmal geredet, und ich dachte, du hättest es verstanden. Wir waren zwanzig, da ist es normal, dass …«

»Hör auf, mir Scheiße zu erzählen, Jane«, fuhr er ihr über den Mund.

Sie war wie vom Donner gerührt, sein Tonfall traf sie wie eine Ohrfeige. Auf der Tanzfläche hatte sich ein Kreis gebildet, und alle tanzten vor und zurück und rückten zu einer Soloeinlage in die Mitte. Gerade war Ivana an der Reihe, sie hüpfte und klatschte zum Takt in die Hände. Carlo feuerte sie ausgelassen an.

»Rate mal, wen meine Mutter im Katasteramt getroffen hat?«, fragte Andrea.

Jane wurde schwindelig, ein jäher Schauder durchlief sie, ihre Knie wurden weich.

»Wann mag das bloß gewesen sein?«, fuhr Andrea fort. »Vor ein paar Monaten vielleicht?«

Tat er so, als würde er sie das fragen?

Jane schüttelte den Kopf. »Ich habe wirklich keine Ahnung, wovon …«

»Du wusstest, dass er inzwischen draußen ist, oder?«, bohrte er mit vertraulicher Stimme weiter; zwei alte Freunde, die über ein gemeinsames Lieblingsthema sprachen.

Jane hatte Mühe zu atmen.

Seit Monaten hatte sie keine Zeitung mehr gelesen, doch es war nicht leicht gewesen, sich die Nachrichten vom Leib zu halten. Wenn man keine Zeitung kaufte, bekam man die Neuigkeiten online serviert. Zog man den Stecker des Computers, hörte man Tante Rossella mit irgendeiner klatschsüchtigen Freundin am Telefon darüber reden.

Sie wusste es. Natürlich wusste sie, dass er draußen war.

Er hatte keine Namen genannt, zwei Jahre und acht Monate bekommen und war schließlich auf Bewährung rausgekommen. Dazu hatte er einen Riesenbatzen Geld zurückzahlen müssen.

»Sie hat nicht damit gerechnet, ihm über den Weg zu laufen, weil sie davon ausgegangen war, dass er jegliches Eigentum hatte verkaufen müssen.«

Mason war noch immer im Ausland, doch nachdem er mit Hilfe seiner jamaikanischen Verwandten ebenfalls eine Menge Geld zurückgezahlt hatte, verhandelte er über seine Rückkehr nach Italien. Er würde nur eine kurze Haftstrafe verbüßen. Eine Zeitung hatte kommentiert, zu fliehen, sei ein guter Schachzug gewesen, denn in der Zwischenzeit seien einige Anklagepunkte fallengelassen worden oder hatten sich als weniger schwerwiegend als angenommen herausgestellt. Der Kanadier wurde noch immer mit internationalem Haftbefehl gesucht.

»Er war dort, weil sie eines seiner Grundstücke enteignet haben, es war so gut wie nichts wert, doch er hängt dran, er muss wirklich völlig pleite sein. Es grenzt an das meiner Mutter. Jetzt sind sie wieder Verbündete. Wer hätte das gedacht?«

Er stieß ein grunzendes kleines Lachen aus.

Gegen Roberta hatte es keine formelle Anklage gegeben.

Ihre italienische Familie hatte stets erklärt, an ihre Unschuld zu glauben, sich von Riccardo jedoch distanziert. Die Scheidung von Edoardo war rechtskräftig geworden, als er noch im Gefängnis saß. Kurz darauf hatte sie wieder geheiratet, einen abgebrannten spanischen Adeligen, der zwanzig Jahre älter war als sie, und zusammen hatten sie in Spanien an einer Fernsehshow teilgenommen, in der Paare getrennt werden und verschiedenen Versuchungen widerstehen müssen. In Italien war die Show wegen ihrer Beteiligung in aller Munde gewesen, und die ganze Angelegenheit war kurzzeitig wieder hochgekocht.

Manche Blätter hatten geschrieben: Was für ein unrühmliches Ende für ein Mitglied der High Society. Andere hatten sich gefragt, welchen Sinn es habe, unter den Teilnehmerinnen eine Prominente zu haben, die nur deshalb berühmt ist, weil sie die Frau und Schwester zweier Verbrecher ist. Ich brauche Geld, hatte Robertas knappe Antwort in einem Interview gelautet.

»Zuerst hat meine Mutter ihn gar nicht erkannt, sie meint, er sehe aus wie ein Asket, mit Bart und langen Haaren. Natürlich träumt er von seinem früheren Leben. Stattdessen hat er sein letztes Geld zusammengekratzt und einen Agriturismo in der Nähe von Vetralla aufgemacht, unfassbar.«

Es lag so viel Verachtung in seiner Stimme, dass Jane die Fäuste ballte.

Zufällig war sie auch über einen Artikel über Bianca gestolpert, der nichts mit der Rocca-Affäre zu tun hatte. Sie gehörte einem Bürgerkomitee aus Anwälten und Berufstätigen an, die sich für eingetragene Partnerschaften starkmachten und einen Leitfaden über die bereits geltenden rechtlichen Möglichkeiten erstellt hatten, mit denen sich das Adoptionsverbot für gleichgeschlechtliche Paare umgehen ließ. Bianca hatte sich diesem Kampf mit Leib und Seele verschrieben.

Der Journalist ließ durchblicken, dass sie offenbar persönlich betroffen war.

»Er zieht Tomaten. Mit meiner Mutter hat er eine halbe Stunde über Dünger geredet.« Andrea lachte herzlich. »Sie ist ganz begeistert zurückgekommen. Sie meinte, er sei wie geläutert. Er habe sich völlig verändert. Unglaublich. Sogar sie hat sich von ihm an der Nase herumführen lassen.«

Jane atmete tief durch.

»Was willst du von mir, Andrea?«, zischte sie, überwältigt von ihren Erinnerungen und Gefühlen.

Die Vorstellung, dass jemand ihn gesehen und mit ihm gesprochen hatte, war unerträglich. Plötzlich wurde alles, was sie ein für alle Male zu begraben versucht hatte, entsetzlich greifbar und real. Er existierte noch. Er atmete, redete, lebte. Er war kein Phantom, sondern ein Mensch aus Fleisch und Blut.

»Seinetwegen hast du dich aus dem Staub gemacht, stimmt's, Jane?«

Sie hatte das Gefühl, ersticken zu müssen. Lange hielt sie das nicht mehr aus.

»Ich habe es von Anfang an geahnt, weißt du? Du kannst dir nicht vorstellen, wie oft ich Ivana gelöchert habe, aber sie hat alles abgestritten. War ja klar. Sie würde sich eher umbringen lassen, als dein Geheimnis preiszugeben.«

Jane spürte, wie ihr das Blut in die Wangen schoss, ihr wurde heiß und kalt.

»Ich habe mich geweigert, es zu glauben. Dabei gab es auch Gerüchte über eine andere blutjunge Geliebte.«

Am liebsten hätte sie ihm das Maul gestopft, aber Andrea dachte gar nicht daran, aufzuhören.

»Wie viele Lügen hat er dir aufgetischt, Jane, um dich so leiden zu lassen? Wie konntest du ihm bloß auf den Leim gehen?«

»Ich bin ihm nicht …«

Sie brach ab, unfähig, weiterzureden.

»Du hast dich in einen Hurenbock verliebt, der dich benutzt und weggeworfen hat wie alle anderen auch. Du hast Glück, dass er dir nicht auch noch das Portemonnaie gestohlen hat.«

Er verstummte jäh.

»Alles gut bei euch?« Ivana musterte sie besorgt, den Blick auf Janes verstörtes Gesicht gerichtet. Jane hatte sie gar nicht kommen sehen.

»Alles bestens«, antwortete Andrea und umarmte Ivana überschwänglich. »Du bist noch immer die Allerschönste!«

Ivana erwiderte die Umarmung, ohne den fragenden Blick von der puterroten Jane abzuwenden, die zu Boden starrte.

Mit einer Wasserflasche in der Hand, aus der er in gierigen Schlucken trank, kam Carlo auf sie zu.

»Gleich kriege ich einen Herzinfarkt«, witzelte er, doch niemand antwortete. Er blickte ratlos in die Runde, als hätte er etwas verpasst.

»Ciao, Carlo«, sagte Andrea und hielt ihm die Hand hin. »Ich bin Andrea. Jane hat schon von dir geschwärmt. Ich habe gehört, du studierst Ingenieurwissenschaften.«

Als er begriff, wen er vor sich hatte, warf Carlo Jane einen verunsicherten Blick zu.

Monique tauchte auf und begrüßte sie mit einem freundlichen Lächeln.

Andrea zog sie an sich und legte den Arm um sie.

»Ich habe euch noch gar nicht Monique vorgestellt.«

Alle sahen sie ausdruckslos an.

»Und ich habe ihr versprochen zu tanzen!« Andrea schob seine Freundin in Richtung Tanzfläche und ließ die anderen stehen, die ihnen verdattert nachblickten.

»Sag mir, was er dir gesagt hat«, drängelte Ivana.

Sie hatten sich ein Stück abseits an den Zaun gelehnt. Jane hatte Carlo überredet, ihnen etwas zu essen zu holen.

»Nichts«, antwortete sie mit zugeschnürter Kehle. »Das Übliche halt, warum wir Schluss gemacht haben.«

Sie konnte noch nicht darüber reden. Zuerst musste sie wieder zu sich kommen und ihre Gedanken ordnen.

Ivana musterte sie argwöhnisch.

»Das tut mir leid. Ich hatte gehofft, heute Abend würdest du ein bisschen Spaß haben können. Vielleicht hätte ich ihn nicht einladen sollen.«

Jane schluckte die Tränen hinunter.

»Ach was, mach dir keine Sorgen. Genieß lieber deine Party«, sagte sie energisch. »Wen kümmert schon Andrea.«

Ivana lächelte zögerlich. Dann wechselte sie das Thema. »Erzähl mir was Schönes. Wie weit seid ihr mit euren Amerika-Plänen?«

Es war Carlos Idee gewesen: ein Auto in New York mieten, die USA durchqueren und von Los Angeles oder San Francisco wieder zurückfliegen. Sie hatten alles durchgerechnet und alle möglichen Webseiten nach den billigsten Angeboten durchforstet. Der Flug, den sie sich herausgesucht hatten, machte zwei Zwischenlandungen und dauerte zweiundzwanzig Stunden, doch dafür kostete er keine 400 Euro pro Person.

Die Reise ihres Lebens. Beide waren mit ihren Prüfungen gleich weit, und Filippo und Ivana hatten versprochen, sie würden versuchen nachzukommen.

»Wehe, du rührst deinen Schatz an«, hatte Ivana gedroht, als Jane angeboten hatte, ihnen die Tickets zu zahlen.

Bisher hatte der Gedanke an die Reise sie mit freudiger Erwartung erfüllt. Um New York führte kein Weg herum.

Alle vier träumten davon, einmal wirklich dort zu sein.

»Und?«, bohrte Ivana. »Wie weit seid ihr mit den Vorbereitungen?«

Auf einmal befiel Jane heftiger Unwille.

»Wir haben schon ein Bed and Breakfast gebucht«, erwiderte sie fahrig und hatte das Gefühl, über jemand anders zu reden.

Plötzlich wurde ihr klar, dass sie nicht die geringste Absicht hatte, diese Reise anzutreten.

»Du musst mir alles schicken, verstanden?«, sagte Ivana und ging davon, um drei Gäste zu verabschieden.

Jane blieb im Schutz der Dunkelheit zurück. Andrea und Monique saßen auf einer Bank und hatten bis eben herumgeknutscht. Jetzt stand er auf und ging hinein. Carlo hatte zwei Teller gefüllt und blickte sich suchend nach Jane um.

Blitzschnell versteckte sie sich hinter einer Gruppe johlender Partygäste, um Carlo aus dem Weg zu gehen, und folgte Andrea in die Kneipe. Vor dem Klo passte sie ihn ab, packte ihn beim Arm und drehte ihn unsanft zu sich herum.

»Was ist los?«, fragte er verdattert und wich zurück.

»Er hat mich weder benutzt noch weggeworfen, noch jemals angelogen«, fauchte sie wütend, ohne sich darum zu scheren, ob sie jemand hören konnte.

»Was?«

Offenbar hatte er keine Ahnung, wovon sie sprach.

»Und wenn du es genau wissen willst, ich war diejenige, die beschlossen hat fortzugehen, und seit drei Jahren frage ich mich, warum ich es getan habe.«

Andrea hatte sich sofort wieder im Griff.

»Tja, ich versichere dir, es gibt tausend Gründe …«

»Leck mich am Arsch, Andrea«, sagte sie und machte auf dem Absatz kehrt.

Dann rannte sie hinaus und lächelte Carlo an, der noch immer nach ihr suchte.

»Ich bin hier!«

»Carlo?«

Jane schüttelte ihn sanft an der Schulter und hatte ein schlechtes Gewissen, ihn so früh aus seinem wohlverdienten Schlaf zu reißen.

Blinzelnd öffnete er ein Auge und lächelte sie an.

»Ist es schon so weit?«, nuschelte er ungläubig.

Wohl wissend, dass es eine lange Nacht werden würde, hatten sie sich einen Zug um die Mittagszeit herausgesucht.

Er blickte auf die Uhr – zehn Uhr morgens – und seufzte erleichtert.

»Lass mich schlafen«, sagte er und vergrub den Kopf unter dem Kissen. »Wir haben noch ewig Zeit.«

Jane ließ ihn einen Moment in Ruhe und betrachtete seinen Brustkorb, der sich im trägen, schläfrigen Rhythmus hob und senkte.

Dann gab sie sich einen Ruck. Jetzt oder nie. Sie hatte es beschlossen, nun musste sie es auch durchziehen.

»Carlo!«

Er schob sich das Kissen vom Gesicht und blickte sie resigniert an.

»Was ist?« Er stütze sich auf die Ellenbogen. »Wieso bist du schon angezogen?«

»Carlo, ich …« Sie ahnte schon, wie er reagieren würde. »Ich habe mir überlegt, dass ich gern ein paar Tage bleiben würde.«

Er blinzelte verwundert.

»Wo?«

»Hier in Rom.«

Ehe er etwas erwidern konnte, redete sie weiter.

»Ich war so lange nicht hier, und ich weiß, daran hätte ich früher denken sollen, aber …«

Carlo setzte sich auf und rieb sich verschlafen die Augen.

»Ja, aber ich …«, hob er enttäuscht an.

»Ich weiß, ich weiß«, fiel Jane ihm ins Wort und fühlte sich mies.

Am nächsten Tag war der Geburtstag seiner Mutter. Jane hatte ihn nur mit Mühe dazu überreden können, für kaum sechsunddreißig Stunden mit nach Rom zu kommen, und das vor allem, um sich Andrea vom Leib zu halten. Doch jetzt musste er wieder verschwinden.

»Ich kann das Mittagessen bei meiner Mutter nicht sausenlassen«, rechtfertigte er sich zerknirscht.

»Ist schon okay, verstehe ich. Ich komme einfach ein paar Tage später nach, ich kann mein Ticket umbuchen.«

»Aber wolltest du nicht lernen? Hast du nicht in einer Woche Prüfung?«

»Ja, schon. Aber ich bin alles schon zweimal durchgegangen.«

Das war glatt gelogen. Sie hatte sich den Prüfungsstoff ein einziges Mal angeschaut, aber das musste reichen. Außerdem war das jetzt ihre kleinste Sorge.

Er warf sich ins Kissen zurück.

»Schade. Ich hätte hier auch gern noch ein bisschen … Bambule gemacht«, sagte er und versuchte witzig zu sein.

Jane lachte gekünstelt.

»Wir kommen bestimmt bald wieder«, log sie mit ihrem strahlendsten Lächeln.

In BH und Unterhose und nur mit einem winzigen, komplett durchsichtigen Négligé bekleidet, wartete Ivana nervös im

Wohnzimmer. Sie hatte sich nicht abgeschminkt, und ihre Augen waren dunkel verschmiert und geschwollen. Bis vier Uhr morgens hatten sie miteinander debattiert.

»Und?«, flüsterte sie aufgeregt.

»Alles in Ordnung. Er nimmt den Zug um zwei.«

Ivana schaute sie entgeistert an.

»Alles in Ordnung?!«, fragte sie zurück und musste sich zusammenreißen, um nicht laut zu werden.

Jane zerrte sie in die Küche, bedeutete ihr, still zu sein, und schloss die Tür.

»Du bist total durchgeknallt, weißt du das?« Ivana konnte sich kaum beherrschen. »Du baust die größte Scheiße deines Lebens.«

Jane sah zu Boden.

»Und nicht zum ersten Mal. Ich sollte es dir verbieten«, fügte sie eher hilflos als wütend hinzu.

Jane schüttelte den Kopf.

»Du könntest mich sowieso nicht davon abhalten.«

Doch ihre trotzige Entschlossenheit bröckelte.

»Hilf mir, ich bitte dich«, flehte sie Ivana an. »Ich will ihn doch nur wiedersehen. Drei Jahre habe ich mich zurückgehalten!«

»Ich glaub, du bringst da was durcheinander, Jane«, zischte sie. »Du warst nicht diejenige, die hinter schwedischen Gardinen saß.« Sie hielt sich die gespreizten Finger wie Gitterstäbe vors Gesicht.

Dann schlich sie hinaus, um etwas zu holen, und kehrte mit einem Blätterstapel zurück. Jane wollte danach greifen, doch Ivana zog die Hand zurück.

»Ich hab ein bisschen Lesestoff für dich gesammelt, auch wenn es nichts nützen wird und es dir danach noch dreckiger gehen wird als vorher«, sagte Ivana bissig. »Und hier sind die

Abfahrtszeiten.« Widerwillig drückte sie Jane einen Regional-
fahrplan in die Hand.

»Der hält an jeder Milchkanne. Man braucht über anderthalb Stunden. Du solltest die Zeit dazu nutzen, meine Artikel-
sammlung durchzugehen: Betrug, Kokain, Minderjährige.«

Jane starrte sie so verschreckt an, dass Ivana Mitleid empfand. Trotzdem machte sie weiter.

»Eine gute Sache im Leben hat er allerdings hingekriegt, das
muss man ihm lassen.«

»Und welche?«, fragte Jane perplex.

»Er hat dich in Ruhe gelassen.«

Sie kramte in den Blättern und hielt ihr drei Ausdrucke mit
Fotos eines baumumsäumten Gehöftes hin.

Gierig riss Jane sie ihr aus der Hand.

»Es heißt, es werde ausschließlich mit Bioprodukten gekocht und der Hof hätte nur sechs Zimmer. Es könnte also das
hier sein.« Ivana zeigte auf ein Foto.

Jane betrachtete es, und ihr wurde flau.

Agriturismo *Gli Orti*. Gut siebzig Kilometer vom Zentrum
Roms entfernt. Vetralla, Viterbo.

31

Nachdem er es auf fast zwei Schachteln täglich gebracht hatte, hatte Janes Vater Francesco nach ihrer Geburt mit dem Rauchen aufgehört. Rose hatte es von ihm verlangt. Was für ein Opfer du mich gekostet hast, pflegte er scherzhaft zu seiner Tochter zu sagen. Er hatte ihr erklärt, dass er in seinem Leben keine Zigarette mehr anrühren durfte. Ich bin kein Nichtraucher, sondern ein Raucher, der nicht mehr raucht. Ein einziger Zug hätte genügt, und er wäre dem Laster wieder verfallen. Wie oft hatte sich Jane diese Spitzfindigkeit angehört, ohne etwas darauf zu geben, lief doch beides auf das Gleiche hinaus. Doch jetzt erschien sie ihr mehr als einleuchtend.

Auch sie hatte ihr Laster nie überwunden. Es konnten drei Tage, drei Jahre oder drei Jahrhunderte vergehen. Er blieb, wo er war, in ihrem Herzen, versteckt unter den Schichten, unter denen sie ihn begraben hatte. Sie hatte sich eingebildet, stark zu sein, es geschafft zu haben, und sogar den Mut gefunden, nach Rom zurückzukehren. Doch dann hatte ein winziges Kratzen an der Oberfläche und nur ein Wort über ihn genügt, um alles kläglich in sich zusammenstürzen und den Wunsch, ihn wiederzusehen, übermächtig werden zu lassen. Ihr ging auf, dass sie es immer gewusst hatte, seit sie sich mit gebrochenem Herzen aus der Villa davongemacht und geschworen hatte, niemals wieder auf ihn hereinzufallen. Betrug, Drogen, Minderjährige, Knast, Lügen, Steuerhinterziehung, Sexpartys und zu allem Überfluss sie: Roberta. Es gab mehr als genug

Gründe, ihn vergessen zu wollen. Kein Mensch der Welt hätte ihr etwas anderes geraten. Doch es half nichts. Sie konnte mit diesem Loch in ihrem Herzen nicht weitermachen, ohne zu wissen, was passiert war.

Laut Beschreibung musste man in Tre Croci aussteigen, von dort aus fuhr ein Bus. Es hieß, die Betreiber des Agriturismo würden ihre Gäste auch gern mit ihrer roten Apetta abholen, die auf einem Foto zu sehen war, das Jane bang nach einem Hinweis auf ihn absuchte. Allein das Bild des mit Gepäckstücken beladenen Gefährts ließ ihr Herz schneller schlagen. Auf anderen Fotos waren die Zimmer und ein Swimmingpool zu sehen, Blumenwiesen, Hühner und Pferde sowie Köstlichkeiten der Küche wie Lasagne und Kranzkuchen. Immer wieder hatte sie die knappe Beschreibung gelesen, in der nichts darauf hindeutete, dass er tatsächlich dort war. Womöglich würde sie nur nach Vetralla fahren, um unverrichteter Dinge wieder kehrtzumachen.

»Hier müssen Sie aussteigen«, sagte eine ältere Dame freundlich, die Jane nach der Haltestelle gefragt hatte.

Als das blaue Schild mit der weißen Aufschrift TRE CROCI ins Blickfeld kam, zog sich Janes Magen zusammen. Hastig griff sie nach ihrer Tasche und stellte sich an die Tür. Bei manchen Haltestellen war niemand ein- oder ausgestiegen, und der Zug hatte kaum zwei Minuten gehalten. Diesmal stieg außer ihr nur ein bäuerlich gekleideter Mann zwei Waggons weiter hinten aus und ging zielstrebig Richtung Straße davon. Er wusste wenigstens, wo er hinwollte. Vom Sonnenlicht geblendet, blieb Jane auf dem Bahnsteig stehen, während der Pfiff des Schaffners ertönte und der Zug sich wieder in Bewegung setzte. Sie hatte das Gefühl, verloren zu sein, wie damals, als sie bei der Rocca-Villa angekommen war und niemanden angetroffen hatte.

Im Bahnhofsgebäude war nicht viel los, der belebteste Ort war eine winzige Bar mit zwei Tischchen und einem Fernseher, in dem Fußball lief. Sie kaufte sich eine kleine Flasche Wasser und erkundigte sich nach dem Bus.

»Wo wollen Sie denn hin?«, fragte die Betreiberin und wandte ihr den Rücken zu, um einen Kaffee für einen anderen Gast zu machen.

Jane zögerte. Es auszusprechen fühlte sich an, als würde sie sich damit verraten.

»Zu einem Agriturismo namens *Gli Orti*.«

Die Frau machte ein skeptisches Gesicht. Offenbar hatte sie noch nie davon gehört. Sie rief ihren Mann.

»Das kann nur das mit dem Restaurant sein«, sagte der Mann unschlüssig.

»Ja, genau«, sagte Jane. »Dort soll es ein Restaurant geben.«

»Ich glaube, die sanieren gerade«, überlegte der Mann. »Jedenfalls müssen sie die 3 nehmen und nach sechs Haltestellen aussteigen, dann liegt es auf der rechten Seite. Es hat ein rotes Dach mit einem riesigen Schornstein, man kann es nicht übersehen. Ich weiß allerdings nicht, ob überhaupt geöffnet ist.« Er warf einen Blick auf die Uhr, es war fast zwölf. »Wenn Sie wollen, können wir die Nummer raussuchen und anrufen.«

»Nein, danke«, sagte Jane hastig. Das wäre sinnvoll gewesen, und sie hätte es schon längst selbst tun können. Doch ihre Furcht, er könnte nicht dort sein und ihr Abenteuer würde ein jähes Ende finden, war einfach zu groß. Sie wollte die Sache durchziehen.

Der Bus war ein großer, halbleerer blauer Überlandbus, der pünktlich zur Fahrplanzeit auftauchte. Drinnen saßen zwei Soldaten, eine Familie mit einem Neugeborenen und zwei Frauen mittleren Alters, die mit dem Fahrer schäkerten. Als

Jane einstieg, verstummten alle. Offenbar war es unmöglich, an einem solch gottverlassenen Ort unbemerkt zu bleiben. Mit gesenktem Kopf zahlte sie die Fahrkarte, erklärte, wo sie aussteigen wollte, und setzte sich in die hinterste Reihe. Sie fuhren an ein paar Läden und einem Supermarkt vorbei, ließen Vetralla hinter sich und waren im ländlichen Nirgendwo. Ein paar Haltestellen später drehte sich der Fahrer nach ihr um und gab ihr zu verstehen, dass sie ihr Ziel erreicht hatte. Auf ihrem Weg zur Tür spürte Jane, wie alle sie ansahen.

Bemüht lässig sprang sie aus dem Bus und machte sich eine von großen, gelbbelaubten Ahornbäumen gesäumte Auffahrt entlang auf den Weg. Ihre Angst und Aufregung wuchsen mit jedem Schritt. Sie sah einen Traktor und zwei Lastwagen, dann das Schild des Restaurants. Es hieß, nicht besonders einfallsreich, Tre Orti wie das Gehöft. Davor Erdhügel und drei Männer, die auf dem Dach arbeiteten.

Nervös ging sie auf die Haustür zu und blieb unschlüssig stehen. Die Männer warfen ihr einen beiläufigen Blick zu. Rechts befand sich ein Stall, und sie erinnerte sich gelesen zu haben, dass man Ausritte machen konnte. Etwas weiter hinten standen Spielgeräte für Kinder, eine Schaukel, eine Rutsche und ein eisernes Karussell, eins von denen, die immer zu schnell wurden. An manchen Stellen wirkte das Anwesen gepflegt, an anderen wie verlassen. Sämtliche Fenster waren geschlossen. Auf der Restaurantvitrine klebte ein TripAdvisor-Aufkleber, daneben eine großgedruckte Speisekarte und ein Artikel über die regionalen Produkte. Die Tische im Freien waren aufeinandergestapelt.

Sollte sie die Arbeiter fragen oder allein herausfinden, ob sie hier richtig war?

Eine Frau kam aus der Haustür und schaute sie überrascht an. Sie war um die siebzig, füllig, mit rosigem Gesicht und im

Nacken zusammengebundenem grauen Haar. Sie trug ein formloses Kleid und eine kleine Schürze.

»Guten Tag«, sagte sie. »Es tut mir leid, aber wir haben geschlossen. Zu dieser Jahreszeit öffnen wir nur an den Wochenenden.«

»Ich suche eigentlich … Edoardo Rocca«, brachte sie heraus und rang sich ein Lächeln ab. Es war das erste Mal seit Jahren, dass sie seinen Namen laut aussprach.

»Ah«, meinte die Frau und betrachtete sie genauer.

Jane war wie vom Blitz getroffen.

Sie war hier richtig.

»Sind Sie verabredet?«

Jane schüttelte den Kopf.

»Sie haben Glück«, lächelte die Alte. »Er ist gerade erst aus Rom zurück. Aber …« Sie blickte sich um, und Janes Knie wurden weich. »Ich habe keine Ahnung, wo er ist. Ich hoffe, er ist nicht wieder weggefahren.«

Jane war wie betäubt.

Die Frau stemmte die Hände in die Hüften und nahm sie abermals ins Visier.

»Sie können drinnen warten, wenn Sie wollen«, schlug sie freundlich vor. »Haben Sie vielleicht Durst? Darf ich Ihnen einen Kaffee anbieten?«

Ehe sie ablehnen konnte, spähte die Frau aufmerksam in die Ferne.

»Da ist er ja«, sagte sie gelassen.

Mit angehaltenem Atem drehte Jane sich um und hätte am liebsten Reißaus genommen, doch ihre Beine waren wie gelähmt.

Zwei Männer kamen die Auffahrt herauf. Auf die Entfernung war schwer zu sagen, ob einer der beiden wirklich Edoardo war. Sie redeten, dann gaben sie sich die Hand,

312

der eine ging davon, und der andere kam weiter auf sie zu.

Während er sich näherte, erkannte sie ihn. In Jeans und rotem Hemd, das ihm aus der Hose hing, das Haar kaum länger, als sie es in Erinnerung hatte, derselbe Gang, der Tick, sich durchs Haar zu fahren.

Hilfesuchend drehte sie sich zu der Frau um, doch die lächelte nur arglos, als freute sie sich, das Problem so schnell gelöst zu haben, und verscheuchte zwei Katzen, die ins Haus schlüpfen wollten.

Mit gedankenverloren gesenktem Kopf, die Hände in den Taschen vergraben, kam er auf sie zu. Jane bemerkte seine ausgetretenen Turnschuhe, sie sahen seltsam an ihm aus.

Dann bemerkte er die beiden Gestalten vor dem Haus und kniff die Augen im hellen Sonnenlicht zusammen, um sie besser erkennen zu können.

»Hallo, Maria«, grüßte er die Alte mit dieser Stimme, die sie unter tausenden wiedererkannt hätte. Er legte die Hand an die Stirn, um nicht geblendet zu werden, und sah Jane an.

Er brauchte noch ein paar Schritte, ehe er sie erkannte.

Sie konnte ihren Blick nicht von ihm losreißen und brachte keinen Ton heraus.

Sprachloses Erstaunen trat in sein Gesicht.

Schließlich stand er vor ihr und starrte sie ungläubig an.

Die Frau trat näher.

»Dieses junge Fräulein hat nach dir gefragt«, sagte sie verunsichert, denn offenbar stimmte mit den beiden etwas nicht.

»Mein Gott«, flüsterte Edoardo.

Sie hätte nicht benennen können, was an ihm so verändert war, denn er sah weder wie ein Asket aus, noch war er sonderlich gealtert. Nur der Dreitagebart war länger als sonst, und er hatte ein paar Kilo abgenommen.

313

»Komm«, sagte er und zeigte auf eine kleine Mauer, die etwas abseits im Schatten lag. Sie hatten sich so lange wie versteinert gegenübergestanden, dass es allmählich verdächtig wurde.

Ein roter Lieferwagen hatte vor dem Haus gehalten, und zwei junge Männer winkten Edoardo zu und luden Wasserkästen ab.

Maria streckte den Kopf aus dem Fenster.

»Kann ich euch was bringen?«

Ohne Jane zu fragen, schüttelte Edoardo den Kopf und blickte starr geradeaus.

Jane musterte ihn. Ihr Unbehagen wuchs. Er war da, er war es wirklich, er war derselbe, doch ausgerechnet jetzt, da sie ihn leibhaftig vor sich hatte, schien das, was zwischen ihnen war, unwiederbringlich der Vergangenheit anzugehören.

»Wo kommst du plötzlich her, Jane?«, fragte er schließlich halblaut, damit ihn keiner der Arbeiter hörte, die geschäftig über den Hof wuselten.

Jane musste tief Luft holen, um die richtigen Worte zu finden. Sie hatte sich eine fadenscheinige Erklärung zurechtgelegt, wohl wissend, dass er sie ihr nicht abkaufen würde.

»Ein paar Freunde haben mir erzählt, dass du hier arbeitest.« Es war nur Andrea gewesen, und der war bestimmt kein Freund. »Und weil ich gerade in der Gegend war, habe ich gedacht, ich schaue vorbei und sage Hallo.«

Sie hatte weitere Details auf Lager, angefangen bei einem drei Kilometer entfernten Schuh-Outlet, das sie im Internet gefunden hatte, doch er fragte nicht weiter.

Er schwieg und musterte sie so eindringlich, dass sie wegsehen musste.

Plötzlich überkam sie die ungute Ahnung, er könnte sich belästigt fühlen. Wieso um alles in der Welt hatte sie ihm bis

314

hierher nachgeschnüffelt, um sich in sein Leben zu drängen, das sie nichts mehr anging?

»Du hast dich sehr verändert«, hörte sie ihn sagen. Es klang traurig.

»Du dich auch«, gab sie instinktiv zurück.

»Wie alt bist du jetzt? Zweiundzwanzig, dreiundzwanzig?«, fragte er bemüht gelassen.

Sie nickte.

»Fast dreiundzwanzig.«

Er war fast vierzig.

Sie starrten auf die Wiese vor ihnen, das Schwimmbecken war noch im Bau.

»Und was machst du jetzt im Leben, Jane?«

Sie schluckte und gab ihm einen knappen Überblick: Mailand, die Verwandten, die Uni, das Zeichnen. Dann erzählte sie noch von Ivanas Studienabschluss und dass deren Mutter endlich den Notar geheiratet hatte. Carlo ließ sie unerwähnt.

Edoardo hörte ihr aufmerksam zu.

Schließlich wusste sie nicht mehr, was sie sagen sollte, lange würde sie diesem emotionalen Starkstrom nicht mehr gewachsen sein.

»Und wie geht es dir?«, fragte sie zögernd, um von den rosigen Schilderungen ihres Lebens abzulenken, die sowieso gelogen waren und nichts mit dem zu tun hatten, was sie ihm eigentlich sagen wollte.

Er zuckte mit den Schultern.

Eine männliche Stimme unterbrach sie.

»Edoardo?«

Sie drehten sich um und sahen einen untersetzten, verschwitzten Mann auf sich zukommen. Jane war froh über diese Ablenkung, die die unerträgliche Spannung zumindest vorübergehend lindern konnte.

315

Er sah genauso aus wie die alte Frau, die sie empfangen hatte, und war offenbar ihr Sohn. Hinter ihm her hüpfte ein höchstens fünfjähriger Junge, der ebenfalls aussah wie er und der Jane mit unverhohlener Neugier ansah.

»Guten Tag«, sagte der Mann beflissen und hielt ihr die Hand hin. »Ich bin Sandro.«

Sogleich war Edoardo wieder im Hier und Jetzt.

»Das ist Jane«, erklärte er hastig. »Und das ist Santiago«, sagte er und deutete auf den Jungen.

»Wenn du mir die Schlüssel gibst, kann ich die Lieferung von heute Morgen ausladen«, schlug Sandro vor.

Edoardo sah auf die Uhr. »Entschuldige, das habe ich völlig vergessen.«

Jane hatte ein schlechtes Gewissen; sie hielt ihn offensichtlich von der Arbeit ab.

»Ich bin nur vorbeigekommen, um Hallo zu sagen. Also, wenn ihr zu tun habt …«, sagte sie eilig.

»Nicht doch, gar kein Problem«, versicherte ihr Sandro mit einem freundlichen Lächeln, das ihn sofort sympathisch machte. »Er hilft mir«, sagte er und nickte zu seinem Sohn, der versuchte, einen Ast durchzubrechen, den er auf dem Boden gefunden hatte.

Edoardo holte die Schlüssel aus der Tasche und hielt sie ihm hin.

»Ich komme nicht mit«, protestierte der Kleine. »Du hattest versprochen, mit mir reiten zu gehen.«

»Das mache ich später«, gab Edoardo in dem halb zärtlichen, halb belustigten Tonfall zurück, den er auch bei Nick immer angeschlagen hatte, und Jane ging auf, dass dies die einzige Gemeinsamkeit zwischen dem verschlossenen Mann war, den sie vor sich hatte, und dem Edoardo, den sie so gut in Erinnerung zu haben glaubte.

Gefolgt von dem Jungen marschierte Sandro zielstrebig Richtung Auffahrt davon.

»Wer ist das?«, fragte sie sofort. Von etwas anderem zu reden, schien die beste Strategie zu sein.

»Er ist mein …«, hob er an und suchte nach dem passenden Ausdruck. »Ihm gehört das alles hier.«

Jane blickte ihn fragend an.

»Ich dachte, es gehört dir.«

»Das Land gehört mir«, erklärte Edoardo, »aber er hat investiert.«

Er klang schroff, offenbar wollte er keine Missverständnisse aufkommen lassen. »Wenn alles gut läuft«, fügte er ein wenig ruhiger hinzu, »kümmere ich mich um das Bed and Breakfast.«

Er nickte zu den Bauarbeiten hinüber.

»Sandro und das Restaurant sind der Publikumsgarant«, erklärte er. »Er hat immer mit seinen Eltern zusammengearbeitet, doch jetzt hat er beschlossen, sich selbstständig zu machen. Maria ist seine Mutter und hilft ihm bis auf Weiteres. Früher oder später wird sich zeigen, ob es funktioniert.«

Er machte eine Pause.

»Die andere Investorin ist meine Mutter.«

Das klang absurd.

»Deine Mutter?«

»Wenn man im Knast landet, halten nur noch wenige zu einem, Jane«, entgegnete Edoardo spröde.

Das Wort Knast traf sie, doch sie versuchte sich nichts anmerken zu lassen.

»Und nicht immer sind es die, die du am besten behandelt hast.«

Sie wusste nicht, was sie sagen sollte. Sie konnte sich nicht ausmalen, was dieses Eingeständnis ihn kostete.

317

»Wie geht es ihr?« fragte sie und erinnerte sich, dass sie krank gewesen war.

»Besser, trotz allem, was sie durchgemacht hat. Sie lebt noch immer mit ihrer Schwester in Trient, doch jetzt kommt sie sehr viel öfter, um ihre kleine Enkeltochter zu sehen.«

Jane hielt die Luft an.

In drei Jahren konnte alles passieren. Der Gedanke, er könnte eine Tochter bekommen haben, zerriss sie innerlich.

»Ihre … Enkeltochter?«

»Marina hat vor sechs Monaten eine Tochter bekommen.«

Die Farbe kehrte in Janes Wangen zurück, doch sie fühlte sich nicht besser.

Die Trennung von Marina und Nick war hart gewesen.

Zwei Tage nach ihrem überstürzten Aufbruch und mindestens einem Dutzend Entschuldigungs-SMS, die viel zu ausführlich gewesen waren, um glaubhaft zu sein, hatte Jane sie angerufen: Unterlagen, die termingerecht abgegeben werden mussten, Vorstellungsgespräche, die Gefahr, dass sie die Frist für die Einschreibung an der Bocconi verpassen würde, haarsträubende Ausreden, zumal Mitte August und in einem Zeitalter, in dem man alles online erledigen konnte. Doch Marina war nicht böse gewesen. Am Telefon hatte sie mitgenommen gewirkt und sich um ganz andere Dinge Sorgen gemacht. Die Situation hier ist kaum zu ertragen, Jane. Mein Bruder darf mit niemandem Kontakt haben, Polizei und Anwälte geben sich die Klinke in die Hand. Ich muss Nick fortschicken. Vielleicht kann sein Vater ihn ein paar Wochen mit nach Frankreich nehmen.

Selbst aus der Ferne und mit hunderten Kilometern Abstand hatte es Jane zutiefst unglücklich gemacht, dass diese Welt, die inzwischen zu ihrer geworden war, so schnell und so hässlich zugrunde ging. Als wäre ihre Flucht der Anfang vom

Ende gewesen, der erste Dominostein, der eine Kettenreaktion auslöste.

Sie hatten einander beteuert, in Kontakt zu bleiben, vor allem Jane hatte sich geschworen, dass sie Nick wiedersehen musste, den sie um nichts in der Welt aus ihrem Leben streichen wollte. Doch dann war genau das passiert.

Keinen Monat später war Edoardo wieder ins Gefängnis gekommen, laut den Zeitungen war sein Hausarrest widerrufen worden, weil er angeblich nicht kooperierte. Dann die Entscheidung für ein verkürztes Verfahren, die beschlagnahmte Villa, die in der Zwangsversteigerungsmasse landete und von den Cousins, denen sie weggenommen worden war, zurückgekauft wurde. Nick, der eine Zeitlang beim Vater, dann bei der Großmutter wohnte, hier und da eine SMS, wir sehen uns ganz bald, doch Jane kam nie nach Rom, noch ein paar Glückwünsche zum Geburtstag und dann irgendwann nichts mehr. Nur Ivana erzählte ihr hin und wieder etwas, doch auch sie wusste nicht viel. Telefonieren war schwierig, es gab so viel Unausgesprochenes und dazu die Angst, alte Wunden aufzureißen oder festzustellen, dass Marina alles durchschaut hatte.

»Ich dachte, das wüsstest du«, sagte Edoardo enttäuscht. Offenbar hatte er ihre Verstörung bemerkt.

Jane schüttelte den Kopf, und Bitterkeit stieg in ihr auf.

»Der Vater ist ein paar Jahre jünger als sie, er ist Fotograf. Sie arbeiten zusammen und wohnen auf dem Aventin. Ich glaube, nächstes Jahr wollen sie heiraten.«

Jane versuchte die Neuigkeiten zu verdauen, und wieder überkam sie das Gefühl, von einer Zeit zu sprechen, die tot und begraben war.

»Wie geht es Nick?«, fragte sie und konnte den Schmerz in ihrer Stimme nicht verbergen.

Edoardo schien sich noch mehr zu verschließen, und seine Augen schimmerten feucht.

»Ich habe ihn seit einer Ewigkeit nicht mehr gesehen«, sagte er schließlich schroff. »Ich habe ihn nicht sehen wollen, als ich im …«

»Klar«, kam Jane ihm zuvor, sie wollte keine schlafenden Hunde wecken.

Bereits zum zweiten Mal erwähnte er die Haft, ohne dass er es hätte tun müssen.

»Und als ich ihn dann wiedergesehen habe, war er ein großer Junge.«

Jane hatte einen Kloß im Hals.

»Wie heißt das Mädchen?«

»Margherita, wie meine Mutter.«

Er brauchte einen Moment, um die schweren Gedanken abzuschütteln.

Dann zeigte er ihr ein Foto auf seinem Handy.

Arm in Arm mit einem nicht wiederzuerkennenden Nick, der in die Höhe geschossen war, ein Teenager mit Siegergrinsen, Totenkopf-T-Shirt und halb rasiertem Schädel, war eine zarte Marina zu sehen, die in die Kamera strahlte.

Jane betrachtete sie lange.

Santiago kam angeschnauft.

»Edo!«, rief er mit heller Stimme. »Oma sagt, es gibt gleich Essen.«

Jane fragte sich, was sie tun sollte. Sie hatte keine Pläne gemacht; es war unmöglich gewesen, sich zu überlegen, was sie tun würde, *nachdem* sie ihn gefunden hatte, doch sie merkte, dass sie nicht mehr lange durchhalten würde. Nicht einmal die Rückfahrtzeiten der Züge hatte sie sich gemerkt.

Während der Junge ihn abwartend ansah, drehte Edoardo sich zu Jane um, als wollte er etwas sagen.

»Wann gehst du mit mir …«, fragte Santiago.

Es war klar, dass er vom Reiten sprach.

»Nach dem Mittagessen«, gab Edoardo sehr viel weniger herzlich als vorhin zurück.

Geknickt schlenderte der Junge davon.

»Leben sie alle hier? Dein Geschäftspartner und seine Familie?«, fragte Jane, um etwas gegen die bleierne Stimmung zu tun.

»Nein. Ihr Restaurant ist seit fünfzig Jahren in Formello. Er wohnt dort und hat drei Kinder. Santiago und zwei schon fast erwachsene Mädchen. Wir sind seit der Schulzeit befreundet, wir haben zusammen Fußball gespielt.«

Irgendwie kam Jane die Geschichte bekannt vor. Sie durchwühlte ihr Gedächtnis, und plötzlich fiel ihr der Zeitungsartikel wieder ein. Auf keinen Fall durfte sie ein Wort darüber verlieren, doch es war zu spät, ihr verstörter Gesichtsausdruck sprach Bände.

Edoardo blickte sie an, zuerst überrascht und dann spöttisch.

»Ja, genau der«, bestätigte er. »Der mit der kubanischen Frau.«

»Und ihr arbeitet zusammen, obwohl …«, stammelte sie verunsichert.

Er lachte bitter.

»Wir würden nicht zusammenarbeiten, wenn auch nur eine Silbe des dreckigen Gewäschs wahr wäre, das sie über mich verbreitet hat.«

Jane wusste nicht, wie sie auf seinen Groll reagieren sollte.

»Ein Übel kommt selten allein. Ich war der ideale Sündenbock«, sagte Edoardo ein wenig gefasster.

Jane begriff nichts.

»Sie hat das Geld nicht mir gegeben, und auch nichts …«, er bemühte sich, nicht allzu verächtlich zu klingen, »anderes.«

Es war klar, was er meinte.

»Der Liebhaber war mein Cousin, er hat das Geld genommen. Sie haben sich scheiden lassen. Sandro hat herausgefunden, dass Marisol, die älteste Tochter, nicht von ihm ist. Er glaubte, sie wäre ein Siebenmonatskind.«

Nichts davon war jemals irgendwo erwähnt worden.

»Wieso hast du das nicht gesagt?«, fragte sie nach einer nachdenklichen Pause.

Edoardo zuckte resigniert mit den Schultern.

»Die Leute lieben es, sich alles Mögliche zusammenzufantasieren, Jane.« Er wich ihrem Blick aus. »Niemand hatte Interesse daran, mir zuzuhören, und ich habe genug echte Vergehen auf dem Kerbholz, da kann ich diesen Blödsinn auch noch ertragen.«

Er versuchte unbekümmert zu klingen, doch seine dunklen Augen verrieten ihn.

»Jane, jemand hat ein zweiseitiges Interview gegeben und behauptet, der Lärm meines Hubschraubers habe ihn in die Schlaflosigkeit getrieben, sodass er zum Psychiater musste. Ich habe nie einen Hubschrauber besessen, und er wohnte an der Salaria beim Flughafen, kilometerweit weg von mir. Niemand hat das überprüft.«

Er sprang auf, offenbar war er es leid, daran zurückzudenken. Dann setzte er sich Richtung Haus in Bewegung, und Jane folgte ihm.

In ihrem Kopf überschlugen sich die Fragen. Sie hatte ein schlechtes Gewissen, weil sie nicht mehr für ihn getan hatte, doch zugleich wusste sie, wie abwegig dieses Gefühl war. Hatte sie nach der Vernehmung nicht auch das drängende Bedürfnis gehabt, diesem Sumpf zu entfliehen? Sie hatte nichts gesagt, was ihn in Schwierigkeiten hätte bringen können, doch auch nichts, was ihm geholfen hätte.

Santiago wartete bereits bei den Pferden.

Die Großmutter schaute aus dem Fenster.

»Sandro hat auf der anderen Seite zu tun. Er sagt, wir sollen ruhig schon mal anfangen. Was soll ich machen, soll ich die Pasta in den Topf werfen?«

Edoardo bat sie, noch ein paar Minuten zu warten.

»Wir haben noch einen kleineren Hof jenseits des Wäldchens«, erklärte er Jane. »Er gehört auch mir, doch dort sind wir mit den Arbeiten noch im Verzug. Erst müssen sie mir zwei Konten entsperren.«

Das klang wie ein Hoffnungsschimmer.

»Also scheint das eine oder andere wieder auf die Beine zu kommen«, sagte sie vorsichtig. Sie wollte keine allzu direkten Fragen stellen, doch sie wünschte ihm so sehnlich einen Silberstreif am Horizont.

»Noch habe ich ein laufendes Verfahren«, antwortete Edoardo ausdruckslos.

Mehr brauchte er nicht zu sagen. Allein der Gedanke, er könnte wieder hinter Gitter kommen, ließ Jane innerlich erschaudern.

»Und für mindestens ein weiteres Jahr darf ich Italien nicht verlassen«, fügte er hinzu.

»Würdest du das gern?« Sie spürte, wie sich gähnende Leere in ihr breitmachte. Sie wollte nur weg von hier, dasselbe Gefühl wie vor drei Jahren.

»Nein«, antwortete er und blickte sie überrascht an. »Doch zumindest könnte ich ein paar Geschäfte anleiern und versuchen, wieder Fuß zu fassen.«

Jane musste an die letzten Artikel denken, die sie gelesen hatte. Es hieß, Mason würde seine Schwester und den ehemaligen Schwager teilweise entschädigen müssen.

»Das hoffe ich für dich, ich habe nämlich gelesen, dass Mason ...«

323

Sofort bereute sie es, ihn erwähnt zu haben, und biss sich auf die Zunge.

»Es ist mir völlig schnuppe, was Mason tut«, versetzte er unwillig.

Dann erregte etwas seine Aufmerksamkeit.

Der Junge kletterte auf das Gatter, um an die Pferde heranzukommen. Die Arbeiter waren vom Dach gestiegen, saßen mit nacktem Oberkörper im Schatten, vertilgten riesige Stücke Schinkenpizza und unterhielten sich lautstark. Niemand hatte etwas bemerkt.

»Santiago! Komm sofort da runter!«, rief Edoardo und lief zu dem Jungen, der sich gefährlich weit über den Zaun beugte. »Wie oft habe ich dir gesagt, du sollst da nicht hochklettern!«

Maria steckte den Kopf aus der Tür.

»Bist du schon wieder da oben?«, zeterte sie wütend. »Wenn ich dich zwischen die Finger kriege, dann kannst du was erleben!«

Der Kleine klammerte sich schutzsuchend an Edo, um der handfesten Drohung zu entgehen.

»Lauf weg«, raunte Edoardo ihm ins Ohr.

Ein Hund, der aus dem Nichts aufgetaucht war, wetzte fröhlich bellend hinter dem Jungen her, der sich unter dem Gelächter der Bauarbeiter in den Geräteschuppen flüchtete.

Verwirrt beobachtete Jane das Durcheinander. Sie hatte ganz andere Dinge im Kopf. Was mache ich eigentlich hier? dachte Jane.

»Ich muss mal los«, sagte sie und wandte sich der Auffahrt zu, die zur Straße führte. Er rührte sich nicht.

Maria machte sich auf die Suche nach ihrem Enkel. Als sie ihn gefunden hatte, ertönte eine schallende Ohrfeige, gefolgt vom Jaulen des Jungen. Instinktiv fuhr Jane zusammen. Ihre Eltern hatten sie nie angefasst.

»Der Ärmste«, sagte sie verstört.

Edoardo war derartig in Gedanken versunken, dass er offenbar nichts davon mitbekommen hatte. Gleichgültig drehte er sich nach der alten Frau um, die den schluchzenden Jungen ins Haus zerrte.

»Das ist er gewohnt. In fünf Minuten macht er es wieder.«

Befangen standen sie einander gegenüber.

»Ich bin wirklich froh zu sehen, dass es dir so gut geht, Jane.«

Er wirkte alles andere als froh und starrte zu Boden.

Jane brachte kein Wort mehr heraus, ihre Kehle war wie zugeschnürt.

Ein Arbeiter kam auf sie zu und hielt Edoardo eine blaue Kachel hin.

»Das sind nicht die, die Sandro wollte«, sagte der Mann empört.

Edoardo antwortete nicht und machte ein paar Schritte auf das Tor zu.

Der Moment des Abschieds war gekommen. Aus dem Augenwinkel konnte Jane Santiago sehen, der tatsächlich wieder draußen war und auf das allzu hohe Gatter zuschlich.

Edoardo strich ihr sacht über die Wange. Sein Blick war schwer zu deuten.

»Ciao«, sagte er nur.

Sie antwortete mit einem gezwungenen Lächeln und ging eilig davon. Sie riss sich zusammen, bis sie die Bushaltestelle erreichte. Dann ließ sie sich auf die Bank fallen und brach in haltloses Schluchzen aus, das sich mit dem Zwitschern der Vögel mischte.

Jetzt ist es wirklich vorbei, dachte sie.

32

Niemals hätte sie geglaubt, wieder am Anfang zu stehen und diesen Leidensweg erneut gehen zu müssen. Es ging ihr sogar noch schlechter als damals, als sie weggelaufen war. Und diesmal lag die Schuld ganz allein bei ihr, schließlich hatte sie es darauf angelegt. Sie war wütend auf sich selbst. Dann riss die Traurigkeit sie mit sich fort, und sie versuchte nicht mehr, sich zu wehren. Drei Jahre zuvor hatte die Polizei sie getrennt, jetzt trennte sie das Leben, und das war viel schlimmer.

Zwei volle Tage lang lag sie bei Ivana auf dem Sofa, die sich fürsorglich um sie kümmerte. Carlo rief regelmäßig an und fragte, wann sie zurückkäme. Sie konnte kaum mit ihm sprechen. So bald wie möglich würde sie mit ihm Schluss machen, so viel stand fest. Zumindest von dieser Farce konnte sie sich befreien.

»Kino?«, schlug Ivana vor und riss sie aus ihrem Leid. Sie hatte sie gar nicht hereinkommen hören.

Jane setzte sich auf und griff aus Höflichkeit nach dem Glas Ananassaft, das Ivana ihr hinhielt. Die Pralinen lehnte sie ab.

»Filippo geht mit seinen Basketballkumpels abendessen, wir sind unter uns«, redete Ivana ihr zu, denn sie wusste, wie schwer ihr der Kontakt mit der Außenwelt fiel.

Jane schüttelte den Kopf.

»Lass uns zu Hause bleiben«, seufzte sie, »morgen fahre ich sowieso.«

Ivana lächelte liebevoll.

»Du weißt, dass du bleiben kannst, so lange du willst.«

»Das hat keinen Sinn.« Jane zwang sich zu einem Schluck Saft.

»Hast du Bettina angerufen?«, versuchte Ivana das Thema zu wechseln.

»Nein.«

Sie hatte versprochen, sie zu besuchen, wenn sie nach Rom kam. Bettina hatte ein pausbackiges Enkelkind bekommen, von dem sie dauernd Fotos verschickte, doch Jane war nicht in der Stimmung. Sie hatte auch daran gedacht, sich bei Marina zu melden, doch der Gedanke war ihr unerträglich.

Das Einzige, was sie jetzt tun konnte, war, in den Zug zu steigen, ihr altes Leben wiederaufzunehmen und die Sache ein für alle Male zu begraben. Die Vorstellung, Edoardo hier zurückzulassen, zerriss ihr das Herz, doch sie hatte keine Wahl.

Sie konnte einfach nicht aufhören, sich zu quälen.

»Er hat nicht die leiseste Ahnung, was ich noch immer für ihn empfinde«, sagte sie zum hundertsten Mal mit hängendem Kopf und wischte sich die Tränen weg.

Ivana zauste ihr zärtlich durchs Haar.

»Das stimmt, Jane. Weil es unvorstellbar ist. Die Sache ist eine Ewigkeit her, und ein Mädchen wie du und ein Typ wie er sind einfach zu verschieden.«

Jane zog geräuschvoll die Nase hoch und griff nach den Taschentüchern, die immer griffbereit lagen.

»Ich werde ihn niemals vergessen«, sagte sie mit tränenerstickter Stimme.

Ivana nahm sie fest in die Arme und küsste sie auf die Wange. Jane ließ ihren Tränen freien Lauf und legte den Kopf auf ihre Schulter.

»Das glauben alle von der ersten Liebe«, flüsterte Ivana ihr ins Ohr. »Aber so ist es nicht, du kommst drüber weg.«

Ungehalten sprang Jane auf und klaubte die Sofakissen vom Boden. Für sie war es anders. Es war nicht ihre erste Liebe. Es war die einzige.

»Es darf nicht sein, verstehst du, es darf einfach nicht so enden!«, rief sie aufgebracht.

Ivana zog sie aufs Sofa zurück und sah ihr in die Augen.

»Es *ist* zu Ende, Jane!«

Jane schluckte schwer, ohne zu antworten.

»Genau genommen, hat es nie angefangen«, fuhr Ivana fort und streichelte ihr über die Wange. »Ihr hattet keine Chance, Jane, und jetzt hast du's selber gesehen. Der Typ hat so viel Scheiße an der Backe, dass du das Allerletzte bist, woran er denkt!«

Jane merkte, dass Ivana versuchte, nett zu sein und ohne Groll von Edoardo zu sprechen. In ihren Augen war er nur eine arme Wurst.

»Und selbst, wenn die Geschichten von der Kubanerin oder dem Hubschrauber totale Grütze waren, irgendwelchen Mist wird er schon gebaut haben, sonst hätten sie ihn nicht eingebuchtet.«

Jane nickte zerknirscht.

Auf dem niedrigen Tischchen neben dem Sofa lag Filippos Einkaufszettel. Für den kommenden Samstag wollten sie zwei befreundete Paare zum Abendessen einladen, die Ivanas Party verpasst hatten, weil sie verreist waren.

»Gehen wir runter einkaufen?«, schlug Jane vor, die plötzlich das Bedürfnis hatte, aus der Wohnung zu kommen. Sie brauchte frische Luft.

»In Ordnung«, erwiderte Ivana erfreut.

Jane schlüpfte in eine Jeans und ein Sweatshirt von der Sapienza-Uni, das sie von Ivana geschenkt bekommen hatte. Ivana war es zu klein und Jane viel zu groß, doch sie hatte keine Lust, sich mit der Wahl der Garderobe aufzuhalten. Die guten Klamotten, die sie mitgebracht hatte, lagen zusammengeknüllt auf dem Bett. Auch Ivana verschwendete keine Mühe auf ihr Äußeres. Sie behielt die Brille auf, statt Kontaktlinsen einzusetzen, und klemmte sich eine große, pinke Plastikspange in die Haare.

Sie musterten einander und mussten lachen.

»Jedenfalls schleppen wir heute keinen ab«, meinte Ivana und zog die Haustür hinter sich zu.

Sie betraten den großen Supermarkt, der rund um die Uhr geöffnet hatte, und teilten sich auf. Jane hatte die Liste mit dem Handy abfotografiert und machte sich auf die Suche nach Gemüse und Konserven. Ivana ging auf die andere Seite zu Brot, Nudeln und Milch.

In der Schlange an der Selbstbedienungskasse trafen sie sich wieder. Ivana stöhnte, weil eine Frau vor ihnen nichts auf die Reihe kriegte und vergeblich nach einem Mitarbeiter rief.

»Wieso stellt die dämliche Kuh sich nicht da drüben an?«, raunte sie Jane zu und deutete auf die einzige geöffnete Kasse mit einem menschlichen Kassierer. »Das ist die Schlange für die Bekloppten.«

Sie legten die Einkäufe auf das Band. Als Jane sich bückte, um eine Papiertüte herauszuziehen, explodierte neben ihr ein Glas mit Pesto, das spritzend auf ihrer Hose landete. Verdattert schaute sie auf: Es war Ivana aus der Hand gerutscht.

»He!«, lachte sie. »Geht's noch?«

Ivana antwortete nicht.

Jane richtete sich auf. Wie betäubt starrte ihre Freundin durch die gläserne automatische Eingangstür, als hätte sie einen Geist gesehen.

»Was ist los?«, fragte Jane ratlos.

329

Eine grantige Kassiererin schlurfte mit einem Putzlappen heran.

»Heute denken wohl zu viele an euch, was?«, knurrte sie und funkelte sie grimmig an.

»Entschuldigung«, sagte Jane hastig, weil sie fürchtete, Ivana könnte im gleichen Ton zurückblaffen. Doch die reagierte noch immer nicht.

»Geben Sie mir den Lappen, wir bringen das in Ordnung.« Ivana drückte Janes Arm und deutete nach draußen.

Jane und die Kassiererin starrten angestrengt hinaus.

»Was soll denn da sein?«, fragte Jane verständnislos. Sie konnte nichts Ungewöhnliches entdecken.

Die Kassiererin schnaubte und machte sich ans Aufwischen.

Und endlich begriff Jane.

Vor der Haustür auf der anderen Straßenseite stand Edoardo und hatte ihnen den Rücken zugewandt, deshalb hatte sie ihn nicht sofort erkannt. In Jeans und blauer Jacke stand er nicht vor Ivanas Tür, sondern vor dem Nachbarhaus und studierte die Klingelschilder.

Jane stand da wie vom Donner gerührt, dann ließ sie unter dem alarmierten Blick der Kassiererin die Tüten fallen und rannte los. Mit wild klopfendem Herzen überquerte sie die Straße. War er es wirklich? Er wollte gerade zur nächsten Tür weitergehen, als sie ihn einholte, seinen Arm packte und ihn so heftig herumriss, dass er erschreckt zusammenfuhr.

Keuchend, kreidebleich und mit weit aufgerissenen Augen starrte sie ihn an.

»Jane!«, rief er nervös.

»Hast du nach mir gesucht?«

Er nickte.

»Ich habe deine Nummer wiedergefunden und wollte dich anrufen, aber dann …«

Sie versuchte, einen klaren Gedanken zu fassen.

»Welches Haus ist es?« Er schaute zu den herrschaftlichen Fassaden auf. »Ist schon eine ganze Weile her, dass ich hier war.«

Er hatte sich alles gemerkt. Ivanas Mutter, das Notarbüro. Jane zeigte auf die rechte Haustür.

Edoardos Blick ging zwischen der Tür und ihr hin und her. »Können wir reden?«

Ehe sie antworten konnte, war Ivana bei ihnen.

»Guten Abend«, grüßte sie ein wenig zu förmlich. »Jane, ich bringe die Einkäufe zu Filippo. Gehst du schon mal nach oben?«

Sie drückte ihr die Schlüssel in die Hand, und Jane starrte sie verständnislos an.

»Ich bin Edoardo.«

Ivana drückte ihm wortlos die Hand und musterte ihn wie ein seltenes Tier.

»Ich glaube, wir sind uns schon einmal begegnet«, schob er hinterher.

»Stimmt«, erwiderte Ivana mit einem gezwungenen Lächeln. Jane bemerkte, dass die Haarspange von ihrem Kopf verschwunden war.

Wortlos fuhren sie mit dem Fahrstuhl nach oben. Jane hatte Mühe, die Tür aufzuschließen, weil der Schlüssel klemmte und ihre Hände zitterten.

»Lass mich«, erbot sich Edoardo und schaffte es nach mehreren Versuchen.

Sie führte ihn nach oben in Ivanas Wohnung und in das unordentliche Wohnzimmer, in dem sie bis vor einer halben Stunde gelitten hatte.

331

Hektisch versuchte sie ein wenig aufzuräumen.

»Lass gut sein«, sagte er.

Sie bot ihm etwas zu trinken und zu essen an und was ihr sonst noch einfiel, doch er lehnte alles ab.

»Darf ich mich setzen?«, fragte er und nahm auf dem Sofa Platz.

Als Jane stehen blieb, stand er wieder auf.

»Komm schon«, sagte er und strich ihr sacht über den Arm, »entspann dich.«

Kerzengerade ließ sie sich auf dem Sofa nieder, und er setzte sich in gewissem Abstand neben sie.

»Jane«, hob er nach kurzem Zögern an, »als du vor drei Tagen plötzlich aufgetaucht bist, fürchtete ich, du wolltest es mir nur heimzahlen.«

Sie schaute ihn überrascht an.

»Du hättest allen Grund dazu, und viele haben es getan.«

Sie schwieg.

»Ich fürchtete, du wolltest mir vorwerfen, was passiert ist, doch du hast es nicht getan, und deshalb habe ich gedacht, du wolltest … eine Art Bilanz ziehen, etwas über dich selbst begreifen.«

Jane spürte, wie sich ihre Augen mit Tränen füllten. In ihr herrschte heilloses Chaos.

Er bemerkte ihre Erregung, rührte sich jedoch nicht. Er schien mehr Angst zu haben als sie.

Mehrmals fuhr er sich mit den Fingern durchs Haar, schüttelte den Kopf und sprach leise weiter.

»Als ich dich zu Hause nicht mehr angetroffen habe, nachdem …« Er hielt inne und musste schlucken, um sich Mut zu machen. »Ich war sicher, du würdest mich hassen und nie mehr etwas mit mir zu tun haben wollen.«

Er blickte sie an.

»Aber seit ich dich wiedergesehen habe, kann ich an nichts anderes mehr denken, und die Einzige, die mir das erklären kann, bist du.«

Er brach ab.

»Sag mir, was du nach all der Zeit gesucht hast, Jane.«

Jane ertrug die Anspannung nicht länger. Sie sprang auf, öffnete ein Fenster und lehnte sich mit dem Rücken zu ihm auf das Fensterbrett.

Sie hörte, wie er aufstand und zu ihr kam.

»Du bist eine Frau geworden, Jane. Und du hast dir das perfekte Leben geschaffen, das du verdienst. Wieso bist du zu mir gekommen und wieso jetzt?«

Sie atmete tief durch.

Dann drehte sie sich um, um ihm ins Gesicht zu sehen, und nahm seine Hand.

»Weißt du das wirklich nicht?«, war alles, was sie über die Lippen bekam.

Edoardo wurde blass, und ein Leuchten trat in seine Augen.

Er machte einen Schritt zurück, ließ ihre Hand los und massierte sich die Lider, um die Tränen zurückzudrängen.

Jane nahm all ihren Mut zusammen.

»Ausgerechnet du verstehst das nicht?«

Edoardo nickte und sah sie wieder an. Dann trat er auf sie zu und schob ihr eine Strähne aus der Stirn.

»Ich habe versucht weiterzumachen, Edo«, fuhr Jane fort, ohne ihn aus den Augen zu lassen. »Ich habe versucht, vernünftig zu sein.«

Er zog sie an sich und umschlang ihre Taille. Die Wärme dieser Geste durchglühte sie, und die Seligkeit, ihn bei sich zu wissen, war überwältigend und beängstigend zugleich.

»Doch ich werde es nie schaffen«, fuhr sie mühsam fort,

»und vielleicht liegt es tatsächlich nur daran, dass ich noch ein Kind war und du der Erste warst und ich den Kopf verloren habe, aber …«

Edoardo hob Einhalt gebietend die Hand.

»Jane«, sagte er und fasste ihr unters Kinn, »ich kann mich Wort für Wort an das erinnern, was du gesagt hast.«

Sie schloss die Augen.

»Aber jetzt weißt du auch alles andere. Du weißt, dass ich nicht einfach so bin … wie du.«

Jane legte ihre Stirn an Edoardos Brust, und er fuhr ihr mit den Fingern durchs Haar. Einen Moment lang herrschte Stille.

Dann schlang Jane die Arme um ihn, und er drückte sie an sich.

»Ich muss es wissen«, sagte sie, ohne ihn loszulassen.

»Was?«, fragte Edoardo und küsste sie hinters Ohr.

Jane hob den Kopf und blickte ihn an. Es war, als wären seit dem letzten Mal, das sie ihn in den Armen gehalten hatte, nicht drei Jahre, sondern keine drei Minuten vergangen. Alles war so vertraut, seine Augen, die Mimik, jede winzigste Linie.

»Ob wir eine Chance haben, Edoardo.«

Sie standen da und sahen einander in die Augen.

»Du weißt, wer ich bin und was ich getan habe«, antwortete er, und es lag so viel Schmerz in seiner Stimme, dass sie es kaum ertrug.

Jane fuhr mit den Fingerspitzen über seinen Stoppelbart und legte ihm die Hand auf den Mund.

»Ich weiß, dass du Fehler gemacht hast und dass du tust, was du kannst, um sie wiedergutzumachen.«

Er legte seine Stirn an die ihre, seine Nase streifte ihr Gesicht.

»Aber ich weiß auch, dass ich niemals ein richtiges Leben haben werde, wenn du nicht ein Teil davon bist.«

Die Zeit blieb stehen. Sogar der römische Verkehrslärm schien verebbt zu sein.

Schließlich suchte Edoardo ihre Lippen.

Und während sie sich küssten, wurde Jane von einem friedlichen Glücksgefühl durchströmt, als wäre sie nach einer langen Reise endlich nach Hause gekommen. Das einzige Geräusch war das Klopfen ihrer Herzen, der einzige Geruch Edoardos Duft, die einzige und unumstößliche Sicherheit, dass sie sich nie geirrt hatte: Sie liebte ihn und würde ihn immer lieben.

Kaum hatte sie das Telefon wieder angeschaltet, fing es an zu klingeln.

Ivana, wer sonst.

»Jane, ich habe euch sieben Stunden zum Vögeln gegeben, und wenn euch die nicht gereicht haben, könnt ihr meinetwegen die ganze Nacht bleiben, aber vorher muss ich wissen, dass es dir gut geht. Und morgen früh schicken wir ihn wieder in seinen Gemüsegarten, wenn du nichts dagegen hast, in Ordnung? Soll ich dir eine Fahrkarte nach Mailand kaufen?«

Sie brüllte förmlich in den Hörer, und Jane musste das Telefon ein Stück vom Ohr weghalten, damit ihr das Trommelfell nicht platzte, und hoffen, dass Edoardo nichts mitbekam.

Er lag in Unterhosen auf dem Bett und sah zu, wie sie in dem winzigen Zimmer nervös auf und ab tigerte.

»Entschuldige, Ivana, es ist nur ...«

»Außerdem wollte ich dich in Kenntnis setzen, dass sich die Leute Sorgen machen, wenn du das Handy ausschaltest und spurlos verschwindest. Deine Tante hat mich ungefähr fünfzig Mal angerufen und Carlo ebenfalls. Du hast gesagt, morgen wärst du zurück.«

Jane warf Edoardo einen entschuldigenden Blick zu und machte eine hilflose Handbewegung.

»Ja, ja, ich rufe sie gleich an.«

»Es ist Mitternacht, Jane, willst du, dass sie 'nen Herzkasper kriegen?«

Sie schaute verwirrt auf die Uhr: Sie hatte jegliches Zeitgefühl verloren.

Edoardo warf ebenfalls einen Blick auf seine Uhr und begann, sich anzuziehen.

»Okay, okay.«

Sie wollte endlich auflegen, er sollte nicht gehen.

»Ich rufe dich zurück«, sagte sie und würgte Ivanas Redeschwall ab.

Edoardo musste über ihre Nervosität grinsen. Er legte sein Hemd zur Seite und zog sie zu sich aufs Bett.

Es war nicht so gelaufen, wie Ivana es sich vorgestellt hatte – wie denn auch. Der Anfang war hölzern gewesen: Da war die Erinnerung an jene weit zurückliegende, bittersüße Nacht, und dazwischen drei Jahre, die es nie gegeben zu haben schien und die sich dennoch unablässig und ereignisschwer zwischen sie schoben. Hand in Hand hatten sie nebeneinander gelegen, viel geredet und sich nur ab und zu geküsst.

Erst nach Stunden hatten sie es geschafft, miteinander zu schlafen.

Der eine war zu jung und der andere zu alt. Versuch's doch mal mit meinem Alter, das die Frauen versteht. Jane hatte *Vom Winde verweht* zigmal gelesen, aber damals war sie ein kleines Mädchen gewesen, zu jung, um den Sinn zu erfassen. Der Gipfel an Romantik war für sie der Kuss vor dem kriegsentflammten Himmel, als Rhett beschließt, an die Front zu gehen.

Dank Edo hatte der Satz für sie eine Bedeutung bekommen, auch wenn es in ihrem Fall nur zwei Milchgesichter gegeben hatte, und der Alte wiederum der Mann war, der die Frauen verstand.

Edoardo wirkte nicht mehr ganz so bedrückt wie drei Tage zuvor, doch wiederaufleben zu lassen, was er durchgemacht hatte, kostete ihn eine Menge Überwindung.

Er hatte ihr erklärt, dass die Steuerhinterziehung und die Tatsache, seinen Kunden entscheidende Informationen vorenthalten zu haben, sein schwerstwiegendes Vergehen gewesen waren. Was das ausstehende Urteil betraf, so rechnete er mit der Beschlagnahmung zweier Grundstücke, aber nicht mit Gefängnis. Die Villa war unwiederbringlich verloren. Mit Roberta hatte er seit über einem Jahr nicht mehr gesprochen, obwohl sie sich gegen Mason zusammengetan hatten, um das Geld wiederzubekommen, das er ihnen aus der Tasche gezogen hatte und auf das sich Edo keine Hoffnungen mehr machte. Sie kommunizierten ausschließlich über ihre jeweiligen neuen Fachanwälte, die sie sich angesichts der vertrackten Sachlage hatten nehmen müssen.

Obwohl Marina und seine Mutter stets zu ihm gehalten hatten, war er auf Abstand gegangen. Er hatte sie im Gefängnis nicht sehen wollen und auch während der ersten harten Monate danach nicht. Während der Haft hatte er zwölf Kilo abgenommen und war zweimal auf der Krankenstation gelandet. Fast hätte er sich mit einem jungen Gefängnisgeistlichen in die Haare gekriegt, der ihm Gott näherbringen wollte. Das einzig Erfreuliche war der Italienischunterricht, den er ausländischen Häftlingen während und nach seiner Haft gegeben hatte. Damit wollte er weitermachen. Nachdem er die finanzielle Hilfe seiner Mutter – einen Vorschuss auf sein Erbe – mehrmals abgelehnt hatte, war ihm klargeworden, dass er keine Alternativen hatte. Das Geld, das ihm noch geblieben war, würde er brauchen, um die Anwaltskosten zu begleichen, die ihn über

Jahre belasten würden. Im Gegenzug hatte seine Mutter verlangt, dass er einen Psychologen aufsuchte – er war ihrem Wunsch nur zweimal gefolgt – und ihr bewies, dass er mit dem Koksen aufgehört hatte. Ja, Bianca war lesbisch, das hatte er immer gewusst. Sie hatte keine Freundin, widmete sich mit Leib und Seele ihrer Arbeit und setzte alles daran, ein Kind zu bekommen, und sei es allein.

Als Jane mit dem Erzählen an der Reihe war, war die Vernehmung der schlimmste Teil. Edoardo hatte beklommen zugehört. Dann hatte er sie fest in die Arme genommen und mit Küssen bedeckt.

»Um Gottes willen, Jane, es reicht«, hatte er gestöhnt und kein Wort mehr hören wollen.

Um ihn zu beruhigen, hatte sie behauptet, es habe ihr nicht viel ausgemacht, als Flittchen dazustehen. Als gäbe es keine anderen Probleme! Und im Grunde stimmte es. Es hatte üblere Momente gegeben. Ihn nicht mehr zu sehen, war die eigentliche Folter gewesen.

Über all das zu sprechen, hatte ihn derart aufgewühlt, dass sie sich mit weiteren Fragen zurückgehalten hatte.

Doch sie konnte nicht länger warten und betete, ihm damit nicht allzu sehr wehzutun.

Sie setzte sich auf und blickte ihn unsicher an.

»Ich höre«, sagte er.

»Hast du wirklich mit dem Kokain aufgehört?«

Das machte ihr mehr Angst als alles andere. Sie wusste, wie schwer es war, von einer Sucht loszukommen, und hatte sich immer gefragt, wie man überhaupt so arglos sein konnte, da hineinzuschlittern.

Edoardo nickte und küsste ihre Hand.

»Wann?«, bohrte Jane.

Er nahm ihr Gesicht in die Hände und schwieg eine Weile.

»Als ich verhaftet wurde.«

Die Antwort hatte sie befürchtet.

»Das heißt, während ich bei euch war, hast du …«

Er blickte auf und sah sie an.

»Ja. Hin und wieder.«

Jane war wie vor den Kopf gestoßen. Nicht im Traum wäre sie darauf gekommen.

»Bei dem Leben, das ich führte, hielt ich das für ganz normal. Ich war felsenfest überzeugt, alles unter Kontrolle zu haben. Doch jetzt habe ich das Zeug seit drei Jahren nicht mehr angerührt, Jane. Weder im Knast noch danach. Nie mehr.«

Sie musste an Ivanas Worte denken: Du hast stundenlang vor dem Computer gehockt und Fotos von ihm angeschmachtet und nicht ein Wort über seine Vergangenheit gelesen?

Sie versuchte den Gedanken beiseitezuschieben.

»Immerhin habe ich es auch meiner Mutter geschworen«, beteuerte er inständig.

Jane nickte.

»Und außerdem, wovon sollte ich das Zeug bezahlen?«, witzelte er lahm. Keiner der beiden konnte sich zu einem Lachen durchringen.

Sie saßen da und hielten einander fest in den Armen.

Weiterzureden wurde immer schmerzlicher, doch Jane wusste, dass sie noch nicht fertig waren.

Sie rückte ein Stück von ihm ab. Er wollte sie küssen, doch sie hielt ihn zurück.

Etwas war ihr schon seit geraumer Zeit klargeworden. In Miami gab es eine Anwaltskanzlei, die ihm beim Ärger mit dem amerikanischen Fiskus schon mehrmals den Hals gerettet hatte, dazu zwei Immobilien, die in der Hand der italienischen Steuerbehörde gelandet waren. In Brüssel war der Hauptsitz seiner inzwischen pleitegegangenen Gesellschaft. Alles hing miteinander zusammen, sie hätten ihn überall aufspüren können, egal wo.

Es sei denn …

»Hättest du mich einfach dort sitzen lassen?«, fragte sie und zwang sich, nicht anklagend zu klingen.

Er atmete tief durch. Es war klar, was er damit sagen wollte.

»Ich hatte nicht damit gerechnet, dass sie mich verhaften würden, Jane. Es gab Dinge, von denen ich keine Ahnung hatte.«

Er klang so bedrückt und finster, dass es schmerzte.

»Hättest du es fertiggebracht, für immer zu verschwinden?«

Edoardo schüttelte hilflos den Kopf.

»Ich wusste, dass ich im Ausland sicherer war. Aber ich versichere dir, ich war fest davon überzeugt, ich könnte alles wieder hinbiegen.«

Ja, er hatte verschwinden wollen, auch wenn er verzweifelt nach einer Ausrede suchte.

»Mason war abgetaucht. Ich hatte Angst.«

Jane wandte sich ab, um ihre Tränen zu verbergen. Nach jener Nacht hätten sie sich nicht mehr wiedergesehen. Er hatte es gewusst, sie nicht.

Edoardo bedeckte sie mit sanften Küssen.

»Du weißt nicht, wie sehr ich dich wiedersehen wollte, Jane«, flüsterte er bang. »Du hast keine Ahnung, wie oft ich an dich gedacht habe.«

Es war verrückt, das wusste sie, und trotzdem konnte sie nicht anders, als ihm von ganzem Herzen zu glauben.

»Du warst das Schönste, was mir passieren konnte, zu schön, um wahr zu sein, und nach diesem Debakel hatte ich nicht den Mut …«

»Okay«, fuhr sie entschieden dazwischen. Das genügte.

Welche Bedeutung hatte es jetzt noch, was damals geschehen war?

Man konnte dem lieben Gott nur dankbar sein, dass man Edoardo ins Gefängnis gesteckt und wieder rausgelassen hatte. Sonst hätte sie wer weiß wo nach ihm suchen müssen.

Sie schmiegte sich in seine Arme.

»Zum Glück habe ich dich gefunden«, flüsterte sie ihm ins Ohr und versuchte unbeschwert zu klingen.

Schweigend und mit geschlossenen Augen saß Edoardo da, seinen Kopf an ihren gelehnt. Jane streichelte ihm über den Rücken und küsste seine Wange.

»Weil du immer schon unendlich viel besser warst als ich«, sagte er ganz leise wie zu sich selbst und drückte sie fest an sich.

Und Jane war sich sicher, dass sie ihm vertrauen konnte.

Epilog

Januar 2017

»Hier?«, fragte Edo und wollte den Motor abstellen.

Jane schreckte aus ihren Gedanken und blickte sich um.

»Doch nicht hier!«, entfuhr es ihr lauter als beabsichtigt. »Du stehst auf der Markierung, wir sind hier nicht in Rom! Die schleppen uns sofort ab.«

»Okay, okay«, sagte er beschwichtigend.

»Soll ich allein gehen?«, fragte sie zum zehnten Mal in der letzten halben Stunde.

»Nein. Ich muss dabei sein.«

Sie seufzte. Beim Aussteigen verspürte sie ein Stechen im Unterleib. Edo wurde blass.

»Alles in Ordnung?«

Jane tat so, als wäre nichts, sonst hätte er womöglich noch einen Krankenwagen gerufen. Der Arzt hatte gesagt, das Gewicht drücke auf einen Nerv, das sei völlig harmlos.

»Ich will nicht, dass sie dich schäbig behandeln«, hob sie noch einmal an, als sie sich aus dem Wagen geschält hatte.

Er lachte, offenbar war er sehr viel entspannter als sie.

»Ich werde mit deinen Verwandten schon fertig.«

Er nahm ihre Hand, und sie machten sich auf den Weg.

In den ersten, heillos chaotischen Wochen hatte sie bei Tante Rossella zahlreiche Themen umschiffen müssen. Die Prüfungen in Mailand, die ständigen Reisen nach Rom, um mit ihm zusammen zu sein, drei neue Aufträge des englischen Verlages, dutzende Illustrationen, die fristgerecht abgegeben werden mussten, Ivana, die sowohl mit Carlos Tränen als auch mit Andreas giftigen SMS fertigwerden musste.

Dass es in Rom jemanden gab, hatten Onkel und Tante von allein begriffen, dass er ihr schlimmster Albtraum war, nicht.

Noch immer hatte Jane den Paukenschlag in den Ohren, der ihrer großen Verkündigung gefolgt war.

»*Der* Rocca, Jane?«

»Wieso wollen sie mich nicht verstehen?«, schnaubte sie noch einmal wütend und wurde langsamer.

Halt ihn bloß von deinem Geld fern, Jane! Der sonst so schweigsame Onkel Franco hatte sie extra deshalb angerufen. Jane hatte ihm schließlich geraten, er solle bloß nicht vergessen, seinen Blutdrucksenker einzunehmen.

Ungeduldig blieb Edo mitten auf dem Bürgersteig stehen. Er war es leid, sie hinter sich herschleifen zu müssen.

Sie sahen einander an.

»Jane«, fing er bemüht sachlich an. »Ich verstehe ja, dass das, was wir gerade tun, ein Riesending für dich ist, aber wieso machst du dir so viele Sorgen nach all dem, was wir beide durchgemacht haben?«

Er hatte recht.

Ivana hatte die jüngste Neuigkeit mit der üblichen fassungslosen Miene quittiert. In ihren Augen war Jane ein hoffnungsloser Fall.

»Sag mir, dass es ein Unfall war«, war ihr erster Kommentar gewesen, »sag mir, dass ihr es nicht darauf angelegt habt.«

Doch das hatten sie.

Eines Nachts hatten sie Arm in Arm im Dunkeln gelegen. Sie hatte gerade Nein gesagt, weil die Kondome ausgegangen waren. Die Pille, die sie mit Andrea genommen hatte, vertrug sie nicht und bekam davon Migräne. Das Thema machte ihr schlechte Laune. Er hatte ihr ins Ohrläppchen gebissen und sie damit aufgezogen: Gib zu, du kannst mit meiner Frequenz nicht mithalten. Von wegen, der Alte bin ich.

Dann hatte er ihr zugeflüstert: »Und was wäre so entsetzlich daran?«

Jane war stumm geblieben, überwältigt von einer irrwitzigen und unwiderstehlichen Versuchung, die ihr schon seit Längerem durch den Kopf spukte. Sie war dreiundzwanzig, sie waren erst seit wenigen Monaten zusammen, es gab so viele ungeklärte Fragen, dass sie gar nicht wusste, bei welcher sie anfangen sollte.

In dieser Stille hatten sie mit wild klopfendem Herzen die größte Entscheidung ihres Lebens getroffen.

Jetzt waren sie nur noch wenige Schritte von der Haustür entfernt.

»Außerdem wussten wir doch, dass es schwierig werden würde«, fuhr er fort.

Eine Zeitung hatte getitelt *Roccas Neustart mit einer Lolita*, gefolgt von einer ellenlangen Aufzählung von Paaren mit großem Altersunterschied. Immerhin war auch von den freigegebenen Immobilien und dem expandierenden Agriturismo die Rede gewesen.

»Und wir wissen auch, dass es uns völlig schnuppe ist«, fügte er hinzu.

Jane schaute ihn an. Die schicken Markenanzüge waren in irgendeinem Karton im Keller seiner Mutter gelandet, aber auch ohne sie blieb er der schönste Mann der Welt. Er hatte sich den Bart abrasiert und ein wenig zugenommen. Doch vor allem war er so unbeschwert, wie sie ihn noch nie erlebt hatte. Nach der ersten Fassungslosigkeit – »Zusammen? Ihr beide? Darauf wäre ich im Traum nicht gekommen!« – hatte Marina gerührt gesagt: »Du hast ihm das Leben zurückgegeben, Jane«.

Jetzt standen sie vor dem Klingelschild.

»Soll ich?«, fragte Edo.

Sie krallte sich an seinen Arm, sie brauchte noch einen Moment.

Abwartend legte er die Hand auf ihren runden Bauch.

»Da ist sie«, sagte sie, als sie einen sachten Stoß verspürte.

»Und was sagst du, Rose, gehen wir rauf?«, fragte Edo.

»Rose Elizabeth«, korrigierte Jane.

»Richtig. Der große Augenblick ist gekommen, sie ihnen vorzustellen.«

Jane nickte bang.

Edo beugte sich zu ihr und küsste sie.

»Du bist unglaublich, Jane, denk daran. Du kannst die ganze Welt erobern.«

Sie schlang die Arme um seinen Hals und drückte ihn an sich. Es stimmte, doch sie musste ihn an seiner Seite haben.

Dann atmete sie tief durch und drückte auf den Klingelknopf.

Danksagung

Der erste Dank gilt Michela Gallio. Ohne sie gäbe es dieses Buch nicht: Sie hat meinen Traum geteilt.

Danke an Loredana Rotundo für das Vertrauen und die Begeisterung.

Danke an Sveva Casati Modignani, die mir ihre Zeit geschenkt, mein Manuskript gelesen und mich ermutigt hat.

Danke an Valerio, der mir das Fußballspielen mit der Playstation beigebracht hat. An Fabio, der mir erhellende Einblicke in die Gemütswelt der unter Zehnjährigen geschenkt hat.

Ich habe Coti mit den juristischen Passagen gequält und Bimba damit, sie ihn (zumindest) lesen zu lassen.

Danke an meine Mutter, die mich gelehrt hat, *Jane Eyre* zu lieben, und an meinen Vater, der zwar nicht weiß, worum es geht, aber trotzdem stolz auf mich ist. Danke an Annamaria, die mir als wahre Lehrerin bis zur letzten Korrektur zur Seite gestanden hat.

Danke an die Erst- und Zweitleserinnen Sabrina und Ivana, die nicht nur schnell, sondern interessiert und aufmerksam waren. An Krilla, die jeden Schritt begleitet hat. An Marzia, die sich schon um den Look für die Präsentation gekümmert hat, als ich noch gefragt habe: Welche Präsentation?

Danke an meine alten Freundinnen und an meine Lieblingsschwägerin: Alessandra, Patrizia, Francesca, Manuela, Mirta, Veronica, Daniela, die sich, ob nah oder fern, mit mir freuen.

Für Giovanni bräuchte es ein Extrabuch. Danke, dass du durchgehalten, mich ertragen und mir sogar Ideen für ein Genre geliefert hast – den Liebesroman –, das dich nicht die Bohne interessiert. So macht man das.